mtb

Umwelthinweis:
Dieses Buch wurde auf chlor- und säurefreiem Papier gedruckt.

Susan Mallery

Fool's Gold – Wo die Liebe wohnt

MIRA® TASCHENBUCH
Band 25956
1. Auflage: September 2016

MIRA® TASCHENBÜCHER
erscheinen in der HarperCollins Germany GmbH,
Valentinskamp 24, 20354 Hamburg
Geschäftsführer: Thomas Beckmann

Titel der nordamerikanischen Originalausgaben:
Sister of the Bride

erschienen bei: MIRA Books, Toronto

Only Us: A Fool's Gold Holiday

erschienen bei: HQN Books, Toronto

Almost Summer

erschienen bei: HQN Books, Toronto

Halfway There

erschienen bei: HQN Books, Toronto

Sweeter with you, A Fool's Gold Shortstory
in Susan Mallery's Fool's Gold Cookbook

erschienen bei: Harlequin Enterprises, Toronto

Published by arrangement with
Harlequin Enterprises II B.V./S.á.r.l

Konzeption/Reihengestaltung: fredebold&partner GmbH, Köln
Umschlaggestaltung: büropecher, Köln
Redaktion: Mareike Müller
Titelabbildung: büropecher, Köln; Matthias Kinner
Satz: GGP Media GmbH, Pößneck
Druck und Bindearbeiten: GGP Media GmbH, Pößneck
Printed in Germany
Dieses Buch wurde auf FSC®-zertifiziertem Papier gedruckt.
ISBN 978-3-95649-618-9

www.mira-taschenbuch.de

Susan Mallery

Ja, ich will ein Date mit dir

Roman

Aus dem Amerikanischen von
Claudia Weinmann

mtb

1. KAPITEL

Katie, mein Schatz, du brauchst unbedingt eine Begleitung für die Hochzeit deiner Schwester."

„Ich hatte eine Begleitung, Mom! Er ist der Bräutigam."

„Ja, ja, ich weiß. Deine Schwester hat dir den Freund ausgespannt." Janis McCormick seufzte. „Und natürlich war das nicht richtig von ihr. Aber das alles ist nun schon über ein Jahr her. Du musst endlich akzeptieren, dass die beiden heiraten werden. Nicht nur unsere ganze Familie wird anreisen, sondern außerdem noch über 200 weitere Hochzeitsgäste. Glaub mir, du solltest nicht allein zu der Feier kommen. Sie würden dich und mich mit ihrem Mitleid und ihren Fragen in den Wahnsinn treiben. Bitte, Katie, tu es für mich!" Mit flehendem Blick sah Janis ihre Tochter an.

In Augenblicken wie diesem hasste Katie es, erwachsen und vernünftig sein zu müssen. Wie gern hätte sie einen handfesten Wutanfall bekommen, doch theatralische Auftritte waren noch nie ihre Stärke gewesen – ganz im Gegensatz zu ihrer Schwester. Außerdem war es schwierig, ihrer Mutter etwas abzuschlagen. Vor allem, weil Janis sie nur sehr selten um etwas bat. Sie war eine wunderbare, sehr warmherzige Mutter, die ihr noch immer einen Fünfzigdollarschein zusteckte, wenn Katie zum Essen vorbeikam. Obwohl Katie seit dem Collegeabschluss auf eigenen Beinen stand und einen großartigen Job hatte.

„Mom, du weißt, dass ich dich liebe …"

„Sag jetzt bloß nicht ‚aber'! Ich habe es schon schwer genug. Deine Schwester macht mich wahnsinnig! Seitdem sie beschlossen hat zu heiraten, muss ich mir die Haare tönen. Ich schwöre dir, dass ich von dem Tag an grau geworden bin, an dem sie das erste Hochzeitsmagazin gekauft hat. Seitdem geht es nur noch um Kleider, Deko, Blumen und Menüs. Es ist unerträglich!"

Katie lehnte sich zurück und sah aus dem Fenster des kleinen Restaurants, in dem sie sich mit ihrer Mutter zum Mittagessen verabredet hatte. Draußen herrschte herrlicher Sonnenschein, und in den Blumenkästen auf der Fensterbank blühten die Geranien in leuchtenden Farben. Wie gern wäre Katie ein wenig durch die Straßen geschlendert oder vielleicht kurz ins Schwimmbad gefahren, doch stattdessen musste sie sich mit ihrer Mutter über Courtneys jüngste Planänderungen unterhalten. Es schien ihre kleine Schwester nicht im Geringsten zu irritieren, dass die Hochzeit bereits in zwei Wochen stattfinden würde.

Genauso wenig, wie es sie irritiert hatte, Katie den Freund wegzuschnappen.

Nein, sie würde nicht verbittert enden! Eifersucht war etwas für Kleingeister. Courtney war ihre Schwester und Blut nun einmal dicker als Wasser. Sollte Courtney allerdings am Morgen ihrer Hochzeit einen Riesenpickel auf der Nase haben, würde sich Katies Mitleid in Grenzen halten.

Katie räusperte sich. „Wie auch immer – selbst wenn ich es wollte, könnte ich keinen Mann zu den Hochzeitsfeierlichkeiten mitbringen, denn es gibt einfach im Moment keinen in meinem Leben."

„Willst du damit andeuten, dass du mit niemandem ausgegangen bist, seitdem du dich von Alex getrennt hast?"

Genau genommen hatten sie sich nicht getrennt. Katie hatte Alex zum Essen mit zu ihren Eltern genommen – wie fast jeden Sonntagabend. Der einzige Unterschied bestand darin, dass sie den Verdacht hatte, er würde ihr an dem Abend einen Antrag machen. Da sie sich kurz zuvor bei einem Footballspiel seine Jacke geliehen und in der Tasche eine Quittung über einen Brillantring gefunden hatte, war dieser Verdacht durchaus begründet gewesen.

Katie war sich nicht sicher gewesen, ob Alex der Richtige für den Rest ihres Lebens war, aber plagten diesbezüglich nicht jede Frau leise Zweifel? Wie sollte man wissen, ob eine Beziehung ein Leben lang halten konnte?

Doch er hatte sie nicht gefragt.

Ihr gemütliches Abendessen war durch Courtneys unerwartetes Auftauchen abrupt beendet worden. Alex und Courtney hatten sich angesehen, und von dieser Sekunde an hatte Katie quasi nicht mehr existiert.

„Katie? Hast du wirklich keinen einzigen neuen Freund gehabt?"

„Nein. Ich hatte bei der Arbeit viel zu tun und außerdem keine Lust auf eine neue Beziehung."

Ihre Mutter seufzte. „Es werden vier qualvoll lange Tage, und du wirst die Frage nach deinem Liebesleben eine Million Mal zu hören bekommen. Du musst einfach jemanden finden!"

„Tut mir leid, aber es gibt niemanden."

„Was ist mit Howie?"

Um Himmels willen!

Am liebsten hätte Katie entnervt in die Tischplatte gebissen, denn das wäre immer noch angenehmer, als vier Tage mit Howie zusammen zu sein. „Auf keinen Fall, Mom!“

„Aber warum nicht? Er ist klug und reich und sehr unterhaltsam.“

Seine Mutter und Janis waren seit Jahrzehnten beste Freundinnen und träumten seit einer Ewigkeit davon, ihre Kinder miteinander zu verkuppeln. Das letzte Mal, als sie Howie getroffen hatte, waren er und seine Mutter in Fool's Gold zu Besuch gewesen. Damals war er etwa sechzehn gewesen und ein so guter Schüler, dass er bereits aufs College ging. Groß, schlaksig und mit zu kurzen Hosen. Durch seine dunkle Hornbrille hatte er Katie angesehen, als sei sie ein langweiliges Insekt. Sie hatten sich nichts, rein gar nichts zu sagen gehabt.

„Hör zu Mom, ich würde dir ja gern den Gefallen tun, aber Howie … Das geht einfach gar nicht. Da lasse ich mich lieber vier Tage lang bemitleiden.“

„Ach Katie, muss ich denn wirklich die strenge Mutter herauskehren?“

Katie grinste. „Ich bin siebenundzwanzig. Die Nummer mit der strengen Mutter zieht bei mir nicht mehr.“

„Wetten doch?“ Janis seufzte. „Bitte! Ich flehe dich an. Willst du mir wirklich diesen kleinen Gefallen abschlagen? Ich möchte doch nur, dass du dich amüsierst. Im Rahmen deiner Möglichkeiten. Es sind nur vier Tage, und das Gebäude ist sehr weitläufig. Ihr werdet euch kaum sehen.“

Vier Tage gefangen in einem Luxushotel auf einem Berggipfel. Mit ihrer kompletten Familie. Wie sollte man da irgendjemandem aus dem Weg gehen?

„Er ist beruflich sehr eingespannt. Bestimmt wird er die meiste Zeit auf dem Zimmer bleiben und arbeiten."

Katie zögerte. Nicht nur, weil sie ihre Mutter sehr gern hatte, sondern auch, weil die ständige Fragerei ihrer Familie ihr tatsächlich seit Monaten auf die Nerven ging. Ihre Verwandten verstanden nicht, dass sie immer noch Single war, während ihre Schwester es keine fünfzehn Minuten aushielt, ohne sich zu verlieben.

„Na gut", gab sie schließlich nach. „Aber nur für die Hochzeit. Danach ist Schluss. Keine Fortsetzung!"

Ihre Mutter strahlte. „Wunderbar! Ich werde ihm gleich Bescheid sagen. Du wirst sehen, es wird eine großartige Party!"

Wunderbar? Großartig? Katie fielen eine Menge Wörter ein, um ihre Erwartungen zu beschreiben, aber diese beiden gehörten definitiv nicht dazu. Schon jetzt bedauerte sie es, sich auf den Plan ihrer Mutter eingelassen zu haben. Vier Tage mit Howie? Vor vierzehn Jahren hatten sie es kaum eine Stunde im selben Raum ausgehalten. Der einzige positive Aspekt war, dass er sie genauso verabscheut hatte wie sie ihn. Vielleicht war er ja energischer und würde seiner Mutter die Bitte abschlagen, Katies Begleiter zu sein. Dann wären alle Probleme gelöst.

„Nein Mutter, das werde ich nicht tun!" Howard Jackson Kents Stimme klang sehr bestimmt.

„Aha."

Ein einziges Wort. An und für sich unbedeutend, doch der Tonfall, in dem seine Mutter es sagte, ließ ihn Böses ahnen.

„Wir ignorieren also einfach, dass Janis McCormick meine beste Freundin ist?" Sie sah ihn über seinen Schreibtisch hinweg tadelnd an.

Seine Mutter war unangemeldet bei ihm im Büro vorbeigekommen, und der Umstand, dass sie ihn genau zwischen zwei Meetings abgepasst hatte, konnte kein Zufall sein. Er würde später ein ernstes Gespräch mit seiner Assistentin führen müssen.

„Und wir ignorieren die Tatsache, dass Janis mich um Hilfe gebeten hat?"

Schade, dass sie genau das nicht tun würden. Resigniert lehnte Howard sich zurück.

„Wie wäre es, wenn du es Katie zuliebe tätest? Sie ist so eine nette junge Frau."

Gab es einen Satz, den ein Junggeselle noch lieber hörte? Grimmig lächelte er vor sich hin.

„Katie und ich konnten uns noch nie sonderlich gut leiden."

Auch wenn es viele Jahre her war, konnte er sich noch ziemlich genau an den Sommernachmittag erinnern. Seine Mutter hatte darauf bestanden, dass er sie zu ihrer Freundin Janis begleitete. In dem Augenblick, in dem er Katie begegnet war und diese ihn mit einem enttäuschten Seufzen angesehen hatte, hatte er seine Entscheidung sofort bereut.

Katie war rechthaberisch und arrogant gewesen. Ihr einziges Interesse galt dem Sport, und sie hatte ihn mehr als herablassend behandelt. Nun gut, er war damals ein Nerd gewesen, dem es ziemlich schwergefallen war, Kontakte zu knüpfen. Doch sie war unfreundlich und genervt gewesen und hatte ihm sogar gedroht, ihn zu verhauen. Was ihr vermutlich sogar gelungen wäre.

„Euer letztes Treffen ist eine Ewigkeit her. Bestimmt ist jetzt alles anders. Sie ist eine ganz entzückende junge Frau geworden."

„Mhm."

Seine Mutter richtete sich auf. Tina Kent war klein, doch Howard wusste, dass man sich von ihrer zierlichen Statur nicht täuschen lassen durfte.

„Erinnerst du dich daran, wie ich vor zehn Jahren Brustkrebs hatte?"

Howard unterdrückte ein Stöhnen. Nein, nicht schon wieder. Alles, nur das nicht.

„Du warst gerade auf dem College, und ich wollte dich nicht beunruhigen, damit du in Ruhe deinen Master machen konntest."

Während dieses Jahres auf dem College hatte er die Software entwickelt, die ihn innerhalb von nur drei Jahren zu einem Multimillionär gemacht hatte.

„Mom …"

Abwehrend hob sie ihre Hand. „Als du heimgekommen bist, hast du dir fürchterliche Sorgen um mich gemacht. Ich habe dir damals versprochen, wieder gesund zu werden." Erwartungsvoll sah sie ihn an.

„Und ich habe gesagt, wenn das stimmt, würde ich alles tun, worum du mich bittest“, ergänzte Howard pflichtbewusst.

„Nun, ich habe mein Versprechen gehalten. Jetzt bist du dran. Du wirst Katie zu der Hochzeit ihrer Schwester begleiten. Ihr verbringt vier wundervolle Tage in einem traumhaften Hotel in Fool’s Gold, und du wirst alles in deiner Macht Stehende tun, damit Katie sich wie eine Prinzessin fühlt.“

Wie hatte er sich bloß in diese unmögliche Situation gebracht? Warum konnte er nicht so sein wie die meisten seiner Freunde, die so gut wie nie mit ihren Eltern sprachen? Warum hing er so sehr an seiner Mutter? Howard kannte die Antwort, denn abgesehen von ihren Verkupplungsversuchen war seine Mutter eine außergewöhnliche Frau, mit der man über fast alles reden konnte, denn sie war nicht nur klug, sondern auch sehr schlagfertig und witzig. In diesem Moment hätte er ein wenig mehr Distanz jedoch ganz nett gefunden. Wie sollte er es vier Tage lang mit der schrecklichen Katie McCormick aushalten?

„Mom …“ Resigniert schüttelte er den Kopf. Was waren schon vier Tage? Er würde es zweifellos überleben. Außerdem war die Gegend um Fool’s Gold herum angeblich wunderschön und landschaftlich sehr reizvoll. Falls das strahlende Sommerwetter sich hielt, würde es bestimmt ganz nett werden. „Also gut. Du hast gewonnen.“

Glücklich strahlte sie ihn an. „Wunderbar! Janis war jeden einzelnen Tag meiner Krankheit für mich da. Ich bin so glücklich, dass ich mich endlich ein wenig revanchieren kann!“

„Indem du deinen eigenen Sohn verkaufst“, stichelte Howard. „Was werden die Nachbarn wohl dazu sagen?“

„Ganz einfach: Sie werden sagen, dass es höchste Zeit für dich ist, eine nette Frau zu finden.“

2. KAPITEL

Katie wartete nervös in der Lobby des *Gold Rush Ski Lodge and Resort Hotels*. Der lange, wenig attraktive Name ließ nicht vermuten, dass es sich um eine geschichtsträchtige, überaus luxuriöse Herberge handelte.

Das Hotel befand sich auf der Kuppe eines Hügels, sodass man einen fantastischen Blick über das Städtchen Fool's Gold hatte. Architektonisch war es irgendwo zwischen einem viktorianischen Herrenhaus und einem schweizerischen Chalet angesiedelt, und insgesamt sah es sehr einladend und elegant aus. Das exquisite Fünfsternerestaurant war weit über die Stadtgrenzen hinaus berühmt, nicht zuletzt für seinen legendären Service. Die meist sehr wohlhabenden Gäste konnten in einer der Nobelboutiquen in der Eingangshalle shoppen gehen oder sich in dem erstklassigen Wellnessbereich verwöhnen lassen.

Wäre es ihre eigene Hochzeit gewesen, dann hätte Katie sicherlich ein etwas bescheideneres Ambiente gewählt. Eine schlichte Trauung am Strand des Sees und danach ein Empfang in einem der Restaurants in der Stadt. Doch ihre Schwester war schon immer etwas extravagant gewesen, und so würde die Hochzeit eben vier Tage lang im noblen *Gold Rush Ski Lodge and Resort Hotel* stattfinden.

Katie hatte genau wie der Rest ihrer Familie bereits eingecheckt, und die Gäste von außerhalb würden sicher auch bald eintreffen. Es war also höchste Zeit, Howie zu finden – bevor jemand anderes es tat, denn sie mussten sich unbedingt über die Details ihrer angeblichen Beziehung absprechen.

Einen kurzen Augenblick lang überlegte Katie, ob es nicht doch besser wäre, das Täuschungsmanöver abzublasen. Die Vorstellung, die nächsten vier Tage doch nicht mit Howie zusammen sein zu müssen, war sehr verlockend. Andererseits würden die anderen Gäste sie dann für die alte Jungfer halten, die sie im Grunde auch war.

Obwohl das einundzwanzigste Jahrhundert bereits begonnen hatte und Frauen frei und unabhängig leben konnten, war es in der McCormick-Familie nach wie vor eine Katastrophe, wenn eine Frau mit knapp dreißig noch keinen Mann abbekommen hatte.

„Aber du bist doch eine Sportreporterin", würde ihre Tante Tully wieder einmal sagen. „Da müsstest du doch massenhaft reiche und attraktive Männer treffen."

Wenn es doch nur so einfach wäre. Katie liebte den Sport – die Wettbewerbe, die Höchstleistungen, zu denen man manchmal fähig war, die Spannung – doch die Athleten selbst fand sie nur wenig attraktiv. Vielleicht lag es daran, dass sie diese Männer in Extremsituationen erlebte. Es war vergleichbar mit einem Job in einer Restaurantküche. Wenn man jeden Tag dort arbeitete, hatte man keine Lust mehr, auswärts essen zu gehen.

Ein großer, dunkelhaariger Mann betrat die Lobby. Er war so außergewöhnlich attraktiv, dass sämtliche Frauen sich nach ihm umdrehten. Breite Schultern, lange, kräftige Beine, das blau gestreifte Hemd lässig in die Jeans gesteckt. Das Leben war einfach ungerecht! Wieso konnte Katie nicht so ein Exemplar an Land ziehen? Stattdessen stand sie hier und wartete auf Howard, den Nerd, der sich zu allem Überfluss auch noch verspätete.

Er machte irgendetwas in der Computerbranche – vielleicht hätte sie ihn per E-Mail an ihre Verabredung erinnern sollen?

„Katie?"

Der dunkelhaarige Fremde war vor ihr stehen geblieben. Ungläubig starrte Katie ihn an. Sein Gesicht war gleichmäßig, mit einem energischen Kinn und leuchtend grünen Augen hinter der modischen Brille.

Sie öffnete ihren Mund, um etwas zu sagen, brachte jedoch kein Wort heraus. Konnte das wahr sein?

„H…Howie?"

Der Mann lächelte, und es war ein so verführerisches Lächeln, dass sie fast leise aufgestöhnt hätte.

„Jackson", korrigierte er sie. „Ich nenne mich seit Jahren bei meinem zweiten Vornamen. Jackson."

Sahneschnitte wäre ein mindestens genauso passender Name gewesen, überlegte Katie und versuchte, ihre Gedanken zu sortieren. Er war viel größer als damals. Und kräftiger. Selbst sein Haar war perfekt.

„Howie?", wiederholte sie ungläubig.

„Na komm schon, so sehr habe ich mich jetzt auch nicht verändert!"

Aber hallo!

„Du bist … ähm … groß geworden", stammelte sie und hoffte, nicht so dämlich auszusehen, wie sie sich gerade fühlte.

„Genau wie du."

Katie kräuselte ihre Nase. Nein, sie war während der letzten vierzehn Jahre eigentlich nicht mehr gewachsen. Allerdings hatte sie über zehn Kilo Gewicht verloren und gelernt, sich vorteilhaft zu kleiden und zu schminken. Obwohl sie sich nur durchschnittlich hübsch fand, beschwerte sie sich nicht, auch wenn sie es manchmal deprimierend fand, dass in ihrer Familie alle außer ihr schlank, groß und attraktiv waren. Warum musste gerade sie diese üppigen Rundungen haben?

„Naja, zumindest habe ich meinen Babyspeck verloren."

Jackson sah sie aufmerksam an. „Deine Augen haben sich nicht verändert. Sie sind genauso schön wie damals. Ich kann mich noch gut an die Farbe erinnern."

„Vermutlich, weil ich dich angestarrt habe."

„Allerdings. Ich hatte furchtbare Angst, du würdest mich verhauen."

„Du hast mich behandelt, als wäre ich eine Idiotin."

„Ich wollte nur meine Unsicherheit überspielen. Tut mir leid. Damals war ich nun einmal so."

„Das ist wohl der Nachteil, wenn man eine sechzehnjährige Intelligenzbestie ist."

„Du konntest dich aber auch recht gut verteidigen."

Katie lachte. „Ja, allerdings nur durch rohe Gewalt. Das ist eher peinlich."

„Unsinn. Du warst beeindruckend. Und heute bist du eine berühmte Sportjournalistin?"

Hätte Katie gerade etwas getrunken, dann hätte sie sich mit Sicherheit vor Schreck verschluckt.

„Das ist völlig übertrieben. Hat meine Mutter dir das erzählt?“

Er nickte.

„Ich arbeite für die Lokalzeitung, die *Fool's Gold Daily Republic*, und bin dort für die Sportredaktion verantwortlich. Das ist nicht gerade eine glänzende berufliche Karriere.“

„Du magst deinen Job. Das höre ich deutlich aus deinen Worten heraus. Und das ist die Hauptsache.“

„Stimmt.“ Sie sah in seine dunkelgrünen Augen und fragte sich, weshalb sie nicht schon viel früher auf ihre Mutter gehört und ihn getroffen hatte.

Howie … ach nein: Jackson war einfach umwerfend.

„Ich habe gehört, dass du eine erfolgreiche Computerfirma hast?“ Wieso hatte sie sich nicht die Mühe gemacht, ihn zu googeln? „Du hast irgendein Programm geschrieben … für Firmen?“

Wieder lächelte er sein etwas verruchtes, sexy Lächeln. „Inventurkontrolle. Glaub mir, du möchtest die Einzelheiten nicht hören. Es ist sterbenslangweilig.“

„Wahrscheinlich hast du recht. Aber trotzdem ist es wichtig, dass sich jemand um solche Inventursachen kümmert. Bestimmt ist das total prozessoptimierend.“

Verwundert sah er sie an. „Prozessoptimierend?“

„Ich habe Sportjournalismus studiert und nicht BWL. Was weiß ich, wie man das nennt. Ich dachte, es geht immer um Prozessoptimierung. Gib mir etwas Zeit zum Recherchieren, und ich werde dich mit meiner Sachkenntnis beeindrucken.“

„Vielleicht bin ich ja schon beeindruckt."

Sie war sich nicht sicher, ob es an seinen Worten oder an der Art, wie er sie gesagt hatte, lag, aber zum ersten Mal seit langer Zeit fühlte sie sich wieder wie ein junges Mädchen. Wäre ihr Haar nur ein wenig länger gewesen, dann hätte sie es jetzt schwungvoll nach hinten geworfen. Wie gut, dass ihre Mutter sie überredet hatte, ein hübsches Sommerkleid anzuziehen, anstatt wie üblich in Jeans und T-Shirt herumzulaufen. Katie hatte sogar ausnahmsweise Mascara und Lipgloss aufgetragen.

„Du bist ganz anders, als ich es erwartet hatte", gab Jackson zu.

„Ich weiß", erwiderte Katie und widerstand nur mühsam dem Impuls, mit den Wimpern zu klimpern. „Als meine Mutter dich als meine Aushilfsbegleitung vorschlug, war ich alles andere als begeistert. Doch ich bin dir wirklich sehr dankbar, dass du zugestimmt hast."

„Gern geschehen."

„Das sagst du jetzt. Du hast ja keine Ahnung, was dich erwartet." Sie lächelte vielsagend. „Vielleicht sollte ich dir die Autoschlüssel wegnehmen, bevor ich dich über die nächsten vier Tage aufkläre. Damit du nicht schreiend weglaufen kannst."

„Ist es so schlimm?"

„Nun ja, sagen wir mal so: Meine Schwester ist nur dann glücklich, wenn alles um sie herum hochdramatisch ist. Mit Mittelmäßigkeit gibt sie sich nur ungern zufrieden. Dann ist da noch meine Tante, die sich bei solchen Gelegenheiten immer einen Spaß daraus macht, die Freunde oder Ehemänner der anderen Frauen zu verführen. Was den Bräutigam betrifft: Ich schätze, deine Mutter hat erwähnt, dass ich früher mit ihm zusammen war. Und das ist erst der Anfang."

„Hört sich nett an."

„Du hast ja keine Ahnung! Noch kannst du verschwinden."

„Kein Problem. Ich schaffe das schon. Oder zweifelst du etwa daran?"

Nein, Katie hatte nicht den geringsten Zweifel, dass Jackson mit jeder Situation fertig werden würde. Und sie fand die Aussicht, die nächsten Tage mit ihm zu verbringen, ausgesprochen verlockend.

„Du solltest jetzt einchecken. Warst du während der letzten Jahre in Fool's Gold?"

„Nein. Nicht seit unserem letzten Zusammentreffen."

„Aber du bist doch in Sacramento aufgewachsen, also ganz in der Nähe."

„Mich hat's nach dem College in die andere Richtung gezogen, an die Ostküste." Interessiert sah er sich in der Lobby um. „Dieses Hotel ist unter Skifahrern ziemlich berühmt."

„Fährst du auch Ski?"

„Ein wenig. Es gefällt mir sehr, aber leider bin ich nicht besonders gut."

„Geht mir genauso. Aber es ist einfacher als Snowboarding. Ich probiere gern neue Sportarten aus, auch wenn ich bis jetzt keine gefunden habe, in der ich richtig gut bin."

Sie gingen langsam auf die Rezeption zu. „Im Winter gibt es hier einige sehr gute Pisten. Um diese Zeit sind natürlich keine Wintersporttouristen hier, sodass das Hotel sich auf Hochzeitsgesellschaften und Themenwochenenden spezialisiert hat. Das Konzept ist ziemlich erfolgreich; aus dem ganzen Land kommen Gäste, die etwas erleben oder Wellnessurlaub machen wollen."

„Offenbar kennst du dich ziemlich gut aus. Arbeitest du nebenbei in der Tourismusbranche?"

Katie lachte. „Ich lebe in dieser Stadt. Da bekommt man zwangsläufig mit, was hier oben im Hotel passiert."

„Du bist also in Fool's Gold aufgewachsen und immer hiergeblieben? Hattest du nie den Wunsch, woanders zu leben?"

Katie schüttelte den Kopf. „Nein, eigentlich nicht. Ich bin zum Studieren ans Ashland College gegangen, doch obwohl es mir dort sehr gut gefallen hat, konnte ich es kaum erwarten, wieder zurückzukommen. Fool's Gold ist einfach mein Zuhause."

Aus ihren Worten klang Zufriedenheit. Jackson hatte in Sacramento eine glückliche Kindheit verlebt, und auch an der Ostküste, während seines Studiums am Massachusetts Institute of Technology in Cambridge, hatte er sich sehr wohlgefühlt. Doch als er einen Ort für seine Firmengründung suchte, hatte es ihn wieder nach Westen gezogen. Kalifornien war einfach ein ganz besonderer Flecken.

Inzwischen lebte er in Los Angeles, doch auch wenn er die Stadt sehr mochte, empfand er nicht dieses Gefühl von Heimat, das Katie ganz offensichtlich verspürte.

Sie war vollkommen anders, als er es erwartet hatte. Offen und selbstbewusst und voller Energie. Sie schien rundum zufrieden zu sein, und in ihren blauen Augen erkannte er Intelligenz und Humor. Ihre Figur war üppig. So verführerisch üppig, dass ihm der Atem stockte. Ihre Art zu gehen konnte man nur als erotisch bezeichnen, und sein Körper reagierte unmissverständlich auf ihren sexy Gang.

Mit sechzehn hatte er eine Heidenangst vor ihr gehabt, doch nun, vierzehn Jahre später, war sie eine wandelnde Versuchung. Natürlich würde er nicht darauf eingehen. Ein Flirt mit der Tochter der besten Freundin seiner Mutter war völlig indiskutabel. Abgesehen davon, dass die beiden Mütter ihre Beziehung mit Argusaugen überwachen würden, war Jackson klar, was passieren würde, sollte er Katie das Herz brechen.

Schade eigentlich, überlegte er mit leisem Bedauern.

„Die Familienmitglieder sind alle auf dem gleichen Gang“, erklärte Katie gerade. „Ich habe dafür gesorgt, dass du so weit wie möglich von ihnen entfernt untergebracht wirst. Wir wollen schließlich nicht, dass Tante Tully sich nachts in dein Zimmer schleicht.“ Schelmisch lächelte sie ihn an. „Du bist noch jung genug, um bleibende Schäden davonzutragen, falls sie dich vernascht.“

„Ich bin mir nicht sicher, ob ich Lust habe, sie kennenzulernen.“

„Keine Angst, ich beschütze dich.“

Schnell checkte er ein und bekam einen altmodischen Schlüssel.

„Da geht’s entlang.“ Katie wies auf die Fahrstühle. „Und heute Abend wird es ernst. Die Feierlichkeiten beginnen mit einer Party.“

„Parties sind toll."

„Es ist eine Themenparty. 50er Jahre. Ich habe schon ein Kostüm in dein Zimmer bringen lassen."

Eine Kostümparty? Offenbar hatte seine Mutter ihm einige entscheidende Details verschwiegen. „Hört sich super an", log er.

Lachend tätschelte Katie seinen Arm. „Mach dir keine Sorgen. Die Jungs tragen nur ein kurzärmliges weißes Shirt und Jeans. Falls du zufällig Slipper dabei hast, wäre dein Auftritt perfekt."

„Mit weißen Socken, nehme ich an."

„Das wäre großartig."

Er spürte ihre warme Hand auf seiner Haut, und es gefiel ihm. Sehr sogar. Am liebsten hätte er sie ebenfalls berührt. Sein Blick wanderte zu ihrem Mund. Ihre Lippen waren voll und schön geschwungen – genau wie der Rest von ihr. Katie war der Inbegriff von Üppigkeit.

„Ich bin viel schlechter dran als du, denn ich muss einen albernen Petticoat tragen. Mit einem Twinset. Grauenhaft!"

Eine interessante Vorstellung, fand Jackson, dem es nicht gelang, seinen Blick von ihrem Gesicht zu lösen. Normalerweise fand er den Retrolook nicht sonderlich attraktiv, doch er hatte den Verdacht, dass Katie ihm heute Abend ziemlich gut gefallen würde.

„Wir sollten jetzt unsere Geschichte abstimmen", schlug Katie leise vor.

Verwundert sah er sie an. Ihre Pupillen waren ein wenig geweitet, und sie schien etwas aufgeregt zu sein. Zum Anbeißen.

„Ich meine, wie wir zusammengekommen sind", fügte sie hinzu.

„Am besten bleiben wir möglichst nah an der Wahrheit. Unsere Mütter haben uns verkuppelt."

„Gut. Sagen wir, vor einem halben Jahr?"

„In Ordnung. Seitdem sind wir unzertrennlich." Er grinste. „Natürlich war ich etwas erstaunt, als du gleich am ersten Abend mit mir schlafen wolltest, aber als perfekter Gentleman konnte ich die Einladung wohl nicht ausschlagen."

Mit großen Augen sah sie ihn an und runzelte dann die Stirn. „Wie bitte? Du warst derjenige, der schon nach fünf Minuten vollkommen verrückt nach mir war. Du hast mich regelrecht verfolgt! Im Grunde bin ich nur aus Mitleid mit dir ausgegangen, weil ich befürchtete, dass du sonst völlig durchdrehen würdest."

Jackson lachte charmant. „Wie wäre es, wenn wir uns in der Mitte treffen? Es war bei uns beiden Liebe auf den ersten Blick."

„Okay. Auch wenn mir die Vorstellung, dass du verrückt nach mir warst, besser gefällt."

Sie hatte ja keine Ahnung, wie wenig nötig war, um genau das zu bewirken. Nur mit Mühe konnte er dem Drang widerstehen, sie anzufassen, denn er hätte zu gern gewusst, ob ihr ganzer Körper so warm und weich war wie ihre Hände.

Sie gingen zum Fahrstuhl, doch noch bevor sie ihn erreicht hatten, stürmte eine etwa fünfzigjährige Frau auf sie zu. Jackson erkannte die beste Freundin seiner Mutter sofort.

„Hallo Janis! Schön, dich wiederzusehen.“

„Howie“, begrüßte sie ihn kurz.

Er zuckte zusammen. Da seine Mutter darauf bestand, ihn weiterhin Howie zu nennen, kannte Janis ihn natürlich auch nur unter diesem Namen.

„Es ist eine Katastrophe passiert!“, wandte Janis sich an Katie.

„Nur eine? Das geht doch noch.“

„Fordere bitte das Schicksal nicht heraus!“ Janis holte tief Luft. „Es geht um die Torte. Genau genommen um die Konditorin. Anscheinend werden die Dekorationen im Vorfeld einer Hochzeit hergestellt und dann am Hochzeitstag auf die frisch gebackene Torte gesetzt. So ganz genau hab ich das alles nicht verstanden.“

„Und wo liegt jetzt das Problem?“

„Die Konditorin hatte einen Autounfall. Keine Angst, sie hat überlebt, doch ihre beiden Arme sind gebrochen. Ich will ja nicht herzlos erscheinen, aber hätte das nicht an einem anderen Tag passieren können? Die Torte befand sich auch im Auto und ist natürlich hinüber. Wir haben also die Dekorationen, die schon gestern geliefert wurden, aber keine Torte und niemanden, der sich um die Fertigstellung kümmern könnte.“

Janis klammerte sich an Katies Arm. „Ich halte das alles nicht mehr aus! Deine Schwester ist vollkommen hysterisch und dein Vater ist mir auch keine Hilfe. Außerdem muss ich ständig neu angekommene Verwandte begrüßen, und zu allem Überfluss schleicht Tante Tully bereits um einen der Hotelpagen herum. Du musst mir helfen!“

„Warum habe gerade ich so eine unmögliche Familie?" Resigniert sah Katie ihre Mutter an.

„Das ist kein bisschen hilfreich", tadelte Janis sie, wobei ihre Stimme mit jedem Wort schriller wurde.

„Tut mir leid. Bestimmt finden wir eine andere Konditorin."

„Und wie? Wir sind mitten in der Hochzeitssaison. Sie sind alle ausgebucht. Ich fürchte, das hier ist ein Wink des Schicksals. Die Hochzeit wird eine Katastrophe – ich spüre es genau!"

„Mom, bitte beruhige dich!"

„Ich kann nicht …"

Jackson holte sein Mobiltelefon heraus. „Vielleicht kann ich euch helfen. Ich habe eine Freundin, die eine Cateringfirma betreibt. Sie hat schon öfter Hochzeitstorten gemacht, und ich bin mir sicher, dass ich sie überreden kann, einzuspringen."

Janis sah ihn an. „Bitte mach mir keine falschen Hoffnungen, Howie. Das wäre ja zu schön, um wahr zu sein."

„Ich rufe sie sofort an."

Er suchte in seiner Kontaktliste nach Ariel. Sekunden später war sie am Apparat. Jackson begrüßte sie und erklärte ihr die Situation.

„Aber es ist nicht etwa deine eigene Hochzeit?", erkundigte Ariel sich argwöhnisch.

„Nein. Die Hochzeit einer Freundin. Ich bin nur übers Wochenende hier und fahre dann wieder nach L. A."

Sie zögerte. „Eigentlich habe ich keine Zeit, aber da heute ein Kunde abgesagt hat, könnte ich morgen früh da sein. Ich brauche allerdings die Hotelküche." Sie nannte einen Preis, der ihn erstarren ließ, doch Janis nickte unbekümmert.

„Also abgemacht. Wir sehen uns dann morgen."

Als er aufgelegt hatte, umarmte Janis ihn überschwänglich. „Du hast mein Leben gerettet!"

„Es ist doch nur eine Torte. Du tust ja so, als hätte ich dich aus einem brennenden Haus getragen."

„Genauso erleichtert fühle ich mich auch!" Sie legte theatralisch eine Hand auf ihre Brust. „Ich kann wieder atmen! Zumindest bis zur nächsten Katastrophe. So Kinder, jetzt geht in eure Zimmer und macht euch für die Party fertig. Ich brauche erst einmal einen Drink."

Grinsend sah Jackson ihr nach und drückte dann auf den Fahrstuhlknopf. Katie blickte ihn skeptisch an. „Ariel ist also eine Exfreundin von dir?"

„Woher weißt du das?"

„Männer haben normalerweise nicht die Nummer eines Cateringservice in ihrer Kurzwahlliste."

„Unsinn. Sie ist in meinem ganz normalen Telefonbuch."

„Trotzdem hatte ich recht."

Die Türen öffneten sich, und sie traten ein. Katie drückte den Knopf für die vierte Etage.

„Und – war es schlimm? Die Trennung, meine ich."

„Eigentlich nicht. Genau genommen war es ganz einfach. Sie hat mich verlassen. Zuerst fühlte ich mich grässlich, aber das ging schnell vorüber." In der Tat war er so schnell über das Ende der Beziehung hinweg gewesen, dass er rasch eingesehen hatte, wie wenig zukunftsträchtig die Beziehung gewesen war.

„Glückwunsch. Das ist auf jeden Fall besser, als monatelang in Liebeskummer zu versinken."

Er musterte sie prüfend. „Bist du eher der Liebeskummertyp?"

„Hm, es gab ein, zwei Mal in meinem Leben deprimierende Episoden, aber insgesamt neige ich nicht so dazu."

Der Fahrstuhl hielt an, und sie stiegen aus. Katie zeigte Jackson den Weg zu seinem Zimmer.

„Meins ist gleich gegenüber."

Grinsend sah er sie an. „Ich hoffe, ich bin hier vor dir sicher."

„Wenn du vor vierzehn Jahren schon so gewesen wärst wie heute, hätte ich nie damit gedroht, dich zu verhauen."

„Wäre ich vor vierzehn Jahren so gewesen wie heute, dann hätte ich mir gewünscht, dass du es versuchst."

Sekundenlang sahen sie sich in die Augen. Schließlich wandte Katie den Blick ab. „Die Party fängt in einer Stunde an. Am besten machst du dich jetzt fertig. Mach dich auf das Schlimmste gefasst."

„Ich bin nicht so leicht zu verunsichern. Außerdem hast du versprochen, mich zu beschützen."

„Du solltest darum beten, dass Tante Tully dich in Ruhe lässt."

„Ich werde schon mit ihr fertig."

„Warte es ab …" Mit einem Lächeln auf dem Gesicht ging Katie in ihr Zimmer.

3. KAPITEL

Irgendwie sah dieses 50er-Jahre-Kostüm gar nicht so übel aus, dachte Katie, als sie sich im Spiegel betrachtete. Natürlich ließ der Rock ihre ohnehin nicht sehr langen Beine noch ein wenig kürzer erscheinen – was für jemanden aus einer Familie mit fast ausschließlich großen, schlanken Menschen nur schwer zu ertragen war –, doch ihre Taille wurde durch den Petticoat sehr vorteilhaft betont. Übermütig drehte sie sich ein paar Mal im Kreis.

Ihr schulterlanges Haar hatte sie mit einer quietschgelben Schleife zu einem kecken Pferdeschwanz zusammengebunden. Dazu trug sie eine falsche Perlenkette, um den Retrolook perfekt zu machen.

Ein energisches Klopfen an ihrer Tür ließ sie zusammenzucken.

Sie riss die Tür auf und sah Jackson beeindruckt an. Er trug eine Jeans und hatte die Ärmel seines engen weißen T-Shirts hochgerollt. Sein dunkles Haar war mit Pomade nach hinten gekämmt, was nicht nur sehr sexy, sondern auch verwegen aussah. Eine ausgesprochen verlockende Kombination.

„Die West Side Story ist der Lieblingsfilm meiner Mutter", erklärte Katie lachend. „Du siehst wie ein perfekter *Jet* aus."

Jackson musterte sie von Kopf bis Fuß mit so unverhohlenem Interesse, dass Katie eine Gänsehaut bekam.

„Sehr hübsch. Ich mag den Rock."

Sie drehte sich einmal im Kreis. „Ja, nicht wahr, er ist großartig. Ich habe noch nie vorher einen Petticoat getragen.“

„Du siehst aus wie …“

„Ein braver Backfisch? Oder besser wie eine alte Jungfer?“

„Nein, wie das Mädchen, mit dem man zum Abschlussball gehen möchte.“

Sie freute sich über das Kompliment, gab sich jedoch Mühe, es sich nicht anmerken zu lassen. „Dann habe ich ja alles richtig gemacht.“

Schnell steckte sie ihren Lipgloss und den Zimmerschlüssel in ihre Tasche und trat zu ihm auf den Gang.

Während sie auf den Fahrstuhl warteten, lehnte Jackson sich lässig an die Wand und sah sie unschlüssig an.

„Händchen halten? Küssen? Ständiges Aneinanderkleben? Wie wollen wir der Welt und vor allem deiner Familie zeigen, dass wir unzertrennlich sind?“

Sex, dachte Katie. Sie sollten Sex haben, um den Eindruck eines glücklichen Pärchens zu vervollständigen. Sie hätte absolut nichts dagegen.

„Tja, ein wenig Körperkontakt sollte schon da sein. Courtney und Alex können keine Minute die Finger voneinander lassen, aber ehrlich gesagt finde ich das manchmal schon etwas peinlich.“

„Einverstanden.“

Er sah sie eindringlich an, ganz so, als würde er über eine Sache angestrengt nachdenken. Langsam machte er sie nervös. Wo blieb nur der Fahrstuhl?

Sekundenlang sagte keiner von ihnen etwas. Dann trat Jackson auf Katie zu, nahm zärtlich ihr Gesicht in die Hände und strich mit den Lippen über ihren Mund.

Sein Kuss kam unerwartet, er war gleichzeitig sanft und leidenschaftlich. Eine Hitzewelle stieg in Katie auf, und am liebsten hätte sie sich in seine Arme geworfen. Doch er war schon wieder einen Schritt zurückgetreten; seine Hände umfassten allerdings noch immer ihr Gesicht, und er streichelte sanft ihre Wangen.

„Wir mussten uns schließlich eine Generalprobe zugestehen", erklärte er grinsend. Katie schickte ein Stoßgebet zum Himmel, dass noch weitere Trainingseinheiten folgen würden.

Als sie gerade vorschlagen wollte, die Übung zu wiederholen, öffneten sich die Türen des Fahrstuhls. Leider war es Tante Tully, die sie hocherfreut begrüßte.

„Katie!", rief die ältere Frau überschwänglich und trat auf den Gang. „Ich habe dich schon überall gesucht!" Dann bemerkte sie Jackson und strahlte ihn an. „Hallo, mein Süßer! Ich bin Katies Lieblingstante, und wir beide teilen uns immer alles."

Jackson trat erschrocken einen Schritt zurück. Katie wusste nicht, ob sie lachen oder weinen sollte.

Tully war die Schwester ihres Vaters; eine mollige, kleine, sehr lebhafte Frau mit blondiertem Haar, die sich kleidete wie eine Zwanzigjährige. Bestenfalls. Nur ihr Schmuck zeigte, dass sie sehr reich geheiratet hatte. Mehrmals. Im Augenblick war Tully auf der Suche nach Ehemann Nummer sechs.

Verheiratet oder nicht – Tully liebte die Männer. Alle Männer. Selbst diejenigen, die verheiratet oder mit anderen Frauen zusammen waren. Sie war der Mittelpunkt einer jeden Party, vertrug eine Menge Alkohol und ignorierte konsequent die Grenzen, die andere Menschen ihr aufzeigten. Katie liebte und fürchtete sie gleichermaßen.

Jackson schien sich von dem Schrecken erholt zu haben und streckte ihr seine Hand entgegen.

„Sie müssen Tante Tully sein. Freut mich, Sie kennenzulernen."

„Na los jetzt!", forderte Tante Tully ihn auf. „Sie gehören nun zur Familie. Da erwarte ich mehr als ein Händeschütteln."

Zögernd kam er näher und nahm sie widerstrebend in den Arm. Doch Tante Tully war für zurückhaltende Gesten nicht zu haben. Beherzt zog sie ihn an sich, drückte ihren Busen an seine Brust und gab ihm einen schmatzenden Kuss auf den Mund. Katie wäre vor Scham am liebsten im Boden versunken.

Schnell löste Jackson sich aus der Umarmung.

Besitzergreifend legte Katie ihren Arm um Jacksons Taille. „Tante Tully, er gehört mir! Du bekommst ihn nicht!"

Tully verzog schmollend ihren Mund und sah Katie herausfordernd an. „Bist du sicher? Ich kaufe dir ein Auto. Den neuen Lexus Hybrid."

„Danke, aber die Antwort ist Nein."

„Willst du Geld?"

Jackson räusperte sich. „Ms. McCormick, ich fühle mich sehr geschmeichelt, aber …"

Ungeduldig unterbrach Tully ihn. „Das haben Sie nicht zu entscheiden. Ich verhandle mit Katie. Also?"

„Nein, Tante Tully. Wirklich nicht!"

„Na gut. Dann muss ich mir halt einen anderen Mann suchen. Hat der Bräutigam zufällig einen Bruder?"

„Nein", antwortete Katie und war sehr stolz auf sich selbst, weil sie der Versuchung widerstanden hatte, Tante Tully Alex selbst vorzuschlagen. Es wäre zwar nur gerecht gewesen, wenn jemand Courtney den Mann wegnähme, doch im Augenblick wäre es für zu viele Menschen eine Katastrophe. Abgesehen davon bestand die geringe Möglichkeit, dass ihre Schwester Alex wirklich liebte.

Der Fahrstuhl hielt erneut in ihrer Etage an, und Tully stieg ein.

„Wir nehmen den nächsten", erklärte Katie, die annahm, dass Jackson sich gern einen Moment erholen wollte. „Wir sehen uns dann auf der Party!" Leise schloss sich die Tür.

Jackson lehnte sich an die Wand. „Das war also Tante Tully."

„Ich habe versucht, dich zu warnen."

„Sie wollte mich kaufen!"

„Ich weiß."

„Sie hat dir ganz ernsthaft Geld angeboten!"

„Sie steht nun mal auf Männer."

„Aber sie könnte vom Alter her meine Mutter sein."

„Versuch einfach, nicht mehr daran zu denken."

Er schüttelte den Kopf. „Jetzt verstehe ich, weshalb du unbedingt eine Begleitung für diese Familienfeier haben wolltest."

„Nur ein Teil meiner Familie ist so schräg. Meine Eltern beispielsweise sind ganz entzückend. Und Courtney ist sehr hübsch." Am liebsten hätte Katie hinzugefügt, dass es ausgesprochen nett wäre, wenn Jackson darauf verzichten könnte, sich in Courtney zu verlieben, doch sie widerstand dem Impuls. Es würde sowieso nichts nützen. Wenn es passieren sollte, dann würde es auch passieren.

„Also ist Tully die Schlimmste von allen?"

Katie lachte. „Ja, ganz bestimmt. Die anderen Mitglieder meiner Familie werden sich darauf beschränken, peinliche Fragen zu stellen. Zum Beispiel seit wann wir schon zusammen sind und ob du ernsthafte Absichten hast."

„Sie wollen dich also unter die Haube bringen?"

„Ja, das ist seit Jahren ihr gemeinsames Ziel. Man sollte ja annehmen, dass es reicht, einen tollen Job und viele nette Freunde zu haben, aber das stimmt nicht. Manchmal beneide ich euch Männer. Ihr müsst euch diese Sticheleien nie anhören."

„Da irrst du dich. Meine Mutter erklärt regelmäßig sehr deutlich, dass sie endlich Enkelkinder haben möchte. Aber ich ignoriere sie einfach."

Gut für ihn, wenn er das so einfach konnte, überlegte Katie und drückte auf den Fahrstuhlknopf.

„Warum bist du noch nicht verheiratet? Oder gehörst du etwa zu den Männern, die sich nicht festlegen wollen? Bist du ein eingefleischter Junggeselle?"

„Nein. Mir gefällt die Vorstellung, eines Tages eine Frau und Kinder zu haben. Aber als ich noch jünger war, hatte ich leider nur wenig Erfolg bei den Mädchen."

Sie sah ihn an, betrachtete seine breiten Schultern, die leuchtend grünen Augen und seinen sexy Mund. „Auch auf die Gefahr hin, dass du dir etwas darauf einbildest – ich denke nicht, dass dieses Problem immer noch besteht."

„Nein. Heute besteht die Schwierigkeit darin, die richtige Frau zu finden."

„Wonach suchst du denn?"

Wieder sah er ihr sekundenlang tief in die Augen. Als wollte er …

In diesem Augenblick öffneten sich die Fahrstuhltüren erneut.

„Katie, mein Schatz. Da bist du ja!" Katies Mutter kam leicht taumelnd auf sie zu.

Katie sah ihren Vater entsetzt an. „Sie hat einen Schwips!"

„Meinst du?" Ihr Vater hielt Jackson die Hand hin. „Hallo! Ich bin Mike McCormick."

„Jackson Kent. Ich bin der Sohn von Tina."

„Ich weiß." Er legte einen Arm um seine Frau. „Deine Mutter hatte zwei Martinis", erklärte er leichthin.

Katie zuckte zusammen. „Um Himmels willen! Normalerweise ist sie schon nach einem beschwipst! Auch wenn sie dann immer sehr charmant ist, finde ich nicht, dass heute ein passender Anlass für zwei Martinis ist."

Sie stiegen ein, und die Türen schlossen sich wieder.

Janis tätschelte ihrem Mann die Wange. „Jetzt tu nicht so, als würde es dich stören. Wir wissen doch beide, dass du es magst, wenn ich ein bisschen angeheitert bin. Dann kriegst du mich eher rum."

„Mom!!!“ Entsetzt hielt Katie sich die Ohren zu. „Bitte hör auf! Ich will so etwas nicht hören!“

Janis sah ihre Tochter nachsichtig an. „Du solltest dich darüber freuen, dass deine Eltern immer noch Sex haben. Das ist ein Zeichen dafür, dass unsere Ehe in Ordnung ist. Du möchtest doch nicht, dass wir uns scheiden lassen, oder?“

„Soll ich ein Lied singen, damit du sie nicht mehr hören kannst?“, schlug Jackson grinsend vor.

„Du findest das also lustig?“ Katie war nun fuchsteufelswild. „Wie würdest du es finden, wenn deine Eltern dir über ihr Intimleben berichteten?“ Sie sah ihre Mutter wütend an. „Das hier ist Courtneys Hochzeit! Reiß dich gefälligst zusammen!“

„Schon gut, Kleines. Ich wollte ja nur sagen, dass der Sex immer besser wird, je älter man ist. Früher mussten wir immer darauf achten, dass ihr Kinder uns nicht überrascht habt. Ich mag gar nicht an all die Nachmittage denken, an denen wir versucht haben, uns unter der Dusche zu lieben und ständig eine von euch an die Tür geklopft hat. Mami hier und Mami da. Kannst du mal … Darf ich ein Eis … Wo ist mein Taschenrechner? Es war furchtbar. Einmal dachte ich, wir hätten vergessen, die Tür abzuschließen, und ich hätte deinem Vater vor Schreck fast in sein bestes Stück gebissen.“

Die Türen öffneten sich und Katie stürmte aus dem Fahrstuhl. Sie musste fort, einfach nur fort, und die grässlichen Bilder aus ihrem Kopf bekommen. „Kleine Kätzchen und Eiscreme“, murmelte sie. „Oder London. Ich denke einfach an London." Sie blieb stehen und vergrub ihr Gesicht in den Händen. Was für ein Albtraum!

Plötzlich spürte sie, wie jemand sie in den Arm nahm und an sich zog. Die mitfühlende Geste wurde allerdings durch Jacksons glucksendes Lachen abgeschwächt.

„Falls es dich beruhigt: Dein Vater wäre vor Scham am liebsten im Boden versunken."

„Nein, das beruhigt mich nicht. Wie konnte sie nur so etwas sagen?"

„Naja, sie ist betrunken."

„Trotzdem." Katie schüttelte sich und presste ihr Gesicht an seine Schulter. „Das war widerlich. Natürlich freut es mich, dass sie glücklich verheiratet sind, aber Eltern sollten nie, wirklich niemals, in Gegenwart ihrer Kinder über ihr Sexleben sprechen!"

„Du brauchst eine Ablenkung, um auf andere Gedanken zu kommen."

„Ich brauche eine Gehirnwäsche!"

„Katie?"

Fragend blickte sie zu ihm hoch. Im selben Augenblick küsste er sie.

Seine Lippen waren herrlich weich, und sein Kuss, erst unglaublich zärtlich, dann immer leidenschaftlicher, ließ ihre Knie weich werden.

Er hielt sie fest an sich gedrückt, und Katie konnte sich keinen Ort auf der Welt vorstellen, an dem sie gerade lieber wäre als hier in seinen starken Armen. Sanft streichelte er über ihren Rücken und umfasste dann wie selbstverständlich ihren Po, um sie noch näher an sich heranzuziehen.

Selbst durch den Petticoat hindurch spürte sie seine Hitze und sein Verlangen.

Sein Kuss wurde immer fordernder, und Katie schlang ihre Arme um seinen Hals und gab sich ganz und gar dem köstlichen Augenblick hin.

Er raubte ihr den Atem, wie es schon seit langer Zeit kein Mann mehr getan hatte. Viel zu lange. Fast hätte sie vergessen, wie gut es sich anfühlte, begehrt zu werden. Und zu begehren.

Im Hintergrund hörte sie Stimmen, doch sie ignorierte sie. Sie wollte Jackson küssen. Küssen und noch viel mehr. Alles andere war unwichtig. Am liebsten hätte sie für den Rest ihres Lebens eng umschlungen mit ihm hier in der Lobby gestanden.

Leider waren seine Fähigkeiten als Gedankenleser nicht so gut entwickelt wie die als Liebhaber, denn nach einer Weile ließ er sie los und trat einen Schritt zurück.

„Und? Geht es dir nun besser?“

Katie zuckte zusammen. „Hast du das nur getan, um mich abzulenken?“

„Teilweise.“

Na wunderbar. Da hatte sie ihre erste erotische Begegnung seit ungefähr einem Jahr, und für ihn war es lediglich eine Mitleidsbekundung gewesen.

Jacksons Mund verzog sich im gleichen Moment zu dem Katie nun schon wohlbekannten sexy Lächeln. „Aber ich habe es auch getan, weil ich es wollte.“

4. KAPITEL

Am nächsten Tag quälte Katie sich frühmorgens aus dem Bett, um im Fitnessraum des Hotels ein wenig zu trainieren, bevor der eigentliche Hochzeitstrubel begann. Schlaftrunken stolperte sie durch die Hotelhalle – ungekämmt, in einer alten Jogginghose und mit einer kleinen Wasserflasche bewaffnet. Sie rechnete nicht damit, so früh jemanden zu treffen, und ging davon aus, dass sie den Fitnessraum für sich allein haben würde.

Umso erstaunter war sie, Jackson auf einem der Ergometer zu sehen. Im Gegensatz zu ihr sah *er* auch völlig verschwitzt noch unglaublich gut aus. Er hatte Kopfhörer im Ohr und schaute während des Trainings offenbar gerade die Nachrichten auf dem großen Flachbildfernseher. Bis jetzt hatte er sie noch nicht bemerkt.

Nach dem albtraumhaften Auftritt ihrer Mutter und dem atemberaubenden Kuss in der Hotellobby war der Rest des Abends vergleichsweise unspektakulär verlaufen. Tante Tully hatte freundlicherweise Abstand gehalten, auch wenn sie Jackson immer wieder aufreizende Blicke zugeworfen hatte.

Keiner von Katies Verwandten war durch zu hohen Alkoholkonsum negativ aufgefallen – doch das Wochenende hatte ja auch gerade erst angefangen. Katie ging zu dem zweiten Ergometer.

Wegen Jackson den Fitnessraum zu verlassen kam für sie nicht infrage. Nicht bei ihrer genetischen Veranlagung zur

Molligkeit. Wenn sie nicht sehr auf ihr Essen und auf regelmäßige Bewegung achtete, ging sie auf wie ein Hefekloß. Sollte Jackson übernächtigte, verschwitzte Frauen unattraktiv finden, war das sein Problem.

Nachdem sie auf das Gerät geklettert war, studierte sie die Bedienungsanleitung. Zum Glück war es ein Modell, das sie aus ihrem Fitnessstudio bereits kannte. Sie wählte ihr Lieblingsprogramm und schummelte bei der Gewichtsangabe nur um fünf Kilo, bevor sie den Startknopf drückte und sich mental auf den kommenden Schmerz einstellte.

Neben ihr nahm Jackson die Kopfhörer ab. „Guten Morgen!", begrüßte er sie erfreut.

Auch er war weder geduscht, noch hatte er sich rasiert oder auch nur gekämmt. Warum zum Teufel sah er trotzdem so umwerfend aus? Das Leben war einfach ungerecht!

„Hi!"

„Du bist also eine Frühaufsteherin."

„Ich muss hart dafür arbeiten, meinen BMI im zweistelligen Bereich zu halten."

Jackson sah sie von oben bis unten an und schüttelte dann den Kopf. „Unsinn. Du siehst großartig aus!"

Sofort lief Katie rot an. Zum Glück würde es ihm nicht auffallen, denn sie war wegen der sportlichen Anstrengung sowieso schon rot im Gesicht. „Danke. Aber du irrst dich. Du hast mich doch damals gesehen. Ich habe nicht vor, es noch einmal so weit kommen zu lassen."

Jackson runzelte die Stirn. Er konnte sich noch gut daran erinnern, dass er Katie als Teenager beunruhigend attraktiv gefunden hatte. Auch wenn sie ihn verhauen wollte. Verklemmt und eigenbrötlerisch, wie er damals gewesen war, hatte er allerdings keine Möglichkeit gehabt, anders als mit Spott und Ablehnung zu reagieren.

Heute war er nicht mehr verklemmt, und dennoch fiel es ihm schwer, nicht auf ihre üppigen Brüste zu starren. Ihm war klar, dass die enge Trainingshose seine Gedanken sofort verraten würde, wenn er sich dazu hinreißen ließ, sie genauer zu betrachten.

„Deine Sorgen sind völlig unbegründet", erklärte er ihr.

„Du hast gut reden. *Du* warst ja nie fett." Ihre blauen Augen blitzten. „Aber es ist schon okay. Ich trainiere nun seit über zwölf Jahren und habe mich so sehr daran gewöhnt, dass es mir fast schon Spaß macht."

Grinsend sah er sie an. „Das ist also dein Ziel? Spaß zu haben?"

„Möchte das nicht jeder?"

„Bist du deshalb Sportreporterin geworden? Weil du selbst ständig Sport treibst?"

Katie trank einen Schluck aus ihrer Wasserflasche. „Sport hat mich schon immer interessiert. Wahrscheinlich ist mein Dad schuld daran. Meine Mutter erzählt immer, dass er mir früher keine Gutenachtgeschichte, sondern die Sportseite der Zeitung vorgelesen hat. Ich habe mich also zwangsläufig für Fußball und Baseball interessiert."

„Und spielst du auch selbst?"

Sie schüttelte den Kopf. „Ich wünschte, ich wäre gut in einer der Mannschaftssportarten. Ausprobiert habe ich sie alle, aber ich war nur mittelmäßig begabt. Leider bin ich weder sonderlich koordiniert noch schnell. Du hast ja gestern Tante Tully getroffen – figurmäßig komme ich nach ihr. Und so habe ich beschlossen, mich der theoretischen Seite des Sports zu widmen und lieber darüber zu schreiben, als selbst aktiv zu sein. Deshalb bin ich nach Ashland aufs College gegangen."

„Wo du Sportjournalismus studiert hast."

Ihre blauen Augen leuchteten. „Du hast es dir gemerkt."

Nicht nur das. Er konnte sich an fast jedes Wort erinnern, das sie gesagt hatte. Sie war der Typ Frau, bei dem man sich nicht vorstellen konnte, irgendetwas zu vergessen.

„Du bist die erste Sportjournalistin in meinem Bekanntenkreis", erklärte er leichthin. „Und an erste Male erinnere ich mich immer ziemlich gut."

Sie lachte. „Du bist unmöglich! Was ist mit dir? Bist du schon einmal auf ein Klassentreffen gegangen, um mit deiner Karriere anzugeben?"

Er schüttelte sich. „Nein danke! Eher würde ich einen Ausflug in die Hölle machen."

„Du solltest es dir noch mal überlegen. Du wärst sicher der Typ, der das größte Aufsehen erregt. All die Mädchen, die dich früher verschmäht haben, würden dir heute zu Füßen liegen."

„Vielleicht möchte ich gar nicht, dass sie mir zu Füßen liegen."

„Würde dir das nicht gefallen? Sozusagen als späte Rache für vergangene Demütigungen?"

„Nein. Sie sind mir gleichgültig." Nachdenklich sah er sie an. „Was ist mit dir? Hast du Rachegelüste? Wenn ja, wäre dieses Wochenende die passende Gelegenheit."

Katie wischte sich mit einem Handtuch den Schweiß von der Stirn.

Selbst verschwitzt und knallrot im Gesicht sah sie noch gut aus, überlegte er. Ihr Haar war zerzaust und schweißnass, und ihre Brüste hoben und senkten sich unter dem engen T-Shirt. Genau so sollte ein Tag anfangen. Jeder Tag.

„Ich zitiere dich: Nein danke. Alex interessiert mich nicht mehr. Er hatte seine Chance und hat sie nicht genutzt. Selbst schuld."

„Der Mann muss ein Vollidiot sein."

Katie lächelte ihn so hinreißend an, dass Jackson immer heißer wurde.

„Du bist ja ein wahrer Charmeur. Courtney kann ein richtiges Miststück sein, aber wenn man die Vorgeschichte kennt, versteht man vieles besser. Als Kind war sie sehr krank. Krebs. Alle Familienmitglieder haben sie wie ein rohes Ei behandelt und furchtbar verwöhnt. Selbst als sie wieder gesund war, hatten wir alle das Gefühl, sie könnte jeden Augenblick einen Rückfall haben und sterben. So hat sie sich von klein auf daran gewöhnt, im Mittelpunkt des Interesses zu stehen. Und das ist immer so geblieben. Sie wurde eine außergewöhnlich hübsche und selbstbewusste Frau, der die Männer reihenweise nachliefen. Bestimmt wird sie eines Tages erwachsen und hört auf, sich für den Nabel der Welt zu halten." Katie seufzte, da sie sich da selbst nicht so sicher war, dann fuhr sie fort: „Und um der Wahrheit genüge zu tun: Ich glaube, Alex liebt sie wirklich. Deshalb würde ich den beiden niemals die Hochzeit verderben. Dies hier ist ihr großes Wochenende, und ich möchte, dass es eine schöne Erinnerung wird."

Obwohl er sein Pensum längst absolviert hatte, trainierte Jackson weiter, bis auch Katie fertig war. Dann machten sie sich gemeinsam auf den Weg in ihre Zimmer.

Als Jackson Katie in der Hotelhalle gerade fragen wollte, ob sie gemeinsam frühstücken würden, zupfte ihn jemand am Ärmel.

„Jackson? Hallo!"

Er drehte sich um und erkannte Ariel. Seine Exfreundin war schlank und schön wie immer mit ihrer rotblonden Mähne und den hellgrünen Augen, die ihn stets an Frühlingsgras erinnert hatten. Obwohl sie ohne Zweifel sehr attraktiv war, hatte er nicht lange gebraucht, um über die Trennung hinwegzukommen.

„Ariel!", begrüßte er sie und wandte sich dann an Katie. „Katie, das ist Ariel. Die Konditorin, von der ich dir erzählt habe."

Katie sah von Jackson zu Ariel und wieder zu Jackson und lächelte gequält. „Prima. Wir sind sehr erleichtert, dass du kommen konntest. Hast du schon einen Blick in die Küche geworfen? Der Küchenchef hat versprochen, dir eine Ecke freizuräumen, damit du in Ruhe arbeiten kannst. Vielen Dank noch einmal für deine kurzfristige Hilfe."

Ariel wandte ihren Blick nicht von Jackson ab. „Kein Problem. Der Auftrag hier gibt mir die Möglichkeit, noch etwas Persönliches zu regeln." Dabei sah sie ihm tief in die Augen. Schließlich drehte sie sich doch zu Katie um. „Nein, die Küche habe ich noch nicht inspiziert."

„Wie wäre es, wenn ihr zwei euch gleich darum kümmert?“, schlug Jackson vor, dem Ariels Benehmen seltsam vorkam. Nahm sie es ihm übel, dass er sie angerufen hatte? Aber dann hätte sie doch absagen können. Frauen waren immer so kompliziert.

„Natürlich“, stimmte Katie zu. „Zur Küche geht es hier entlang.“

Ariel war eine dieser Frauen, die jeden Mann sofort in ihren Bann zogen – und jede Frau einschüchterten. Vor allem, wenn man wie Katie verschwitzt und völlig fertig war, konnte der Vergleich mit einer Schönheit wie Ariel nur deprimierend sein.

Sie zeigte Ariel die frisch gebackene Torte, die das Küchenpersonal am Abend zuvor vorbereitet hatte, und machte sie mit André, dem Küchenchef, bekannt. Danach ging sie zurück in die Lobby, um sich endlich einen Kaffee zu besorgen.

Als sie den ersten Schluck trank, schloss sie die Augen und sog genüsslich das Aroma ein. Es war nicht so, dass sie das Koffein brauchte, um wach zu werden. Nein, es ging vielmehr um das allmorgendliche Ritual, das sie an die gute alte Zeit erinnerte, in der es keine ehemaligen Nerds gab, die sie mit einem Kuss völlig aus der Fassung brachten. Und erst recht keine Sexgöttinnen, die sich als Exfreundinnen von eben diesen aufregenden Männern erwiesen.

Dabei hatte es so gut angefangen. Katie war wirklich sicher gewesen, dass zwischen ihr und Jackson die Chemie stimmte und er tatsächlich Interesse an ihr hatte. Vielleicht war das auch so gewesen. Doch sie wusste, dass sie gegen eine Konkurrentin wie Ariel keine Chance hatte. Auch wenn es im Moment – noch – kein Wettstreit war. Aber hätte Jacksons Exfreundin nicht ein kleines bisschen … normaler sein können?

Sie füllte sich ihren Kaffeebecher noch einmal auf und machte sich auf den Weg zum Fahrstuhl. Als die Türen sich öffneten, kam ihre Schwester Courtney heraus. Obwohl es noch früh am Morgen war, trug Courtney ein schickes Sommerkleid und war perfekt gestylt. Ihr langes Haar glänzte, und das Make-up war wie immer makellos.

„Katie!“ Entsetzt sah sie ihre Schwester an. „Was um Himmels willen ist passiert?“

„Nichts. Ich war im Fitnessraum.“

„Du siehst furchtbar aus! Bist du sicher, dass alles in Ordnung ist? Dein Gesicht ist ja ganz rot.“

„Das passiert eben, wenn ich trainiere“, erwiderte Katie betont fröhlich und schlängelte sich an Courtney vorbei, um auf den Fahrstuhlknopf zu drücken.

„Ich weiß ja, dass du wegen deines Gewichts viel Sport machen musst, aber du solltest wirklich darauf achten, in der Öffentlichkeit nicht so herumzulaufen. Alex sagt auch immer …“ Courtney brach ab und lächelte entschuldigend. „Und, hast du gut geschlafen?“

Katie überlegte kurz, ob sie nachhaken und herausfinden sollte, was Alex immer sagte. Dass sie morgens nicht besonders gut aussah? Dass sie nach dem Aufstehen verknittert war und strähniges Haar hatte? Doch sie entschied sich dagegen, denn es wäre ja ohnehin nicht zu ändern.

„Sehr gut. Danke. Und du?“

Anstatt zu antworten, legte Courtney ihre Hand auf Katies Arm. „Ich weiß, dass das hier sehr schwierig für dich sein muss.“

Einzuschlafen? Eigentlich nicht. Sie schlief eigentlich immer sehr gut. „Was soll schwierig für mich sein?“

„Mich mit Alex zu sehen.“

„Ich hatte über ein Jahr Zeit, mich daran zu gewöhnen.“

„Ich weiß. Aber nun wird es ernst. Wir heiraten. Und ich weiß, dass du auch davon geträumt hast, ihn zu heiraten.“

„Das ist lange her“, beruhigte Katie sie und hoffte inständig, dass der Fahrstuhl endlich kommen würde. „Es geht mir gut. Wirklich.“

„Mom musste für dich eine Begleitung engagieren.“

Katie schnappte nach Luft. „Jackson arbeitet nicht für einen Escortservice! Und natürlich wird er nicht dafür bezahlt. Man kann also wohl kaum von *Engagieren* sprechen.“ Ihre Mutter, der neuerdings fast alles zuzutrauen war, hatte ihm doch wohl hoffentlich kein Geld angeboten? „Er ist ein alter Freund der Familie.“ Oder so ähnlich.

„Trotzdem.“ Courtney sah sie mitleidig und gönnerhaft an. Eine Mischung, die nicht gerade dazu beitrug, dass Katie sich besser fühlte.

„Es ist wirklich schrecklich, dass es den meisten Männern nur auf Äußerlichkeiten ankommt“, klagte Courtney mitfühlend. „Ich könnte das nicht aushalten. Du musst dich sehr einsam fühlen.“

Sollte sie sich gleich umbringen oder später? Oder vielleicht lieber Courtney? Während Katie noch überlegte, kam zum Glück der Fahrstuhl. Ohne ein weiteres Wort stürmte sie hinein und wartete verzweifelt darauf, dass die Türen sich schlossen. Sie würde auf jeden Fall schon zum Mittagessen Wein trinken!

5. KAPITEL

Katie schüttelte ihre Locken und besprühte sich das Haar zum dritten Mal mit reichlich Haarspray. Sie würde heute Abend darauf achten müssen, nicht in die Nähe einer Kerze zu kommen.

Da inzwischen alle Gäste angekommen waren, war das Abendessen die erste offizielle Veranstaltung des Hochzeitswochenendes, und entsprechend förmlich musste die Garderobe sein. Katie hatte sich eigens für diesen Anlass ein Cocktailkleid schneidern lassen, das zwar nicht ganz billig gewesen war, doch nach einem prüfenden Blick in den Spiegel fand sie, dass die Investition sich gelohnt hatte.

Bei optimalen Lichtverhältnissen und zusammen mit ihren High Heels konnte man sie heute fast als groß und schlank bezeichnen.

Wenn man bedachte, wie furchtbar der Tag begonnen hatte, konnte der Abend eigentlich nur ein voller Erfolg werden.

Genau genommen war der Tag auch gar nicht so schlecht gewesen – abgesehen vom frühen Morgen. Sie hatte den Vormittag damit verbracht, die nach und nach eintreffenden Hochzeitsgäste zu begrüßen. Mittags war sie mit Jackson, der freundlich und zuvorkommend wie immer gewesen war, essen gegangen. Sie hatten das Glück gehabt, nicht mit Courtney an einem Tisch sitzen zu müssen, und auch die gertenschlanke, attraktive Ariel war nicht aufgetaucht. Im Grunde war also alles sehr erfreulich gewesen.

Als Katie gerade aus dem Bad kam, klopfte jemand an

ihre Tür. Das musste Jackson sein! Sofort klopfte ihr Herz ein wenig schneller. Er war pünktlich wie immer.

Tatsächlich stand ihr Begleiter vor der Tür; wie gewohnt umwerfend attraktiv. Diesmal trug er einen dunklen, perfekt geschnittenen Anzug mit einem weißen Hemd und einer grauen Krawatte.

„Bin ich ordentlich genug angezogen?“, erkundigte er sich. „Ich habe extra meinen Smoking mitgebracht.“

„Du siehst großartig aus“, beruhigte Katie ihn und überlegte im Stillen, dass gut aussehende, pünktliche Männer mit eigenem Smoking ziemlich rar gesät waren. „Ich werde alle Hände voll zu tun haben, dich vor Tante Tully zu beschützen.“

„Dafür wäre ich dir in der Tat sehr dankbar. Beim Mittagessen habe ich allerdings bemerkt, dass sie offenbar ein reges Interesse am Vater des Bräutigams entwickelt hat – was ich sehr beruhigend fand.“

„Na, das wäre ja ganz reizend und würde die Stimmung sicher auflockern.“ Katie nahm sich vor, umgehend ihre Mutter über diese Entwicklung zu informieren.

Auch wenn sie ihrer Mutter die Indiskretion im Fahrstuhl noch nicht verziehen hatte. Nach wie vor fand Katie es vollkommen inakzeptabel, Details über das Sexualleben ihrer Eltern mitgeteilt zu bekommen.

„Wie geht’s dir mit all dem Trubel?“, erkundigte Jackson sich.

Katie vergewisserte sich, dass der Schlüssel in ihrem perlenbesetzten Handtäschchen war, und zog dann die Tür hinter sich zu.

„Alles in Ordnung. Ich zähle die Stunden, bis das hier vorbei ist. Wie sieht es bei dir aus?"

„Es ist ja nicht meine Familie. Aber schon jetzt, nach nur einem Tag, habe ich beschlossen, meine eigene Hochzeit ganz einfach und ohne viel Trara zu feiern. Und nur einen Tag lang."

„Da bin ich vollkommen deiner Meinung. Dieser Hochzeitsmarathon ist die Hölle – es kommt mir vor, als würde es niemals vorübergehen."

Wegen der großen Anzahl an Gästen musste das Abendessen im kleinen Ballsaal des Hotels stattfinden. Hier würde am Samstag auch die Trauungszeremonie sein. Für den anschließenden Empfang war der große Ballsaal reserviert.

Schon als sie sich dem Saal näherten, hörte Katie fröhliches Gelächter und das Aneinanderklirren von Gläsern. Sie holte tief Luft, um sich für den Abend mit ihrer anstrengenden Verwandtschaft zu wappnen.

Als sie gerade den Raum betreten wollte, hielt Jackson sie zurück.

„Ich wollte dir noch sagen, dass du heute einfach bezaubernd aussiehst", sagte er leise und sah ihr tief in die Augen.

Katie bemerkte, dass er schöne, lange Wimpern hatte und sein Blick vollkommen aufrichtig war. Obwohl sie sich immer gewünscht hatte, größer zu sein, musste sie zugeben, dass es sich gar nicht so schlecht anfühlte, zu einem Mann wie Jackson aufzusehen.

„Danke. Du bist sehr nett."

Er runzelte die Stirn. „Wie bitte?"

„Du bist wirklich nett."

Sein Blick wurde finster. „Ich sage dir, dass du toll aussiehst, und du beleidigst mich?"

Obwohl er sich Mühe gab, ernst auszusehen, bemerkte Katie, dass sein Mund verräterisch zuckte. Als würde er mühsam ein Grinsen unterdrücken.

„Das ist wirklich unverschämt! Ich werde gehen."

Katie konnte sich ein Kichern nicht verkneifen. „Jackson, bitte warte! Es tut mir leid. Du bist nicht nett."

Abwartend sah er sie an. „Im Gegenteil." Sie zögerte einen Moment und fuhr dann mit leiser Stimme fort. „Du bist einer von den bösen Jungs. Genau die Art Mann, vor der meine Mutter mich immer gewarnt hat."

„Viel besser." Er klang unverschämt zufrieden. „Vergiss das nicht."

Dann zog er sie in seine Arme und küsste sie. Katie schlang die Arme um seinen Hals und seufzte zufrieden. Gerade als sie seinen Kuss leidenschaftlich erwidern wollte, wurden sie unterbrochen.

„Da seid ihr ja endlich!" Innerhalb von einer Sekunde wurde Katie wieder auf den Boden der Tatsachen geschleudert. Vorbei waren die Erregung und die Vorfreude auf einen intimen Moment mit Jackson. Stattdessen ging der Albtraum dieses Wochenendes weiter.

„Katie, mein Schatz! Komm und gib mir einen Kuss!"

Katie löste sich aus Jacksons Armen und lächelte die zierliche alte Dame an, die auf sie zugeschlurft kam. „Nana!", rief sie und ging der alten Frau entgegen, um ihr einen Begrüßungskuss auf die faltige Wange zu geben.

„Mein liebes Mädchen! Lass dich mal anschauen!"

Katie ließ sich von allen Seiten betrachten.

„Sehr gut, du hast abgenommen. Wir alle haben jahrelang befürchtet, dass du ein Moppelchen bleiben könntest. Gut, dass wir uns geirrt haben." Nana Marie wandte sich an Jackson.

„Und wer sind Sie?"

„Jackson Kent. Freut mich, Sie kennenzulernen."

„Jackson, das ist Nana Marie. Sie ist …" Katie schüttelte den Kopf und sah die alte Dame fragend an. „Nana, wie sind wir eigentlich verwandt?"

„Das sind wir gar nicht, mein Schätzchen. Ich war eine Freundin deiner Großmutter."

Nana lächelte Jackson an. „Sie sind sehr attraktiv. Wir freuen uns alle so sehr, dass Katie endlich einen Mann gefunden hat. Sie hat fürchterlich gelitten, als Alex sie sitzen ließ, um mit Courtney durchzubrennen. Ausgerechnet mit Courtney. Das Mädchen hat ungefähr so viel emotionale Intelligenz wie eine Pellkartoffel. Unsere Katie ist da ganz anders!"

Nana kniff Katie so fest in die Wange, dass ihr vor Schmerz Tränen in die Augen schossen. „Endlich hast du einen Mann. Nur das zählt. So, ich muss mich jetzt leider entschuldigen – ich muss Wasser lassen."

Fassungslos sah Katie der alten Dame nach und überlegte dann, ob es wohl helfen würde, wenn sie ihren Kopf ein paar Mal gegen die Wand schlagen würde. Natürlich würde sie sich dabei verletzen, doch zumindest hätten die Leute dann etwas, worüber sie reden konnten. Ein Thema, das nichts mit ihrem Gewicht oder ihrem Liebesleben zu tun hatte.

„Es tut mir leid“, erklärte sie kleinlaut. „Es ist so viel schrecklicher, als ich es erwartet hatte.“

Jackson trat dicht vor sie und streichelte sanft ihre Wange.

„He, kein Problem. Ich bin schließlich freiwillig hier. Außerdem finde ich sie nett.“

„Warte, bis sie dir in die Wange zwickt.“

Er grinste, wurde dann jedoch ernst. „Bitte versteh mich nicht falsch, aber ich finde, dass deine Familie aufhören sollte, auf dir herumzuhacken. Du hast einen großartigen Job, du bist wunderschön und sehr sexy. Wenn du so weit bist, wirst du heiraten, und es wird eine Menge Männer geben, die sich glücklich schätzen würden, dich zur Frau zu bekommen. Alex war ein Vollidiot, als er dich wegen Courtney verlassen hat.“

Sprachlos vor Rührung sah Katie ihn an. Was sollte sie auf diese Lobeshymne antworten?

„Danke“, flüsterte sie.

„Gern geschehen.“ Er legte seinen Arm um sie und führte sie in den Ballsaal. „Wir gehen als Erstes bei Alex und Courtney vorbei, damit der Trottel sieht, was er verpasst hat.“

Im Laufe des Abends kam Jackson zu der Erkenntnis, dass Nana Marie noch eine der besser zu ertragenden Verwandten war. Die McCormick-Familie war sehr groß, sehr überschwänglich und sehr distanzlos. Jeder Einzelne fühlte sich berufen, auf Katies vermeintlichen Schwächen herumzureiten. Falls jemand sich nicht über ihr Gewicht ausließ, kam mit Sicherheit ein gönnerhafter Kommentar über den Umstand, dass sie endlich einen Freund hatte. Als wäre das die Überraschung des Jahrhunderts.

Jackson war vollkommen verwirrt. Gut, er war ein Mann und möglicherweise nicht der einfühlsamste seiner Art, aber wie zum Teufel kamen Katies Verwandten dazu, so über sie zu reden? Katie war eine umwerfende Frau. Sie hatte wunderschöne Augen, eine tolle, weiche Haut, glänzend blondes Haar – und das waren nur ihre oberflächlichen Vorzüge.

Vor allem wenn er sie wie gerade jetzt beim Tanzen im Arm hielt, ihren weichen Busen an seiner Brust spürte und ihre perfekten Kurven unter seinen Händen ertasten konnte, kam ihm das Gerede vollkommen absurd vor. Ihre Figur war ein Traum. Die Reaktionen seines eigenen Körpers ließen keinen Zweifel daran, dass Katie eine aufregende, verführerische Frau war.

Wieso zum Kuckuck war ihre Familie so gemein zu ihr? Zum Glück war er bei ihr, um sie zu beschützen!

Er nahm ihren verführerischen, leicht blumigen Duft wahr und musste an dunkle Schlafzimmer und zerwühlte Laken denken. Entschlossen tanzte er mit ihr hinter eine Säule in einer ruhigeren Ecke des Ballsaals. Geschützt vor den Blicken der anderen Gäste zog er sie an sich und küsste sie.

Katie erwiderte seinen Kuss so leidenschaftlich, dass Jackson sein Verlangen nach ihr kaum noch unter Kontrolle hatte. Sie schmeckte köstlich nach Schokolade und Rotwein – die pure Versuchung.

Um sich seine Erregung nicht anmerken zu lassen, versuchte er etwas Abstand zu ihr zu wahren. Vergeblich. Sie hatte ihre Arme um seinen Hals geschlungen und presste sich eng an ihn. Als sie seine Erektion bemerkte, stöhnte Katie leise auf.

„Das dürfen wir nicht tun“, murmelte sie zwischen zwei Küssen. „Es wäre keine gute Idee. Im Gegenteil. Eine schlechte Idee. Und sehr gefährlich.“

Zärtlich küsste er ihren Hals. Als er die empfindliche Stelle hinter ihrem Ohr mit seiner Zunge umspielte, fing Katie an, vor Erregung zu zittern.

„Wieso ist es keine gute Idee?“, fragte Jackson. „Für wen sollte es gefährlich werden?“

„Für mich. Für uns. Es ist doch nur ein Wochenende, Jackson. Ich bin nicht der Typ für One-Night-Stands.“

Er sah ihr tief in die Augen. „Wer hat denn gesagt, dass es nur für eine Nacht sein soll?“

Katies Wangen waren gerötet, ihre Lippen glänzten feucht. Durch den dünnen Stoff ihres Kleides konnte Jackson sehen, dass ihre Nippel sich aufgerichtet hatten. Unauffällig stellte er sich so vor sie, dass er sie vor den Blicken der anderen Gäste schützte. Dann strich er sanft mit den Fingern über ihre harten Spitzen. Katie schnappte nach Luft.

„Ich will dich!“ Wieder küsste er sie, wobei er diesmal sanft an ihrer Zunge saugte. Lange würde er sich nicht mehr unter Kontrolle haben. Sie machte ihn regelrecht süchtig.

Plötzlich bemerkte Jackson, dass jemand sich ihnen näherte. Schnell löste er sich von Katie. Sekunden später hatten Katies Eltern sie erreicht.

„Da seid ihr ja", stellte ihre Mutter überflüssigerweise fest. „Bis jetzt ist alles planmäßig verlaufen. Womit wir die Hälfte geschafft hätten. Noch zwei weitere Tage, und wir haben es hinter uns. Ich wollte euch nur sagen, dass wir jetzt schlafen gehen. Tante Tully ist auch schon zu Bett gegangen. Glücklicherweise allein. Ihr Versuch, den Kellner zu vernaschen, ist fehlgeschlagen."

„Wir sind auch ziemlich müde", erklärte Katie schnell, ohne Jackson anzusehen. „Wir kommen am besten gleich mit euch mit."

Gemeinsam fuhren sie mit dem Fahrstuhl nach oben. In ihrer Etage angekommen, stiegen sie aus und gingen zu Katies Tür.

„Jackson …"

„Ist schon gut", unterbrach er sie und gab ihr einen flüchtigen Kuss.

„Was ist schon gut?"

„Das hier ist weder der passende Augenblick noch die passende Gelegenheit. Deine ganze Familie ist in der Nähe. Ich werde mich nach diesem Wochenende bei dir melden. Dann können wir uns verabreden und uns in einer etwas normaleren Umgebung besser kennenlernen."

„Du bist nicht sauer auf mich?"

„Katie. Ich bin doch keine siebzehn mehr. Ich kann warten." Wieder küsste er sie. „Ich weiß ja jetzt, dass es sich lohnt."

Er nahm ihr den Schlüssel aus der Hand und schloss ihr die Tür auf. Dann schob er sie ins Zimmer.

„Bis morgen dann."

„Okay. Gute Nacht."

Wie auf Wolken schwebte Katie in ihr Hotelzimmer. Was für ein aufregender, wundervoller Abend! Aber konnte es wirklich sein, dass der witzige, kluge und sehr attraktive Jackson ernsthaft an ihr interessiert war? Schwer vorstellbar.

Andererseits hatte er ihr sehr deutlich zu verstehen gegeben, dass er Interesse hatte. Doch sie hatte sich in diesen Dingen schon oft geirrt. Dennoch wollte ein Teil von ihr – genau genommen ein sehr großer Teil – unbedingt glauben, dass Jackson einer von den guten Männern war.

Gerade als sie ihre Pumps abgestreift hatte, klopfte es leise an der Tür und jemand flüsterte ihren Namen.

Freudige Erwartung und Unsicherheit machten sich gleichermaßen in ihr breit. Natürlich hatte sie grundsätzlich nichts gegen guten Sex einzuwenden, doch sie war sich nicht sicher, ob sie tatsächlich gleich am ersten Abend mit Jackson ins Bett gehen wollte.

Zögernd machte sie die Tür auf – und erstarrte. Ihr Besucher war nicht Jackson. Stattdessen stand ihr Exverlobter vor ihr.

„Alex?"

„Hallo Katie."

Ohne auf ihre Einladung zu warten, stolperte Alex ins Zimmer.

„Du bist betrunken."

„Kann schon sein." Er blieb vor ihr stehen und sah sie treuherzig und hoffnungsvoll an. „Betrunkene sagen bekanntlich immer die Wahrheit. Manchmal sagen wir sogar nur, wenn wir betrunken sind, die Wahrheit."

Um Himmels willen! Jetzt bloß keine peinlichen Offenbarungen!

„Alex, egal, worüber du dich unterhalten willst – besprich es mit Courtney. Ihr zwei heiratet übermorgen!" Sanft drängte sie ihn wieder zur Tür. „Geh bitte."

Doch Alex wollte noch nicht gehen. Störrisch blieb er vor ihr stehen. „Katie, was ist, wenn das alles ein Riesenfehler ist? Was ist, wenn ich Courtney gar nicht liebe?"

In Katies Kopf begannen die Alarmglocken zu schrillen. „Du bist nur nervös wegen der Hochzeit." Und ein Vollidiot, dich kurz vor der Trauung so unfassbar kindisch zu benehmen. Doch darüber würde sie später mit ihm sprechen. „Beruhige dich. Alles wird gut."

Er griff nach ihrem Arm. „Weißt du noch, wie es mit uns war? Wie wunderbar wir uns verstanden haben?"

„Nein. Ich kann mich nicht erinnern."

Er lächelte sie schief an. „Lügnerin. Ich weiß genau, dass du mich vermisst."

War das der Lohn für ihr sehr vernünftiges, erwachsenes Verhalten in Bezug auf Jackson? Vor fünf Minuten hatte sie brav auf hemmungslosen Sex verzichtet, und das hier sollte jetzt die Belohnung sein? Wo blieb da die Gerechtigkeit?

„Okay." Sie lächelte ihn beruhigend an. „Ich muss mal

kurz verschwinden." Diskret wies sie auf die Badezimmertür. „Warte hier."

„Ich könnte mich schon mal ausziehen."

Katie unterdrückte einen entsetzten Schrei. „Nein, Alex, warte damit, bis ich wieder zurück bin."

Zufrieden grinsend ließ er sich auf ihr Bett fallen. „Ist gut."

Schnell verschwand Katie im Bad und holte ihr Handy aus der Tasche. Wie gut, dass ihre Mutter ihr für alle Fälle Jacksons Nummer gegeben hatte.

„Katie?"

„Alex ist hier. Er ist völlig betrunken und möchte Sex mit mir haben."

„Kann ich gut verstehen."

„Sehr witzig. Ich brauche deine Hilfe!"

„Bin gleich da."

Noch bevor Katie aus dem Bad herausgetreten war, hatte Jackson bereits an die Tür geklopft. Er sah Alex kopfschüttelnd an.

„Das wird wohl nichts. Du hattest deine Chance und bist gegangen. Jetzt gehört sie mir."

Verblüfft starrte Alex ihn an. „Du bist wirklich Katies neuer Freund?"

„Allerdings."

„Verdammt!"

Mühsam stand Alex auf und versuchte, die Balance zu halten. Dann wankte er zur Tür, die noch immer offen stand.

„Tut mir leid, Mann."

„Hauptsache, es passiert nicht wieder.“ Jacksons Ton ließ keinen Zweifel daran, dass er es ernst meinte.

Alex winkte zum Abschied und schloss die Tür hinter sich.

„Sehr beeindruckend“, lobte Katie. „Vielen Dank, dass du mich gerettet hast. Wenn er zudringlich geworden wäre, hätte es einen handfesten Skandal gegeben.“

„Mindestens.“

Er wollte mit ihr schlafen. Katie sah es ihm deutlich an, spürte es mit jedem Blick, den er ihr zuwarf. Doch da er einer von den Netten war, würde er ihre Zurückhaltung akzeptieren und keinen zweiten Versuch starten. Wirklich, er war ein wahrer Gentleman.

Es wäre nun klug und richtig, ihm eine gute Nacht zu wünschen und ihn gehen zu lassen. Schließlich kannten sie sich kaum. Und auch wenn die Atmosphäre bei Hochzeiten immer sehr emotional war, war Sex mit einem Fremden sicher keine gute Idee. Bestimmt würde sie sich morgen früh hassen, wenn sie es dennoch tat.

Das waren alles sehr vernünftige Argumente, fand Katie, während sie zu Jackson herüberging und dann mit dem Zeigefinger über den Rand seiner Brille fuhr.

„Wie gut siehst du ohne Brille?“

„Sachen, die direkt vor mir sind, kann ich problemlos erkennen.“

„Das ist gut.“

Irgendwann zwischen ihrer ersten Verabschiedung und ihrem Hilferuf hatte er seinen Smoking und seine Krawatte abgelegt. Er war also schon mehr oder weniger ausgezogen – und es wäre eine Schande, diese Gelegenheit ungenutzt verstreichen zu lassen …

„Möchtest du vielleicht deine Brille abnehmen?"

„Was bekomme ich, wenn ich es mache?"

Katie lachte. „Alles, was du willst."

6. KAPITEL

Jackson nahm seine Brille ab und legte sie auf den kleinen Tisch neben der Tür, bevor er sich zu Katie umdrehte, die ihn aufmerksam betrachtete – seine dunkelgrünen Augen, die langen Wimpern, sein perfekt geschnittenes Gesicht.

„Du bist wirklich ein außergewöhnlich attr…"

Weiter kam sie nicht, denn Jackson zog sie an sich und küsste sie. Diesmal war es kein sanfter Kuss und auch kein flüchtiges Streifen ihrer Lippen. Sein Kuss war hart und fordernd. Er ließ keinen Zweifel daran, dass es nun kein Zurück mehr gab.

Die Hitze, die von seinem Körper ausging, ließ Katies Knie weich werden, seine Nähe raubte ihr den Atem.

Seine Hände schienen überall zu sein – sie streichelten ihren Rücken und ihre Hüften und griffen dann unmissverständlich nach ihrem Po. Instinktiv presste sie sich noch näher an ihn und spürte dabei seine harte Erektion. Sie wollte ihn! Jetzt sofort!

Verzweifelt klammerte sie sich an ihn – nicht nur, um seinen muskulösen Körper zu spüren, sondern auch, weil sie selbst wacklig auf den Beinen war. Ihr Verlangen nach ihm, nach seinen Berührungen, wurde von Sekunde zu Sekunde unerträglicher.

Mit beeindruckender Leichtigkeit fand Jackson den Reißverschluss ihres Kleides und zog ihn herunter. Er unterbrach ihren Kuss gerade lange genug, um ihr den zarten Stoff über die Schultern zu streifen und auf den Boden gleiten zu lassen. Als sie, nur noch mit ihrem schwarzen BH und einem Höschen bekleidet, vor ihm stand, hielt er einen Augenblick inne. „Mein Gott, bist du schön“, flüsterte er und umfasste ihre Brüste.

Quälend langsam begann er, ihre Brustwarzen zu streicheln. Katie glaubte, vor Erregung zerfließen zu müssen. Inzwischen hatte er ihren BH geöffnet und ebenfalls achtlos auf den Boden geworfen, um sich dann zu ihren Brüsten herunterzubeugen.

Zärtlich nahm er erst die eine und dann die andere Brustwarze in den Mund und neckte sie mit seiner Zungenspitze. Als er schließlich anfing zu saugen, glaubte Katie ohnmächtig zu werden. Sie zitterte und spürte ein heftiges Ziehen in ihrem Unterleib. Sie konnte keinen klaren Gedanken mehr fassen – und wollte es auch gar nicht. Als Jackson sie schließlich in Richtung Bett drängte, konnte es ihr gar nicht schnell genug gehen.

Achtlos streifte sie ihre Schuhe ab; sein Hemd, seine Hose und seine Socken landeten ebenfalls auf dem Boden.

Plötzlich wurde Katie bewusst, dass sie fünfzehn … nun ja, eher zwanzig Pfund zu viel auf den Rippen hatte, doch statt sich wie üblich zu schämen, war alle Unsicherheit von ihr abgefallen. Sie fühlte sich wundervoll. Begehrenswert.

Und Jackson ließ keinen Zweifel daran, dass er sie verführerisch fand. Er zog seine Boxershorts aus und griff nach ihrer Hand.

„Du bist unglaublich“, flüsterte er und küsste sie.

Katie berührte ihn, spürte seine samtige Haut und schauderte. Doch als sie ihn streicheln wollte, hielt er ihre Hand fest und lächelte.

„Ich glaube, das wäre keine gute Idee. Ich fürchte, ich könnte mich nicht zurückhalten."

Wegen ihr? Konnte es wirklich sein, dass sie ihn so sehr erregte? Doch nun war keine Zeit zum Nachdenken, denn Jackson war gerade damit beschäftigt, ihr das Höschen auszuziehen.

Dann zog er sie zu sich ins Bett. Eng umschlungen küssten und streichelten sie sich, bis Jackson seine Hand zwischen ihre Schenkel gleiten ließ. Sie war feucht. Sehr feucht. Jackson stöhnte auf und streichelte sie, während er sie mit dem Daumen an ihrer empfindlichsten Stelle stimulierte. Diese Kombination, in perfektem Rhythmus, ließ Katies Erregung in Sekundenschnelle zu keuchender Lust werden.

Aus irgendeinem Grund schien er ganz genau zu wissen, wie er sie berühren musste und was ihr gefiel. Sie wollte ihn in sich spüren. Jetzt! Doch Jackson ignorierte ihre bereitwillig gespreizten Beine und machte stattdessen mit seiner Hand weiter.

Katie schloss die Augen und gab sich seinen Berührungen hin. Es war einfach zu viel, überlegte sie verzweifelt. Sie konnte doch nicht jetzt schon kommen. Doch sie hatte längst die Kontrolle verloren. Vollkommen. Das Einzige, das zählte, waren seine Hände, die sie immer weiter streichelten, bis sie vor Verlangen fast geschrien hätte. Ihr war heiß, sie fühlte sich vollkommen verschwitzt, und ihre Beine zitterten.

Ohne Vorwarnung nahm er ihre Brustwarze in den Mund und saugte daran. Eine Sekunde später kam Katie zum Höhepunkt – einem Höhepunkt, wie sie ihn noch nie erlebt hatte. Sie umklammerte seine Hand, damit er nicht aufhörte, woraufhin Jackson noch einen weiteren Finger zu Hilfe nahm. Katies Orgasmus schien kein Ende zu nehmen. Welle um Welle durchlief ihren Körper, und erst nach einer gefühlten Ewigkeit ebbte es ab.

Katie fühlte sich so überwältigt wie noch nie in ihrem Leben, doch auch ein wenig verlegen, weil sie sich so hatte fallen lassen. Was mochte er jetzt wohl von ihr denken? Dass sie eine sexuell völlig ausgehungerte Frau war? Ihre alten Selbstzweifel machten sich breit.

Doch bevor sie weiter darüber nachdenken konnte, kniete Jackson sich zwischen ihre Beine. Er drang in sie ein und beugte sich dann über sie. Er jetzt bemerkte Katie, dass seine Arme zitterten.

„Was hast du dir nur dabei gedacht?“, fragte er. „Damit könntest du jeden Mann umbringen.“

Verwirrt sah sie ihn an. „Wovon sprichst du?“

„Du warst unglaublich! So sexy! Ich konnte spüren, wie du deinen Höhepunkt hattest, und konnte mich kaum zurückhalten. Fast wäre ich nur vom Zusehen selbst gekommen.“

Er schien selbst verblüfft von ihrer Wirkung auf ihn zu sein. Und diese Wirkung war noch nicht vorbei. Alle Unsicherheit fiel von Katie ab, und sie genoss das Gefühl, ganz von ihm ausgefüllt zu sein.

„Du brauchst dich nicht zurückzuhalten“, flüsterte sie

und genoss das Gefühl, so begehrt zu werden. „Ich will dich!"

Sie bewegte die Hüften in seinem Rhythmus und glaubte, ganz und gar mit ihm zu verschmelzen. Als sie bemerkte, dass sein Blick immer wieder zu ihren Brüsten wanderte, begann sie, sich selbst zu streicheln. Im selben Augenblick kam Jackson stöhnend in ihr.

Als sie später nebeneinander im Bett lagen, küsste er sie auf die Stirn.

„Ich bin so ein Idiot", murmelte er.

„Warum?"

„Meine Mutter versucht seit Jahren, mich dazu zu überreden, mit dir auszugehen. Wenn ich auf sie gehört hätte, dann hätten wir schon seit einer Ewigkeit diesen unglaublichen Sex haben können."

„Ich habe auch immer dankend abgelehnt", gab Katie lächelnd zu. „Wir waren also beide dumm. Wir sollten unseren Müttern zum Dank ein Geschenk schicken."

„Damit sie sofort wissen, dass wir Sex hatten?"

„Da ich inzwischen mehr über das Sexleben meiner Eltern weiß, als mir lieb ist, schätze ich, dass meine Mutter nicht sonderlich schockiert wäre."

Jackson beugte sich lachend über sie und sah sie an. „Meine Katie", flüsterte er und küsste sie liebevoll.

Sie verbrachten die Nacht gemeinsam und wurden früh durch die morgendlichen Sonnenstrahlen geweckt. Es würde wieder ein strahlend schöner Sommertag werden –

perfekt für eine Hochzeit. Nach dem Aufstehen duschten sie gemeinsam. Niemals hätte Katie gedacht, dass man mit heißem Wasser und Seife so viel Spaß haben konnte.

Während sie sich an die kühlen, glatten Fliesen lehnte, kniete Jackson sich vor sie und verwöhnte sie mit der Zunge, bis Katie vor Erregung bebte. Dieser Mann war einfach unglaublich. Nur zu gern revanchierte sie sich. Als sie fertig waren, herrschte im Bad eine Luftfeuchtigkeit, die eher an eine Sauna erinnerte.

Obwohl sie sehr hungrig war, fühlte Katie sich so großartig wie schon seit Jahren nicht mehr. Vielleicht sogar wie noch nie in ihrem Leben.

Mit einem kurzen Blick auf ihren Wecker stellte sie fest, dass es bereits nach neun Uhr war.

„Auch wenn ich hundertmal lieber gleich wieder mit dir ins Bett gehen würde, muss ich mich jetzt leider anziehen“, erklärte sie Jackson. „Ich muss mich noch um etliche Familienangelegenheiten kümmern. Die Generalprobe ist heute Nachmittag und heute Abend findet das große Dinner statt.“

Er küsste sie auf die Nasenspitze. „Ich werde dich begleiten und dir helfen.“

Freudig überrascht sah sie ihn an. „Auch bei den Familienangelegenheiten?“

„Klar. Ich werde sie alle mit meinem Charme um den Finger wickeln.“

Sie berührte seinen noch immer nackten Brustkorb. „Du könntest auch einfach dein T-Shirt ausziehen. Damit würdest du zumindest die Frauen vollkommen ablenken.“

„Ich möchte nicht, dass Tante Tully auf dumme Gedanken kommt."

Katie gab ihm einen Kuss auf die Schulter. „Das möchte ich auch nicht. Ich habe den Verdacht, dass es einen Mann für immer verändert, wenn er Tante Tully näher kennengelernt hat …"

Als kurz darauf jemand an die Tür klopfte, lachten sie noch immer.

„Katie? Bist du noch da?"

Katie zuckte zusammen. „Mist, meine Mutter."

Jackson griff nach seinen Sachen und verschwand im Bad. „Ich werde ganz leise sein", versprach er.

„Danke."

Schnell zog Katie ihren Bademantel über und öffnete die Tür.

„Hallo Mom!"

Missbilligend runzelte ihre Mutter die Stirn. „Wieso bist du denn noch nicht angezogen?"

„Ich … ähm … ich habe heute Nacht nicht viel Schlaf bekommen."

„Ging mir genauso. Dieser ganze Stress macht mich fertig. Bitte versprich mir, dass deine Hochzeit nicht vier Tage lang gefeiert wird."

„Versprochen."

Ihre Mutter ließ sich erschöpft in den Sessel fallen und rieb sich die Schläfen. „Es ist ein Albtraum! Tante Tully hat sich an Bruce herangemacht, und es ist nicht klar, ob er ihr Angebot angenommen oder es abgelehnt hat. Die Gerüchteküche brodelt jedenfalls. Außerdem ist Alex verschwunden, und Courtney ist sich nicht mehr sicher, ob die Hochzeit wirklich eine gute Idee war. Du weißt ja, dass ich normalerweise Psychopharmaka ablehne, aber heute bin ich wirklich kurz davor, irgendwelche Pillen zu schlucken, um das alles ertragen zu können."

Entsetzt sah Katie ihre Mutter an. Bruce war der Vater von Alex. Und verheiratet. „Du hältst es für möglich, dass Tante Tully mit dem Vater des Bräutigams geschlafen hat?"

„Ehrlich gesagt möchte ich darüber lieber nicht nachdenken."

„Seine Frau findet das sicher kein bisschen witzig."

„Nett formuliert. Ich habe vorsichtshalber in der Küche Bescheid gesagt, damit alle Messer weggesperrt werden." Katies Mutter seufzte. „Die beiden haben sich beim Frühstück eine filmreife Szene geliefert. Schade, dass du nicht dabei warst."

Katie dachte daran, was sie und Jackson stattdessen getan hatten und lächelte versonnen. „Ja, sehr schade." Allein der Gedanke erregte sie so sehr, dass sie errötete. Wie gut, dass eine Wiederholung im Laufe des Tages ziemlich wahrscheinlich war. Doch im Augenblick gab es Wichtigeres zu tun.

„Ist Alex wirklich verschwunden?"

„Zumindest hat ihn seit der Party gestern Abend niemand mehr gesehen. Offenbar war er ziemlich betrunken."

Daran konnte Katie sich nur zu gut erinnern. „Ähm ... Mom ... ich muss dir etwas sagen."

Alarmiert sah ihre Mutter sie an. „Was?"

„Er war heute Nacht bei mir. Er sagte, er würde Courtney lieben, aber sei sich wegen der Hochzeit nicht mehr sicher. Und er wollte Sex mit mir haben."

Katie hatte erwartet, dass ihre Mutter entsetzt aufschreien würde oder zumindest betroffen wäre, doch Janis schloss nur die Augen und lehnte sich im Sessel zurück.

„Mom?"

„Sei leise! Ich stelle mir gerade vor, ich wäre irgendwo anders. An einem ruhigen Ort mit einem gurgelnden Flüsschen und sanft zwitschernden Vögeln. Wo ich eins mit dem Universum sein kann und alles schön ist."

„Könntest du vielleicht eins mit dem Universum sein und trotzdem den Bräutigam suchen?"

Ihre Mutter öffnete die Augen. „Nein. Aber du hast recht. Erst muss die Hochzeit abgewickelt werden. Danach habe ich noch genug Zeit für einen Nervenzusammenbruch." Sie holte tief Luft. „Ich weiß, dass die zwei sich lieben. Sie sind nur beide immer so dramatisch und egozentrisch. Kein Wunder, dass es zu dieser Katastrophe gekommen ist. Alex' Auto steht noch auf dem Parkplatz, also muss er in der Nähe sein. Vielleicht ist er nur in den Wald gegangen, um seinen Rausch auszuschlafen."

„Hoffentlich ist er nicht von einem Bären zum Frühstück verspeist worden. Wobei: Das würde Courtneys Problem mit den Zweifeln lösen, und der frühzeitige Tod ihres Bräutigams würde ihr all die Aufmerksamkeit sichern, nach der sie sich so sehr sehnt."

Tadelnd sah Janis ihre Tochter an. „Sei nicht so gemein!"

„War doch nur Spaß."

Ihre Mutter stand auf. „Gut. Ich kümmere mich um Tante Tully und Bruce. Courtney lassen wir in ihrem Zimmer vor sich hin schmollen. Darin war sie schon immer Spitzenklasse. Und du suchst nach Alex." Misstrauisch sah sie Katie an. „Du bist doch nicht etwa noch verliebt in ihn, oder? Falls doch, finde ich jemand anderen, der nach ihm sucht."

Katie dachte an den Traummann, der sich gerade in ihrem Badezimmer versteckte. Und daran, wie sie sich fühlte, wenn er in ihrer Nähe war. Jackson mochte sie und nahm sie ernst. Er war ein unglaublicher Liebhaber. Klug, witzig und charmant.

„Ich bin so sehr über Alex hinweg, dass ich gar nicht mehr weiß, weshalb ich jemals mit ihm zusammen war. Und das ist schon seit Monaten so."

„Sehr gut. Dann finde ihn jetzt bitte und bring ihn zur Vernunft. Falls es nötig ist, kannst du ruhig Gewalt anwenden. Morgen wird diese verdammt Hochzeit stattfinden, das schwöre ich dir!"

„Na, dann kann ja nichts mehr schiefgehen."

„Mach dich nicht über mich lustig! Ich bin am Rande eines Nervenzusammenbruchs." Ihre Mutter gab ihr einen flüchtigen Kuss auf die Wange. „Danke, dass du so normal bist."

„Gern geschehen."

Als Janis den Raum verlassen hatte, kam Jackson aus dem Badezimmer. Er hatte sich in der Zwischenzeit angezogen.

„Tja, es sieht so aus, als wärst du vor Tante Tully sicher", erklärte Katie ihm grinsend. „Sie hat Ersatz für dich gefunden."

„Prima. Glaubst du wirklich, dass sie mit dem Vater des Bräutigams ins Bett gegangen ist?“

„Leider ist bei ihr nichts ausgeschlossen.“

Jackson verzog sein Gesicht. „Das kann ja lustig werden. Bestimmt gibt es einen Riesenkrach.“

„Wie bei jeder guten Familienfeier.“

Er griff nach ihrer Hand. „Soll ich dir bei der Suche nach Alex helfen? Zu zweit schaffen wir es bestimmt schneller.“

„Das wäre großartig. Ich übernehme die Küche und das Untergeschoss.“

Jackson nickte. „Und ich suche draußen nach ihm.“

„Nimm dich vor den Bären in Acht. So ein hübscher Kerl wie du kann leicht vernascht werden.“

„Männer mögen es nicht, wenn man sie als hübsch bezeichnet.“

Katie grinste. „Es ist nun mal die Wahrheit.“

„Ich möchte aber nur von dir vernascht werden!“

Er küsste sie und ging hinaus. Gedankenverloren blieb Katie noch eine Weile in ihrem Zimmer stehen und fand, dass dies die mit Abstand beste Hochzeit aller Zeiten war.

7. KAPITEL

Die Suche aufzuteilen war ein sehr vernünftiger Plan gewesen, überlegte Katie eine halbe Stunde später, als sie sich angezogen und auf den Weg in die Küche gemacht hatte. Leider hatte dieser Plan einen Haken. Einen schlanken, rothaarigen Haken mit langen Beinen und einem perfekten Schmollmund.

„Du gehörst auch zur Hochzeitsgesellschaft, nicht wahr?“, fragte Ariel, als Katie in die Küche kam.

Jacksons Exfreundin stand an einem der Tische und schichtete vorsichtig eine vierstöckige Hochzeitstorte auf. Die Tortenböden waren mit einer dicken Schicht Fondant überzogen, und neben der Torte standen mehrere Teller mit Marzipanrosen in blassrosa und gelb, mit deren Hilfe aus dem noch unscheinbaren Tortengerüst ein prachtvolles Kunstwerk werden würde.

„Ja. Ich bin die Schwester der Braut.“

„Aha. Und was hast du mit Jackson zu tun? Ich habe dich mit ihm zusammen gesehen. Seid ihr befreundet?“

Katie dachte an Jacksons heiße Küsse in der Dusche. An die Art und Weise, wie er mit seinen Lippen ihren Körper erkundet hatte. Daran, wie er sie zu immer neuen Höhepunkten gebracht hatte – soweit sie wusste, gab es Bundesstaaten, in denen er sich mit manchen seiner Zärtlichkeiten sogar strafbar gemacht hätte.

„Ja, wir sind befreundet“, erklärte sie kühl und versuchte, gelassen und selbstbewusst zu wirken. Wie gern hätte sie dieser unverschämt attraktiven Ariel das Gesicht zerkratzt.

Doch das ging nicht. Sie musste schließlich an die Torte denken.

„Ist er …“ Ariel schluckte. „Weißt du, ob er eine Freundin hat? Wir waren früher mal zusammen, aber ich habe ihn verlassen. Heute weiß ich, dass das ein Riesenfehler war. Wir haben großartig zusammengepasst, und nun möchte ich ihn zurück!“

Ihre schönen, mandelförmigen Augen füllten sich mit Tränen. War ja klar. Die perfekte Ariel bekam bestimmt keine rote Nase vom Heulen.

Am liebsten hätte Katie gesagt, dass sie und Jackson zusammen waren. Dass sie sich Hals über Kopf verliebt hatten. Plötzlich fiel Katie auf, dass sie diesen Satz schon tausendmal gehört oder gelesen hatte, doch heute zum ersten Mal verstand, was er bedeutete. Die Welt schien stillzustehen. Sie war so verdattert, dass sie nichts mehr um sich herum wahrnahm.

Hals über Kopf verliebt? Das konnte doch nicht sein! Schließlich kannte sie Jackson kaum. Gut, er war genau der Mann, den sie sich immer gewünscht hatte. Nett, witzig, charmant und sexy. Und im Bett war es unbeschreiblich mit ihm. Vielleicht war es also doch gar nicht so abwegig, dass sie sich in ihn verliebte? Sicher, es war verrückt, aber nicht unmöglich.

„Ist alles okay mit dir?“, erkundigte Ariel sich.

„Ja, danke“, erwiderte Katie benommen. „Ich … also … ich weiß nichts über sein Liebesleben.“ Womit sie recht hatte. Einmal abgesehen von seiner brandneuen Beziehung zu ihr.

Zwar war sie sich ziemlich sicher, dass er keine feste Partnerin hatte – seine Mutter hätte ihn andernfalls wohl kaum gebeten, an diesem Wochenende ihren Freund zu spielen –, doch genau wusste sie es nicht. Katie konnte sich gut vorstellen, dass es eine ganze Reihe von Frauen gab, die nur darauf warteten, bei ihm landen zu können. Angesichts seiner Talente, die er ihr in der vergangenen Nacht bewiesen hatte, konnte sie sich gut vorstellen, dass er ein Frauenheld war.

Ariel seufzte. „Ich muss unbedingt mit ihm reden. Ihm alles erklären. Bestimmt ist es noch nicht zu spät. Ich kann immer noch nicht fassen, wie blöd ich war. Einen Mann wie Jackson trifft man nicht jeden Tag."

„Nein", stimmte Katie kleinlaut zu und ging zur Tür. „Du hast nicht zufällig den Bräutigam gesehen?"

„Leider nicht. Aber ich habe deine Mutter kennengelernt. Sie ist sehr nett."

„Stimmt. Danke."

„Wünsch mir Glück mit Jackson!"

Lieber hätte Katie sich die Zunge abgebissen. Wortlos winkte sie zum Abschied und ging hinaus. Noch immer etwas benommen machte sie sich auf den Weg in den Park. Draußen war herrliches Wetter. Die Sonnenstrahlen waren schon jetzt am Morgen kräftig und warm. Die Blumenrabatten blühten in schillernden Farben, sodass die Auffahrt zum Hotel und der Park wie eine perfekt dekorierte Filmkulisse aussahen.

Doch Katie nahm die Schönheit ihrer Umgebung kaum wahr. Zu sehr war sie mit ihren eigenen Gedanken beschäftigt. War sie wirklich dabei, sich in genau den Mann zu verlieben, mit dem ihre Mutter sie seit Jahren verkuppeln wollte? Was für eine Ironie des Schicksals.

Noch mehr verwirrte sie allerdings die Erkenntnis, dass sie keine Ahnung hatte, wie Jackson über die Sache dachte. Natürlich kam es nicht infrage, ihn darauf anzusprechen. Sie war schließlich keine von diesen verzweifelten Frauen, die schon beim zweiten Date Zukunftspläne schmiedeten und von Heirat und Kindern sprachen. Katie hatte eine langjährige Erfahrung darin, ihre Gefühle für sich zu behalten. Warum sollte sie gerade jetzt damit aufhören?

Vielleicht, weil Jackson anders war als die Männer, die sie bisher kennengelernt hatte? Aber war er das wirklich? Oder interpretierte sie wieder einmal viel zu viel in ein verheißungsvolles Lächeln hinein – und in den beispiellos guten Sex?

Jackson musste nicht lange suchen, bis er den vermissten Bräutigam gefunden hatte. Er lag auf einer Parkbank hinter einem der Nebengebäude, in dem die Skier für die Wintersaison aufbewahrt wurden.

Jackson rüttelte an Alex' Schulter. Erst vorsichtig, dann jedoch immer entschlossener. Schließlich stöhnte der Bräutigam auf und blinzelte Jackson verwirrt an.

„He, ich kenne dich", stellte er mit heiserer Stimme fest. „Du gehörst zu meiner Hochzeitsgesellschaft. Wo ist Courtney? Ich vermisse sie. Wusstest du, dass sie die tollste Frau der Welt ist?"

„Ja, Courtney ist wundervoll", stimmte Jackson zu. „Und morgen wirst du sie heiraten."

Langsam setzte Alex sich auf. „Ich weiß. Sie ist wunderschön und so, aber sie kann auch sehr egozentrisch und selbstsüchtig sein. Das macht mich wahnsinnig. Aber wenn ich mir vorstelle, nicht mehr mit ihr zusammen zu sein, habe ich das Gefühl, ich müsste ersticken. Meinst du, das hat etwas zu bedeuten?"

„Du bist ein bisschen nervös, weil du morgen heiratest", erklärte Jackson beruhigend. „Das ist ganz normal. Konzentriere dich auf die Dinge, die du an Courtney liebst. Denk daran, wie du ihr den Antrag gemacht hast. Bestimmt wart ihr beide in dem Augenblick überzeugt, dass ihr euch für immer lieben werdet. Ruf dir diese schönen Momente in Erinnerung, und deine Nervosität wird vergehen."

„Das ist ein sehr weiser Rat, Kumpel." Alex blinzelte verlegen.

„Ja, ich bin gut darin, Leute zu beraten. So, und jetzt stehst du auf und gehst ins Hotel zurück. Du brauchst eine Dusche und viel Kaffee. Danach suchst du Courtney und sagst ihr, wie sehr du sie liebst. Und dann kümmerst du dich um deine Mutter. Es geht das Gerücht um, dass dein Vater mit Tante Tully ins Bett gegangen ist."

Entsetzt starrte Alex ihn an. „Wie bitte? Was hat mein Vater getan?"

Jackson half Alex beim Aufstehen. „Deine Mutter wird dir sicher die Einzelheiten erklären. Also, was machst du jetzt?"

„Duschen, Kaffee trinken, Courtney sagen, dass ich sie liebe, mit meiner Mutter sprechen. Alles klar."

„Sehr gut."

„Du bist also ein Seelenklempner?"

„So etwas Ähnliches."

„Katie kann sich glücklich schätzen, dich gefunden zu haben. Sie verdient einen wirklich netten Kerl wie dich."

„Ich weiß."

„Leider war ich nicht der passende Mann für sie."

„Nein, offenbar nicht."

Alex seufzte. „Ich vermisse sie."

„Du musst sie dir aus dem Kopf schlagen."

„Ich weiß."

Jackson sah Alex nach, als dieser in Richtung Hotel schlurfte, und überlegte, welche Katastrophen dieses Hochzeitswochenende wohl noch zu bieten haben würde.

8. KAPITEL

Wie kommt Alex denn darauf, dass du Psychologe bist?", erkundigte sich Katie, als sie am Nachmittag mit Jackson zusammen zu dem Saal ging, in dem die Probe stattfinden sollte.

„Ich habe ihm zugehört und ihm einen Rat gegeben, und er hat daraus die falschen Schlüsse gezogen."

„Aha." Sie lächelte. „Er wird es kein bisschen witzig finden, wenn er die Wahrheit herausfindet."

„Falls diese Hochzeit planmäßig verläuft, dürfte es ihm egal sein."

Jackson klang sehr zuversichtlich und sah wieder einmal zum Anbeißen aus. Vielleicht fand Katie das aber auch nur, weil sie bei all dem Stress das Mittagessen vergessen hatte.

Unauffällig musterte sie ihn. Maßgeschneiderte Hose, ein blütenweißes Hemd, modisches Sakko. Er wusste, wie er sich kleiden musste, um unwiderstehlich zu sein. Bei der Vorstellung, ihm seine teuren Designerklamotten vom Leib zu reißen, vergaß sie sogar ihren knurrenden Magen.

Achtung! Sie musste vorsichtiger sein! Es war nicht klug, sich in Jackson zu verlieben. Zumindest nicht, bevor sie nicht ein bisschen mehr über ihn wusste. Irgendwie hatten sie die Small-Talk-Phase übersprungen, und nun war es sehr schwer, ein unverfängliches Gespräch anzufangen. Nachdem sie schon mit ihm im Bett gewesen war, schien ihr ein unverbindliches „Erzähl doch mal etwas über dich" irgendwie unpassend.

„Hast du noch ein bisschen geschlafen?“, fragte Jackson flüsternd und legte seinen Arm um ihre Schultern.

Seine Berührung ließ Katie erröten. „Nein. Ich habe es versucht, aber es kam immer etwas dazwischen.“

„Sollte ich mich entschuldigen?“

„Du hast mich doch gar nicht geweckt.“

Er grinste. „Du weißt schon, was ich meine.“

Sie sahen sich in die Augen, und beide spürten die erotische Spannung. „Nein“, flüsterte sie heiser. „Entschuldige dich nicht!“

„Gut.“

Sie waren vor der offenen Tür stehen geblieben. Von drinnen klang Stimmengewirr zu ihnen heraus, und Katie wusste, dass sie nun hineingehen sollten. Doch es war so viel verlockender, hier draußen stehen zu bleiben und Jackson in die Augen zu sehen. Noch besser wäre es natürlich, ihn zu küssen. Oder gleich mit ihm nach oben zu verschwinden.

„Ich habe immer gern Science-Fiction gelesen“, platzte er heraus.

„Was?“

„Ich lese Science-Fiction-Bücher. Außerdem mag ich Spionagethriller. Notfalls kann ich aber auch eine romantische Komödie ertragen. In den Ferien erhole ich mich gern, am liebsten am Meer. Wenn es sein muss, darf es aber auch ruhig mal eine Bergtour sein.“

Er nahm ihr Gesicht in die Hände. „Jetzt sag mir, was du magst.“

„Hm. Ich lese gern Liebesgeschichten und Krimis. Ich

gehe gern ins Kino, solange die Filme nicht zu brutal und blutrünstig sind. Mein letzter Urlaub ist so lange her, dass ich mich nicht mehr daran erinnern kann, aber Strand und Meer sind definitiv okay."

„Mit acht bin ich von einem Baum gefallen und habe mir den Arm gebrochen."

„Ich habe ein Tattoo auf dem Po, auf dem ‚Kneif mich!' steht."

Entgeistert ließ er seine Hände sinken und starrte sie an. „Kneif mich?"

Katie kicherte und gab ihm einen Kuss. „War nur ein Scherz. Kein Tattoo."

„Das hätte mich auch sehr gewundert. Schließlich hätte ich es letzte Nacht bemerken müssen."

Er nahm sie in den Arm und wirbelte sie herum. „Wir haben viel zu viel Zeit verschwendet, mein Schatz. Meine Mutter wird entzückt sein, wenn sie das hört."

Katies Herz pochte heftig. Was meinte er damit? Durfte sie hoffen, dass er genauso begeistert von ihr war wie sie von ihm? War es möglich, dass sie tatsächlich so ein unverschämtes Glück hatte?

Gerade als sie etwas entgegnen wollte, hörte sie, wie jemand leise seinen Namen aussprach.

„Jackson, hast du eine Sekunde Zeit?"

Er setzte sie ab, und sie drehten sich beide neugierig um. Hinter ihnen stand Ariel, schön und zart und offensichtlich sehr verzweifelt.

„Wir müssen zur Probe", erklärte Jackson abweisend, ohne Katie loszulassen.

„Bitte. Es dauert wirklich nicht lange."

Katie überlegte, wie viel Jackson ihr nach nur einem Tag bereits bedeutete, und wie durchschnittlich sie im Vergleich zu Ariel aussah. Früher hätte sie in so einer Situation sofort aufgegeben, doch seit sie Jackson kannte, war sie selbstbewusster geworden.

„Du solltest mit ihr reden", riet sie ihm. „Es scheint wichtig zu sein."

„Ich habe dir versprochen, dich zur Probe zu begleiten."

„Ich schaffe das schon allein. Außerdem dauert es bestimmt nicht lange."

Zumindest hoffte sie das. Und wenn er wider Erwarten ein Mann war, der mit ihr ins Bett ging, um kurz darauf zu seiner Ex zurückzukehren, dann war es besser, sie erfuhr es so früh wie möglich. Andernfalls würde er ihr womöglich das Herz brechen. Wenn es nicht sogar schon zu spät war …

„Ich bin sofort zurück", versprach er und ging zu Ariel.

Katie hatte kein Interesse daran, diesen beiden gut aussehenden Menschen nachzusehen, und so beeilte sie sich, zu der Probe in den Ballsaal zu kommen. Es ging ihr großartig, beschloss sie, hob entschlossen ihr Kinn und stolzierte selbstbewusst in den Saal – um nach wenigen Schritten über eine Handtasche zu stolpern und auf dem blank polierten Parkett zu liegen.

Am liebsten wäre sie einfach liegen geblieben und hätte sich eingeredet, dass niemand sie bemerken würde, wenn sie sich nur nicht bewegte. Doch natürlich war das eine naive Hoffnung. Ihre gesamte Familie versammelte sich um sie herum, um ihr beim Aufstehen zu helfen und nach dem Grund für ihren Sturz zu fragen.

Alex war als Erster da und half ihr auf. „Wo tut es weh?", erkundigte er sich, während er sie fürsorglich zu einem Stuhl führte.

Sie riss sich los. „Es geht mir gut. Danke. Nichts passiert."

Ihre Mutter drängte sich durch die Gästeschar. „Liebling! Ist alles in Ordnung?"

„Ja, Mom. Ich bin nur gestolpert."

Mitfühlend drückte ihre Mutter ihr die Hand. „Wenn du versuchst, dich vor dieser Hochzeit zu drücken, musst du dir etwas Originelleres ausdenken", zischte sie leise.

Obwohl ihr Knie schrecklich wehtat, konnte Katie sich ein Grinsen nicht verkneifen. „Die Fenster hier sind einfach zu hoch zum Rausklettern."

Ihr Vater war vor ihr in die Hocke gegangen und untersuchte ihr Bein. „Dein Knie schwillt mächtig an, meine Kleine. Ich schätze, es ist verstaucht. Wir sollten es uns ansehen."

Er half ihr auf die Beine und brachte sie in einen Nebenraum. Katie zog ihre Sandalen und die weiße Jeans aus und zuckte dann beim Anblick ihres Knies erschrocken zusammen. Es war schon jetzt fast doppelt so dick wie normal.

„Sehr attraktiv", murmelte sie.

Ihr Vater, ein erfahrener Hausarzt, bewegte das Bein vorsichtig in alle Richtungen.

„Du bist die Sportskanone in unserer Familie. Was meinst du?"

Katie hatte schon unzählige verrenkte Knie gesehen. „Kühlen, hochlegen, nicht belasten, Ibuprofen und ein fester Verband, falls ich doch mal aufstehen muss."

„Meine Tochter!", rief ihr Vater stolz. „Falls es in den nächsten zwei Tagen nicht deutlich abschwillt, müssen wir eine Röntgenaufnahme machen. Aber ich schätze, das wird schon wieder." Er stand auf und machte einen Schritt Richtung Tür. „War das ein Versuch, deinen Job als Brautjungfer loszuwerden?"

„Wenn es doch nur so wäre." Mit schmerzverzerrtem Gesicht versuchte Katie, ihr Knie zu beugen. „Besonders grazil werde ich wohl nicht mehr sein."

Ihr Vater half ihr beim Anziehen. „Wir haben dich trotzdem lieb."

„Danke. Das tröstet mich sehr", erwiderte sie ironisch und nahm ihren Vater kurz in den Arm.

Er drückte sie an sich. „Diese Hochzeit ist eine einzige Katastrophe. Hast du die Geschichte über Tante Tully und Bruce gehört?"

„Ja, aber ein Gutes hat dieser Skandal: Ich denke seitdem viel weniger über euer Sexleben nach …"

„Bitte, sprich nicht mehr darüber!"

„Ich kann dir versichern, dass ich mir große Mühe gebe, diese Gedanken aus meinem Kopf zu verbannen."

Mit ernstem Blick sah ihr Vater sie an. „Ich weiß, dass Alex dich sehr verletzt hat, als er dich wegen Courtney sitzen ließ, aber ehrlich gesagt war ich trotzdem erleichtert darüber. Er war einfach nicht der richtige Mann für dich. Ich hoffe, das ist dir klar?"

„Ja, ich weiß."

„Gut."

In diesem Augenblick wurde die Tür aufgerissen, und Jackson stürmte herein. „Ich war doch nur eine Viertelstunde weg! Was zum Teufel ist passiert?" Als er Katies Vater sah, blieb er abrupt stehen. „Oh, hallo Dr. McCormick."

Schlimm genug, dass die gesamte Hochzeitsgesellschaft ihre Tollpatschigkeit mit angesehen hatte, doch jetzt musste sie auch noch Jackson davon erzählen.

„Genau das ist der Grund, weshalb ich nur über Sport schreibe, anstatt selbst aktiv zu sein", erklärte sie betont munter. „Ich bin gestolpert."

„Bist du verletzt?"

„Sie hat sich das Knie verstaucht", erklärte ihr Vater. „Das wird schon wieder." Fragend sah er von Katie zu Jackson. „Soll ich euch allein lassen?"

Katie nickte, und Dr. McCormick ging hinaus.

„Wie geht es Ariel?"

„Gut. Also, was ist passiert?"

„Erst Ariel."

„Nein, erst du."

Katie seufzte. „Ich bin über eine Handtasche gestolpert, hingefallen und habe mir dabei das Knie verdreht."

„Ariel findet, dass wir es noch einmal miteinander versuchen sollten. Ich habe abgelehnt."

Natürlich hatte Katie damit gerechnet, dass er Ariels großzügiges Angebot ablehnen würde, doch es war trotzdem schön, es von ihm zu hören.

„Könntest du etwas konkreter sein?“, hakte sie vorsichtig nach.

Er nahm sie in den Arm. „Brauchst du Eis zum Kühlen oder sonst irgendetwas?“

„Kühlen, hochlegen, nicht belasten, Ibuprofen und ein fester Verband.“

„In dieser Reihenfolge?“

„Alles gleichzeitig wäre noch besser.“

„Hab ich mir schon gedacht.“

Bevor ihr klar wurde, was Jackson vorhatte, hatte er sich über sie gebeugt und sie hochgehoben. Erschrocken schrie Katie auf.

„Was machst du da?“

„Na, wie sieht es denn aus? Ich bringe dich in dein Zimmer.“

Die Tür, die ihr Vater hinter sich zugezogen hatte, öffnete sich wieder, und ihre Mutter trat ein. „Was ist los? Ich habe einen Schrei gehört und …“ Erstaunt sah sie die beiden an. „Oh, das ist ja sooo romantisch.“

„Unsinn!“, widersprach Katie. „So schlimm ist es nicht. Lass mich wieder herunter!“

„Nein, ich werde dich in dein Zimmer bringen. Du darfst das Knie jetzt nicht belasten.“ Jackson trug sie zur Tür, als wäre sie federleicht. „Janis, könntest du Katies Tasche holen?“

„Natürlich.“

Als sie durch den Saal gingen, scharten sich alle Gäste um sie, um sich nach Katies Befinden zu erkundigen. Alle außer Courtney, die Katie mit unverhohlener Wut ansah. Katie vergrub ihr Gesicht an Jacksons Brust.

„Mach dir keine Sorgen wegen der Probe“, rief ihre Mutter ihnen nach. „Du musst einfach nur zum Altar gehen und dort auf die Braut warten. Das ist nicht weiter schwierig. Jackson, du passt doch gut auf mein Mädchen auf, oder?“

„Das werde ich“, versprach er und ging mit Katie hinaus.

9. KAPITEL

Ist es schon besser geworden?", fragte Jackson eine Stunde später.

Katie lag auf ihrem Bett und hatte ihr Bein auf einem Kissenberg abgelegt. Auf dem verletzten Knie lag ein Eisbeutel, den Jackson ihr aus der Küche geholt hatte.

„Der Schmerz ist nicht das Schlimmste", erklärte Katie. „Du glaubst gar nicht, wie sehr ich mich für diesen peinlichen Auftritt schäme."

Seitdem sie in ihrem Zimmer lag, hatte fast jeder einzelne Gast der Hochzeitsgesellschaft bei ihr vorbeigeschaut, um nach ihr zu sehen. Alle außer Courtney, die vermutlich davon überzeugt war, dass Katie absichtlich hingefallen war, um ihr die Schau zu stehlen und die Hochzeit zu ruinieren.

„Ich war abgelenkt", gab sie zu und sah Jackson an, der sich neben sie gelegt hatte.

Er drehte sich zu ihr um und sah sie liebevoll an. „Ariel?"

Katie zuckte die Achseln. „Kann schon sein."

„Wir sind nicht mehr zusammen. Schon seit sehr langer Zeit nicht."

„Genau das würde sie gern ändern."

„Und ich würde dich gern mit Champagner übergießen und dann abschlecken. Aber auch das wird wohl nicht passieren." Er grinste. „Zumindest nicht heute Nacht."

Er gab ihr einen zärtlichen Kuss. „Ich bin nicht an Ariel interessiert."

„Aber sie ist wunderschön."

Mit einem lässigen Achselzucken sah er sie an. „Ich bin über sie hinweg. Das war ich im Prinzip schon zehn Minuten, nachdem sie mich verlassen hatte."

Katie fand diese Aussage beruhigend und besorgniserregend zugleich. „Glaubst du nicht an zweite Chancen?"

„Doch. Aber warum sollte ich mich für Ariel interessieren, wenn du in der Nähe bist?"

Mit offenem Mund starrte sie ihn an. Wie schaffte er es nur immer, sie so aus der Fassung zu bringen? „Gute Antwort."

„Hast du noch weitere Fragen?"

„Eigentlich nicht."

„Prima." Wieder küsste er sie.

„Meinst du, die Krankenbesuche deiner Familie sind jetzt vorbei?"

Katie schlang ihm die Arme um den Hals. „Ich hoffe es."

„Ich auch."

Früh am nächsten Morgen stand Jackson leise auf. Katie, zum Anbeißen süß mit ihrem zerzausten blonden Haar und den geröteten Wangen, schlief noch tief und fest.

Sie hatte den größten Teil der Nacht mit hochgelagertem Bein auf dem Rücken gelegen, und Jackson bemerkte zufrieden, dass die Schwellung an ihrem Knie deutlich zurückgegangen war. Vermutlich würde es heute noch etwas wehtun, doch der Sturz war vermutlich bald vergessen.

Sein Blick blieb an ihren lackierten Fußnägeln hängen. Seltsam. Früher hatte er sich nie für die Zehen seiner Freundinnen interessiert, doch an Katie waren diese leuchtend rot lackierten Nägel ungeheuer sexy.

Während er sich anzog, konnte er den Blick nicht von ihr abwenden. Ihre Haut war weich, ihr Körper warm und verlockend. Sie hatte etwas Besonderes an sich. Etwas, das bei ihm den Wunsch auslöste, bei ihr zu bleiben.

Doch er würde dem Impuls jetzt nicht nachgeben. Stattdessen schlich er hinaus, um in seinem eigenen Zimmer zu duschen. Heute war der eigentliche Hochzeitstag, und Katie musste frisch und ausgeruht sein.

Doch bevor er Katies Zimmertür hinter sich schließen konnte, kam Courtney ihm aus dem Fahrstuhl entgegen.

„Ist sie schon aufgestanden?“, fragte die künftige Braut barsch. „Ich muss sofort mit ihr sprechen.“

„Sie ist noch …“

Aber Courtney hörte ihm gar nicht zu. Entschlossen drängte sie sich an Jackson vorbei ins Zimmer.

„Du liegst noch im Bett? Steh bitte sofort auf! Irgendetwas stimmt mit Alex nicht. Ich glaube, er liebt mich nicht …“ Den letzten Satz hatte sie nur noch schluchzend herausgebracht.

Jackson zögerte. Sollte er zurück in Katies Zimmer gehen und Einfühlungsvermögen zeigen, oder war es klüger, sich aus dem Staub zu machen? Obwohl ihm die zweite Variante deutlich verlockender erschien, ging er zu den beiden Frauen.

Katie lag im Bett und hatte sich schützend die Decke bis ans Kinn gezogen. Als ihre Blicke sich trafen, lächelte sie. „Guten Morgen.“ Ihre Stimme klang tief und sexy.

„Morgen."

„Hörst du mir überhaupt zu?", schimpfte Courtney laut. „Alex ist sich nicht mehr sicher, ob er mich heiraten möchte!"

Damit hatte sie Katies Aufmerksamkeit gewonnen. Entsetzt sah sie ihre Schwester an.

„Aber gestern hast du doch noch gesagt, er würde dich lieben. Was ist denn passiert?"

„Ist doch egal. Mir geht es schlecht!"

Katie musste sich anstrengen, nicht genervt mit den Augen zu rollen. „Aber warum? Du wirst einen tollen Mann heiraten, der dich förmlich anbetet. Heute ist dein ganz großer Tag."

„Das sagst du doch nur, weil du eifersüchtig auf mich bist."

Katie runzelte die Stirn. Wenn sie eifersüchtig wäre, würde sie dann nicht eher gemein sein?

„Weshalb sollte ich eifersüchtig sein?"

„Weil ich heute heirate und du noch nicht einmal eine richtige Begleitung hast, sondern jemanden dafür bezahlen musst, dass er deinen Freund spielt."

Jackson lehnte sich an den Türrahmen und lächelte amüsiert. „Ich bekomme Geld?"

„Natürlich. Wusstest du das nicht? Mehrere Hundert Dollar." Katie lachte.

„Gibt es einen Zuschlag für gutes Benehmen?"

„Ja, ich habe auch schon darüber nachgedacht, mich besonders erkenntlich zu zeigen."

„Ich kann es kaum erwarten."

Zornig drehte Courtney sich zu ihm um. „Sei endlich ruhig und misch dich nicht in unsere Angelegenheiten ein. Das alles hier geht dich gar nichts an!“

Jackson ging langsam auf sie zu. „Da bin ich anderer Ansicht. Es geht mich eine ganze Menge an, wenn du Katie angreifst. Egal, welche Probleme du auch gerade mit deinem Verlobten haben magst – deine Schwester kann nichts dafür. Katie kümmert sich seit Tagen rührend um deine alberne Hochzeit, obwohl du ihre Unterstützung meiner Meinung nach wirklich nicht verdient hast.“

Mit vor Wut funkelnden Augen starrte Courtney ihn an. „Du … du …“

„Deine Schwester hat kein Interesse mehr an Alex. Er könnte sich sehr glücklich schätzen, wenn es anders wäre. Aber sie ist über ihn hinweg. Und Alex über sie. Erstaunlicherweise liebt er dich und will dich heiraten. Und falls du möchtest, dass eure Ehe funktioniert, dann wird es Zeit für dich, erwachsen zu werden. Bestimmt wird es dir schwerfallen, dein egozentrisches, trotziges Teenagerbenehmen abzulegen, aber ich fürchte, du hast keine andere Wahl.“

Courtney funkelte ihn an. „Ich hasse dich!“

„Du gehörst auch nicht gerade zu meinen Lieblingsmenschen.“

„Hiermit lade ich dich von meiner Hochzeit aus. Wage es ja nicht, dich blicken zu lassen!“, schrie Courtney und rannte hinaus.

Jackson sah Katie an. „Soll ich ihr folgen und mich entschuldigen?“

Katie grinste. „Nein. Das war eine großartige Vorstellung. Ganz großes Kino. Und längst einmal fällig. Endlich hat sich jemand getraut, ihr den Kopf zu waschen."

„Also gut. Aber du darfst dich von ihr nicht länger so schlecht behandeln lassen."

„Ich weiß. Aber alte Gewohnheiten legt man nicht so einfach ab."

Genau in dem Moment, in dem er sich über sie beugte, um sie zu küssen, ging schon wieder die Tür auf.

Janis kam hereingeeilt und schien sich kein bisschen darüber zu wundern, Jackson im Zimmer ihrer Tochter anzutreffen.

„Die beiden Turteltäubchen hatten offenbar einen furchtbaren Streit. Courtney ist seitdem verschwunden, und Alex sitzt wie ein Trauerkloß in der Lobby. Dabei ist es noch nicht einmal neun Uhr. Ich hab ja von Anfang an geahnt, dass wir ihnen besser Geld für eine romantische Hochzeit zu zweit auf den Bahamas oder sonst wo gegeben hätten. Die beiden sind so wahnsinnig unreif, dass man es kaum aushalten kann. Und trotzdem passen sie großartig zueinander. Vielleicht gerade deshalb."

„Courtney war gerade hier", verriet Katie ihr. „Sie ist völlig aufgelöst."

Janis presste ihre Handflächen an die Schläfen. „Ich spüre, dass ich Migräne bekomme. Aber eines verspreche ich euch: Die Trauung wird planmäßig stattfinden! Selbst wenn ich die beiden betäuben und mit Handschellen aneinanderketten muss."

„Das gäbe zumindest sehr hübsche, unkonventionelle Hochzeitsfotos", bemerkte Katie ironisch.

„Sehr witzig. Wie geht es übrigens deinem Knie?"

„Viel besser."

„Gott sei Dank! Dann hast du jetzt keine Entschuldigung mehr. Steh auf und zieh dich an! Ich brauche deine Hilfe. Zum Beispiel, um mir ein Betäubungsmittel zu beschaffen. Meinst du, dein Vater würde mir etwas verschreiben?" Erschöpft holte sie Luft und lächelte Jackson abwesend an.

„Oh, guten Morgen, Jackson."

„Hallo Janis."

„Ich gebe dir einen guten Rat, mein Junge: Schaff dir niemals Töchter an."

Der Vormittag verging wie im Flug. Katie war sehr erleichtert darüber, dass ihr Knie schon fast wieder normal aussah und auch kaum noch wehtat. Vorsichtshalber trug sie flache, bequeme Schuhe, um ihre Füße bis zur Trauung zu schonen.

Es gab noch tausend Dinge zu erledigen, und um ihre Mutter zu entlasten, hatte Katie angeboten, sich um alles zu kümmern. Die Hochzeitstorte war fertig, die Stühle aufgestellt, und die Floristin war gerade damit beschäftigt, geschmackvolle Blumenarrangements zu verteilen.

Katie verließ den Saal, in dem die Zeremonie stattfinden würde, und ging nach draußen. Auf der großen Hotelterrasse war es wunderbar warm, die Sonne schien, und in den Beeten leuchtete ein wahres Blumenmeer. Eine ideale Kulisse für perfekte Hochzeitsbilder.

Courtney und Alex waren nirgends zu sehen, und Katie

hoffte inständig, dass die zwei in ihrem Zimmer waren und Versöhnungssex hatten. Diese Hochzeit durfte auf keinen Fall schiefgehen.

„Warum siehst du denn so besorgt aus?“ Jackson war von hinten an Katie herangetreten und hatte seine Arme um ihre Taille geschlungen.

„Ich mache mir Sorgen um Alex und Courtney. Warum haben die beiden bloß ihre Meinungsverschiedenheiten nicht geklärt, bevor sie beschlossen haben zu heiraten?“

„Tja, keine Ahnung. Hoffen wir das Beste.“ Er nahm ihr den Notizblock aus der Hand. „Wie weit bist du mit deiner Checkliste?“

„Ich komme gut voran.“ Unsicher sah Katie ihn an. „Ist Ariel wieder abgefahren?“ Jackson drehte sie zu sich um. „Hör endlich auf, über Ariel nachzudenken. Ich mache das schon lange nicht mehr.“

„Aber sie ist so …“

„Ja?“

Katie konnte keinen klaren Gedanken fassen, wenn Jackson ihr so tief in die Augen sah. Sein Blick ließ keinen Zweifel daran, dass er sie interessant und attraktiv und … einfach wundervoll fand.

„Wie warst du, als du ein kleiner Junge warst?“

„Sehr eigenbrötlerisch.“ Er strich ihr eine Haarsträhne aus dem Gesicht. „Mir waren meine Rechner wichtiger als andere Menschen, und so verbrachte ich die meiste Zeit in meinem Zimmer. Natürlich wollte meine Mutter, dass ich mich mit den Jungs aus der Nachbarschaft anfreunde und draußen spiele, aber ich hatte keine Lust. Ich wusste nie, worüber ich mich mit ihnen unterhalten sollte, und fühlte mich immer ausgeschlossen."

„Als der typische Hochbegabte mit verkümmerten Sozialkompetenzen?"

„Ganz genau. Deshalb war ich auch schon mit sechzehn auf dem College."

„Ich erinnere mich. Das war der Sommer, in dem wir uns getroffen haben. Als du so ungeheuer charmant zu mir warst."

„Du hast mich furchtbar eingeschüchtert!", verteidigte Jackson sich.

„Ja, ich hatte einen guten Tag", lachte Katie.

Jackson sah sie liebevoll an. „Hätte ich doch nur schon damals auf mein Herz gehört."

„Ich bitte dich! Du warst kein bisschen an mir interessiert!"

„Doch, doch, da war etwas zwischen uns."

„Ja, spontane gegenseitige Abneigung."

„Was wäre wohl passiert, wenn unsere Mütter uns erst zwei, drei Jahre später bekannt gemacht hätten?"

Katie sah ihn nachdenklich an. Wie wäre es gewesen, wenn sie Jackson etwas später kennengelernt hätte? Nachdem sie die Highschool abgeschlossen hatte oder während ihres ersten Jahres am College. Damals war sie viel hübscher und dünner gewesen – und sehr interessiert an jungen Männern.

„Ich wäre beeindruckt gewesen", vermutete sie.

„Ich auch." Er lehnte sich zu ihr herüber, um sie zu küssen, und Katie kuschelte sich bereits in seine Arme, als hinter ihnen ein vertrautes Lachen erklang.

„Tante Tully“, flüsterte Katie entnervt. „Eine meiner Aufgaben besteht darin, sie von Bruce fernzuhalten.“

Ganz offensichtlich herrschte zwischen den Eltern des Bräutigams alles andere als eitel Sonnenschein. Katie hatte nicht herausgefunden, ob zwischen Bruce und Tante Tully wirklich etwas passiert war, doch im Grunde wollte sie es auch gar nicht so genau wissen.

Vorsichtig drehte Katie sich um und sah in einer Ecke der Veranda ein älteres Paar, das sich gerade leidenschaftlich küsste. Selbst auf die beträchtliche Entfernung konnte man deutlich sehen, wie die beiden förmlich aneinander klebten und wie der Mann provokativ nach dem Po der Frau griff.

„Um Himmels willen!“, stöhnte Katie.

„Dann ist das wohl nicht Alex’ Mutter, was?“, erkundigte Jackson sich sarkastisch.

„Nein. Das ist definitiv Tante Tully. Was sollen wir tun?“

„Sie sind erwachsen.“

Katie sah ihn an. „Du meinst, es ist nicht unsere Angelegenheit?“

„Ganz genau.“

„Dann machen wir uns unauffällig aus dem Staub?“

„Eine großartige Idee!“ Jackson nahm ihre Hand und zog sie mit sich fort.

Doch anstatt ins Hotel zurückzugehen, führte er sie um das Gebäude herum in den Rosengarten auf der anderen Seite. Ein kleiner Pavillon mit zierlichen Stühlen und einer Bank lud zum Verweilen ein.

Jackson wartete, bis Katie sich auf die Bank gesetzt hatte, und holte sich dann einen Stuhl heran. Er legte ihre Füße auf seinen Schoß, zog ihr die Schuhe aus und begann, ihre Zehen zu massieren.

„Wie geht es deinem Knie?“

„Gut. Es tut noch ein bisschen weh und ist etwas steif, aber es geht schon.“ Besorgt warf Katie einen Blick über Jacksons Schulter hinweg in Richtung Hotel. „Ich weiß nicht, ob es richtig war, Tully und Bruce sich selbst zu überlassen.“

„Willst du dich wirklich in diese Angelegenheit einmischen?“

„Nein. Aber Alex’ Mutter wird furchtbar wütend sein.“ Sie schüttelte den Kopf. „Nein, nicht wütend. Sie wird verletzt sein.“

„Glaubst du, es ist das erste Mal?“

Katie sah ihn an. „Also für Tully definitiv nicht. Sie ist die fleischgewordene Femme fatale und verführt ständig irgendwelche Männer.“

„Verführen würde ich das nicht nennen. Denn das hört sich so an, als seien die Männer ihre Opfer – aber das sind sie nicht. Sie lassen sich alle bereitwillig darauf ein und sollten folglich auch die Verantwortung dafür übernehmen.“

Aus diesem Blickwinkel hatte Katie es noch nie betrachtet. „Du hast recht. Wir sagen immer alle, dass Tully so eine Art Naturkatastrophe ist, der kein Mann sich entziehen kann.“

„Also mir ist das ganz gut gelungen.“

„Du bist eben anders.“

„Nein, ich hatte nur Angst vor ihr.“

Katie lachte. „Willst du damit sagen, dass sie nicht dein Typ ist?"

„Sie machte den Eindruck, als wollte sie mich mit Haut und Haaren verspeisen. Ich wäre ihr einfach nicht gewachsen." Er massierte noch immer sanft Katies Füße.

Nur zu gern hätte Katie ihm gesagt, wie es um sie stand. Doch es war unmöglich, ihm zu gestehen, dass sie sich in ihn verliebt hatte. Bestimmt wäre er völlig schockiert und würde vor Schreck die Flucht ergreifen. Und das war nun wirklich das Letzte, was sie wollte.

„Ich bin überzeugt davon, dass du mit Tully fertig werden würdest", erklärte sie.

„Vielen Dank für dein Vertrauen in meine Fähigkeiten, aber ich bin nicht interessiert. Ich bleibe lieber bei dir."

„Sehr gute Antwort!"

10. KAPITEL

Nachdem er ihr einige wundervolle Minuten lang die Füße massiert hatte, streifte Jackson Katie die Schuhe wieder über und setzte sich neben sie auf die Bank. Er legte seinen Arm um ihre Schultern, und sie kuschelte sich eng an ihn.

Er war so schön warm, und sie fühlte sich wunderbar geborgen.

„Erzähl mir, wo du lebst“, bat sie.

„Ganz in der Nähe von Los Angeles.“

„Nicht im Silicon Valley?“

„Nein, dieses Klischee wollte ich vermeiden. Das Angebot an hoch qualifizierten Leuten ist in L. A. einfach besser; deshalb ist mein Firmensitz dort.“

„Lebst du schon lange da?“

„Seit sieben Jahren. Aber wir denken gerade darüber nach, die Firma in eine ruhigere Gegend umzusiedeln. Fast alle meine Mitarbeiter haben inzwischen Kinder und möchten deshalb lieber im Grünen leben. Früher haben wir uns über die neuesten Entwicklungen auf dem Computerspielmarkt unterhalten, doch heute geht es fast nur noch um die besten Schulen und Kindergärten.“

In Katie regte sich eine leise Hoffnung. Würde er Fool’s Gold wohl auf die Liste der potenziellen Standorte setzen?

„Und welche Städte stehen in der engeren Wahl?“

„Bis jetzt noch keine. Wir haben gerade erst angefangen, uns umzusehen. Was ist mit dir? Du hast gesagt, du seist sehr heimatverbunden. Willst du für immer hierbleiben?“

„Ja. Ich bin zwar zum Studieren fortgegangen, aber ich wollte immer zurück nach Fool's Gold. Eine Zeit lang habe ich überlegt, in eine größere Stadt zu ziehen – um bei einer richtigen, überregionalen Zeitung zu arbeiten. Aber hier gefällt es mir nun einmal am besten."

Jackson ließ seinen Blick über das gewaltige Bergpanorama wandern und nickte. „Du hast recht. Es ist wunderschön hier." Er zögerte. „Gab es nie jemanden, für den du deine Stadt verlassen hättest?"

„Einen Mann, meinst du?" Sie sah ihn an. „Ich bitte dich! Du hast Alex doch kennengelernt. Er ist nicht gerade ein Hauptgewinn. Dabei war ich fest davon überzeugt, dass er einer von den netten Jungs wäre." Katie schloss die Augen und erinnerte sich. „Ich habe lange gedacht, dass er mich verlassen hat, weil er sich Hals über Kopf in Courtney verliebt hat, aber inzwischen bin ich mir nicht mehr so sicher. Wahrscheinlich haben wir einfach nicht zueinandergepasst, und Courtney war eher der Auslöser und nicht der Grund für unsere Trennung."

„Und vor Alex?"

„Ach, die üblichen Verdächtigen. Eine Highschoolliebe, die mir das Herz gebrochen hat. Ein Typ auf dem College, der zwar sehr gefühlvoll und romantisch war, sich mit der Zeit aber als ziemlich langweilig erwiesen hat."

Gedankenverloren spielte Jackson mit einer ihrer Haarsträhnen. „Du bist also die Frau, der die Männer später nachweinen …"

Seine Stimme war tief und sexy und ließ die Schmetterlinge in ihrem Bauch wild mit den Flügeln schlagen.

„Eigentlich nicht."

„Das war keine Frage."

Wenn er wüsste. Sie räusperte sich. „Was ist mit dir? Wen gab es außer Ariel in deinem Liebesleben?"

„Einige. Auf der Highschool hatte ich keine Freundin. Du weißt schon, da war ich der Nerd. Meine erste Romanze fand auf dem College statt."

„Lass mich raten: Sie war älter und hat dir alles gezeigt, was man wissen und können muss."

Verwundert sah er sie an. „Woher weißt du das?"

„Wie alt warst du, als du aufs College kamst? Fünf?"

„Fast sechzehn!"

„Also noch fast ein Kind. Da wäre es einigermaßen schwer geworden, eine gleichaltrige Freundin zu finden. Außer du hättest gewartet, bis du in der Abschlussklasse bist." Sie sah ihm in seine wundervollen, tiefgrünen Augen. „Du hättest vermutlich so lange warten können, aber die Frauen nicht."

Jackson grinste. „Ich war damals sechzehn, und sie war neunzehn. Spring Break in Mexiko. Dabei wollte ich gar nicht mitfahren."

„Aber sie hat dafür gesorgt, dass du froh warst, doch mitgekommen zu sein, stimmt's?"

„Allerdings."

„Gut, dass ihr im Ausland wart. In den meisten Bundesstaaten wäre das illegal gewesen."

Sein Grinsen wurde noch breiter. „Das war es definitiv wert."

Katie lachte. „Ich meinte nicht dich, Jackson! *Sie* hätte

sich strafbar gemacht! Schließlich warst du noch minderjährig."

„Ach so. Stimmt. Daran habe ich nie gedacht."

„Und wer war zwischen dieser älteren Dame und Ariel?"

Schmunzelnd zog er sie an sich. „Da habe ich auf dich gewartet."

Wenn das doch nur wahr wäre, dachte Katie sehnsuchtsvoll. Jackson war wirklich ein ganz und gar außergewöhnlicher Mann. Nur zu gern hätte sie geglaubt, dass er der Richtige für sie war. Doch diese Ansicht war lächerlich, denn schließlich kannten sie sich erst ein paar Tage. Andererseits fühlte sich alles so richtig an.

Während ihres ganzen Lebens hatte Katie immer vehement für ihre Ziele gekämpft. Selbst als sie einsehen musste, dass sie keine Sportlerkarriere machen würde, hatte sie einen Weg gefunden, aus ihrer Liebe zum Sport einen Beruf zu machen. Als Colleen, die griesgrämige Redakteurin der Lokalzeitung, sie für die Stelle als Sportreporterin nicht einmal zum Vorstellungsgespräch einladen wollte, hatte Katie ihr drei Wochen lang jeden Tag einen Artikel geschickt. So lange, bis Colleen schließlich aufgegeben und Katie eingestellt hatte.

Seitdem hatte sie sich beruflich etabliert, einen großen Freundeskreis aufgebaut und war eigentlich ganz zufrieden mit ihrem Leben. Alles lief großartig – nur die Romantik ließ zu wünschen übrig. In diesem Bereich war Katie immer ausgesprochen zurückhaltend gewesen, denn sie hatte große Angst davor, verletzt zu werden. Doch diesmal – Angst hin oder her – war es um sie geschehen. Sie hatte sich hoffnungslos in Jackson verliebt. Und sie musste etwas unternehmen. Entschlossen drehte sie sich zu ihm um.

„Fährst du gleich morgen früh nach Hause?"

„Das war mein Plan. Es sei denn, du möchtest, dass ich noch bleibe."

Verblüfft sah sie ihn an. „Wirklich …?"

„Du könntest mir die Stadt zeigen. Und mich zu dir nach Hause einladen."

Zärtlich streichelte er ihr Gesicht. „Es ist einfach unglaublich mit dir, Katie. Ich werde meiner Mutter für alle Zeiten dankbar sein. Du bist die außergewöhnlichste Frau, die mir je begegnet ist, und ich möchte dich nicht verlieren."

„Ich möchte auch nicht, dass du mich verlierst", gab sie zu. „Es würde mir großen Spaß machen, dir hier alles zu zeigen. Normalerweise dauert es ziemlich lange, bis ich mich auf jemanden einlasse, aber bei dir ist alles anders. Ich bin sehr gern mit dir zusammen und könnte die Vorstellung, dass du morgen schon wieder abreist, nicht ertragen."

„Das geht mir genauso."

Sie nahm eine seiner Hände. „Die Zeit mit dir war einfach toll. Du bist genau so, wie …"

„Da seid ihr ja!" Katies Mutter kam über den Rasen auf den Pavillon zugeeilt. „Ich habe euch schon überall gesucht. Hier herrscht das totale Chaos. Ein Irrenhaus ist nichts dagegen. Ich würde es schon fast als Katastrophe bezeichnen, aber das klingt so negativ und pessimistisch. Guten Morgen, Jackson!"

„Janis."

Widerwillig stand Katie auf. „Was ist denn jetzt schon wieder los?" Sie warf einen Blick auf ihre Uhr. „Es ist doch noch gar nicht so spät."

„Stimmt. Ihr habt noch ein paar Stunden Zeit, bis der Starfriseur, den Courtney aus San Francisco einfliegen lässt, hier ist, um uns alle zu verschönern. Im Augenblick geht es um Rachel und Bruce."

Katie versuchte verzweifelt, das Bild von Bruce in inniger Umarmung mit Tante Tully aus ihrem Kopf zu verbannen.

„Sie werden sich scheiden lassen", verkündete Janis.

„Was?"

„Offenbar sind sie schon seit einigen Monaten getrennt, aber Rachel wollte nicht, dass es vor der Hochzeit bekannt wird." Katies Mutter senkte die Stimme. „Rachel war diejenige, die Schluss gemacht hat. Sie hat Bruce wegen einer anderen Frau verlassen."

Katie verschlug es die Sprache, und Jackson beugte sich zu ihr herüber. „Sind alle Familienfeiern bei euch so?", fragte er flüsternd. „Das ist ja besser als jedes Theaterstück."

Mit vernichtendem Blick sah Katie ihn an, bevor sie sich wieder an ihre Mutter wandte.

„Im Ernst? Es ist also kein Problem, dass Bruce und Tully etwas miteinander angefangen haben?"

„Keine Ahnung. Bruce ist ja kein junger Mann mehr. Vermutlich wird Tullys Leidenschaft ihn umbringen. Aber wenigstens ist er dann glücklich gestorben. Gerade eben habe ich gesehen, wie die beiden sich abschleckten."

Katie schüttelte sich. „Bitte, Mom, tu mir einen Gefallen und sag nicht ‚abschlecken'."

„Ist das nicht das richtige Wort? Ihr jungen Leute drückt euch doch immer so plastisch aus. Ich gebe mir große Mühe, bei eurer Sprachentwicklung mitzuhalten."

Katie hakte ihre Mutter unter. „Ich weiß. Aber das passt einfach nicht zu dir. Gibt es sonst noch etwas, das ich wissen sollte? Sprechen Alex und Courtney wieder miteinander?"

„Das wird sich noch zeigen."

Gegen halb zwei brachte Jackson Katie zu dem berühmten Hairstylisten und hatte dann einige Stunden Zeit für sich. Er nutzte diese Zeit, um sich die Website von Fool's Gold anzusehen und Immobilienangebote zu studieren.

Soweit er es überblicken konnte, war Fool's Gold wirklich eine bezaubernde Stadt. Er verstand nun, weshalb Katie nur ungern umziehen wollte.

Um kurz nach vier duschte er, zog den dunklen Anzug an, den er eigens für den feierlichen Anlass mitgebracht hatte, und ging in die Eingangshalle, um dort auf seine Mutter zu warten. Sein Vater hatte sich durch eine geschickt geplante Geschäftsreise nach Hongkong vor der Hochzeit gedrückt.

Gleich nachdem er aus dem Fahrstuhl getreten war, sah er seine Mutter. „Du siehst großartig aus!", begrüßte er sie und gab ihr einen Kuss auf die Wange.

„Danke, gleichfalls." Sie nahm ihn in den Arm und hielt ihn dann ein Stück von sich entfernt, um ihn besser ansehen zu können. „Sehr schick. Dabei bist du gar nicht der Bräutigam. Habe ich heute schon erwähnt, dass ich sehr gerne Enkelkinder hätte?“

„Manchmal gelingt es dir ja eine ganze Stunde lang, es nicht zu erwähnen …“

„Sehr witzig. Und, wie gefällt dir die Hochzeit bisher?“

„Sehr unterhaltsam. Es herrscht großer Ärger im Paradies. Courtney und Alex haben einen fürchterlichen Streit, und ich weiß nicht, ob sie sich schon wieder vertragen haben.“

Seine Mutter seufzte. „Kein Wunder, dass Janis mir auf dem Anrufbeantworter den Rat hinterlassen hat, mich ordentlich zu betrinken, bevor ich herkomme. Hoffentlich wendet sich noch alles zum Guten.“

Jackson stimmte ihr zu, auch wenn er nicht genau wusste, wie ‚das Gute‘ in dieser vertrackten Situation aussehen könnte. Courtney und Alex machten auf ihn nicht den Eindruck, als seien sie reif genug für eine erfolgreiche Ehe.

Vorsichtig sah er sich um, um zu vermeiden, dass jemand ihnen zuhörte. „Alex ist kürzlich sturzbetrunken mitten in der Nacht in Katies Hotelzimmer aufgetaucht.“

„Was wollte er?“

„Dreimal darfst du raten.“

Seine Mutter schüttelte den Kopf. „Ein schöner Schlamassel. Was passierte dann?“

„Sie hat mich angerufen, und ich habe ihn weggeschickt.“ Natürlich erwähnte er nicht, was er den Rest der Nacht gemacht hatte. Seine Mutter musste schließlich nicht alles wissen.

„Du hast dich also gut mit Katie amüsiert?"

Sie waren in Richtung Bar gegangen, und Jackson bestellte für sie beide einen Drink, bevor er antwortete. „Ja, Mom. Du hattest recht."

Sie seufzte glücklich. „Diesen Satz höre ich immer noch am liebsten. Du magst sie also?"

„Katie ist wundervoll. Witzig und charmant. Süß, freundlich und sehr klug. Wir verstehen uns großartig, und ich bedaure zutiefst, dass ich so lange gewartet habe, sie kennenzulernen."

Seine Mutter sah ihn aufmerksam an. „Soso. Höre ich da etwa noch viel mehr Interesse, als ich erwartet hatte? Werdet ihr euch wiedersehen?"

„Ja. Auf jeden Fall. Ich bleibe noch einen Tag länger, und sie wird mir morgen Fool's Gold zeigen."

Nun konnte seine Mutter ihre Begeisterung nicht länger verbergen. „Das ist ja großartig! Dabei interessierst du dich doch normalerweise nicht so sehr für Kleinstädte."

„Ich möchte sehen, wo sie lebt."

„Das ist alles? Ich weiß doch, dass du darüber nachdenkst, deinen Firmensitz zu verlegen. Du hast doch nicht etwa vor, nach Fool's Gold zu ziehen, Howie?"

Wie immer zuckte Jackson leicht zusammen, als sie ihn mit dem ungeliebten Namen ansprach. „Warum nicht? Es gibt hier ein riesiges Angebot an gut ausgebildeten Leuten, sehr gute Schulen, und die Immobilienpreise sind günstig."

„Falls du dein Unternehmen hierhin verlegst, wird Katie denken, dass sie der Grund dafür ist. Denk daran, dass sie die Tochter meiner besten Freundin ist! Du darfst so etwas nur tun, wenn du dir absolut sicher bist, was deine Gefühle für sie betrifft. Ich möchte nicht, dass du sie verletzt."

„Ich hatte nicht vor, sie zu verletzen, Mom!"

„Das hast du nie vor, doch trotzdem passiert es immer wieder. Sobald es ernst wird in deinen Beziehungen, machst du einen Rückzieher. Ich sage ja gar nicht, dass es bisher falsch war. Vermutlich war keine deiner Verflossenen die Richtige für dich. Aber bei Katie ist es etwas anderes. Ich möchte, dass du dir ganz sicher bist, bevor du ihr Hoffnungen machst."

Der Barkeeper reichte ihnen ihre Getränke, und Jackson gab ihm geistesabwesend eine 20-Dollar-Note. Er hätte seiner Mutter gern gesagt, dass sie sich irrte. Dass er keineswegs so ein Beziehungsmuster hatte. Doch nach kurzem Nachdenken musste er zugeben, dass sie recht hatte. Er hatte tatsächlich alle seine Beziehungen in dem Augenblick beendet, in dem sie ernst wurden. Bei keiner seiner Freundinnen hatte er sich vorstellen können, den Rest seines Lebens mit ihr zu verbringen.

Bis jetzt.

Denn während der Gedanke an ein ganzes Leben mit Ariel oder einer seiner anderen Exfreundinnen in ihm den dringenden Wunsch ausgelöst hatte, so schnell wie möglich das Weite zu suchen, fand er die Vorstellung, die nächsten sechzig oder siebzig Jahre mit Katie zu verbringen, ausgesprochen verlockend.

Er war sich sicher, dass sie im Laufe der Zeit immer schöner werden würde. Ihr skurriler Humor und ihr wacher Geist würden ihn immer herausfordern. Er merkte, dass ihm der Gedanke gefiel, für sie zu sorgen und sie zu beschützen. Zum Beispiel vor ihrer schrägen Familie.

„Bitte nimm es mir nicht übel", bat seine Mutter ernst. „Ich liebe dich über alles, Howie, und es würde mich sehr glücklich machen, wenn ihr zwei ein Paar würdet. Aber ich möchte auf keinen Fall, dass Katie verletzt wird. Du bist ein außergewöhnlicher Mann, mein Schatz, und ich schätze, die Chancen stehen sehr gut, dass sie sich in dich verliebt. Wie fast alle Frauen, die dich kennenlernen."

„Ist schon gut, Mom", murmelte Jackson, „ich habe es verstanden."

„Sicher?"

„Ich würde alles dafür tun, um zu verhindern, dass Katie verletzt wird."

„Gut. Hauptsache, du vergisst es nicht."

11. KAPITEL

Trotz aller Katastrophen, aller Tränen und Unstimmigkeiten war Courtney rechtzeitig fertig, um wunderschön zurechtgemacht zum Altar zu schreiten. Auch der Bräutigam war pünktlich und stand nervös neben dem Pfarrer. Beide Brautleute waren unglaublich aufgeregt, unbeschreiblich glücklich und wurden nicht müde, allen Anwesenden immer wieder mitzuteilen, wie sehr sie sich liebten.

Die knapp dreihundert Gäste saßen erwartungsvoll auf ihren Plätzen – und Katie freute sich einmal mehr, dass sie sich weder um diese riesige Gästeschar kümmern, noch für sie bezahlen musste. Wie viel mochte diese gigantische Hochzeit ihre Eltern wohl gekostet haben? Schnell ging sie zurück in den Umkleideraum.

„Ich sehe perfekt aus, oder?“, fragte Courtney zum hundertsten Mal, während sie sich vor dem großen Spiegel hin und her drehte.

Nur mühsam gelang es Katie, ihren Ärger über die Eitelkeit ihrer Schwester für sich zu behalten. Es war schließlich Courtneys Hochzeitstag, und in ein paar Stunden würde alles vorbei sein, beschwichtigte sie sich selbst. Sie würde ihrer Schwester zuliebe schweigen.

Die Aussicht, danach in ihr normales, unspektakuläres Leben zurückkehren zu können, war ausgesprochen angenehm. Vor allem, weil die Chancen gut standen, dass Jackson ein Teil davon sein würde.

„Sie warten schon alle auf dich“, erklärte Janis, die ebenfalls gerade hereingekommen war. „Courtney, du bist wunderschön. Dein Vater ist hier, um dich hineinzuführen. Auf geht's!"

Courtney zupfte ihren Schleier zurecht, nahm ihr üppiges Blumenbouquet und lächelte. „Ist dies nicht das wundervollste Wochenende aller Zeiten? Es ist einfach perfekt, Mom. Alex und ich sind euch wirklich unglaublich dankbar dafür, dass ihr alles organisiert habt und es so romantisch ist."

„Gern geschehen."

Ihre Mutter nahm Katies Arm und zog sie nach draußen. „Danke für deine Hilfe, mein Schatz", flüsterte Janis. „Ohne dich hätte ich das alles hier nicht ausgehalten. Zum Glück haben wir es in einigen Stunden hinter uns!"

„Genau das Gleiche habe ich vorhin auch gedacht. Ich verspreche dir, dass ich – sollte ich jemals heiraten – mit meinem Liebsten durchbrennen und irgendwo ganz allein und heimlich heiraten werde. Oder wir allerhöchstens fünfzig Gäste einladen."

„Dein Vater und ich werden für deine Hochzeit exakt genauso viel Geld ausgeben wie für Courtneys."

Katie grinste. „Heißt das, ich bekomme den Differenzbetrag in bar?"

Janis nahm sie in den Arm. „Mit Zinsen!"

Die Zeremonie war sehr feierlich, und nicht wenige Gäste mussten sich Tränen der Rührung aus den Augen wischen. Beim anschließenden Empfang gab es herzerwärmende, gefühlvolle Reden und köstliches Essen. Die imposante

Hochzeitstorte hatte einen Ehrenplatz auf dem Büffet. Als das Brautpaar mit dem Hochzeitswalzer den Tanz eröffnete, seufzten alle Beteiligten glücklich.

Jackson zog Katie an sich und bewegte sich mit ihr langsam im Takt der Musik. „Wärst du mir böse, wenn ich fragen würde, wie lange wir noch bleiben müssen?"

Sie grinste. „Kein bisschen. Denn ich kenne die Antwort ganz genau: Es sind noch exakt 75 Minuten. Ich habe meiner Mutter versprochen, dass wir bis halb zehn hierbleiben. Danach sind wir frei!"

„Prima. Gehen wir in mein Zimmer oder in deins?"

Während Katie über seine Frage nachdachte, fiel Jackson wieder einmal auf, wie schön sie war. Das sanfte Licht ließ ihr hübsches Gesicht leuchten und betonte ihren süßen Mund. Ihre Augen blitzten vor Vergnügen, als sie ihm schließlich antwortete.

„Wir gehen zu dir. Da sucht wenigstens niemand nach mir."

„Ich bin für dich also nur Mittel zum Zweck, um deiner Verwandtschaft aus dem Weg zu gehen?"

„Ist das ein Problem für dich?"

„Nein. Überhaupt nicht."

Sie lachte auf, und Jackson spürte, wie ihm warm ums Herz wurde. Das Gefühl, dass er alles richtig machte, verstärkte sich noch.

Doch die mahnenden Worte seiner Mutter klangen ihm weiter in den Ohren. Er würde es langsam angehen lassen. Trotzdem wollte er, dass Katie und auch alle anderen Menschen wussten, wie wichtig sie ihm war. Er spielte keine

Spielchen mit ihr, denn sie war die Richtige für ihn, und er hatte die feste Absicht, sie für immer festzuhalten.

Courtney kam auf sie zu und tippte Katie auf die Schulter.

„Ich werde jetzt gleich den Brautstrauß werfen. Und ich werfe ihn direkt in deine Arme. Sieh also zu, dass du ihn auffängst!“ Sie nahm ihre Schwester in den Arm. „Ich hab dich lieb, Katie. Danke für alles.“

„Ich dich auch.“

Courtney ließ sie los und drehte sich zu Jackson um. „Schön, dass du zu meiner Hochzeit gekommen bist.“

„Ich dachte, du hasst mich?“

Sie kicherte beschwipst. „Sei nicht albern. Aber du solltest dich gut vorsehen. Ich weiß alles über dich.“

„Was meinst du denn damit?“, erkundigte Jackson sich belustigt.

Courtney hatte sich wieder zu Katie umgedreht. „Ich weiß, dass du ihn magst. Auch wenn er ein bezahlter Begleiter ist und so. Trotzdem solltest du vorsichtig sein. Du weißt ja, wie Männer sein können. Und bisher hattest du nicht gerade ein glückliches Händchen bei Männern.“

Katies Lächeln gefror. Wie gut, dass sie ihre Gesichtszüge immer so gut unter Kontrolle hatte.

Jackson beschloss, dass er Courtneys Taktlosigkeit nicht länger akzeptieren konnte. „Hör zu, Courtney“, begann er.

Courtney runzelte die Stirn. „Nein. Jetzt hörst du mir zu! Du hast mit Ariel geschlafen. Das hat sie mir selbst gesagt. Also lass meine Schwester in Ruhe. Los, Katie!“ Entschlossen zerrte sie Katie am Arm. „Ich werfe jetzt den Brautstrauß!“

Katie riss sich von ihm los, bevor er sie aufhalten konnte, und Jackson stand verloren mitten auf der Tanzfläche und sah der Frau, die er über alles liebte, hilflos nach.

Er hatte nicht mit Ariel geschlafen. Zumindest nicht seitdem sie sich von ihm getrennt hatte. Eigentlich sollte Katie das wissen. Sie musste doch erkennen, dass Courtney entweder log oder die Wahrheit verdrehte. Oder, dass Ariel gelogen hatte. Wusste Katie denn nicht, wie viel sie ihm bedeutete? Und dass er niemals etwas tun würde, das sie verletzte?

„Ist alles in Ordnung?“, erkundigte sich seine Mutter.

„Ja. Alles okay.“

„Katie sieht ganz bestürzt aus.“

Er musste das richtigstellen. Aber wie? Wie konnte er sie davon überzeugen, dass sie …?

Er legte seiner Mutter die Hände auf die Schultern und sah sie eindringlich an. „Bitte sorg dafür, dass Courtney den Brautstrauß noch nicht wirft! Es ist sehr, sehr wichtig!“

„Wie bitte?“

„Sie will jeden Augenblick den Strauß werfen. Du musst es verhindern!“

„Wie viel Zeit brauchst du?“

„Bis ich wieder zurück bin!“ Er rannte zur Tür.

„Howie …“

Er drehte sich noch einmal um. „Mom, hör endlich auf, mich Howie zu nennen! Ich werde dir nachher alles erklären, aber jetzt hilf mir bitte!“

„Gut. Aber was um alles in der Welt soll ich sagen?"
„Dir fällt schon etwas ein!"

„Das ist doch völlig schwachsinnig!", beschwerte sich Courtney und trank noch einen Schluck Champagner, während sie ungeduldig hin und her lief. „Ich will jetzt den Brautstrauß werfen und dann weiterfeiern."

„Mom und Tina waren sehr deutlich. Sie möchten, dass wir noch warten."

„Meinetwegen. Aber höchstens fünf Minuten. Dann mache ich, was *ich* für richtig halte."

Wie immer. Konsequenzen hatten Courtney ja noch nie interessiert, überlegte Katie genervt. Manchmal nahm Courtney durchaus Rücksicht auf andere Menschen, doch diese Augenblicke waren selten.

„Ich hoffe, du weißt, dass ich das vorhin nur gesagt habe, um dich zu beschützen", bemerkte Courtney beiläufig.

Katie starrte sie verständnislos an. „Wovon sprichst du?"

„Na, Jackson und Ariel. Hast du sie nicht gesehen? Gegen so eine Frau hast du nicht die Spur einer Chance. Das hört sich vielleicht gemein an, aber es ist doch wahr. Es ist besser, du machst dir gar nicht erst irgendwelche Hoffnungen. Er würde dir nur das Herz brechen."

Katie wusste, dass es für den Familienfrieden günstig wäre, wenn sie ihrer Schwester gute Absichten unterstellte. „Es freut mich, dass du dir Sorgen um mich machst, aber Jackson und Ariel sind schon lange nicht mehr zusammen. Und sie haben bestimmt nicht miteinander geschlafen."

Courtney sah sie mit großen Augen an. „Doch, das haben sie. Gestern und vorgestern Nacht."

„Nein", erklärte Katie ruhig. „Das kann nicht sein, denn Jackson war bei mir."

Courtney wurde rot und starrte Katie mit offenem Mund an.

„Aber Ariel hat behauptet, dass sie es getan hätten. Sie bat mich, es dir zu erzählen, damit du gewarnt bist. Seit gestern habe ich mir den Kopf darüber zermartert, wie ich es dir schonend beibringen soll." Erleichterung spiegelte sich auf ihrem Gesicht. „Ich bin so froh, dass es nicht stimmt!"

Verblüfft sah Katie ihre Schwester an. „Ja … ich auch."

Courtney drückte sie an sich. „Jetzt will ich aber wirklich, dass du meinen Brautstrauß fängst!"

Noch immer benommen von den Ereignissen, stolperte Katie über die Tanzfläche, als sie plötzlich Jackson ihren Namen rufen hörte. Sie blieb stehen und spürte, wie ihr Herz heftig pochte.

Sie liebte ihn! Die Erkenntnis traf sie wie ein Schlag und ließ ihre Knie weich werden. Sie hatte ihn gefunden – den einen Mann, mit dem sie für immer zusammen sein wollte. Glücklich drehte sie sich zu ihm um.

„Hallo."

„Ich habe nicht mit Ariel geschlafen!"

Er sah sie ernst und sehr besorgt an.

„Das weiß ich doch."

„Und ich hatte es auch zu keinem Zeitpunkt vor."

„Ich glaube dir."

Um sie herum hatte sich eine Gruppe schaulustiger Gäste gebildet. Manche gaben vor, ihnen nicht zuzuhören, doch die meisten machten keinen Hehl aus ihrer Neugier.

Jackson holte tief Luft und sah Katie in die Augen. „Ich weiß, es ist vielleicht ein bisschen vorschnell und ganz bestimmt vollkommen verrückt, aber, Katie McCormick, du bist die wunderbarste Frau, der ich je begegnet bin. Du bist die Frau, auf die ich mein ganzes Leben lang gewartet habe. Es macht mich fertig, dass unsere Mütter recht hatten, doch damit müssen wir wohl leben. Ich liebe dich."

Obwohl es im Ballsaal laut war – das Orchester spielte, Leute unterhielten sich, Gläser klirrten –, konnte Katie ihn deutlich verstehen. Hörte die magischen Worte, die sie in den siebten Himmel schweben ließen.

„Ich habe dich von der ersten Sekunde an geliebt", fuhr er fort. „Es ist in Ordnung, wenn du etwas Bedenkzeit brauchst, aber bitte sag nicht gleich Nein!"

Und dann kniete Jackson Kent, der unwiderstehlichste, attraktivste und wunderbarste Mann der Welt, sich vor sie hin und streckte ihr einen Diamantring entgegen.

„Katie, willst du meine Frau werden?"

Tausend Gedanken schwirrten ihr durch den Kopf.

Dass dies hier ein Traum sein musste und dass sie nie, niemals wieder aufwachen wollte.

Dass sie niemals geglaubt hätte, dass man einen Menschen so sehr lieben konnte, wie sie Jackson liebte.

Und dass ihre Schwester sie umbringen würde, weil sie gerade dabei war, ihr die Schau zu stehlen.

Doch der klarste Gedanke war die Erkenntnis, dass nichts auf der Welt sie davon abhalten konnte, Ja zu sagen.

Wie in Trance ging sie auf Jackson zu und beugte sich zu ihm herunter. Nachdem sie sein Gesicht in ihre Hände genommen und in seine unglaublich grünen Augen gesehen hatte, lächelte sie.

„Ja."

Die umstehenden Gäste brachen in Jubel aus und applaudierten. Jackson sprang auf und wirbelte sie herum, bevor er sie leidenschaftlich küsste.

„Ich liebe dich", flüsterte er.

„Ich liebe dich auch. Von der ersten Sekunde an."

Mit strahlenden Augen steckte er ihr den Ring an den Finger. Beeindruckt betrachtete Katie den riesigen Diamanten.

„Trägst du immer Verlobungsringe mit dir herum? Eine kleine Diamantauswahl für den Fall, dass du jemandem spontan einen Heiratsantrag machen möchtest?"

„Ich habe den Hotelmanager überredet, das Juweliergeschäft kurz für mich aufzumachen. Falls er dir nicht gefällt, können wir ihn umtauschen. Vielleicht hättest du ja lieber einen Diamanten in Form eines Fußballs oder eines Baseballschlägers."

Katie lachte. „Nein danke. Dieser hier ist perfekt. Genau wie du."

Jackson zog sie an sich und küsste sie noch einmal. „Ich bin nicht perfekt. Nur sehr, sehr glücklich!"

Katie schlang die Arme um seinen Hals. Über seine Schulter hinweg sah sie ihre Mutter und Tina, die sich beide verstohlen die Augen wischten. Courtney hing an Alex' Arm und winkte mit dem Brautstrauß.

Katie sah Jackson bittend an. „Was die Hochzeitsfeier betrifft …"

„Ich denke, wir sollten durchbrennen", unterbrach er sie.

„Genau das wollte ich auch gerade vorschlagen!"

– ENDE –

Susan Mallery

Liebe gut, alles gut

Roman

Aus dem Amerikanischen von
Gabriele Ramm

mtb

1. KAPITEL

„Was hältst du hiervon?" Carina Fiore hielt zwei Fläschchen mit tierfreundlichem Nagellack hoch. „Ich finde, am besten würden die traditionellen Farben passen. Weihnachtsmann-Rot oder Tannenbaum-Grün."

Die achtjährige Kaitlyn McKenzie lachte. „Rina, sie ist doch eine Katze."

„Willst du damit behaupten, dass Katzen keinen Sinn für Mode haben? Also ehrlich, da muss ich dir aber vehement widersprechen. Erst letzte Woche habe ich diese Kleine hier dabei ertappt, wie sie die *In Style* durchgeblättert hat. Und du weißt, das ist die Zeitschrift für die Supermodebewussten." Rina musterte die gefleckte Katze, die auf dem Tisch in ihrem Tiersalon saß. Die Katze starrte Rina mit aufmüpfigem Blick an, als wollte sie sagen: *Wage es ja nicht, mir mit dem Nagellack zu nahe zu kommen.*

Rina musste sich ein Grinsen verkneifen. Sie hatte vor, die Katzen mit einem weihnachtlichen Halsband zu schmücken. Aber es machte einfach so viel Spaß, Kaitlyn zum Lachen zu bringen.

Das Mädchen prustete los. „Rina! Katzen können doch nicht lesen."

„Das weißt du doch gar nicht."

„Dad sagt, sie können's nicht."

„Oh, na gut. Wenn du einem Tierarzt mehr glaubst als mir." Rina seufzte theatralisch.

Kaitlyn kam um den Tisch herum und umarmte Rina

fest. „Wir lackieren die Nägel von den Hunden. Versprochen. Ich helfe dir auch. Wir wollen doch, dass sie richtig gut aussehen."

„Genau."

Sosehr Rina es auch hasste, es zugeben zu müssen, aber niedliche Haustiere fanden schneller ein neues Zuhause. Und sie war nun einmal für die Aktion „Adoptier ein Haustier" verantwortlich, die noch vor Weihnachten in Fool's Gold stattfinden sollte. Deshalb war sie der Meinung, dass alle Tiere, die im Tierheim auf ein neues Herrchen oder Frauchen warteten, so gut wie möglich aussehen sollten und eine hübsch gepflegte Pfote ausstrecken konnten. Oder Kralle oder Finne. Okay, sie hatte nicht vor, die Fische herauszuputzen. Obwohl … ein paar kleine Weihnachtsbäume aus ungefährlichem Material hatte sie schon besorgt. Die würde sie in die Aquarien setzen.

Ihr normalerweise so aufgeräumter Tiersalon war im Moment überfüllt mit Katzen- und Hundehalsbändern in den typischen Weihnachtsmustern. Während der nächsten zwei Wochen würde sie all die Tiere, die zur Adoption freigegeben worden waren, baden, bürsten und trimmen, bis das Fell oder das Gefieder glänzte.

Sie warf einen Blick auf die Uhr an der Wand. „Wir sollten zusehen, dass wir langsam nach Hause kommen, Mäuschen."

Als Kaitlyn zu ihr aufsah, stellte Rina wieder einmal fest, dass die grünen Augen der Kleinen genauso dunkel und faszinierend aussahen wie die ihres Vaters. „Heute ist Freitag."

„Das habe ich heute Morgen in den Nachrichten auch gehört."

Der Mund des Mädchens verzog sich zu einem schelmischen Lächeln. „Du weißt, was das heißt."

„Dass morgen Samstag ist?"

„Spaghetti."

„Oh, ja, richtig. Hm, ich hatte eigentlich vorgehabt, heute mal etwas anderes zum Abendessen zu machen."

„Rina!"

„Vielleicht Leber."

Kaitlyn machte ein Geräusch, als wollte sie sich übergeben.

„Oder wie wäre es mit Hirn?"

Kaitlyn hielt sich den Bauch. „Ich glaub, ich muss spucken."

„Schlammsuppe?"

Kichernd rannte Kaitlyn aus dem Raum.

Rina nahm die Katze hoch und streichelte sie. „Was hältst du von Schlammsuppe?"

Prompt begann die Katze zu schnurren.

Fünfzehn Minuten später hatte Rina ihren Tisch und die Bürsten gesäubert. Sie schnappte sich ihren Rucksack und ging zum Aufenthaltsraum. Dort versperrte Jesse, eine der Helferinnen aus der Tierarztpraxis, ihr den Weg.

„Du musst endlich etwas sagen, Rina."

„Nein."

„Doch, und zwar bald", drängte Jesse sie.

„Habe ich nicht gerade Nein gesagt? Ich bin ziemlich sicher, dass ich mich das sagen gehört habe."

Jesse war eine hübsche Blondine. Rina kannte sie schon, seit sie beide noch im Kinderwagen gelegen hatten. Jetzt hob Jesse auffordernd die Augenbrauen.

Rina schaute sich um, um sicherzugehen, dass sie allein waren. Obwohl niemand zu sehen war, senkte sie vorsichtshalber die Stimme. „Ich kann das nicht."

„Du musst. Das geht jetzt schon seit einem Jahr so, Rina. Das ist verrückt. Außerdem, jetzt ist bald Weihnachten."

„Na und? Was hat das damit zu tun?"

Jesse seufzte. „Das ist die Zeit, in der man mit den Menschen zusammen sein will, die man liebt. Und du liebst Cameron. Sag es ihm endlich."

Rina zuckte zusammen. „Sprich das nicht laut aus", flüsterte sie so eindringlich wie möglich. „Nicht hier. Jemand könnte dich hören."

„Es ist Freitagnachmittag. Außer uns sind alle schon weg. Cameron ist auf der Castle Ranch, um nach einer der Ziegen dort zu sehen." Ihre Freundin kam näher und senkte, wie Carina dankbar feststellte, ebenfalls die Stimme. „Du bist meine beste Freundin, und ich unterstütze dich bei allem, was du tust, aber … ganz ehrlich, es ist an der Zeit, dass dir mal jemand sagt, dass du dich wie eine Idiotin benimmst."

„Das erzählst du mir schon seit sechs Monaten … und zwar täglich. Das ist nicht gerade eine sensationelle Neuigkeit."

„Dann tu endlich etwas! Wenn nicht jetzt, wann dann? Willst du noch ein weiteres Jahr damit vergeuden, einen Mann zu lieben, der nicht die geringste Ahnung davon hat, was du für ihn empfindest?"

Rina öffnete den Mund und schloss ihn wieder. Nichts würde sie lieber tun, als dem Mann, den sie liebte, ihre Gefühle zu gestehen.

Sie konnte sich noch gut an den Tag erinnern, als sie Cameron McKenzie, Doktor der Tiermedizin, das erste Mal getroffen hatte. Als der vorherige Tierarzt in Pension gegangen war, hatte Cameron ihm die Praxis abgekauft und versprochen, das gesamte Personal zu übernehmen. Dazu hatte auch sie gehört, denn sie hatte ihren Salon in der Tierarztpraxis. Cameron hatte alle Angestellten gebeten, sich an einem Samstagnachmittag mit ihm in der Praxis zu treffen. Sie war ins Haus gekommen, nicht sicher, was sie erwarten würde. Da hatte er sich umgedreht, gelächelt, und schon war es um sie geschehen gewesen.

Ernsthaft, sie hatte Musik gehört, und Zeichentricktierchen hatten ihr Schleifen und Blumen ins Haar gesteckt.

Sie konnte nicht genau sagen, was genau sie an Cameron so sehr faszinierte. Das dunkle, leicht gewellte Haar und die bemerkenswert grünen Augen waren nur ein Teil seines guten Aussehens. Außerdem mochte sie ihn nicht nur, weil er so fantastisch aussah. Es war auch die Art, wie er in seiner Arbeit aufging und wie er sein Personal behandelte. Aber wenn sie raten sollte, würde sie vermutlich sagen, dass ihr Schicksal endgültig besiegelt worden war, als sie Kaitlyn getroffen hatte.

Rina vergötterte das kleine Mädchen, sie und Camerons Tochter hatten sofort Freundschaft geschlossen. Kaitlyn war genauso clever, humorvoll und warmherzig wie ihr Dad. Das Einzige, was in der Familie keinen Sinn ergab, war das Fehlen einer Ehefrau und Mutter. Cameron erzählte nicht viel von seiner Ex, also bezog Rina ihre Informationen hauptsächlich von seiner Tochter. Kaitlyn war, was ihre Vergangenheit anging, relativ nüchtern. Sie hatte erzählt, dass ihre Mommy kurz nach der Geburt verschwunden war. Rina konnte sich noch gut daran erinnern, wie Kaitlyn ihr mit ernstem Blick erklärt hatte: „Babys machen viel Arbeit, und meine Mommy war noch nicht bereit dafür."

Die wenigen Einzelheiten, die Cameron zwischendurch immer mal wieder erwähnt hatte, passten zu Kaitlyns Äußerungen: Seine Frau hatte ihr Neugeborenes und ihren Ehemann verlassen und war nicht wieder aufgetaucht.

Seitdem hatte er sich, soweit Rina das beurteilen konnte, einzig und allein der Aufgabe verschrieben, seine Rolle als alleinerziehender Vater auszufüllen und seine Praxis aufzubauen. Er ging nie aus, war noch nie beim Flirten erwischt worden und zeigte an keiner Frau ein besonderes Interesse. In einer Stadt, in der Männermangel herrschte, war er eine unwiderstehliche Größe.

Rina hatte sich immer wieder eingeredet, dass sie über diese Schwärmerei für Cameron hinwegkommen würde, dass es nur daran lag, dass er neu in der Stadt und zugegebenermaßen eben unwiderstehlich war. Aber je mehr Zeit verstrich, desto stärker wurden ihre Gefühle. Jetzt war alles noch komplizierter geworden, weil sie sich so intensiv um Kaitlyn kümmerte.

An Schultagen ging Rina schon morgens früh zu den McKenzies, um sicherzustellen, dass Kaitlyn rechtzeitig auf und angezogen war. Sie machte ihr Frühstück und ging mit ihr zum Schulbus. Nach der Schule kam das Mädchen mit dem Bus zur Tierarztpraxis, wo sie in Rinas Salon herumschwirrte, bis es Zeit war, nach Hause zu gehen.

Zurück im Haus der McKenzies, half Rina ihr bei den Hausaufgaben und bereitete das Abendessen vor. Während der vergangenen Monate war es zur Gewohnheit geworden, dass Rina auch mit Cameron und Kaitlyn zusammen aß. Unglücklicherweise konnte Rina sich nicht mehr genau erinnern, wie das zustande gekommen war. Sie hätte gern behauptet, dass Cameron sie gebeten hatte zu bleiben, doch sie vermutete, dass die Einladung von seiner Tochter ausgegangen war.

Sie wurde von Cameron nicht nur dafür bezahlt, dass sie in seiner Praxis einen Tiersalon betrieb, sondern auch dafür, dass sie sich um seine Tochter kümmerte. Und obwohl er freundlich und rücksichtsvoll war, konnte sie sich nicht sicher sein, dass er in ihr je etwas anderes als eine gute Freundin gesehen hatte. Was wiederum bedeutete, dass sie ziemlich viel riskieren würde, wenn sie ihre Gefühle offenbarte. Was war, wenn er nicht an ihr interessiert war? Was war, wenn die Wahrheit zu sagen bedeutete, dass sie gleichzeitig ihre Freundschaft zu Kaitlyn und ihren Job aufs Spiel setzte?

„Ich glaube, ich begnüge mich lieber mit dem, was ich jetzt habe, als dass mir hinterher womöglich gar nichts mehr bleibt“, gestand Rina ihrer Freundin.

Jesse schüttelte den Kopf. „Du lebst im Augenblick nur auf Sparflamme, Rina, und das passt so gar nicht zu dir.

Deine Eltern waren bis zu dem Tag, als sie starben, verrückt nacheinander. Deine Großeltern sind noch immer ineinander verliebt. Sehnst du dich denn nicht auch nach solch einer intensiven Beziehung?"

„Doch, aber ich habe Angst."

„Liebe ist nun einmal Furcht einflößend. Wenn die Sache so einfach wäre, wären ja alle Leute glücklich verliebt."

Rina wusste, dass Jesse recht hatte. Bei dem Gedanken, was sie alles haben könnte, wenn sie Cameron ihre Gefühle gestand und er diese Gefühle erwiderte, seufzte sie sehnsüchtig auf. Vom ersten Moment an, als sie sich getroffen hatten, war ihr bewusst gewesen, dass er der Richtige war. Seither hatte sie an ihren Gefühlen nicht gezweifelt. Aber …

„Was ist, wenn er meine Liebe nicht erwidert?"

„Dann wird es erst einmal wehtun, aber irgendwann findest du jemand anderes."

„Ich will aber keinen anderen."

„Also willst du dich lieber mit der Hälfte von nichts begnügen, als ein Risiko einzugehen? Das sieht dir so gar nicht ähnlich."

„Ich würde ja nicht nur ihn verlieren, sondern auch Kaitlyn."

„Das muss doch nicht zwangsläufig so sein. Du könntest immer noch ihre Freundin bleiben."

Rina war nicht sicher, ob das möglich war. Einen von ihnen zu verlieren wäre schon hart, aber alle beide … Das war vermutlich mehr, als sie verkraften konnte.

2. KAPITEL

Lametta und Ziegen passen nicht zusammen“, sagte Cameron und schlang sich sein Stethoskop um den Hals. „Allerdings wird sie auf meinen Rat wohl nicht unbedingt hören.“

Heidi Simpson nickte, während sie sich neben ihre Ziege hockte. „Ich schwöre, Athena hat übernatürliche Kräfte. Ständig entwischt sie aus ihrem Pferch und tut Dinge, die sie nicht tun sollte. Dabei war ich so vorsichtig mit der Weihnachtsdekoration.“

Cameron glaubte ihr. Dummerweise war Heidi eine Schachtel mit Lametta aus dem Einkaufskorb gefallen, und Athena hatte sie gefunden. Wie die meisten Ziegen scheute sie nicht davor zurück, so gut wie alles zu fressen. Das Lametta hatte ihre Verdauung durcheinandergebracht, aber schließlich war es auf natürlichem Weg wieder hinausgelangt.

„Jetzt müsste es ihr wieder gut gehen“, sagte er. „Lassen Sie ihrem Magen ein paar Tage Zeit, sich zu erholen.“ Er tätschelte die Ziege, die in dem kleinen Ziegenstall ausruhte, und kam wieder auf die Füße.

„Sie waren großartig“, erwiderte Heidi, als sie ebenfalls aufstand. „Danke, dass Sie sich so viel Zeit genommen haben. Das weiß ich wirklich zu schätzen.“

„Das gehört nun mal zu meinem Job.“

„Trotzdem. Ich bin überzeugt davon, dass auch Athena dankbar ist, selbst wenn sie vielleicht Schwierigkeiten hat, ihre Gefühle auszudrücken.“

Heidi lächelte, während sie sprach.

Cameron nahm die Arzttasche und ging neben Heidi zu seinem Wagen. Es war bereits später Nachmittag an diesem ersten Freitag im Dezember. Der Himmel war dunkel verhangen und wirkte schon fast bedrohlich. Doch es war noch nicht kalt genug, als dass es hier unten in der Stadt schneien würde. Weiter oben in den Bergen dagegen würden sie in den nächsten Tagen vermutlich eine ordentliche Ladung Schnee abbekommen.

Weihnachtliche Dekoration schmückte das alte Ranchhaus. Äußerlich wirkte es schon ein wenig schäbig, aber die blinkenden Lichterketten ließen es heimelig wirken. Heidi war eine äußerst nette Frau. Auch ganz hübsch, dachte Cameron geistesabwesend. Alleinstehend. Er sollte eigentlich Interesse an ihr zeigen, sie vielleicht zu einem Kaffee oder einem Drink einladen. Das Problem war nur, dass er nicht im Geringsten an ihr interessiert war.

Früher, in jungen Jahren, war er ständig mit Frauen ausgegangen. Und irgendwann hatte er gemerkt, dass er zu den Männern gehörte, die sich gern häuslich niederlassen wollten. Das Problem im Moment war nur: mit wem?

Nachdem seine Tochter geboren worden war, hatte seine Exfrau aus heiterem Himmel verkündet, sie würde verschwinden. Für ihn war ihr Wunsch zu gehen damals aus dem Nichts heraus gekommen. Er war völlig überrumpelt gewesen und von heute auf morgen der alleinerziehende Vater eines Babys. Natürlich hatte er sich gefragt, ob es an ihm gelegen hatte. Es hatte eine Weile gedauert, bis er erkannt hatte, dass er seine Frau wohl nicht hätte aufhalten können – denn letztlich hatte ihre Entscheidung nichts mit ihm zu tun gehabt.

Während der vergangenen Jahre hatte er immer öfter das Gefühl verspürt, etwas zu versäumen. In Fool's Gold lebten viele alleinstehende Frauen, und schon mehr als einmal hatte jemand versucht, ihn mit einer von ihnen zu verkuppeln. Hin und wieder ging er auch mit einer Frau aus, aber er hatte nie das Bedürfnis gehabt, sich häufiger zu verabreden. Vielleicht lag es ja an ihm – er war im Grunde einfach nicht willens, seine Tochter oder sein Herz irgendeiner Frau anzuvertrauen.

Neben seinem Wagen blieb Heidi stehen. „Vielen Dank noch einmal."

„Gern geschehen. Sie haben ja meine Handynummer. Rufen Sie an, wenn es noch einmal Schwierigkeiten geben sollte."

„Haben Sie denn nie Feierabend?"

„Nein."

„Die Stadt kann sich glücklich schätzen, dass Sie hierhergezogen sind."

Er lachte leise. „Erinnern Sie die Leute daran, wenn ich das nächste Mal mein Honorar anhebe."

„Das mache ich. Versprochen." Sie lächelte ihn an. „Verstehen Sie mich jetzt bitte nicht falsch, aber ich hoffe, dass ich Sie vor Weihnachten nicht noch einmal sehe. Es sei denn, Sie bringen Ihre Tochter vorbei, damit sie eine Fahrt mit der Kutsche machen kann. Wir halten an unserer Weihnachtstradition fest."

„Es kann durchaus sein, dass wir vorbeischauen." Er grinste. „Aber wirklich nur aus dem Grund. Wie wäre das?"

„Perfekt. Ich wünsche Ihnen eine frohe Adventszeit."

„Ich Ihnen auch, Heidi."

Er stieg in seinen Wagen. Als er den Motor anließ, sah er Heidi die Verandastufen hinaufgehen. In der Hoffnung, irgendeine Art von Kribbeln zu spüren oder zumindest ein gewisses Interesse an ihrem Hüftschwung, blickte Cameron ihr nach.

Nichts.

Zwanzig Minuten später bog Cameron in seine Einfahrt. Die Weihnachtsbeleuchtung, die er während des langen Thanksgiving-Wochenendes aufgehängt hatte, funkelte in der Dunkelheit. In den Fenstern zur Straße hin hingen mit Lichterketten geschmückte Kränze. Außerdem stand in jedem Fenster eine Kerze. Keine echten. Denn Kaitlyn hatte ihn darüber belehrt, dass die nicht wirklich sicher waren, vor allem nicht in der Nähe von Stoffen und Kindern. Deshalb hatten sie und Rina im Baumarkt in der Stadt batteriebetriebene Kerzen gekauft.

Wie die meisten Hausbesitzer in Fool's Gold hatte auch Cameron ein Konto im hiesigen Baumarkt. In Anbetracht der vielen Päckchen und Tüten, mit denen seine Tochter und Rina von ihren diversen Einkaufsstreifzügen zurückgekommen waren, schwante ihm Böses, wenn er an die Rechnung dachte, die ihm bald ins Haus flattern würde. Aber er würde es verkraften. Und er freute sich über die Aufregung und weihnachtliche Vorfreude, die seine kleine Tochter ergriffen hatte.

Er parkte in der Auffahrt und schaltete den Motor aus.

Noch ehe er aus dem Wagen steigen konnte, wurde die Haustür aufgerissen, und Kaitlyn lief auf die Veranda.

Wie immer bei ihrem Anblick wäre Cameron am liebsten auf die Knie gefallen vor lauter Dankbarkeit, dass es sie gab. Sicher, die ersten Jahre waren hart gewesen. Er und seine Tochter hatten herausfinden müssen, wie man eine Familie, in der es nur ein Elternteil gab, am besten managte. Aber all die Ängste, all die Sorgen waren es wert gewesen. Kaitlyn war der beste, wunderbarste Teil seines Lebens.

Er ließ seine Tasche auf dem Beifahrersitz und trat hinaus in die Dunkelheit. Schon schlang Kaitlyn ihre Arme fest um ihn, um ihn kräftig zu drücken.

„Hallo, mein Schatz“, sagte er zärtlich und strich ihr über die Wange.

Sie schaute zu ihm auf und grinste. Auf ihren Wangen waren Mehlspuren, und ihre Augen funkelten vergnügt. „Wir backen Kekse. Rina hat das vorgeschlagen, und es ist Freitag!“ Als wären die Kekse an Freitagen noch wunderbarer.

„Weihnachtsplätzchen?“, fragte er, obwohl er die Antwort bereits kannte.

Sie nickte begeistert. „Wir haben den Teig ausgerollt und dann ganz viele verschiedene Plätzchen ausgestochen, und jetzt müssen sie abkühlen. Nach dem Essen verzieren wir sie noch, und Rina hat gesagt, dass du helfen darfst.“ Sie machte eine kleine Pause, um Luft zu holen. „Ich kann es gar nicht erwarten. Du?“

„Ich werde es wohl schaffen.“

Seine Tochter ließ ihn los, rannte dann um den Wagen

herum, um seinen Arztkoffer herauszuholen, etwas, was sie tat, seit sie groß genug war, um ihn ins Haus zu schleppen. Inzwischen fiel es ihr schon leichter, ihn zu tragen. Irgendwann würde wahrscheinlich der Zeitpunkt kommen, wo sie dazu keine Lust mehr hatte, weil sie sich lieber mit ihren Freunden vergnügte. Aber das hatte noch Zeit. Im Augenblick war Cameron, wie er fand, ein gesegneter Mann.

Kaitlyn ging vor ihm ins Haus. Der Duft von frisch gebackenen Keksen vermischte sich mit dem würzigen Aroma der Tomatensoße. Noah, ihr Border Collie, kam angerannt, um ihn zu begrüßen. Noah, trotz ihres Namens eine Hündin, umkreiste seine Beine, in dem Versuch, ihm noch näher zu kommen, und drückte so ihre Freude darüber aus, dass ein weiteres Rudelmitglied nach Hause gekommen war.

„Hallo, du“, sagte er und hob den Hund hoch.

Noah leckte ihm verzückt das Gesicht ab. Und als er sie wieder auf den Boden setzte, rannte sie davon, um ihren Ball zu holen.

Rina kam aus der Küche in den Flur.

„Guten Abend“, sagte sie, das lange braune Haar zu einem Pferdeschwanz zusammengebunden. „Geht es der Ziege wieder besser?“

Er nickte. „Ihr geht es besser als Heidi, die noch immer ein schlechtes Gewissen hat, weil das passiert ist. Athena hat nämlich Lametta gefressen, das Heidi aus dem Einkaufskorb gefallen war. Aber ich denke, bis morgen haben sich beide wieder von dem Schrecken erholt.“

Kleine Lachfältchen erschienen in den Winkeln ihrer großen blauen Augen, als sie lächelte. Vom Backen hatten ihre Wangen Farbe bekommen, sodass es aussah, als wäre sie errötet. Ihr Mund war voll und einladend, und die Art, wie sie sich bewegte …

Aus langer Gewohnheit schob Cameron diese Art von Gedanken beiseite. Sicher, Rina war äußerst hübsch, sie hatte Humor und ging wunderbar mit seiner Tochter um. Aber auch wenn er ihre Gesellschaft genoss und sie gerne um sich hatte, war er noch nicht bereit, eine langfristige Beziehung einzugehen. Er hatte nicht vor, für etwas so Flüchtiges und Verwirrendes wie eine romantische Affäre mit Rina das Glück seiner Tochter aufs Spiel zu setzen.

Er hatte damals geglaubt, seine Exfrau zu lieben. Sie hatte ihn völlig überrascht, als sie ihn ohne Vorwarnung verlassen hatte. Aber in den hektischen Wochen nach ihrem Verschwinden war er so damit beschäftigt gewesen, sich um ein Neugeborenes zu kümmern und seine Praxis am Leben zu erhalten, dass ihm keine Zeit geblieben war, seine Frau zu vermissen. Vielleicht hatte er sie auch gar nicht geliebt. Wie auch immer, als er wieder hatte geradeaus sehen können und sein Leben wieder halbwegs unter Kontrolle gebracht hatte, hatte er nicht länger bedauert, dass sie gegangen war.

Du hast deine Lektion gelernt, erinnerte er sich. Freundschaft, das war etwas, was er verstand und worauf er vertraute. Und Rina war eine gute Freundin. Eine seiner besten Freunde überhaupt. Er würde alles daransetzen, dass sich daran nichts änderte.

„Ich hab Daddy gesagt, dass er uns beim Plätzchenverzieren helfen darf“, sagte Kaitlyn und ging zur Spüle, um sich die Hände zu waschen – ohne dass man es ihr sagen musste, wie Cameron erfreut registrierte.

Rina grinste. „Ehrlich? Meinst du denn, dass er das kann?"

„Ich besitze durchaus eine kreative Ader", erklärte Cameron gespielt beleidigt, während er seine Jacke auszog.

„Vielleicht sollten wir dich lieber erst einmal einem Test unterziehen", meinte Rina. „Du verzierst einen Keks. Und wenn wir finden, dass du es gut gemacht hast, darfst du noch einen zweiten verzieren."

Seine Tochter brach in Lachen aus. „Sie veräppelt dich, Daddy. Du kannst so viele Plätzchen verzieren, wie du willst."

„Vielen Dank, mein Schatz." Er ging an Rina vorbei. „Mit dir rechne ich später ab", raunte er ihr mit tiefer Stimme zu.

Rina sah ihn an, wandte den Blick jedoch hastig wieder ab. Aber in dem Bruchteil einer Sekunde, als ihre Blicke sich getroffen hatten, hätte Cameron schwören können, dass er da etwas wahrgenommen hatte. Ein Funkeln. Nein, mehr als ein Funkeln, denn – was auch immer es gewesen sein mochte – es hatte ihn mitten ins Herz getroffen. Plötzlich wünschte er sich nichts sehnlicher, als irgendwo allein mit ihr zu sein, vorzugsweise in einem dunklen, ruhigen Zimmer. Nur sie beide und alle Zeit der Welt. Er verspürte den drängenden Wunsch, sie in den Armen zu halten und sie zu küssen … und …

Um die Gedanken zu verscheuchen, schüttelte er sich kurz. Er sagte sich, es lag bestimmt daran, dass bald Weihnachten war. Das war die Zeit für Familien. Und auch wenn Kaitlyn wundervoll war, war sie ein Kind, nicht seine Partnerin. Vielleicht wurde es doch langsam Zeit, dass er sich mal wieder mit einer Frau verabredete.

Nachdem er sich die Hände gewaschen hatte, deckten er und Kaitlyn den Tisch. Als die Zeitschaltuhr am Backofen klingelte, holte er das Knoblauchbrot heraus und legte es auf einen Teller. Das abendliche Ritual der Essensvorbereitungen hatte sich während des vergangenen Jahres eingespielt. Rina rührte die Soße um, während er die gekochten Spaghetti in ein Sieb schüttete. Sie mischte Pasta und Soße und brachte dann die Schüssel zum Tisch, während er für Kaitlyn ein Glas Milch und für Rina und sich ein Glas Wein einschenkte. Noah machte es sich mit einem Hundekeks im Maul in ihrem Hundekörbchen in der Küchenecke gemütlich.

„Können wir am Wochenende vielleicht einen Tannenbaum kaufen?", fragte Kaitlyn mit flehender Stimme.

„Das ist noch ein bisschen früh", erwiderte Rina und reichte das Knoblauchbrot herum. „Am nächsten Donnerstag kommt eine neue Lieferung. Die Bäume sind dann schön frisch. Ich liebe den Duft der Tannen."

„Oh, ja, ich auch", stimmte seine Tochter ihr zu. „Du hast recht. Wir sollten noch warten. Wenn der Baum frisch ist, können wir ihn mindestens bis Silvester behalten."

Sie unterhielten sich weiter über dies und das und diskutierten darüber, ob sie auf dem Rasen noch mehr Weihnachtsdeko anbringen sollten. Seine Tochter erzählte, dass sie in der Schule für die Weihnachtsaufführung probten und dass sie im Januar anfangen wollte, Tanzunterricht zu nehmen. Denn das bedeutete, dass sie im nächsten Jahr in dem Stück „Tanz des Winterkönigs" mitspielen könnte. Außerdem ließ sie ein paar nicht sonderlich subtile Bemerkungen darüber fallen, was sie sich zu Weihnachten wünschte, und erzählte von einer Unterhaltung, in der Rina gedroht hatte, den Katzen die Krallen zu lackieren.

„Wie laufen denn die Vorbereitungen für die Aktion ‚Adoptier ein Haustier'?", hakte er nach.

„Gut. Ich habe Fotos von den Tieren ins Internet gestellt, damit die Leute einen Eindruck davon erhalten, was es alles gibt. Das Tierheim hat schon eine Menge Anrufe bekommen." Sie rümpfte die Nase. „Eine Familie ist doch tatsächlich an dem Leguan interessiert. Kaum zu glauben, oder? Warum sich jemand eine gut einen Meter große Echse anschaffen will, die bis zu zwanzig Jahre alt werden kann, ist mir schleierhaft. Aber sie haben wohl sogar schon ein extra Zimmer dafür eingerichtet."

„Wenn der Leguan adoptiert wird, spart das dem Tierheim eine Menge Kosten", meinte er.

„Ich weiß. Und den Anrufen nach zu urteilen, sieht es so aus, als gäbe es auch viele Interessenten für die anderen Tiere. Ich hoffe, dass die Sache ein voller Erfolg wird."

„Du hast viel Arbeit in dieses Projekt gesteckt."

Rina lächelte. „Die Tiere sollten nicht in einem Heim leben müssen – nicht einmal der Leguan. Jeder sollte ein echtes Zuhause haben, vor allem über die Festtage."

Cameron war auf der Suche nach einer netten Gemeinde gewesen, in der er seine Tochter großziehen konnte, bevor er die Tierarztpraxis in Fool's Gold gekauft hatte. Was er hier gefunden hatte, war ein Ort, den er jetzt seine Heimat nannte. Niemand lebte einfach nur in dieser Stadt. Man wurde automatisch zu einem Teil dessen, was hier vor sich ging.

„Du hast doch nicht ernsthaft vor, den Katzen die Krallen zu lackieren, oder?", wollte er wissen.

„Warte ab, und lass dich überraschen."

Nachdem sie aufgegessen hatten, saßen sie noch eine Weile am Tisch und redeten, bevor sie sich ans Verzieren der Plätzchen machten. Während Kaitlyn Rina anschließend half, den Geschirrspüler einzuräumen, drehte Cameron noch eine Runde mit Noah. Als er zurückkam, standen überall im Wohnzimmer Kartons mit Weihnachtsdekoration.

„Nur noch ein paar Kleinigkeiten", meinte Rina achselzuckend. „Wir konnten nicht widerstehen."

„Wo soll ich das denn alles unterbringen?", fragte er. „Bald muss ich noch ein zweites Haus anbauen."

Das brachte Kaitlyn zum Lachen. Sie drehte sich mit fliegenden Haaren im Kreis, während Noah hinter ihr herjagte. Schließlich plumpsten Hund und Mädchen lachend auf den Boden. Kaitlyn öffnete die Augen.

„Daddy, guck mal!"

Er folgte der Richtung, in die ihr ausgestreckter Finger zeigte, und sah den kleinen künstlichen Mistelzweig, der über dem Türrahmen hing.

Cameron drehte sich zu Rina herum und erklärte: „Als Kaitlyn sechs war, hat sie in irgendeinem Buch von dem

Brauch mit dem Mistelzweig gelesen. Jetzt muss ich ihn jedes Jahr wieder aufhängen. Es ist sozusagen unser kleiner Familienscherz."

Nur dass Rina nicht lachte. Und plötzlich war auch ihm nicht mehr zum Lachen zumute. Sie stand direkt unter dem kleinen Zweig – den sie vermutlich erst bemerkt hatte, als seine Tochter eben darauf gezeigt hatte. Emotionen spiegelten sich in ihren Augen; Emotionen, die Cameron nicht deuten konnte. Wir sind Freunde, erinnerte er sich. Gute Freunde. Ein Kuss würde die Sache zwischen ihnen verkomplizieren, und das war das Letzte, was er wollte.

„Daddy, du musst Rina jetzt küssen."

Es schien einfacher zu sein nachzugeben, als sich an einer Erklärung zu versuchen – jedenfalls redete er sich das ein. Also beugte er sich vor und strich leicht mit den Lippen über Rinas. Das, was er für den Bruchteil einer Sekunde spürte, war elektrisierend. Doch im nächsten Moment trat Rina auch schon zur Seite.

„So, und wo hängen wir jetzt den tanzenden Schneemann auf?", fragte sie.

Rina hatte bisher nie an irgendwelche Zeichen geglaubt, aber jetzt überlegte sie, ob sie ihre Meinung vielleicht ändern sollte. Erst vor wenigen Stunden hatte ihre Freundin Jesse ihr geraten, Cameron endlich zu sagen, was sie für ihn empfand. Und jetzt hatte er sie geküsst. Okay, es war wegen des Mistelzweiges gewesen, außerdem vor den Augen seiner Tochter sowieso seines Hundes. Kaum der heiße Ich-bin-seit-Monaten-verzweifelt-in-dich-verliebt-Kuss, nach dem sie sich sehnte. Aber immerhin, es war ein Anfang.

Der Abend verging wie im Fluge. Und nachdem sie leise aus dem Zimmer der schlafenden Kaitlyn schlichen, kehrten Cameron und Carina ins Wohnzimmer zurück. Ehe Cameron vorschlagen konnte, zusammen noch etwas zu trinken oder einen Film anzusehen, entschied Rina, zur Tat zu schreiten. Da sie sich nicht vorstellen konnte, ihm zu sagen, was sie für ihn empfand, blieb ihr nur eine Möglichkeit: Sie musste es ihm zeigen … Er hatte den Anfang gemacht, indem er sie heute Abend geküsst hatte, und sie würde die Gunst der Stunde nutzen.

Als er sich daher zu ihr drehte und fragte: „Möchtest du …“, war sie bereit.

Sie legte die Hände auf seine breiten Schultern, stellte sich auf die Zehenspitzen und presste die Lippen auf seinen Mund.

Es dauerte einige Sekunden, bis er reagierte. In der Zwischenzeit waren nur das Ticken der alten Standuhr im Flur und Noahs Seufzen zu hören, die es sich in ihrem Körbchen gemütlich gemacht hatte. Dann begann Cameron langsam, mit seinen Lippen über Rinas zu streifen.

Sie ließ den Atem entweichen, den sie vor lauter Aufregung angehalten hatte, und entspannte sich. Den Kopf neigend, schmiegte sie sich an Cameron und registrierte erfreut, dass er die Hände auf ihre Taille legte und den Kuss vertiefte. Aber das Beste an der ganzen Sache waren die Funken.

Sie versprühten überall ihren Glanz, tanzten um sie herum, brachten ihre Haut zum Kribbeln, wirbelten durch ihren Bauch und erhitzten die interessantesten Teile ihres

Körpers. Cameron zu lieben bedeutete natürlich auch, ihn körperlich zu begehren. Rina war sich des Verlangens, das in ihr schlummerte, durchaus bewusst gewesen, aber bisher war es ein Bedürfnis ohne wirkliche Substanz gewesen. Sie hatte nicht gewusst, ob zwischen ihnen wirklich dieses magische, erotische Kribbeln entstehen würde, das zu ihrer Freundschaft auch Leidenschaft hinzufügen würde. Bis jetzt.

Jetzt sehnte sie sich noch mehr nach ihm als vorher. Ihre Brüste verlangten fast schmerzhaft danach, von ihm gestreichelt zu werden. Ihr zitterten die Beine leicht, und das Verlangen drohte sie zu verzehren. Als Cameron mit der Zunge an ihrer Unterlippe entlangstrich, öffnete sie sich ihm sofort. Und während sich ihre Zungen zu einem erotischen Tanz fanden, verlor Carina sich in dem Moment, in dem brennenden Begehren und in Camerons Geschmack.

Mit seinen kräftigen Händen zog er sie noch näher an sich. Sie drängte sich an ihn, weiche Kurven an harten Muskeln. Endlich, dachte sie.

Endlich waren sie beide genau da, wo sie sein sollten.

3. KAPITEL

Cameron spürte, wie das Begehren in ihm wuchs und ihn zu überwältigen drohte. Sich zu ermahnen, dass seine Freundschaft zu Rina weitaus wichtiger war, als eine einzige Nacht mit ihr je sein könnte, schien irgendwie nichts zu nützen.

Sicher, es gab bestimmt Leute, die die Meinung vertraten, dass man eine Beziehung langsam und von einem zum nächsten Stadium vorantreiben sollte. Er hielt nichts davon. Wenn er und Rina Freunde blieben, konnte er sie niemals verlieren. Wenn er jedoch mehr wollte, bestand das Risiko, dass er verlor, was sie miteinander verband. Und er konnte sich nicht vorstellen, wie er und seine Tochter ohne Rina auskommen sollten.

Aus diesem Grund löste er sich vorsichtig von ihr – auch wenn es ihm unendlich schwerfiel. Seine guten Vorsätze wurden fast zunichtegemacht, als er das leidenschaftliche Funkeln in ihren blauen Augen sah und feststellte, dass ihr Mund von seinen Küssen geschwollen war. Mit ihren wunderbaren Kurven war sie die leibhaftige Versuchung. Als er dann auch noch bemerkte, wie sich ihre Brüste bei jedem Atemzug hoben und senkten, fürchtete er einen Moment lang, doch nicht stark genug zu sein, um sich zurückzuhalten. Denk daran, was alles auf dem Spiel steht, schalt er sich und schaffte es so, sich zu beherrschen.

„Tut mir leid“, sagte er bemüht locker. „Ich vermute, ich habe mich hinreißen lassen.“

Er hoffte, das genügte. Hoffte, dass sie seine Entschuldigung akzeptierte und alles wieder wie vorher sein würde. Reines Wunschdenken, erkannte er, als sie zu sprechen begann.

„Ich habe dich geküsst“, stellte sie klar.

Er nickte.

„Du hast den Kuss erwidert.“

Noch einmal nickte er.

„Cameron, ich möchte mehr als das, was uns bisher verbindet.“

Ihre Worte berührten ihn und er … Aber was würde später passieren, was würde aus ihm und seiner Tochter werden, wenn Carina ihrer müde würde und verschwand? Das hatte er schon einmal durchgemacht, und es war ziemlich hart gewesen. Das durfte er Kaitlyn nicht antun.

Er holte tief Luft. „Mir gefällt es so, wie es ist, Rina. Wir sind Freunde. Gute Freunde. Ich möchte nicht, dass sich daran etwas ändert.“

Die Leidenschaft in ihren Augen erlosch. Stattdessen schimmerte ein Ausdruck von Verzweiflung in ihrem Blick. „Danke, aber: nein danke?“, fragte sie leise und tonlos. Tränen glitzerten in ihren Augen, doch sie senkte hastig den Kopf. „Lass mich raten. Ich bin nicht dein Typ.“

„Bist du. Es ist ja auch nicht so, dass ich dich nicht begehre. Das tue ich. Aber unsere Freundschaft ist mir wichtiger. Wenn wir anfangen, miteinander auszugehen, könnte es kompliziert werden.“

„Ausgehen?“ Sie hob die Stimme. „Ausgehen? Glaubst du, dass es mir darum geht? Ich liebe dich, du Idiot! Ich bin fast jeden Abend hier, esse mit euch, lache mit euch, rede mit euch über euren Tag. Ich bin verrückt nach Kaitlyn. Ich tue alles, um dir zu zeigen, dass ich genau die Frau bin, die du brauchst, die du lieben und begehren solltest. Und du glaubst, ich will lediglich ein Date mit dir?“

Hätte sie einen Baseballschläger genommen und ihm damit einen Schlag auf den Kopf verpasst, hätte Cameron nicht überraschter sein können. Liebe? Er wusste beim besten Willen nicht, was sie damit meinte.

Rina trat einen Schritt zurück. Innerhalb von Sekunden war sie in den Flur gestürmt, hatte ihren Mantel angezogen, ihren Rucksack geschnappt und war verschwunden. Cameron stand in der Mitte seines Wohnzimmers und wusste nicht, wie ihm geschah. Er wusste nur, dass ihm nichts Gutes bevorstand.

Noah trottete zu ihm, hob den Kopf und sah ihn fragend an.

„Ich habe keinen blassen Schimmer“, erklärte er dem Hund. „Nicht den geringsten.“

Den Großteil des Wochenendes verbrachte Rina damit, im Komitee zu arbeiten, das sich mit dem Aktionstag „Adoptier ein Haustier“ beschäftigte. Sie war froh, dass sie von einem Treffen zum nächsten laufen konnte. Sie half, Beschreibungen zu verfassen und mit potenziellen neuen Besitzern zu sprechen. Solange sie so beschäftigt war, konnte sie nicht allzu viel nachdenken. Und nicht nachzudenken war viel einfacher, als das Gefühl der unendlichen Leere zu verspüren, das sie zu verschlingen drohte.

Von Montagmorgen an würde ihr Leben sehr viel komplizierter werden.

Ihre Woche begann so wie immer, indem sie hinüber zu Camerons Haus fuhr, um Kaitlyn für die Schule fertig zu machen. Fast hätte Rina abgesagt, doch sie wollte Kaitlyn nicht enttäuschen.

Kurz nachdem Cameron und Kaitlyn in die Stadt gezogen waren, war Kaitlyn in Rinas Salon aufgetaucht. Rina hatte die Kleine auf Anhieb gemocht, und als Kaitlyn gefragt hatte, ob sie häufiger zu Besuch kommen dürfte, hatte sie gern zugestimmt. Daraus war schon schnell der offizielle Babysitterjob geworden. Doch Rina sah es gar nicht mehr als Job an. Kaitlyn bedeutete ihr inzwischen viel mehr, die Kleine war viel mehr für sie als nur die Tochter ihres Chefs.

Trotzdem sah Rina heute dem Treffen mit dem Mann, der sie abgewiesen und ihren Traum von einer glücklichen gemeinsamen Zukunft mit seiner sorgfältig formulierten Bemerkung zunichtegemacht hatte, nicht gerade freudig entgegen.

Wie immer benutzte sie ihren eigenen Schlüssel, um ins Haus zu gelangen. Der Duft von Kaffee strömte ihr entgegen und hieß sie willkommen. Nachdem sie ihre Jacke an der Garderobe aufgehängt und ihren Rucksack auf den Tisch im Flur gestellt hatte, straffte sie die Schultern, holte tief Luft und ging in die Küche.

Cameron war bereits da. Er war frisch geduscht, trug Jeans und ein langärmliges Hemd und musterte sie mit ernstem, leicht besorgtem Blick aus seinen strahlend grünen Augen.

Am liebsten hätte Rina auf dem Absatz kehrtgemacht. Ihm gegenüberzutreten, nach allem, was sie gesagt hatte, fiel ihr unendlich schwer. Doch sie wollte nicht als Abgewiesene *und* als Feigling dastehen.

„Ich war mir nicht sicher, ob du heute Morgen kommen würdest", sagte er.

„Wir haben eine Vereinbarung."

„Ich weiß, es ist nur ..."

Sie schenkte sich einen Becher Kaffee ein und stellte zufrieden fest, dass ihr zumindest nicht die Hände zitterten. „Es ist so, wie du gesagt hast", erklärte sie. „Wir sind Freunde."

Irgendwie würde sie einen Weg finden, damit umzugehen.

„Du wirst nicht verschwinden?"

„Nein."

Sichtlich entspannte er sich. „Okay. Gut. Wir können einfach so weitermachen wie vorher, Rina. Ich weiß, dass wir das können."

Dann wusste er mehr als sie. Aber sie würde es versuchen. Vor allem seiner Tochter zuliebe. Und weil sie kein Mensch war, der vor Problemen davonlief. Und weil Freundschaft besser war als nichts.

„Wir schreiben am Freitag ein Diktat", verkündete Kaitlyn später am Nachmittag seufzend. „Mein Computer überprüft doch meine Rechtschreibung. Warum muss ich das noch lernen?"

Rina wischte den Tisch in ihrem Salon ab. Sie hatte bereits

ihren letzten Kunden versorgt und war fertig, sodass sie bald nach Hause gehen konnte. Den ganzen Tag lang hatte sie sich bemüht, sich möglichst normal zu verhalten, während sie gleichzeitig versucht hatte, Cameron aus dem Weg zu gehen. Was in Anbetracht der Tatsache, dass sich ihr Salon mitten in seiner Tierarztpraxis befand, ein schwieriges Unterfangen darstellte.

„Es ist wichtig, dass man richtig schreiben kann", erklärte Rina. Allerdings fiel ihr gerade auch kein wirklich stichhaltiges Argument ein, womit sie das hätte begründen können. Daher hoffte sie inständig, dass Kaitlyn nicht nachfragte.

Die Achtjährige musterte sie eingehend. „Bist du traurig?"

„Nein, mir geht es gut. Ich bin nur ein bisschen müde, weil ich mich das ganze Wochenende mit den Planungen für unsere Aktion ‚Adoptier ein Haustier' beschäftigt habe."

„Vielleicht brauchst du einen Freund."

Rina tat ihr Möglichstes, um nicht zusammenzuzucken. „Vielleicht."

„Du könntest einen übers Internet finden. Daddy sucht sich da auch eine Freundin. Hat er mir erzählt. Gestern war er in irgend so einem Chatroom. Ich hab ihm gesagt, dass ich will, dass du seine Freundin wirst, aber er meinte, das käme nicht infrage. Ich verstehe immer gar nicht, was er damit meint. Ich habe doch gar keine Frage gestellt."

Sie plapperte munter weiter, doch Rina hörte ihr nicht mehr zu, weil die Wut, die sich in ihr zusammenbraute, ein

Rauschen in ihren Ohren verursachte. Das war ja wohl die Höhe. Dieser miese Schuft. Erst erklärte Cameron ihr, sie sollten Freunde bleiben, um sich einen Moment später in einen verdammten Chatroom einzuloggen?

Sie war ruhig geblieben. Sie hatte sich vernünftig verhalten und sich eingeredet, dass er durchaus das Recht hatte, ihr zu erklären, dass er keine romantische Beziehung zu ihr wollte. Sie war entschlossen gewesen, darüber hinwegzukommen, hatte ihr gebrochenes Herz zusammengeflickt und war heute Morgen bei ihm aufgekreuzt, einfach weil es richtig war. Und dann stellte sich heraus, dass er in einem Chatroom gewesen war?

„Kaitlyn, entschuldigst du mich mal kurz?"

Das Mädchen nickte.

„Ich bin gleich wieder da, und dann bringe ich dich nach Hause."

Rina marschierte aus ihrem Salon. Ein kurzer Blick auf die Uhr sagte ihr, dass Cameron in seinem Büro sein müsste, um die Patientenakten auf den neuesten Stand zu bringen – vorausgesetzt, es hatte keinen Notfall gegeben. Sie ging den kurzen Flur entlang, bog links ab und trat in sein Büro, bevor sie die Tür fest hinter sich schloss.

Cameron blickte auf und schenkte ihr ein Lächeln. Sie kannte dieses Lächeln, wusste alles über Camerons Gesicht, über die Art, wie er ging, und dass er verletzlich wirkte, wenn er müde war. Sie verstand seine Stimmungen, hatte sich um ihn gekümmert, als er mit einer Grippe flachgelegen hatte, hatte auch regelmäßig seinen Hund gepflegt. Sie liebte ihn und seine Tochter, hatte ihm alles gegeben, was sie besaß, ihr Herz eingeschlossen. Doch er hatte sie abgewiesen und war dann online gegangen, um nach Liebe zu suchen?

„Vergiss es“, fuhr sie ihn an.

Sein Lächeln schwand und wich einem besorgten Gesichtsausdruck. „Worüber reden wir?“

Sie hatten beide die Stimme gesenkt. Die Praxis lag in einem alten Haus, und die Wände waren dünn. Auch wenn Rina am liebsten laut geschrien hätte, wollte sie nicht, dass alle anderen die Einzelheiten einer vermutlich sehr beschämenden Unterhaltung mitbekamen.

„Du bist ins Internet gegangen, um dir eine Freundin zu suchen?“

Er verspannte sich. „Kaitlyn hat es dir erzählt.“

„Natürlich hat sie das. Sie erzählt mir alles. Sie liebt mich.“

Die Realität dessen, was sie gerade gesagt hatte, traf sie wie ein Schlag in die Magengrube, und sie musste sich am Bücherregal festhalten, um nicht umzufallen. Die Zuneigung, die sie für Kaitlyn empfand, wurde in gleicher Weise erwidert. Sie brauchten einander. Wie sollte sie dagegen ankämpfen?

„Ich bin mir über ihre Gefühle sehr wohl im Klaren“, gab Cameron zu. „Was am Freitag passiert ist, hat mich dazu gebracht, über vieles nachzudenken. Mir ist bewusst geworden, dass ich euch beiden gegenüber nicht fair gewesen bin. Ich habe die Sache einfach laufen lassen, ohne sicherzustellen, dass alle die Spielregeln kennen.“

Mit *alle* meinte er wohl sie. Rinas Kräfte kehrten zurück,

und sie richtete sich auf. Wütend funkelte sie ihn an. „Also hast du dir gedacht, du hilfst uns beiden, indem du dir übers Internet eine Freundin suchst?“, fragte sie herausfordernd.

„Ich dachte, wenn ich anfange, mich mit jemandem zu verabreden …“, er räusperte sich, „… dann würde Kaitlyn vielleicht nicht mehr ganz so sehr auf dich fixiert sein.“

Das war der Moment, in dem Rina die Wahrheit begriff. Wie ein Messer bohrte sie sich in ihr weiches Herz.

Sie hatte sich eingeredet, dass Cameron noch nicht bereit war. Dass er eine schreckliche Scheidung hatte durchmachen müssen, nachdem seine Frau einfach verschwunden gewesen war und ihn mit einem neugeborenen Kind hatte sitzen lassen. Sie hatte geglaubt, dass er Angst vor einer neuen Beziehung und vor der Liebe hatte, dass aber irgendwann der Zeitpunkt kommen würde, in dem er erkennen würde, dass sie perfekt zusammenpassten. Sie hatte gedacht, sein *Lass uns Freunde bleiben* sollte bedeuten: *nicht jetzt, aber vielleicht später*. Stattdessen hatte er sie rundheraus abgewiesen.

Es war nicht so, dass Cameron keine Beziehung wollte, er wollte nur keine Beziehung mit *ihr*.

Rinas Augen brannten, doch sie würde jetzt nicht weinen. Nicht hier, nicht vor ihren Kolleginnen und Cameron und schon gar nicht vor Kaitlyn. Hoffnung, Liebe und Träume zerbrachen an der brutalen Realität. Und so gern sie die Wahrheit auch ignoriert hätte, konnte sie das nicht. Nicht mehr.

„Du täuschst dich“, sagte sie langsam. „Es ist keine Lösung, dir jemand anderes zu suchen. Ich bin die ganze Zeit für dich da gewesen. Ich weiß, dass du mich magst. Und die Art und Weise, wie du mich geküsst hast, zeigt …“ Sie holte tief Luft. „Aber du willst das nicht weiterverfolgen. Okay. Dann lassen wir das. Ich habe dir gesagt, dass ich dich liebe. Und das Erste, was dir danach einfällt, ist, dich auf die Suche nach einer anderen Frau zu begeben – übers Internet! –, mit der du ausgehen kannst.“

Sie verschränkte die Hände vor der Taille und dachte darüber nach, wie es wohl sein würde, wenn er irgendwann aufhörte zu suchen und tatsächlich anfing, mit anderen Frauen auszugehen. Wie sie sich fühlen würde, wenn sie sich Abend für Abend in seinem Haus um seine Tochter kümmerte, während er sich die Nacht mit einer anderen vertrieb. Das könnte sie nicht ertragen.

„Ich gehe.“

Cameron sprang auf. „Du gehst? Wohin? Was meinst du damit?“

Sie war sich nicht sicher gewesen, aber als sie jetzt vor ihm stand, kam die Antwort instinktiv. „Gleich nach Neujahr werde ich meinen Salon an einen anderen Standort verlegen. Dann musst du dir auch jemand anderes suchen, der sich um Kaitlyn kümmert. Ich möchte, dass es ein behutsamer Übergang wird, damit sie nicht unglücklich ist, aber ich kann das nicht länger übernehmen.“

„Du schließt uns aus deinem Leben aus? Du hast gesagt, das würdest du nicht tun. Ich dachte, wir bedeuten dir etwas.“

„Ihr bedeutet mir nicht nur etwas, sondern ich liebe euch beide.“ Sie blickte ihm in die Augen. „Das ist ein bisschen mehr."

„Dann bleib."

„Nein. Du kannst nicht beides haben. Ich habe ein Jahr lang darauf gewartet, dass du erkennst, dass ich die Richtige für dich bin. Ich finde, damit habe ich genug Zeit verschwendet."

Sie drehte sich um und ging. Ihr Herz klopfte wie verrückt, und sie wusste nicht, wie lange sie die Tränen noch zurückhalten konnte. Das Gefühl der Leere und des Verlusts zwang sie fast in die Knie. Aber obwohl es so wehtat und sie das dringende Bedürfnis verspürte, umzudrehen und Cameron zu sagen: „Ja, okay, ein halbes Leben genügt mir auch", war sie der felsenfesten Überzeugung, dass sie die richtige Entscheidung getroffen hatte.

Jetzt schmerzte es. Es schmerzte ganz schrecklich. Doch mit ein wenig Abstand und eiserner Entschlossenheit würde sie sich schon erholen. Und, dachte sie, ein bisschen Hilfe von Fool's Gold kann auch nicht schaden.

4. KAPITEL

Es gab in Fool's Gold einen Ort, der allen Frauen als Zufluchts- und Versammlungsplatz diente, und das war Jos Bar. Zwar war auch den Männern ein Raum vorbehalten, im hinteren Teil, ausgestattet mit Billardtisch und Fernsehern, auf denen die Sportkanäle liefen, doch der Großteil der Bar gehörte den Frauen. Die Wände waren in einem Malventon gestrichen, der dem Teint schmeichelte. Über die großen Flachbildschirme an den Wänden flimmerten Shoppingsendungen und frauenfreundliche Realityshows. Auf der Speisekarte fanden sich eine Reihe von kalorienarmen Gerichten. Am Tage hatte Jo stets eine Spielecke für die Kleinkinder eingerichtet. Und während es an den Abenden am Wochenende vor allem Paare hierher verschlug, war Jos Bar während der restlichen Zeit vor allem ein Ort, an dem sich Frauen trafen und redeten. Oder sich einmal richtig ausweinten.

„Du hast das Richtige getan", meinte Jesse tröstend. „Ich weiß, dass es so ist."

Rina zerknüllte das Taschentuch in ihrer Hand und versuchte, den steten Strom der Tränen aufzuhalten. Wenn sie so weitermachte, war sie innerhalb von einer Stunde dehydriert und musste in die Notaufnahme eingeliefert werden.

„Es fühlt sich aber n…nicht richtig an", brachte sie schluchzend hervor. „Es fühlt sich schrecklich an. Alles tut weh. Ich kann das nicht. Ich kann nicht ohne ihn weiterleben."

Jesse hob die Augenbrauen, was Rina zum Lachen brachte. Okay, es war eher ein Schluckauf, aber immer noch besser als das Geheule.

„Jetzt klinge ich schon wie eine Stalkerin“, gab sie zu. „Natürlich kann ich ohne Cameron leben.“ Ihr Lächeln schwand. „Ich wünschte, ich würde ihn nicht lieben. Noch mehr wünsche ich mir natürlich, dass er meine Liebe erwidern würde. Das ist doch alles zum Verrücktwerden.“

„Stimmt. Es tut weh, und dir geht es miserabel.“

Rina schaute ihre Freundin an und schniefte. „Wenn das ein Versuch sein sollte, mich aufzumuntern, dann muss ich dir leider sagen, dass es nicht funktioniert.“

Jesse berührte ihren Arm. „Mit der Zeit wird es besser. Sobald die Feiertage erst einmal vorbei sind, kannst du dir einen neuen Raum für deinen Salon suchen und anfangen, dich von Cameron abzunabeln.“

Rina nickte und wischte sich die Tränen ab. „Du hast recht. Ich werde aber nicht aufhören, mich mit Kaitlyn zu treffen. Ich muss mal mit Cameron darüber reden, damit wir eine Art Besuchsplan ausarbeiten. Vielleicht kann ich sie einen oder zwei Nachmittage die Woche nehmen.“

„Siehst du, du hast schon einen Plan.“

Oder zumindest einen Teilplan, dachte Rina niedergeschlagen.

Lautes Lachen ließ Rina den Kopf heben und zur Bar blicken. Mindestens dreißig Frauen hatten sich dort versammelt, um anscheinend eine Brautparty zu feiern. Ihr fiel ein, dass die Hendrix-Drillinge während der Feiertage alle heiraten wollten. Nicht dass Rina ihnen ihr Glück missgönnte, aber … wehtat es schon.

„Das fehlt mir heute gerade noch“, jammerte sie. „Was für ein blöder Zeitpunkt im Jahr, um alles auf eine Karte zu setzen. Ich liebe Weihnachten. Das war immer ein großes Ereignis bei uns zu Hause, und ich weiß, dass meine Großeltern sich schon darauf freuen."

„Also feierst du mit ihnen? Das wird doch bestimmt nett."

„Natürlich, es ist nur …" Sie schluckte und kämpfte wieder gegen die Tränen an. „Am Freitag wollte ich mit Cameron und Kaitlyn einen Tannenbaum aussuchen gehen. Wie soll ich das überstehen?"

Mitfühlend beugte Jesse sich zu ihr vor. „Das schaffst du schon."

„Willst du nicht versuchen, es mir auszureden?"

„Nein. Wenn du glaubst, dass du es aushalten kannst, dann solltest du es durchziehen. Kaitlyn zuliebe. Sie vergöttert dich. Und einen Tannenbaum zu kaufen ist für eine Achtjährige noch etwas ganz Besonderes." Jesse musterte sie. „Hast du Cameron gesehen?"

„Seit ich ihm gestern meine Meinung gesagt habe? Nur kurz. Einmal gestern Abend, als er nach Hause gekommen ist. Und dann heute Morgen, als ich hingegangen bin, um Kaitlyn für die Schule fertig zu machen. Er hat nichts weiter gesagt."

Heute Morgen hatte er ihr einfach nur einen Becher Kaffee gereicht und erklärt, er würde sie dann in der Praxis sehen. Kaitlyn war diejenige gewesen, die sie daran erinnert hatte, dass sie zusammen den Tannenbaum kaufen wollten.

„In der Praxis gehe ich ihm aus dem Weg", meinte Rina. „Es ist nicht einmal mehr ein Monat, richtig? So lange werde ich es ja wohl noch aushalten können."

Jesse rutschte plötzlich auf ihrem Stuhl hin und her. „Er hat heute Morgen mit mir geredet."

Rina starrte sie an. „Und? Was hat er gesagt?“

„Dass er nicht mehr im Internet ist. Um zu suchen.“

Suchen … „Oh. Du meinst, dass er nicht mehr auf der Suche nach einer Frau ist.“

„Genau.“

Rina nahm ihr Weinglas und stellte es sofort wieder ab. Sie war überzeugt, dass der Wein fantastisch schmeckte, doch sie hatte bisher keinen Schluck getrunken. Allein bei dem Gedanken daran drehte sich ihr der Magen um. Kein sehr angenehmes Gefühl.

„Ich war mir nicht sicher, ob ich es dir erzählen sollte“, gab Jesse zu.

„Keine Sorge. Ich werde jetzt nicht wieder Hoffnung schöpfen. Cameron ist kein Bösewicht. Er ist zwar dumm, aber nicht gemein. Ich habe ihm ziemlich deutlich zu verstehen gegeben, dass es mehr als unpassend war, mich abzuweisen und noch am selben Abend online nach einer Freundin zu suchen. Anscheinend hat er es eingesehen.“

„Hat er.“

„Also werden wir gute Miene zum bösen Spiel machen und diesen Monat irgendwie überstehen. Ab Anfang des Jahres brauche ich mich dann ja nicht mehr um ihn zu kümmern.“

Der Gedanke sollte eigentlich eine Erleichterung sein. Doch Rina fühlte sich nur traurig und leer. Denn sich um Cameron und seine Tochter zu kümmern, das war das Beste in ihrem Leben gewesen.

„Es schneit!“ Kaitlyn starrte mit aufgerissenen Augen in den Himmel hinauf und strahlte über das ganze Gesicht.

Winzige Schneeflocken schwebten zu Boden. Rina wusste, dass der Schnee nicht liegen bleiben würde und es vermutlich schon gleich wieder aufhören würde zu schneien, aber solange es dauerte, war es einfach wunderschön. Ein unerwartetes Geschenk, dazu gedacht, sie daran zu erinnern, dass das Leben weiterging.

Sie und Kaitlyn schlenderten an den angebotenen Tannenbäumen entlang. Weihnachtsmusik dröhnte aus den knarrenden Lautsprechern, und leuchtende Plastikrentiere und Weihnachtsmänner blinkten fröhlich vor sich hin. Die beiden Teenager, die den Kunden halfen, trugen Sweatshirts mit einem Schneemann darauf.

Kaitlyn, dick eingemummelt mit Mütze, Schal und Handschuhen, klatschte in die Hände. „Sie sehen alle so toll aus. Wie sollen wir uns denn da entscheiden? Daddy hat gesagt, dass die Decke drei Meter fünfzig hoch ist, also können wir keinen Baum kaufen, der größer ist."

„Hm, wenn wir ihn schief aufstellen, ginge es."

Kaitlyn lachte. „Das würde komisch aussehen, und außerdem fällt dann die ganze Deko ab."

„Du bist aber auch immer pingelig."

Das Mädchen schlang die Arme um Rinas Taille und drückte sie. Rina erwiderte die Umarmung und hielt die Kleine einen Moment lang fest, wohl wissend, dass selbst wenn sie Camerons Tochter künftig an einigen Tagen in der Woche traf, ihre Beziehung nie wieder so wie jetzt sein würde.

„Daddy!"

Kaitlyn ließ Rina los und rannte zu ihrem Vater. Rina

nahm sich eine Sekunde Zeit, um sich zu wappnen, bevor sie sich umdrehte und Cameron ansah.

Winzige Schneeflocken bedeckten sein Haar und landeten auf seiner Lederjacke. Mit seinen grünen Augen musterte er Rina wachsam, so als wäre er nicht sicher, wie es zwischen ihnen weitergehen sollte. Entschlossen, den rechten Weg zu beschreiten, schenkte Rina ihm ein Lächeln.

„Wir haben gerade über die Baumgröße gesprochen“, erklärte sie munter. „Offenbar sind drei Meter fünfzig das Limit.“

„Ich würde eher sagen, drei Meter“, widersprach er. „Es muss ja noch ein Engel auf die Spitze passen.“

Kaitlyn nickte. „Ach ja, der hübsche Engel mit den Flügeln. Den hatte ich ganz vergessen.“

„Drei Meter … das ist ein ganz schön großer Baum.“ Rina streckte Kaitlyn ihre Hand entgegen. „Komm, lass uns noch mal rumgehen und schauen, welcher uns am besten gefällt.“

Das Mädchen griff nach der Hand ihres Vaters und nach Rinas und hüpfte dann zwischen ihnen weiter. Das hatten sie schon Dutzende von Malen getan. Rina hatte diese Art von Verbindung immer Spaß gemacht. Aber heute verspürte sie auch einen Anflug von Wehmut, als sie daran dachte, dass sie in wenigen Wochen weiterziehen und nicht länger ein Teil der McKenzie-Familie sein würde. Okay, ein echtes Familienmitglied war sie nie gewesen. Sie hatte sich nur dummerweise erlaubt, so zu tun.

Die Jugendlichen luden den Baum, den Kaitlyn und Rina ausgesucht hatten, auf die Ladefläche von Camerons Truck. Unschlüssig stand Rina daneben. Sie war nicht sicher, ob und wann sie gehen sollte. Cameron war noch damit beschäftigt, den Tannenbaum zu bezahlen, und Kaitlyn hatte ein paar Freundinnen aus der Schule getroffen. Die drei Mädchen standen zusammen und lachten über irgendetwas.

Am liebsten hätte Rina sich einfach unter die Menge der fröhlichen Einkaufsbummler gemischt. Doch einfach zu verschwinden, ohne sich zu verabschieden, das erschien ihr dann doch zu unhöflich.

Cameron tat sein Möglichstes, um sich so normal wie möglich zu verhalten. Das sollte sie auch tun. Genau genommen war sie ja diejenige gewesen, die die Regeln verändert hatte, indem sie ihm von ihren Gefühlen erzählt hatte. Sie bedauerte es nicht, die Wahrheit endlich laut ausgesprochen zu haben, aber der Fairness halber war es jetzt wohl das Mindeste, wenn sie Kaitlyn zuliebe so tat, als wäre alles beim Alten.

Cameron steckte den Kassenbon ein und kam zu Rina. „Das wird wohl noch eine Weile dauern", sagte er und schaute zu seiner Tochter.

„Sie hat viele Freunde."

„Darüber bin ich sehr froh. Als wir hierhergezogen sind, hatte ich schon Angst, dass sie Schwierigkeiten haben könnte, sich einzuleben."

„Fool's Gold ist ein Ort, der alle willkommen heißt. Meine Großeltern mütterlicherseits haben ihr ganzes Leben lang hier gewohnt. Meine Mom ist hier aufgewachsen. Da mein Dad in der Armee war, sind wir viel umgezogen, aber kurz bevor ich auf die Highschool gekommen bin, sind wir schließlich für immer hiergeblieben." Jetzt konnte sie sich nicht mehr vorstellen, jemals woanders zu leben.

Cameron betrachtete sie eingehend. „Du vermisst deine Eltern."

Sie nickte. „Es ist jetzt schon sechs Jahre her, seit sie gestorben sind, aber es stimmt, ich vermisse sie noch immer. Vor allem um diese Jahreszeit. Weihnachten war bei uns zu Hause immer etwas ganz Besonderes." Sie lächelte, versunken in Erinnerungen. „Wir haben am Heiligabend immer Weihnachtspyjamas bekommen. Meine Mom hat stets versucht, welche mit lustigen Motiven zu finden, die es in Kinder- und Erwachsenengrößen gab. Die haben wir dann am Weihnachtsmorgen beim gemeinsamen Frühstück angezogen. Es war herrlich."

„Das ist das, was ich mir auch für Kaitlyn erhoffe. Schöne Erinnerungen. Dabei hast du uns sehr geholfen. Danke, dass du heute mitgekommen bist."

„Du weißt doch, dass ich sie schrecklich gern habe. Natürlich bin ich gekommen. Und ich helfe auch bei der Weihnachtsaufführung." Sie lächelte erneut, doch dieses Mal kostete es sie ein wenig Mühe. „So schnell wirst du mich nicht los."

„Das möchte ich auch nicht." Er schaute ihr in die Augen. „Rina, ich …"

Sie war sich ziemlich sicher, dass er sich jetzt bei ihr entschuldigen oder vorschlagen wollte, dass sie einfach dort weitermachen sollten, wo sie vor ihrer Liebeserklärung aufgehört hatten. Doch keins von beidem wollte sie hören.

„Was sind deine liebsten Weihnachtserinnerungen?", fragte sie schnell.

Er zögerte, so als wäre er nicht sicher, ob er sich auf den Themenwechsel einlassen sollte, doch dann zuckte er mit den Schultern. „Als ich klein war, war alles gut, doch nachdem meine Mom wieder geheiratet hatte, ist es immer schlimmer geworden. Mein Stiefvater war kein schlechter Mann. Aber er war sehr streng, und wir kamen nicht gut miteinander aus. Ein Weihnachtsfest habe ich in Jugendhaft verbracht."

„Das glaube ich nicht."

Er hob eine Hand, als wollte er schwören. „Stimmt aber leider. Ich hatte mich mit ein paar üblen Typen zusammengetan. Und irgendwann haben wir einen Schuppen angezündet. Es war total idiotisch. Die ganze Nachbarschaft hätte in Flammen aufgehen können. Statt mich wegzuschicken, hat der Richter mich zu hundert Stunden gemeinnütziger Arbeit verdonnert. Ich war fünfzehn, und natürlich kam mir das wie eine lebenslange Bestrafung vor."

Bisher hatte Rina noch nie etwas über seine frühe Jugend gehört. „Ich fasse es nicht, dass du zu solchen Jugendlichen gehört hast."

Er lächelte. „Letztlich habe ich mich ja noch ganz gut entwickelt. Diese gemeinnützige Arbeit hat mein Leben verändert. Ich musste im Tierheim arbeiten, zehn Stunden die Woche, zehn Wochen lang, und als ich damit durch war, wusste ich, dass ich Tierarzt werden wollte. Mein Stiefvater hatte meine Mutter davon überzeugt, mich auf ein Internat zu schicken. Statt dagegen anzugehen, habe ich sie gebeten, eins auszusuchen, das auf Naturwissenschaften und Mathe spezialisiert war, sodass ich hinterher auf ein gutes College gehen konnte. Ich habe meinen Abschluss mit Auszeichnung gemacht, habe ein Stipendium bekommen, und der Rest ist, wie man so schön sagt, Geschichte."

„Ich bin beeindruckt."

„Das brauchst du wirklich nicht zu sein. Es gibt eine Menge Kinder, die weit mehr auszustehen haben als ich damals. Ich habe mich wie ein Idiot benommen und wurde bestraft. Ich bin nur froh, dass ich in der Lage war, aus meinen Fehlern zu lernen und das Ruder noch einmal herumzureißen."

„Deine Mom ist bestimmt stolz auf dich."

„Das ist sie, genau wie mein Stiefvater. Inzwischen kommen wir ganz gut miteinander aus."

„Sie leben in Florida, oder?"

Er nickte. „Wir wollen sie in den Frühjahrsferien besuchen. Du solltest mit uns kommen." Er verspannte sich. „Entschuldige. Ich habe nicht nachgedacht."

Rina ignorierte den plötzlichen Schmerz in ihrer Brust. „Kein Problem. Ich bin sicher, ihr beide werdet eine schöne Zeit dort verleben. Ihr könnt Disney World besuchen."

„Kaitlyn hat schon angefangen zu überlegen, in welche Karussells sie als Erstes gehen will." Er stopfte die Hände in die Taschen seiner Jeans und sah Rina an. „Ich kann das nicht tun, Rina."

Sie wusste, er sprach nicht länger von Florida. „Das hast du schon erklärt."

„Nein, habe ich nicht. Ich möchte, dass du es verstehst. Meine Frau hat mich verlassen. Und zwar ohne Vorwarnung. Kaitlyn war gerade einmal zwei Wochen alt, als meine Ex einfach ihre Koffer gepackt und verkündet hat, dass sie gehen würde. Sie erklärte mir, dass sie weder Mutter noch Ehefrau sein wollte. Ich habe es einfach nicht kommen sehen." Er holte tief Luft. „Das möchte ich nicht noch einmal durchmachen müssen."

„Dass jemand dich verlässt?“

„Ja. Ich könnte mit dieser Unsicherheit nicht leben. Freunde sind etwas anderes. Man kann sich auf einen Freund verlassen.“

„Das heißt, du traust keiner Frau mehr? Weil du fürchtest, wenn du eine Frau liebst, besteht immer die Gefahr, dass sie geht?“

Verlegen trat Cameron von einem Bein aufs andere. „Es ist komplizierter.“

Sie fragte sich, ob das stimmte. Bestand Camerons Problem lediglich darin, dass er Angst davor hatte, noch einmal verletzt zu werden? Zwischen dem Wunsch, ihm Vernunft einzubläuen, und dem Gefühl von Mitleid hin- und hergerissen, entschied sie sich, dass Ersteres eindeutig mehr Charakterstärke bewies.

„Du musst es einfach darauf ankommen lassen. Wenn nicht mit mir, dann mit jemand anderem. Du darfst nicht zulassen, dass eine egoistische, gleichgültige Person den Rest deines Lebens bestimmt.“ Sie trat näher an ihn heran. „Es steht viel mehr auf dem Spiel als dein Herz. Kaitlyn kann nur durch das, was du ihr vorlebst, etwas über die Liebe lernen. Wenn du Angst hast, einer Frau zu vertrauen, vermittelst du ihr genau das.“

„Sie hat andere Rollenvorbilder. Filme. Bücher. Dich.“

Rina war sich nicht sicher, ob sie einem achtjährigen Mädchen beibringen wollte, sich in einen Mann zu verlieben, der nicht willens war, sein Herz zu riskieren. „Du bist ihr Vater. Du bist der wichtigste Mensch in ihrem Leben. Sie tut das, was du tust.“

5. KAPITEL

Cameron kam sich langsam vor wie der Schuft in einer schlechten Fernsehsendung. Er hätte schwören können, dass alle seine Angestellten ihn hinter seinem Rücken böse anfunkelten. Da er bisher noch keine Helferin ertappt hatte, wie sie ihm böse Blicke zuwarf, fürchtete er, dass er langsam paranoid wurde. Was nicht unbedingt wünschenswert war.

„Das ist alles Rinas Schuld“, murmelte er vor sich hin, während er sorgfältig den schlafenden Hund auf dem Operationstisch überprüfte. Die sechs Monate alte Mischlingshündin gehörte Max Thurman, der K9Rx betrieb, ein Unternehmen, das Therapiehunde ausbildete. Die Hündin war genau zum richtigen Zeitpunkt sterilisiert worden und würde anschließend weiter als Therapiehund ausgebildet werden. Als Cameron sie jetzt sanft berührte, rührte sie sich und erwachte langsam aus der Betäubung.

Jesse registrierte die ersten Lebenszeichen. „Sie scheint in Ordnung zu sein“, sagte sie. „Ich bleibe bei ihr, bis sie wach genug ist, dass wir sie bewegen können.“

Cameron schaute seine Helferin an, um zu prüfen, ob sich hinter ihren Worten eine tiefere Bedeutung verbarg. Er wusste, dass Jesse und Rina Freundinnen waren. Rina war mit allen Menschen befreundet, mit denen sie sich umgab, und das führte zwangsläufig dazu, dass er zum Bösewicht in der ganzen Sache wurde. Womit er wieder bei Paranoia war.

Das ist der Nachteil des Kleinstadtlebens, dachte er, als er den Hund ein letztes Mal tätschelte.

„Lassen Sie mich wissen, wenn es Probleme gibt", sagte er. „Ich bin in meinem Büro." Dort würde er die Akte des Hundes auf den neuesten Stand bringen und sich die Termine für den Nachmittag anschauen.

Während er den Flur entlangging, blieb er wie gewohnt kurz vor dem Tiersalon stehen. Rina schwang die Schere wie eine Künstlerin, während sie die Nägel eines kleinen Pudels schnitt. Dabei sprach sie mit leiser, beruhigender Stimme auf das Tier ein. Cameron war dieser Tonfall vertraut. Er hatte ihn gehört, als er mit Grippe flachgelegen hatte und Rina mehr oder weniger bei ihnen eingezogen war, um sich um ihn und Kaitlyn zu kümmern.

Er schüttelte die Erinnerungen ab und marschierte weiter zu seinem Büro. Dabei kam er an der Wand vorbei, an der Hunderte von Fotos von Haustieren hingen, die die glücklichen und dankbaren Besitzer mitgebracht hatten. Rina hatte damals vorgeschlagen, diese Fotowand einzurichten, und seitdem war sie beständig gewachsen. Mehr als eine Familie brachte bei jedem Termin ein neues Foto ihres Lieblings mit.

Am Schwarzen Brett im Wartezimmer hing ein Flyer, der für die Aktion „Adoptier ein Haustier" warb, die am nächsten Wochenende stattfinden sollte. Auch das war etwas, an dem Rina beteiligt war. In seinem Büro musste er um einen Blumentopf mit Katzengras herumgehen, das Rina für die Katzen angeschafft hatte, die über Nacht in der Praxis bleiben mussten.

Rina war allgegenwärtig. Das war ihm bisher nie so aufgefallen. Als er in Fool's Gold seine Praxis eingerichtet hatte, war sie diejenige gewesen, die ihm gute Tipps gegeben hatte. Zum Beispiel hatte sie ihm gesagt, wo er einkaufen sollte und wie er Probleme mit den Gionni-Schwestern vermeiden konnte – indem er nämlich sich und Kaitlyn abwechselnd bei einer von beiden die Haare schneiden ließ. Rina hatte ihn dazu gedrängt, der Handelskammer beizutreten, und dafür gesorgt, dass er in den örtlichen Grundschulen einen Vortrag über die richtige Pflege von Haustieren gehalten hatte. Sie hatte seiner Tochter das Skaten beigebracht, hatte ihr einen Geburtstagskuchen gebacken und ihr zum ersten Schultag eine Lockenfrisur gemacht.

Wenn Rina aus seinem Leben verschwand, würde er sehr viel mehr verlieren als nur einen Babysitter oder eine Freundin. Einerseits war er ein bisschen böse auf sie, weil sie die Regeln verändert hatte. Andererseits verstand er sehr gut, warum sie mehr wollte, als er ihr im Moment bieten konnte.

Das führte ihn zwangsläufig zu einer wichtigen Frage: Wenn sie ging, was würde *sie* dann verlieren?

Sie hatte gesagt, sie würde ihn lieben, und das glaubte er ihr auch. Je länger er darüber nachdachte, was sie alles für ihn getan hatte und wie wenig er für sie tat, desto rätselhafter war es für ihn, *warum* sie ihn liebte. Er hatte sich nie sonderlich viel Mühe gegeben, nett zu ihr zu sein. Sie war jemand, den er mochte und mit dem er gern Zeit verbrachte. Als sie ein neues Auto gebraucht hatte, war er mit ihr zu den Gebrauchtwarenhändlern marschiert und hatte ihr geholfen, den für sie richtigen Wagen zu finden und den besten Preis auszuhandeln. Hin und wieder hatte er in ihrer Wohnung ein paar Reparaturen durchgeführt. Und weil sie eine an Panik grenzende Angst vorm Zahnarzt hatte, begleitete er sie regelmäßig zweimal im Jahr zur Routineuntersuchung und leistete seelischen Beistand. Aber dafür waren Freunde ja da. Das hatte nichts mit Liebe zu tun.

Er ging hinüber zum Fenster. Er bezahlte sie dafür, dass sie sich um seine Tochter kümmerte, doch er bezahlte sie nicht dafür, dass sie ihnen ihre Zuneigung schenkte. Die gab sie freiwillig – und von Herzen.

Die Weihnachtsaufführung war eine Feier unterschiedlicher Kulturen und Traditionen. Was übersetzt bedeutete, dass die Eltern der Grundschulkinder sich vor die Herausforderung gestellt sahen, Kostüme und Bühnenbilder zu entwerfen, die dem Broadway alle Ehre gemacht hätten.

Rina hatte fast einen Monat damit zugebracht, Kaitlyns Weihnachtsprinzessinnenkleid zu nähen, weil sie wollte, dass die Kleine von dem Ergebnis begeistert war. Nach stundenlangem Nähen war ein märchenhaftes dunkelrotes Kleid mit Rüschen, Tüll und Spitze und – zur Krönung – aufgestickten Perlen entstanden.

Jetzt löste Rina vorsichtig die Lockenwickler aus Kaitlyns dunklem Haar und kämmte die Locken mit den Fingern durch. Das Mädchen stand völlig still, als hätte es Angst, seine Verwandlung zur Prinzessin in Gefahr zu bringen, wenn es sich bewegte.

„Jetzt fehlen eigentlich nur noch ein paar Waldtiere", sagte Rina scherzhaft und spielte auf den Disney-Film *Cinderella* an. Sie zupfte ein paar Locken auseinander und griff dann nach der Haarspraydose. „Okay, hol tief Luft."

Kaitlyn atmete gehorsam tief durch und hielt die Luft an. Gleichzeitig legte sie schützend die Hände vor das Gesicht. Rina sprühte die Locken sorgfältig ein, zupfte das Ganze noch einmal zurecht, bevor sie erneut Haarspray auftrug und dann verkündete: „Fertig."

Kaitlyn senkte die Hände und fragte: „Wie sehe ich aus?"

Rina musterte ihre kleine Freundin, die grünen Augen, die denen ihres Vaters so sehr glichen, die vor Aufregung geröteten Wangen. Sie sah bezaubernd aus, schon jetzt verrieten ihre Gesichtszüge, dass sie einmal zu einer Schönheit heranreifen würde.

Es war wie ein Stich ins Herz, als Rina auf einmal bewusst wurde, was sie alles verpassen würde, wenn sie Kaitlyn nicht mehr täglich sah.

„Fast perfekt", erklärte sie. „Nur eins fehlt noch." Sie griff nach der Kette mit dem Herzanhänger, den ein kleiner Diamant zierte. Diese Kette trug sie, seit sie sie von ihrer Mutter zu ihrem sechzehnten Geburtstag geschenkt bekommen hatte.

Nachdem sie den Verschluss geöffnet hatte, legte sie Kaitlyn die Kette um den Hals. „Ich finde, die musst du heute Abend tragen. Denn jede Prinzessin sollte funkeln."

Kaitlyn berührte das Herz, bevor sie die Arme um Rinas Hals schlang. „Ich hab dich so lieb."

„Ich dich auch. Immer. Vergiss das nicht. Egal, was passiert, ich bin für dich da."

Kaitlyn richtete sich auf und schaute ihr in die Augen. „Ich weiß."

Rina bahnte sich einen Weg zu den vorderen Reihen im Publikum und suchte nach Cameron. Er stand auf und winkte ihr zu. Wie auf Kommando beschleunigte sich ihr Herzschlag, und mit jeder Faser ihres Körpers sehnte sie sich nach ihm. Sie hatte mal gehört, Liebe sei das Beste, was einem passieren konnte, doch ihrer Meinung nach war Liebe ziemlich qualvoll.

Weil sie die meisten Gäste im Publikum kannte und von ihnen begrüßt und aufgehalten wurde, kam sie nur langsam den Mittelgang hinunter.

„Ich habe ein Auge auf die gefleckte Katze geworfen", erklärte ihr Eddie Carberry. „Sagen Sie mir unbedingt Bescheid, wenn jemand anderes Interesse an ihr zeigt."

„Das mache ich", versicherte Rina ihr und blieb einen Moment lang stehen, um den Jogginganzug der älteren Dame zu bewundern. Passend zu Weihnachten, waren sowohl Hose als auch Jacke grün, und auf der Vorderseite, neben dem Reißverschluss, war ein Weihnachtsstern aufgestickt.

Eine Mutter, deren zwei Kinder ebenfalls an der Aufführung mitwirkten, hielt Rina auf, um sich nach einem Border-Collie-Mischling zu erkundigen. Und Alice Barns, die Polizeichefin, erzählte sehnsüchtig von einem kleinen grauen Kätzchen.

„Jetzt, wo meine Jungs ihr eigenes Leben führen, hätte ich nichts gegen so ein kleines Fellknäuel im Haus", meinte Alice. „Mein Mann hat mich erst vor ein paar Tagen richtig geschockt, als er nebenbei bemerkt hat, dass er nichts gegen eine Katze hätte. Aus seinem Mund sind solche Worte mit einer Werbekampagne gleichzusetzen."

Rina lachte und setzte ihren Weg zur vorderen Reihe fort, wo Cameron bereits auf sie wartete.

Nachdem sie Platz genommen hatte, sagte sie: „Ich glaube, unsere Weihnachtsaktion ‚Adoptier ein Haustier' wird tatsächlich ein Erfolg. Ich hatte schon Angst, dass es eine dumme Idee gewesen sein könnte, aber viele Leute zeigen Interesse. Jetzt müssen sie nur noch aufkreuzen und die Tiere auch mitnehmen, an denen sie Gefallen gefunden haben."

„Das tun sie bestimmt."

Rina wappnete sich, bevor sie Cameron ansah. Mit ruhigem Blick schaute er ihr in die Augen. Prompt wurde ihr ganz warm. Schon immer hatte er ihr ein Gefühl von Geborgenheit vermittelt. Schade nur, dass sich das als Illusion herausgestellt hatte.

„Das kannst du doch gar nicht wissen", konterte sie.

„Doch. Wir sind hier schließlich in Fool's Gold, und hier kümmert man sich umeinander."

„Meinst du mich oder die Haustiere?"

„Beides."

Ehe sie darauf antworten konnte, wurde es dunkel im Saal, und die Vorstellung begann.

Bei der Aufführung passierten die üblichen Missgeschicke. Ein paar Kindergartenkinder bekamen Angst vor den hellen Scheinwerfern und begannen zu weinen. Ein Junge aus Kaitlyns Klasse stieß einen Baum aus Pappmaschee um, und ungefähr die Hälfte der Kinder vergaß den Text. Aber

Cameron störte das nicht. Während er die Sketche ansah und den Liedern lauschte, war er einmal mehr froh darüber, dass er sich entschlossen hatte, nach Fool's Gold zu ziehen.

Kaitlyn sah aus wie die Märchenprinzessin, für die sie so schwärmte, und er wusste genau, dass er das Rina zu verdanken hatte. Er hatte im Vorwege bereits Teile des Kleides gesehen, aber erst jetzt konnte er es im Ganzen bewundern, und es war genauso geworden, wie es sich ein kleines Mädchen wünschen konnte.

„Das hättest du nicht tun müssen", flüsterte er Rina zu, nachdem er sich zu ihr hinübergebeugt hatte. „So viel Zeit und Mühe hättest du in ihr Kostüm nicht investieren müssen."

„Kein Problem. Es hat mir Spaß gemacht."

In der Dunkelheit war es schwierig, ihren Gesichtsausdruck zu erkennen, aber ihr süßer Duft stieg ihm in die Nase, und die Hitze, die sie verströmte, führte ihn einmal mehr in Versuchung.

Eine Sekunde lang gestattete Cameron sich, sehnsüchtig darüber nachzudenken, wie es wohl wäre, wenn er der Versuchung doch nachgab. Wenn er Rinas Gefühle erwidern und das annehmen würde, was sie ihm zu schenken bereit war. Wie es wäre, sie zu berühren, sie zu schmecken, sie ganz in sein Leben zu lassen.

Doch schnell kehrte er in die Realität zurück. Das durfte er nicht riskieren, aber vielleicht konnte er versuchen, zumindest das zu erhalten, was ihm am meisten bedeutete.

Offenbar spürte Rina, dass er sie anstarrte, denn sie drehte sich zu ihm herum. „Was ist?", fragte sie flüsternd.

„Später", versprach er.

Nachdem die Aufführung beendet war und die kleinen Schauspieler mit rauschendem Applaus bedacht worden waren, standen Cameron und Rina auf und nahmen ihre Mäntel.

„Die Kinder werden noch mit Cupcakes und Punsch belohnt, bevor sie wieder zu ihren Familien kommen", meinte Rina lächelnd. „Als wären sie von der Aufführung noch nicht aufgedreht genug, wollen die Lehrer wohl mit einer zusätzlichen Portion Zucker für einen Kick sorgen, was?"

Cameron wusste, er sollte lachten oder zumindest lächeln, aber es gelang ihm nicht. Er schnappte nach ihrer Hand und zog Rina in die Mitte der sich schnell leerenden Reihe.

„Wir brauchen dich", meinte er eindringlich. „Kaitlyn und ich. Wir sind Freunde. Das hast du selbst gesagt. Bitte geh nicht. Wir können doch alles beim Alten lassen."

Das Glitzern in ihren blauen Augen schwand, und ihr Mund verzog sich zu einer harten Linie.

„Du meinst, ich soll meine Träume aufgeben, weil es für dich so praktisch ist, mich bei euch zu haben? Was hätte ich davon, Cameron? Abgesehen von einem Gehaltsscheck am Ende jeder Woche? Eine Familie? Jemanden, den ich lieben kann und der meine Liebe erwidert? Du willst das Beste von mir, ohne ein Risiko einzugehen. Ohne selbst etwas von dir zu geben. Vergiss es. Du kannst dir jemanden kaufen, der sich um deine Tochter kümmert, aber *mich* kannst du nicht kaufen. Die Zeiten sind vorbei."

„So habe ich das doch nicht gemeint. Du kannst doch

trotzdem noch ein Privatleben ohne uns haben. Du kannst dich verabreden."

Sie zuckte zusammen. „Sicher. Weil es dich überhaupt nicht stören würde, wenn ich mit einem anderen Mann zusammen wäre. Verstehst du nicht, dass das der triftigste Grund für mich ist zu gehen?"

Eigentlich hatten sie auf Kaitlyn warten und dann gemeinsam nach Hause fahren wollen, um mit einer Portion Popcorn zu feiern und die letzte Weihnachtsdeko aufzuhängen. Aber Rina machte einen Schritt von ihm fort.

„Ich gehe zu Kaitlyn und sage ihr, dass ich wegmuss."

Cameron streckte die Hand nach ihr aus, aber Rina stand zu weit von ihm entfernt. „Warte."

„Nein, ich habe genug vom Warten. Mein Leben soll weitergehen."

6. KAPITEL

Warum ist Rina nicht da, um mich für die Schule fertig zu machen?", fragte Kaitlyn am folgenden Donnerstagmorgen.

Cameron bürstete vorsichtig das Haar seiner Tochter. „Sie ist im Moment so beschäftigt mit der Adoptionsaktion, die am Samstag stattfindet. Da hat sie so viel anderes zu tun."

Er wusste, dass Rina ihm aus dem Weg ging, aber das wollte er nicht laut sagen. Was auch immer zwischen ihm und Rina vor sich ging, es hatte nichts mit Kaitlyn zu tun.

„Wir haben uns noch gar nicht überlegt, was wir ihr zu Weihnachten schenken wollen", informierte ihn seine Tochter. „Ich will nicht, dass wir ihr einen Pullover oder so kaufen. Rina hat uns lieb. Wir müssen ihr was schenken, womit wir ihr zeigen, dass wir sie auch lieb haben."

Das war eine Unterhaltung, auf die er liebend gern verzichtet hätte. „Liebe ist kompliziert", begann er, doch seine Tochter schüttelte den Kopf.

„Gar nicht. Es ist ganz einfach. Liebe ist, wenn einem jemand anderes wichtiger ist als man sich selbst. Es ist wie mit Mommy. Sie hat uns nicht doll lieb gehabt, und deshalb ist sie weggegangen. Denn wenn sie uns mehr gemocht hätte, wäre sie ja bei uns geblieben. Menschen, die dich lieb haben, wollen bei dir sein. Und wir wollen die Menschen, die wir lieben, auch immer um uns haben."

Cameron legte die Bürste beiseite und drehte seine Tochter herum, damit sie ihn anschauen konnte.

„Es tut mir leid, dass deine Mutter nicht mehr da ist."

„Ich weiß, aber es ist ja nicht dein Fehler." Sie zog die Nase kraus. „Manchmal bin ich ein bisschen traurig, dass sie weg ist, aber meistens denke ich gar nicht daran." Sie strahlte ihn an. „Du solltest auch nicht traurig sein, wir haben doch Rina." Plötzlich riss sie die Augen auf. „Ich weiß was! Warum nimmst du nicht Rina zur Freundin? Dann hättest du eine echte statt einer Internetfreundin."

Er starrte seine Tochter an, nicht sicher, wo er anfangen sollte. „Ich suche keine Internetfreundin."

„Hast du neulich aber getan."

„Das war eine blöde Idee."

„Was ist mit Rina? Wir haben uns alle doch schon ganz doll lieb."

„Das ist etwas anderes."

„Warum?"

„Ist einfach so."

Sie seufzte und murmelte etwas, was ziemlich nach „Nein, ist es nicht" klang, aber er ignorierte den Kommentar. Diesen Streit konnte er sowieso nicht gewinnen.

Kaitlyn drehte ihm wieder den Rücken zu, damit er ihr einen Zopf flechten konnte. „Rina ist hübsch."

„Ja, das ist sie."

„Sie kocht uns immer unser Lieblingsessen, und wir lachen ganz viel zusammen."

„Ich weiß."

„Du hast sie gern geküsst."

Die Wahrheit traf ihn mit der Wucht eines Faustschlags. Er hatte sie wirklich gern geküsst. Supergern sogar, wie seine Tochter sagen würde. Aber er konnte sich nicht auf diese Art und Weise mit Rina einlassen.

„Kaitlyn …“, begann er.

Sie seufzte. „Ich sag ja schon nichts mehr.“

„Danke.“

Camerons Sprechstunde war an diesem Morgen gut besucht. Simon Bradley, Chirurg an der örtlichen Klinik, brachte seinen Pudel CeCe zur vierteljährlichen Untersuchung. Seit Simon und seine Verlobte das kleine Tier aufgenommen hatten, arbeitete es nicht länger als Therapiehund.

Cameron hatte jedes Mal wieder Spaß daran, wenn er einen großen, kräftigen Mann dabei beobachtete, wie der liebevoll mit einem winzigen Hund sprach. Das würde er Simon natürlich nicht erzählen. Als CeCe noch im Krankenhaus eingesetzt worden war, um Kinder zu trösten, die unter Verbrennungen litten, war sie häufiger zur Untersuchung in seiner Praxis gewesen. Sie hatten ausschließen müssen, dass sie irgendwelche Krankheiten hatte, die sie auf die Patienten hätte übertragen können.

„Du weißt, dass Rina heute nicht hier ist?“, fragte er, nachdem er CeCes Herz abgehorcht hatte. Normalerweise wurde der Pudel nach seiner Untersuchung noch im Hundesalon abgegeben.

„Ja, ich weiß. Sie hat es mir erzählt, als sie angerufen hat.“

„Rina hat dich angerufen?“

Simon nickte. „Um die Termine umzulegen. Dabei hat sie auch erwähnt, dass sie neue Räume für ihren Salon sucht. Weil sie mehr Platz braucht.“

Cameron nickte. Das war die Ausrede, die sie sich ausgedacht hatte. Er wusste, dass Rina diese Halbwahrheit verbreitete, um sowohl Kaitlyn als auch ihn zu schützen. Wenn sie aller Welt verkündete, dass sie leider gezwungen war, aus seiner Praxis zu ziehen, weil der Mann, den sie liebte, zu dumm oder zu egoistisch war, um ihre Gefühle zu erwidern, machte das keinen guten Eindruck. Jedenfalls nicht, was ihn betraf. Und das wollte sie nicht.

Er fluchte leise vor sich hin. Warum musste sie zu allem Überfluss auch noch so verdammt edel sein?

„Was?", fragte Simon besorgt. „Ist mit CeCe alles in Ordnung?"

„Ja. Entschuldige." Cameron richtete sich auf. „Ihr geht es gut. Es ist etwas anderes. Ich habe Stress mit einer Frau."

„Oh, oh. Das Problem kenne ich", gab Simon grinsend zu. „Obwohl ich gestehen muss, ich war selbst schuld."

Etwas nachdenklicher fügte er hinzu: „Montana hat mir ihr Herz geschenkt, und ich bin geflüchtet. Oder habe es zumindest versucht. Ich habe mir eingeredet, dass es einfacher wäre, keine Beziehung zu haben, als das Risiko einzugehen, die Frau, die ich liebe, zu verlieren. Ich dachte, damit hätte ich alles unter Kontrolle." Er schüttelte den Kopf. „Was für ein Quatsch. Bei Herzensangelegenheiten hat man keinerlei Kontrolle. Wenn ich daran denke, wie erbärmlich ich geklungen habe, als ich versucht habe, tapfer zu sein, obwohl ich tierische Angst hatte. Ich hätte alles verlieren können. Also, wenn sie auch nur halb so fantastisch ist wie Montana, dann solltest du deinen Stolz runterschlucken, dich für das entschuldigen, was du angestellt hast, und sie anflehen, dich zurückzunehmen."

„Interessanter Ratschlag."

„Ein guter Ratschlag", korrigierte Simon ihn.

Als Cameron später am Nachmittag in sein Büro zurückkehrte, um den Papierkram zu erledigen, merkte er, dass er nicht aufhören konnte, an Simons Worte zu denken. Daran, dass Simon fast das verloren hätte, was ihm am meisten bedeutete. Das Problem war bloß: Wenn Cameron jetzt alles riskierte, um das zu verhindern, konnte er weder sich noch Kaitlyn beschützen. Sie beide könnten …

Er lehnte sich auf seinem Schreibtischstuhl zurück und schloss die Augen. Wem wollte er eigentlich etwas vormachen? Wovor wollte er sich schützen? Davor, Rina in sein Leben zu lassen? Davor, sie zu einem integralen Bestandteil seiner Zukunft zu machen? Davor, sie zu vermissen? Dazu war es längst zu spät. Es war zu spät, um Kaitlyn davor zu bewahren, womöglich eine weitere Mutter zu verlieren. Sie hatte keine Erinnerungen an ihre leibliche Mutter, aber an Rina würde sie sich erinnern. Sie liebte Rina. Und, darauf hatte seine kluge achtjährige Tochter ihn auch hingewiesen, er liebte Rina ebenfalls.

Er stand auf, ohne zu wissen, was er als Nächstes denken oder tun sollte. Da traf ihn die Erkenntnis wie ein Blitzstrahl. Er liebte Rina. Deshalb hatte ihr Geständnis ihn so in Angst und Schrecken versetzt, deshalb hatte er an ihrer Beziehung nichts verändern wollen. Wenn er sie liebte, konnte sie ihn verletzen. Dass seine Exfrau ihn verlassen hatte, war ein Schock gewesen, aber er hatte einfach weitergemacht. Rückblickend stellte er fest, dass er sie längst nicht so sehr vermisst hatte, wie er es hätte tun sollen. Aber wenn Rina ging, würde für ihn eine Welt zusammenbrechen. Und für seine Tochter auch.

Davor hatte er Angst gehabt. Sie zu verlieren. Statt also ein Risiko einzugehen, hatte er sie von sich gestoßen. So wie Simon es mit Montana getan hatte. Er hatte geglaubt, wenn er über den Kurs ihrer Beziehung entschied, konnte er die Kontrolle über alles behalten.

Spontan zog er den weißen Arztkittel aus und griff nach seiner Jacke, ehe er abrupt innehielt. Er konnte nicht einfach zu Rina marschieren und verkünden, dass er seine Meinung geändert hatte. Dass er sie jetzt wollte. Er hatte ihr wehgetan und ihr das Gefühl gegeben, nicht gut genug zu sein. Er hatte das, was sie ihm geboten hatte, achtlos beiseitegewischt und die Sache noch verschlimmert, indem er versucht hatte, sie als Nanny auf Abruf bei sich zu behalten.

Sie war die Frau, die er liebte; die Frau, mit der er den Rest seines Lebens verbringen wollte. Er musste sich ihr gegenüber beweisen, um sie zurückzugewinnen. Was bedeutete, dass er einen Plan brauchte. Eine Möglichkeit, sich zu entschuldigen und zu beweisen, dass sie genau das war, wovon er immer geträumt hatte.

Das war nicht so einfach, wenn er sich überlegte, wie idiotisch er sich verhalten hatte.

Er ging zur Tür und überlegte, dass er froh sein konnte. Rina war im Moment sehr mit der Adoptionsaktion beschäftigt. Da hatte sie bestimmt noch keine Gelegenheit gehabt, sich jemand anderes zu suchen oder sich zu entlieben. Jetzt musste er sie nur noch davon überzeugen, dass er es wert war, dass sie zu ihm zurückkam. Dass er jemand war, dem sie vertrauen konnte … in allen Lebenslagen. Und er wusste auch schon, wie er das anstellen würde.

Der Lärm im Veranstaltungszentrum von Fool's Gold war ohrenbetäubend. Der Betonklotz war eigentlich als großes Einkaufszentrum geplant worden, doch daraus war nie etwas geworden. Ungefähr vor elf Jahren hatte die Stadt das Gebäude übernommen und es zu einem Veranstaltungszentrum umgebaut. Dementsprechend schlecht war die Akustik. Vor allem wenn fast dreißig Hunde bellten, Kinder grölend umherliefen und lautes, böses Fauchen aus der Katzenecke zu hören war.

Mittendrin stand Rina, beantwortete lächelnd die unterschiedlichsten Fragen und bestätigte, dass die Papiere für die Adoptionen korrekt ausgefüllt waren.

Der kleine Bereich, der für die Adoptionsveranstaltung abgetrennt worden war, war festlich geschmückt, wobei die Papier- und Plastikdeko sorgfältig außerhalb der Reichweite der Hunde aufgehängt worden war. Rina und ihre freiwilligen Helfer trugen rote langärmlige T-Shirts mit dem Schriftzug „Adoptier ein Haustier" und einer witzigen Zeichnung, die Hund und Katze darstellte. Die echten Hunde hatten lackierte Nägel und hübsche Halsbänder, die Katzen Halsbänder in bunten Farben. Nur beim Leguan hatte Rina auf Schmuck verzichtet.

Schon zu Beginn der Veranstaltung hatte eine größere Menschenmenge vor der Tür gewartet, und die Adoptionen liefen gut an. Was Rina verwirrte, waren die Gesprächsfetzen, die sie hin und wieder aufschnappte.

„Dr. McKenzie ist gestern Nachmittag noch vorbeigekommen“, erzählte Eddie Carberry einer Freundin, während sie den Korb mit der neuen Katze hochhielt. „Er hat uns erklärt, wie wir uns am besten um Marilyn kümmern sollen.“ Die gut Siebzigjährige grinste. „Ich habe sie nach Marilyn Monroe benannt. Sie haben die gleichen Augen.“

Eine Familie, die einen Beaglemischling an der Leine hielt, blieb kurz stehen, um Rina zu danken. „Wir haben ihn schon ins Herz geschlossen“, sagte der älteste Junge, der vielleicht zehn oder elf war, ganz ernst. „Dr. McKenzie hat uns gesagt, wie wichtig es ist, dass wir die Verantwortung für ihn übernehmen. Wir kümmern uns ganz bestimmt gut um ihn. Versprochen.“

Die Mutter seufzte. „Es war wirklich beeindruckend. Der Doktor hat es toll gemacht. Na ja, und der Gutschein für eine kostenlose Untersuchung in sechs Monaten ist natürlich auch klasse.“

„Ich verstehe nicht ganz“, meinte Rina. „Er ist extra bei Ihnen vorbeigekommen?“

Die Frau nickte. „Soweit ich weiß, ist er zu allen gegangen, die schon im Vorwege Interesse an einem Tier bekundet haben. Er wollte, dass wir gut vorbereitet sind, damit wir die ersten Tage, wenn das Tier sich einleben muss, gut überstehen. Außerdem hat er uns Ratschläge gegeben, was das Futter und den Auslauf anbelangt. Das war sehr hilfreich, und dann hat er uns auch noch die kostenlose Untersuchung angeboten. Ein toller Mann.“

„Hey, das habe ich gehört“, warf ihr Mann ein.

Die Frau lachte nur.

Rina unterhielt sich noch ein paar Minuten lang mit der Familie, bevor sie losging, um Jesse zu suchen.

„Was weißt du darüber, dass Cameron losgezogen ist und mit den Familien gesprochen hat, die ein Tier adoptieren wollten?“

Jesse reichte Rina einen Stoffbeutel und begann, Katzentrockenfutter hineinzufüllen. Jedes Tier, das adoptiert worden war, bekam Futter für einen Monat mit.

„Wusstest du das nicht?“, fragte Jesse erstaunt. „Er hat Donnerstagnachmittag und gestern fast den ganzen Tag damit zugebracht, mit den Leuten zu reden, die Interesse an einem Tier gezeigt haben. Hat er dir das nicht erzählt?“

Rina schüttelte den Kopf. „Nein. Er bietet allen außerdem noch eine kostenlose Untersuchung an.“

Jesse lächelte. „Er will, dass deine Aktion ein Erfolg wird. Du solltest dich freuen.“

„Das tue ich ja auch. Es ist nur so merkwürdig.“

Cameron hatte die Sache mit keinem Wort erwähnt. Okay, sie hatte ihn in den letzten Tagen auch nicht gesehen, weil sie so beschäftigt gewesen war. Zumindest hatte sie sich damit herausgeredet. Jetzt musste sie nur noch die Feiertage überstehen. Und dann konnte sie anfangen zu vergessen, dass sie sich je in ihn verliebt hatte.

Jesse nahm den Beutel mit dem Futter. „Akzeptier es doch einfach als das, was es ist. Eine sehr nette Geste.“

Rina nickte und ging wieder an die Arbeit.

Gegen drei Uhr am Nachmittag waren alle Tiere adoptiert und das Tierfutter verteilt worden, und so manche Dekoration hing inzwischen schief. Dankbar hatte Rina die Hilfe beim Aufräumen angenommen, bevor sie alle nach Hause geschickt hatte. Es mussten nur noch ein paar Stühle gestapelt werden, und das konnte sie gut alleine schaffen.

Ein paar Minuten später hatte sie gerade ihren Rucksack geschnappt und wollte zu ihrem Auto gehen, als die Seitentür geöffnet wurde.

Ehe sie rufen konnte, dass die Veranstaltung beendet war, erkannte sie, dass es sich gar nicht um potenzielle Interessenten für ein Haustier handelte. Stattdessen kamen Cameron und Kaitlyn auf sie zu.

Drei Tage lang hatte sie die beiden nicht gesehen, und es kam ihr wie eine kleine Ewigkeit vor. Am liebsten wäre sie zu ihnen geeilt und hätte Kaitlyn an sich gedrückt. Sie wollte, dass Cameron sie in die Arme schloss und nach Hause brachte. Sie wollte die Zuneigung der beiden spüren und wieder zusammen mit ihnen lachen. Aber das sollte ja leider nicht sein.

„Ich habe gehört, dass alle Tiere adoptiert worden sind“, sagte Cameron, als er näher kam. „Herzlichen Glückwunsch.“

„Du hattest ja keinen geringen Anteil daran“, erwiderte sie und hoffte, dass sie einfach nur freundlich aussah und nicht wie eine verzweifelte Frau, deren Liebe nicht erwidert wurde. „Vielen Dank für deine Hilfe.“

„Das war ja das Mindeste, was ich tun konnte.“ Er deutete auf ihren Oberkörper. „Mir gefällt dein T-Shirt.“

Sie blickte auf den Slogan „Adoptier ein Haustier“.

„Danke, ich fand die Idee ganz nett. Und die Freiwilligen hatten so das Gefühl, etwas Besonderes zu sein, und …“

Während sie sprach, hatten Cameron und Kaitlyn angefangen, sich die Mäntel auszuziehen. Darunter kamen ähnliche T-Shirts zum Vorschein … Nur dass der Aufdruck bei ihnen leicht verändert war. Auf Camerons T-Shirt stand: „Adoptier einen Tierarzt“, und Kaitlyns verkündete: „Adoptier eine Tierarzttochter!“. Statt des Tiercartoons prangte auf ihren Shirts ein Bild von ihnen dreien, das am Ende des Sommerfestivals in diesem Jahr aufgenommen worden war.

Ein Fünkchen Hoffnung keimte in ihr auf. Ein kleiner, zarter Hoffnungsschimmer. „Ich verstehe nicht“, flüsterte sie.

Cameron kam zu ihr. „Rina, es tut mir leid. Ich war blind, dumm, und ich hatte Angst. Ich hatte nicht vor, mich zu verlieben, also habe ich es gar nicht gemerkt, als es passiert ist. Ich habe die hübsche, die wunderbare und ganz besondere Frau, die direkt vor meiner Nase stand, gar nicht richtig wahrgenommen.“

Rina holte tief Luft. „So was soll vorkommen“, brachte sie mühsam heraus.

Er machte noch einen Schritt auf sie zu und griff nach ihren Händen. Der Blick, mit dem er sie ansah, war wie ein Versprechen.

„Als ich dich neulich Abend geküsst habe, habe ich auf einmal gespürt, was alles möglich wäre, und das hat mir Angst gemacht. Ich hatte Angst, weil ich geglaubt habe, Liebe bedeutet Verlust. Und die Vorstellung, dich zu verlieren, war mir unerträglich. Du bist stark und unglaublich nett und der großzügigste Mensch, den ich kenne. Ich vertraue dir mein Herz an, und, noch viel wichtiger, ich vertraue dir meine Tochter an."

Rina schaute zu der Kleinen, die vor Aufregung von einem Bein aufs andere hüpfte. Offenbar hatte sie versprochen, still zu sein, doch es fiel ihr sichtlich schwer, dieses Versprechen einzuhalten. Als Rina ihr zulächelte, presste Kaitlyn eine Hand auf den Mund und wirbelte im Kreis herum.

„Es tut mir leid, dass ich dich und das, was du mir angeboten hast, neulich abgewiesen habe", fuhr Cameron fort und lenkte damit ihre Aufmerksamkeit wieder auf sich. „Es tut mir leid, dass ich nicht erkannt habe, was du alles für uns tust. Aber ich weiß es jetzt. Und ich hoffe, du gibst mir noch eine Chance. Kaitlyn und ich, wir lieben dich." Er lächelte seine Tochter an. „Wir möchten dich heiraten und mit dir eine Familie gründen."

„So wie wir es jetzt sind!" Die Worte sprudelten aus Kaitlyn heraus, als sie auf sie zugerannt kam.

Im nächsten Moment umarmten sie sich, als wollten sie sich nie wieder loslassen.

Rina spürte, wie der Schmerz verschwand und der Erkenntnis wich, dass Träume tatsächlich wahr werden konnten. Cameron und seine Tochter zu lieben war das Beste, was ihr je passiert war. Und so würde es auf immer und ewig bleiben.

7. KAPITEL

Der Weihnachtsmorgen begann früh, als Rina nämlich um kurz vor sechs sanft geschüttelt wurde. Sie öffnete die Augen und sah, dass Kaitlyn auf sie niederblickte.

„Du warst doch schon wach, oder?“, fragte die Kleine ängstlich. „Daddy hat gesagt, ich soll dich nicht wecken.“

Rina lachte. „Ich war schon so gut wie wach.“

„Gut. Unter dem Tannenbaum liegen ganz viele Geschenke, und außerdem schneit es! Ich weiß ja, dass der Schnee nicht liegen bleibt, aber es ist Weihnachten, und es schneit! Komm schon, steh auf!“

Rina setzte sich auf und reckte sich. Sie trug einen rotweiß gestreiften Pyjama, der aussah wie eine Zuckerstange. Kaitlyn trug genau den gleichen, und irgendwo im Haus lief Cameron mit einem Pyjama im selben Muster herum. Es war ein frühes Weihnachtsgeschenk ihres Verlobten gewesen.

Als sie aus dem Bett aufstand, funkelte ihr Verlobungsring im Licht. Noch ein frühes Weihnachtsgeschenk, das Cameron ihr am vergangenen Abend überreicht hatte. Und nachdem Kaitlyn im Bett gewesen war, hatte der Abend noch weitere wunderbare Überraschungen bereitgehalten.

Normalerweise ging sie nach dem Abendessen nach Hause. Sie und Cameron waren sich einig gewesen, dass es vielleicht besser wäre, wenn sie vorerst nicht über Nacht blieb, sondern wartete, bis sie in wenigen Wochen verheiratet waren. Dann hatte Kaitlyn Rina jedoch gebeten, am Heiligabend bei ihnen zu schlafen. Und irgendwann, so gegen zwei Uhr nachts, war Rina widerstrebend aus Camerons Bett aufgestanden, um den Rest der Nacht anstandshalber im Gästezimmer zu verbringen.

Noah trottete ins Zimmer, dicht gefolgt von Cameron, der auch in einem leicht albernen rot-weiß gestreiften Pyjama eine gute Figur machte.

„Frohe Weihnachten“, sagte er. „Ich habe schon einen Kaffee aufgesetzt.“

„Und Kakao für mich“, warf Kaitlyn ein. „Und sie war schon wach, Daddy. Mehr oder weniger.“

„Gebt mir fünf Minuten Zeit“, murmelte Rina und lächelte die beiden an. „Dann leiste ich euch Gesellschaft.“

Sie ging ins Bad, putzte sich die Zähne und schlüpfte in ein Paar Hausschuhe, ehe sie Cameron und Kaitlyn in die Küche folgte. Draußen schneite es noch immer, Terrasse und Garten sahen aus wie mit Puderzucker bestreut. Nur Noahs Pfotenabdrücke störten ein wenig den Eindruck von unberührter Natur.

Ehe er Rina einen gefüllten Kaffeebecher reichte, zog Cameron sie an sich und küsste sie. Dann streckte er den Arm nach Kaitlyn aus.

„Familienknuddeln“, sagte die Kleine und seufzte zufrieden. „Daddy, ich freu mich wirklich über die Geschenke, aber das hier ist das beste von allen.“

„Für mich auch“, sagte Rina.

„Für uns alle“, stimmte Cameron zu.

Kaitlyn schaute zu ihnen auf und lächelte. „Siehst du. Ich

hab's dir doch gesagt. Wir mussten Rina etwas schenken, damit sie weiß, dass wir sie lieben. Und wir haben ihr einfach uns beide geschenkt."

– ENDE –

Susan Mallery

Mit Küssen und Nebenwirkungen

Roman

Aus dem Amerikanischen von
Ivonne Senn

mtb

1. KAPITEL

„Stopp! Kommen Sie nicht näher.“

Paige McLean starrte den Mann an, der zwischen ihr und der Eingangstür zum Haus ihrer Freundin stand. Normalerweise störten eindeutige Anordnungen sie nicht, aber diese kam definitiv ungelegen, denn sie war ohnehin spät dran.

„Oder was?“, fragte sie daher ungehalten und klemmte ihre Yogamatte unter den Arm, während sie gleichzeitig versuchte, ernst und einschüchternd dreinzuschauen. In beidem war sie nicht sehr gut. „Das hier ist ein öffentlicher Bürgersteig. Sie werden mich nicht davon abhalten, dort hinzugehen, wo ich hinwill.“

Technisch gesehen standen sie auf einem privaten Bürgersteig, aber wenn der Mann nicht zufällig Anwalt oder Landvermesser war, wusste er das nicht unbedingt.

Der Mann hielt sich die Hand vor den Mund und hustete. Dann winkte er sie mit der anderen Hand fort. „Ich meine es ernst. Ich bin ansteckend.“

Er hat eine nette Stimme, dachte sie. Sexy, mit britischem Akzent. Die Aufregung darüber schwand aber schnell, als ihr bewusst wurde, was er gerade gesagt hatte.

„Oh.“ Sie trat einen Schritt zurück. „Was stimmt denn nicht mit Ihnen?“ Sie wollte nicht unhöflich klingen, also fügte sie hinzu: „Also medizinisch gesehen, meine ich. Ihre persönlichen Befindlichkeiten gehen mich nichts an.“

„Persönliche was?“

„Befindlichkeiten. Sie wissen schon. Ob Sie bindungsscheu sind oder zu schnell fahren. Was auch immer. Das ist mir egal. Wir haben alle unsere Fehler. Ich zum Beispiel nehme immer erst einmal das Beste von anderen Menschen an, was vermutlich kein echter Fehler ist. Bislang bin ich noch nie enttäuscht worden. Außerdem bin ich mir immer unsicher, wie viel Trinkgeld man geben sollte. Ich habe gehört, das Doppelte der Mehrwertsteuer ist ein guter Satz, aber haben die unterschiedlichen Staaten nicht auch unterschiedlich hohe Steuersätze? Kann man sich darauf also wirklich verlassen?"

Sie unterbrach sich, um in seine blauen Augen zu schauen. Die Pupillen waren leicht erweitert und sein Blick wirkte unstet. „Geht es Ihnen gut?"

„Nicht wirklich."

Die Haustür wurde geöffnet und Simon Bradley, der Mann von Paiges Freundin Montana, kam heraus.

„Paige, du musst dich von ihm fernhalten."

„Das hat er mir auch schon gesagt. Was ist denn los?"

Simon seufzte. „Alistair Woodbury ist ein Kollege von mir. Er ist zu Besuch hier. Unglücklicherweise hat er die Masern. Offensichtlich hat seine Impfung nicht gewirkt."

„Oh-oh." Paige hatte zwar keine eigenen Kinder, doch sie wusste, dass Masern und schwangere Frauen keine gute Kombination waren. Und Montana war ungefähr im siebten Monat. „Er kann nicht bei euch bleiben."

„Das wissen wir, danke", erwiderte Alistair hustend. Er war blass und sah aus, als habe er Schüttelfrost.

„Was wollt ihr tun?", fragte Paige. Ein Hotel kam nicht infrage. Touristen einem akuten Fall von Masern auszusetzen würde den Ruf des besten Hauses ruinieren.

„Ich höre mich gerade um", erklärte Simon.

„Er kann bei mir wohnen", sagte Paige, bevor sie sich zurückhalten konnte. „Ich hatte schon Masern. Wow, das war ein fieser Ausschlag. Ich erinnere mich noch zu gut dran. Tante Sophia hat Fotos gemacht. Die habe ich immer noch."

„Wie hilfreich", sagte Alistair.

Paige zeigte mit dem Finger auf ihn. „Das ist nicht nett. Sie sind in einer fremden Stadt und krank, und ich bin die Einzige, die zwischen Ihnen und der Quarantänestation des Krankenhauses steht. An Ihrer Stelle wäre ich ein wenig höflicher."

Alistair überraschte sie, indem er ein etwas schwaches, aber sympathisches Grinsen aufblitzen ließ. „Guter Punkt. Ich entschuldige mich."

„Das ging jetzt aber schnell."

„Da ich kurz vorm Umfallen bin, wollte ich keine Zeit verschwenden." Während er sprach, schwankte er leicht.

Paige schüttelte den Kopf. „Okay, das hier dauert schon zu lange. Simon, ich nehme an, du wirst mir bestätigen, dass dein Freund kein Serienmörder ist und ich in seiner Nähe sicher bin? Bitte sag Montana, dass sie heute alleine Yoga machen muss. Ich bringe Alistair nach Hause und melde mich dann wegen weiterer Instruktionen. Ich schätze, du weißt, was ich mit ihm tun muss?"

„Natürlich. Viel Flüssigkeit und das Fieber unten halten."

Alistair schaute sie an. „Ich sollte mich nicht so in Ihr Leben drängen."

„Nein, das sollten Sie nicht, aber Sie werden es trotzdem tun. Das wird lustig. Ich bin eine sehr charmante Gesellschafterin. Was nicht wirklich wichtig ist, denn Sie sehen aus, als würden Sie jeden Moment ohnmächtig. Versuchen Sie bitte, bei Bewusstsein zu bleiben, bis wir bei mir sind, ja? Ich kann Sie nicht tragen, und es würde Ihnen vermutlich nicht gefallen, von mir über den Boden geschleift zu werden."

Alistair wandte sich an Simon. „Du kennst sie hoffentlich wirklich?"

„Sehr lustig", sagte Paige. „So, bleiben Sie genau da stehen, ich packe eben meine Yogamatte in den Kofferraum. Ich will nicht, dass sie die Masern bekommt."

Sie eilte zu ihrem Kleinwagen und warf die Matte in den Kofferraum. Auf dem Weg dorthin schnappte sie sich den auf dem Weg stehenden Koffer, von dem sie annahm, dass er Alistair gehörte, und stellte ihn auf die Rückbank. Dann kehrte sie zu ihm zurück und legte ihm einen Arm um die Taille.

„Okay, Wertester. Bringen wir Ihren britischen Luxuskörper in mein bescheidenes Heim. Sie dürfen jetzt losgehen."

„Wie Sie wünschen."

Er legte einen Arm um ihre Schultern und stützte sich auf sie, während sie sich langsam auf den Weg zum Wagen machten. Simon blieb in der Nähe, aber weit genug weg, um möglichen Viren auszuweichen.

„Ich rufe dich an", versprach er.

„Nein, ich rufe dich an", entgegnete Paige. „Lass mich

deinen Freund erst mal versorgen. Ich melde mich in ungefähr einer halben Stunde."

„Ich bin hier."

Dessen war sie sicher. Simon war Arzt, aber mehr noch war er ein Mann, der bald zum ersten Mal Vater wurde. Er betete seine Frau an und trieb sie mit seinen ständigen Sorgen beinahe in den Wahnsinn. Paige hatte das dumpfe Gefühl, die gesamte Front des Hauses und der Weg zur Straße würden noch vor Sonnenuntergang gründlich desinfiziert werden.

Alistair gab sich große Mühe, ihr nicht zu sehr zur Last zu fallen. Erschöpft ließ er sich auf den Beifahrersitz sinken, was sie zu dem Gedanken brachte, dass es wesentlich schwerer würde, ihn wieder aus dem Auto herauszukriegen.

Als sie sich über ihn beugte, um ihn anzuschnallen, spürte sie die Hitze, die er ausstrahlte. Leider war es keine sexy Hitze, sondern eine, die von hohem Fieber herrührte. Oje, hoffentlich gehörte es nicht zum Krankheitsbild von Masern, sich zu übergeben, denn diesen Mann hatte es schwer erwischt, und er würde garantiert alle Symptome zeigen, die diese Krankheit aufzuweisen hatte.

Sie fuhr durch die ruhigen Straßen von Fool's Gold und hielt in weniger als zehn Minuten vor ihrem kleinen Häuschen.

„Bleiben Sie sitzen", befahl sie Alistair, was angesichts seiner geschlossenen Augen und dem leicht wackelnden Kopf vermutlich überflüssig war – er schien kurz vor der Ohnmacht zu stehen.

Sie rannte ins Haus und die Treppe hinauf.

Vor einundzwanzig Jahren hatte die damals fünfjährige Paige den Verlust ihrer Eltern ertragen müssen. Ihre einzige Familie war ihre Großtante Sophie, die seit vierzig Jahren Nonne war. Als Sophie von der Tragödie hörte, hatte sie den Orden sofort verlassen und war nach Fool's Gold gereist, um Paige in ihre Obhut zu nehmen. Sie war in das Haus eingezogen und hatte Paige wie ein eigenes Kind aufgezogen.

Vor sechs Monaten hatte Paige ihre geliebte Tante verloren.

Jetzt eilte sie über den kurzen Flur zu Sophies Zimmer. Sobald sie die Schwelle überschritten hatte, hielt sie für eine Sekunde inne und gedachte der wundervollen Frau, die alles aufgegeben hatte, um sich ihrer Großnichte anzunehmen.

„Hey, Sophie", flüsterte Paige. „Da ist ein Engländer, der eine Weile hierbleiben möchte. Was hältst du davon?"

Sie hatte das Gefühl, Sophie würde es gutheißen. Sich um andere Menschen zu kümmern, war ihre Berufung gewesen.

Paige beeilte sich, das Bett neu zu beziehen und ein Fenster zu öffnen, um etwas frische Luft hineinzulassen. Für Mai war es schon schön warm, und die leichte Brise trug den Duft nach Blumen und frisch gemähtem Rasen herein.

Als sie fertig war, rannte sie die Treppe wieder hinunter und zum Auto. Alistair saß noch genau da, wo sie ihn zurückgelassen hatte. Sie öffnete die Beifahrertür und sagte seinen Namen. Er rührte sich nicht.

„Alistair“, sagte sie etwas lauter. „Jetzt nur nicht bewusstlos werden. Wir müssen noch eine Treppe hoch.“

Er öffnete die Lider und gab den Blick auf dunkelblaue Augen frei. „Ich glaube nicht, dass ich das schaffe.“

„Mit dem richtigen Glauben ist alles möglich, mein Freund. Ich bin von einer Nonne aufgezogen worden. Ich muss es wissen.“

„Von einer Nonne? Wirklich?“

„Ja, wirklich. So, jetzt reißen Sie sich noch mal kurz zusammen. Wir steigen aus dem Wagen aus.“

Seine Lider schlossen sich wieder. „Lassen Sie mich einfach hier.“

„Auf gar keinen Fall. Dann rufen meine Nachbarn ganz sicher die Polizei.“

„Ich dachte, Amerikaner wären immer freundlich.“

„Sind wir auch, deshalb lassen wir Fremde nicht in Autos sitzen.“ Sie beugte sich über ihn und löste den Gurt, dann zog sie seine Beine zu sich, bis die Füße über dem Asphalt baumelten.

„Kommen Sie“, ermunterte sie ihn. „Sie schaffen das.“

„Nein, schaff ich nicht.“

„Oh, da muss aber jemand an seiner Einstellung arbeiten.“ Sie richtete sich auf und überlegte, ob sie stark genug war, ihn hochzuheben. So schnell der Gedanke kam, so schnell schob sie ihn beiseite. Alistair war gute zwanzig Zentimeter größer als sie und sah gut trainiert aus.

„Sie sind Brite, richtig?“

Langsam öffnete er die Augen. „Ich dachte, das hätten wir bereits geklärt. Ja, bin ich.“

„Kennen Sie irgendjemanden aus der königlichen Familie? Ich finde nämlich, ich würde eine fabelhafte Prinzessin abgeben. Harry ist doch immer noch Single, oder nicht?“

„Prinz Harry? Ja, ich glaube schon.“

„Kennen Sie ihn?“

„Ich habe ihn ein paar Mal getroffen, ja.“

Paige starrte ihn an. „Wie bitte?“

„Ich habe ihn getroffen. Im Haus meines Vaters.“

„Was hat Harry da gemacht?“

„Polo gespielt.“

„Sie spielen Polo?“

„Ja, aber nicht sehr gut.“

„Ich weiß genau, wovon Sie sprechen – ich sollte mein Spiel auch ein wenig verbessern.“

Er schaute sie an. „Sie spielen auch?“

„Natürlich. Jede Woche. Nur ich und die Ponys. Kommen Sie, beugen Sie sich vor.“

Er tat wie geheißen. Sie packte seine Hände und zog ihn zu sich. Seine Füße berührten den Boden und die Schwerkraft half beim Rest. Durch die Vorwärtsbewegung kam er auf die Beine.

„Ich glaube, Sie machen Witze“, sagte er und machte ein paar unsichere Schritte.

„Stimmt. Legen Sie einen Arm um mich. Wir gehen ins Haus und dann die Treppe hinauf.“

„Wie Sie wünschen.“

„Das sagen Sie oft. Wenn es nur stimmte. So, schön einen Schritt machen und dann den nächsten. Gehen ist gut.“

Sie führte ihn ins Haus und blieb am Fuß der Treppe stehen.

„Jetzt geht es nach oben“, erklärte sie ihm.

Er nickte unmerklich.

Sie legte eine Hand aufs Geländer, trat hinter ihn und schob. „Bringen wir es hinter uns.“

Er erklomm die erste Stufe.

„So ist gut. Erzählen Sie mir von Ihrem Vater. Woher kennt er Harry?“

„Er kennt die gesamte königliche Familie.“

„Weil?“

„Weil er ein Earl ist.“

Paige hätte beinahe aufgehört, ihn zu schieben. Alistair lehnte sich zurück, aber inzwischen waren sie auf der Hälfte der Treppe angelangt, es gab kein Zurück mehr.

„Ehrlich?“, fragte sie und schob, so kräftig sie konnte. „Ein echter Earl?“

„Gibt es auch unechte Earls?“, murmelte er.

„Ich weiß nicht. Was sind Sie dann?“

„Ein Viscount.“

„Muss ich Sie irgendwie besonders ansprechen? Mr. Viscount vielleicht?“

„‚Mylord‘ entspräche zwar der Etikette, ist aber vollkommen unangebracht.“

„Gut, denn ich bin kein Fan von Hofknicksen.“

Sie hatten die letzte Stufe erreicht. Alistair drehte sich zu Paige um. „Man knickst nur vor der Queen.“

„Ach, tut man das?“

„Ja.“

„Gut zu wissen.“ Sie führte ihn zu Sophies altem Zimmer und zeigte aufs Bett. „Na, wie sieht das aus?“

Alistair seufzte. „Himmlisch.“ Er begann, sein Hemd aufzuknöpfen. „Sie möchten sicher, dass ich mich ausziehe.“

„Klingt nach einem eindeutigen Angebot …“ Sie hielt inne, als er einfach weitermachte. Innerhalb weniger Sekunden schwebte das Hemd zu Boden und er griff nach seinem Gürtel.

„Oh Gott“, sagte sie und zog sich zurück. „Lassen Sie bitte Ihre Unterwäsche an, das könnte sonst für uns beide peinlich werden. Und sagen Sie Bescheid, wenn Sie im Bett liegen.“

„Ist schon gut“, sagte er. „Ich bin Arzt.“

Sie schloss die Tür und blieb im Flur stehen. „Mag sein, aber ich nicht.“ Sie wartete ein paar Sekunden. „Alistair?“

Schweigen, dann ein dumpfer Aufprall. Sie riss die Tür auf und fand Alistair Woodbury, den Viscount von Irgendwas, nackt bis auf die Unterhose auf Tante Sophies Bett liegen.

Und morgens hatte sie noch gedacht, es würde ein ganz normaler Tag werden.

2. KAPITEL

Alistair glaubte nicht an Engel. Doch jedes Mal, wenn das Fieber ihn an einen Ort hinunterziehen wollte, an den er nicht gehen sollte, war der Engel da. Blond, mit großen braunen Augen und einer beruhigenden Stimme. Er sprach leise, lachte manchmal sogar und seine Hände waren kühl. Ab und zu bestand der Engel darauf, dass er etwas aß, aber meistens war er einfach nur anwesend.

Die Zeit verging, aber er hätte nicht sagen können, wie lange es her war, dass er vor der Tür seines Freundes Simon aufgetaucht war. Er war zufrieden damit, einfach zu schlafen und immer wieder kurz aufzuwachen, um mit dem Engel zusammen zu sein. Bis irgendetwas sich auf ihn setzte und versuchte, ihn umzubringen.

Er öffnete die Augen. Mitten auf seiner Brust saß eine sehr große Katze. Der schwarz-weiße Stubentiger schaute ihn an, als wäre er nicht sehr erfreut darüber, einen Fremden dort vorzufinden, wo er nicht hingehörte. Scharfe Krallen gruben sich unsanft in Alistairs Brust.

„Sie sind wach", sagte der Engel und betrat das Zimmer. „Und werden von Daytona angegriffen. Das tut mir leid. Er ist heute Morgen hereinspaziert. Ich hatte nicht angenommen, dass er Sie aufsuchen würde."

Paige nahm den Kater hoch und hielt ihn in den Armen. „Wie geht es Ihnen?"

Sie wirkte gleichzeitig vertraut und fremd. Langsam stiegen Erinnerungsfetzen in ihm hoch. Seine Fahrt zu Simon und dessen Frau Montana. Das einsetzende Fieber. Der Husten.

„Masern“, murmelte er. „Ich habe die Masern.“

„Die haben Sie. Noch dazu mit einem außergewöhnlichen Ausschlag.“ Sie lächelte. „Erinnern Sie sich an mich?“

„Sie sind ein Engel.“

Sie lachte. „Nicht ganz, obwohl meine Tante Sophie sich bestimmt freuen würde, das zu hören.“

Er runzelte angestrengt die Stirn. „Sie ist eine Nonne.“

„Das war sie, ja. Ich bin Paige McLean.“ Sie gab dem Kater einen Kuss auf die Stirn. „Lassen Sie mich nur schnell Daytona zurück zu meinen Nachbarn bringen, dann bekommen Sie etwas zu essen. Sie müssen ja halb verhungert sein.“

Sein Magen knurrte. „Stimmt.“ Er schaute zum offenen Fenster und in den blauen Himmel. „War ich lange weg?“

„Drei Tage.“

„Unmöglich!“

„Tja, das meint man so. Ich bin gleich wieder da.“

Sie verließ das Zimmer. Sekunden später hörte er Schritte auf der Treppe.

Drei Tage? Er dachte daran, wie hart er vor seiner Abreise aus Südostasien gearbeitet hatte und wie viele Kinder in dem Dorf krank geworden waren. Er hätte nicht reisen dürfen. Als er jetzt im Kopf zurückrechnete, stellte er erleichtert fest, dass er ungefähr beim Passieren der Stadtgrenze von Fool’s Gold ansteckend geworden sein musste. Mit etwas Glück hatte er also niemanden angesteckt.

Er ging ins Badezimmer und schaute sich den Ausschlag

an, der sich über der Brust und den Armen ausbreitete. Nachdem er sich die Zähne geputzt hatte, kehrte er ins Schlafzimmer zurück und nahm sein Handy zur Hand. Er wählte Simons Nummer.

„Ich habe das Gesundheitsamt schon informiert“, sagte sein Freund.

Alistair fluchte. „Ich wollte niemanden in Gefahr bringen.“

„Nach meinen Berechnungen hast du das auch nicht getan.“

„Ja, so weit bin ich auch gekommen.“ Alistair seufzte. „Ich hoffe, dass wir beide recht haben.“

„Geht es dir gut?“

„Das Fieber ist weg, aber ich habe einen …“ Er lächelte, als er an Paiges Beschreibung dachte. „… einen beeindruckenden Ausschlag.“

Nachdem sie zu Ende telefoniert hatten, legte Alistair das Handy zurück auf den Nachttisch und suchte sich eine halb sitzende Position im Bett. Der Ausflug ins Bad und das kurze Telefonat mit seinem Freund hatten ihn ganz schön erschöpft. Offensichtlich war er kranker, als er gedacht hatte.

„So, da wären wir.“ Paige betrat das Schlafzimmer und stellte ein großes Tablett auf Alistairs Oberschenkeln ab.

Sie zeigte auf die verschiedenen Becher, Teller und Gläser. „Tee, weil Sie Brite sind und ich gehört habe, dass die sich auflösen, wenn sie ihn nicht trinken. Ein isotonisches Getränk, weil Simon sagt, dass Sie Elektrolyte brauchen. Ich weiß nicht genau, was das ist, aber offensichtlich fehlen sie Ihnen. Mir wäre das an Ihrer Stelle ja peinlich." Sie tippte gegen einen kleinen Teller. „Ein Käsetoast. Das Brot ist selbst gemacht und köstlich. Und weil ich es nicht gebacken habe, darf ich das sagen. Dazu gibt es Tomaten-Basilikum-Suppe, auch selbst gemacht, auch nicht von mir. Und einen Cupcake, der vermutlich viel zu viel für Sie ist, weshalb ich ihn lieber gleich wieder wegnehme."

Sie schnappte sich den Cupcake und zog sich in den Ohrensessel zurück, der auf der anderen Bettseite stand. Er wirkte in dem kleinen Zimmer ein wenig fehl am Platz, und Alistair fragte sich, ob sie ihn nur hierhergestellt hatte, um sich zu ihm setzen zu können.

Er hob den Becher an die Lippen und trank einen Schluck Tee. Er war perfekt. Als Nächstes probierte er die Suppe. Paige hatte sie ebenfalls in eine Tasse gefüllt, sodass er sie einfach trinken konnte. Er nahm ein paar Schlucke und stellte fest, dass sie wirklich so lecker war, wie Paige behauptet hatte. Jetzt machte sich der Hunger in seinem Magen richtig bemerkbar, und er trank noch ein bisschen mehr, bevor er Paige wieder anschaute.

„Die Suppe ist köstlich."

„Ich weiß. Ich habe gestern Abend davon gegessen. Versuchen Sie das Sandwich. Sie werden sterben."

Dabei versuchte er seit Tagen, genau das zu verhindern. „Haben Sie einen eigenen Koch?"

Sie verschluckte sich an einem Stück Cupcake und hustete. „Was? Natürlich nicht."

„Wer bereitet dann all die Sachen zu?"

Um ihre haselnussfarbenen Augen bildeten sich kleine

Lachfältchen. Als er sie das erste Mal gesehen hatte, war ihr Haar zu einem Pferdeschwanz zurückgebunden. Jetzt hing es ihr lose bis auf die Schultern. Mit Jeans und T-Shirt war sie die perfekte Amerikanerin. Frisch, hübsch, offen. Und sexy.

„Sie waren noch nie hier, oder?“, fragte sie.

„Mit hier meinen Sie die Stadt?“

„Ja, Fool’s Gold.“

„Nein, das ist mein erster Besuch.“

„Tja, es ist eine Stadt, die jeden willkommen heißt. Wir kümmern uns umeinander. Sobald das Wort die Runde machte, dass Sie hier und krank sind, hat die Stadt reagiert.“

„Soll heißen?“

Sie neigte den Kopf. „Ich habe verschiedene Jobs. Ich unterrichte Yoga. Ich arbeite Teilzeit an der Rezeption der Feuerwache und ich übernehme verschiedene Schichten in Morgans Buchladen.“

„Sehr fleißig.“

„So bin ich eben. Wie auch immer, mich um Sie zu kümmern, bedeutete, mehreren Leuten zu sagen, dass ich nicht zur Arbeit komme. Einer erzählt es dem anderen weiter und schon springt die halbe Stadt ein. In meinem Besitz befindet sich im Moment ausreichend Essen, um den gesamten Staat Kalifornien zu verpflegen. Meine Gefriertruhe quillt über mit allerhand Aufläufen. Außerdem verfüge ich über eine große Auswahl hausgemachter Heilmittel gegen alles von Fieber bis Warzen.“

„Ich habe keine Warzen.“

„Im Moment nicht.“ Sie lächelte und steckte sich das

letzte Stück Cupcake in den Mund. Dann wedelte sie mit dem Papier. „Wenn Sie auch einen davon wollen, ich habe unten noch elf Stück."

„Vielleicht später."

Er hatte einen Bissen von dem Käsetoast abgebissen und stellte fest, dass er genauso umwerfend war, wie Paige ihn beschrieben hatte. Doch er war von der Suppe schon satt und wurde langsam wieder müde.

„Mussten Sie tatsächlich Ihre Arbeit vernachlässigen, um sich um mich zu kümmern?", fragte er. „Das tut mir fürchterlich leid."

„Kein Problem. Ich habe nicht alle Schichten verpassen wollen, also haben zwischendurch ein paar Freundinnen von mir auf Sie aufgepasst. Bei einer meiner Freundinnen haben Sie den Flitzer gespielt, das fand sie ziemlich aufregend."

„Den Flitzer?"

„Sie sind, nur mit Ihrer sehr männlichen Unterhose bekleidet, aus dem Bett gestiegen. Heidi hat schon eine Weile kein Date mehr gehabt; vielleicht kommt sie noch mal auf Sie zurück, wenn Sie wieder gesund sind."

„Ich bin mir nicht sicher, ob ich das schmeichelhaft finden oder mich verstecken soll."

„Sie ist ziemlich süß."

Alistair bezweifelte, dass irgendjemand so süß sein konnte wie Paige. „Ich weiß Ihre Fürsorge sehr zu schätzen."

„Kein Problem. Ich bekomme im Gegenzug ja Dutzende Gratisessen. Außerdem ist es nett, wieder jemanden im

Haus zu haben. Manchmal kann es hier ganz schön einsam sein."

Er betrachtete die geblümte Tapete und die schlichte weiße Kommode. „Tante Sophie hatte ein sehr schönes Zimmer."

„Es ist nichts Besonderes."

„Für mich ist es ein Palast."

„Oh, und das sagt ein Mann, der vermutlich schon mal in einem echten Palast war."

„Windsor. Buckingham. Mongolian Palace."

Sie runzelte die Stirn. „Was ist denn der Mongolian Palace?"

„Ein großartiges Restaurant in New York."

Sie lachte. „Sehr witzig. Ihnen geht es offensichtlich wirklich besser."

„Ich bin ein wenig erschöpft, aber sonst fühle ich mich tatsächlich besser. Ich bin direkt von Asien hierhergeflogen. Dort habe ich sechs Wochen lang eine Operation nach der anderen durchgeführt."

„Ich habe schon gehört, dass Sie Chirurg sind, so wie Simon."

„Ja." In seinem Kopf drehte es sich und seine Lider wollten einfach nicht offen bleiben. „Ich arbeite auf der ganzen Welt."

„Ich wollte schon immer mal die ganze Welt kennenlernen."

„Ich könnte sie Ihnen zeigen."

Er war nicht sicher, ob er diesen letzten Satz wirklich ausgesprochen oder nur gedacht hatte. Denn in genau diesem Augenblick wurde ihm schwarz vor Augen. Plötzlich hatte er das Gefühl zu schweben. Er meinte, zu spüren, dass das Tablett weggenommen wurde und dann kühle, sanfte Finger über seine Stirn strichen.

„Schlafen Sie gut, Mylord."

Er lächelte.

Etwas Weiches berührte seine Wange. Instinktiv drehte er sich in die Richtung, wollte mehr davon, doch es war zu spät. Erschöpfung übermannte ihn und die Gelegenheit war vergangen.

3. KAPITEL

Paige befühlte die abgegriffenen Seiten und musterte die Stempel. So viele verschiedene Länder, dachte sie. Von einigen hatte sie noch nie gehört.

„Durchsuchen Sie meine Sachen?"

Sie schaute auf und sah, dass Alistair wieder wach war. Er schaute besser aus als zuvor. Erholter. Sein Gesicht hatte auch wieder eine gesunde Farbe.

In den letzten paar Tagen war sein Ausschlag beinahe vollständig verschwunden. Er hatte praktisch nur gegessen und geschlafen – vor allem Letzteres.

Sie hielt seinen Pass hoch. „Natürlich. Was sollte ich sonst tun, um mir die Zeit zu vertreiben? Sie waren schon an interessanten Orten. Ich nehme nicht an, dass Sie mir davon erzählen wollen?"

„Das würde ich sehr gerne tun, aber unter der Voraussetzung, dass ich etwas zu essen bekomme."

„Einverstanden."

„An einem Tisch. Wie ein echter Mensch."

Sie stand auf und sah auf ihn hinunter. „Ehrlich? Sie wollen mit nach unten kommen?"

„Ja. Aber erst möchte ich duschen."

„Stimmt, das wäre nicht schlecht." Sie rümpfte die Nase. „Außerdem müssen Sie sich rasieren. Ich glaube nicht, dass Viscounts so verwegen aussehen sollten."

„Verwegen steht uns am besten."

Sie musste zugeben, dass ihm der zerzauste Look wirklich stand. Die dunklen Bartstoppeln bildeten einen schönen Kontrast zu seinen blauen Augen. Der Mann hatte den Körperbau einer griechischen Gottheit, und obwohl er kein bisschen komisch roch, machte es ihr Spaß, ihn ein wenig aufzuziehen. Immerhin war er adlig, klug, gebildet, weit gereist und noch dazu ein begabter Chirurg. Und sie war ein Mädchen aus einer Kleinstadt mit vielen Jobs, aber keinem Beruf. Jemand, der immer vorgehabt hatte, etwas aus seinem Leben zu machen, bisher aber noch nicht dazu gekommen war.

„Dann zuerst eine Dusche“, sagte sie. „Aber seien Sie vorsichtig. Ich bin nicht in der Stimmung, zu Ihrer Rettung zu eilen, also wenn Sie hinfallen, werden Sie da einfach nackt und zitternd liegen bleiben.“

„Eine unangenehme Vorstellung. Ich werde vorsichtig sein.“

Sie suchte ein paar saubere Sachen für ihn zusammen und legte frische Handtücher raus, dann beobachtete sie, wie er aufstand. Er war noch ein wenig schwach auf den Beinen, schien sein Gleichgewicht aber schnell wiederzufinden. Sie blieb in der Nähe, bis er im Badezimmer verschwunden war, dann ging sie nach unten, um das Mittagessen vorzubereiten.

Es war gar nicht so leicht, sich zwischen den Dutzenden von Gerichten zu entscheiden, die im Laufe der Tage vorbeigebracht worden waren. Am Ende wählte sie eine Frühlingssuppe als Vorspeise und danach mit Käse gefüllte Ravioli mit Pesto. Zum Nachtisch bereitete sie etwas frisches Obst vor. Die Cupcakes waren in den letzten Tagen auf mysteriöse Weise verschwunden.

„Nicht meine Schuld“, sagte sie laut. „Ich hatte Besuch.“

„Jemanden, den ich kenne?“

„Einige meiner Freundinnen haben vorbeigeschaut und …“

Sie drehte sich um und sah Alistair in der Tür zu der kleinen Küche stehen. Er hatte geduscht und sich rasiert und trug nun Jeans und ein T-Shirt. Seine Füße waren nackt. Er sah blass und dünn aus, aber immer noch attraktiv. Und so, als würde er jede Sekunde umfallen.

„Sind Sie die Treppe hinuntergegangen oder -gerutscht?“, fragte sie lächelnd.

„Ein wenig von beidem.“

Sie legte einen Arm um seine Taille und führte ihn durch die Küche zur Hintertür. Dort hatte sie den Tisch mit Sets und Servietten gedeckt. Sie begleitete Alistair zu einem der Stühle und ließ ihn sich setzen.

Er lächelte sie dankbar an.

„Sehr schön.“

Für eine Sekunde verlor sie sich in seinen Augen. Ein seltsames Gefühl stieg in ihrer Brust auf – ein leichtes Flattern, bei dem sie sich fragte, ob man es ihr wohl an der Stimme anhören würde.

„Der Garten“, sagte sie schließlich.

„Ja, der auch.“

Errötend strich sie sich ihr T-Shirt glatt. „Ich hole Ihnen mal schnell etwas zu trinken.“

Sie flüchtete in die Küche, um ein Glas Wasser und einen Isodrink zu holen. Bevor sie beides nach draußen brachte, atmete sie tief durch. Führ dich nicht wie eine Idiotin auf, ermahnte sie sich. Ja, Alistair war ein gut aussehender Mann, der ihr Herz schneller schlagen ließ. Aber sie wusste überhaupt nichts über ihn. Noch dazu war er nur für ein paar Tage in der Stadt. Sie musste sich zusammenreißen.

Nachdem sie die Getränke nach draußen gebracht hatte, holte sie die Suppe und setzte sich dann Alistair gegenüber.

„Noch mehr Köstlichkeiten von fremden Köchen?", fragte er.

„Ah, Sie erinnern sich."

„Ja. Obwohl ich keine Ahnung habe, wie lange ich dieses Mal weg war."

„Sie haben zwei Tage lang beeindruckend fest geschlafen. Haben Sie gesehen – der Ausschlag ist fast weg."

„Ja, das ist mir aufgefallen. Sie waren sehr gut zu mir."

„Ich bin eben eine Heilige. Außerdem war es nicht so schlimm. Sie sind ein interessanter Gesprächspartner."

Er hielt mitten in der Bewegung inne. Der Suppenlöffel schwebte vor seinem Mund in der Luft. „Ich habe geredet?"

„Ja, im Schlaf." Sie räusperte sich und fuhr in, wie sie hoffte, lockerem Ton fort: „Wer ist Sara?"

„Meine Frau."

Paiges Magen sackte ihr in die Kniekehlen. Sie wurde rot, als ihr all ihre dummen, romantischen Gedanken wieder einfielen, die sie in Bezug auf diesen Mann gehabt hatte.

„Ah, Sie sind also …"

„Verwitwet. Sara und unsere kleine Tochter sind vor ein paar Jahren umgekommen. Ein Autounfall." Seine Augen verdunkelten sich, als wenn er für einen Moment in die Vergangenheit abgetaucht wäre. „Es war schrecklich."

„Natürlich. Mein aufrichtiges Beileid."

„Danke. Ich war nicht da, als es passierte." Er sah sie über den Tisch hinweg an. „Simon hat sicher erwähnt, dass ich sehr viel im Ausland arbeite."

„Ja. Er hat erzählt, dass Sie überall auf der Welt arme Kinder operieren." Soweit sie wusste, richtete er die Folgen von Geburtsfehlern und Unfällen und gab den Kindern die Möglichkeit, so auszusehen wie alle anderen. Etwas, das viel zu viele Menschen immer noch als selbstverständlich annahmen.

„Sara und ich sind zusammen aufgewachsen. Sie kam auch aus meinem Dorf."

„Sie haben ein eigenes Dorf?"

Er lächelte. „Nein, ich habe in einem Dorf gelebt." Sein Lächeln schwand. „Sie war immer da. Im Hintergrund. Ich schätze, es war unvermeidlich, dass wir geheiratet haben. Aber sie wollte nie weit von zu Hause weg, also ist sie nach unserer Hochzeit in England geblieben und ich bin alleine um die Welt gereist. Spätestens als unsere Tochter geboren wurde, schien das auch die beste Lösung zu sein."

„Und dann sind sie getötet worden", murmelte Paige.

„Genau. Ich war am Boden zerstört und habe mich noch mehr als zuvor in meiner Arbeit vergraben. Ich wollte einfach nur vergessen. Doch da ich das nicht kann, habe ich versucht, Frieden zu finden. Das Ergebnis dieses Versuchs ist, dass ich krank wurde und Ihnen zur Last falle."

„Sie sind aber eine angenehme Last."

„Danke." Er aß den letzten Löffel Suppe und schaute sich im Garten um. „Es ist sehr hübsch hier", sagte er.

Sie betrachtete die hohen Bäume, die Blumen am Zaun und den frisch gemähten Rasen. „Ein ganz normaler Garten. Aber mir gefällt er. Er bot ausreichend Platz zum Spielen, als ich noch ein Kind war.“ Sie senkte ihre Stimme. „Ich musste mich mit einem Garten zufriedengeben, weil ich kein eigenes Dorf hatte.“

„Sie machen sich über mich lustig.“

„Nur ein wenig. Das macht Spaß.“

Sie sammelte die Schüsseln ein und brachte sie in die Küche. Dann wärmte sie schnell die Nudeln auf und verteilte sie zusammen mit der Soße auf zwei Teller.

Wieder draußen auf der Terrasse, sagte sie: „Morgen haben Sie einen Termin beim Arzt.“

„Hab ich?“

„Simon hat ihn vereinbart. Er will sichergehen, dass Sie nicht länger ansteckend sind. Trotzdem glaube ich, dass er gerne noch ein paar Tage warten würde, bis Sie ihn und seine Frau besuchen. Montana ist schwanger und Simon macht sich den ganzen Tag lang Sorgen.“

Er schaute sie an. „Ich sollte in ein Hotel ziehen.“

„Nein, sollten Sie nicht. Sie sind jetzt hier und mir macht es nichts aus. Wie ich schon sagte, ich finde Ihre Gesellschaft sehr interessant.“

„Aber ich spreche im Schlaf. Das muss doch gruselig sein.“

„Ach, das geht. Erzählen Sie mir, wo Sie überall schon gewesen sind.“

„Wie sehr soll ich ins Detail gehen?“

„So sehr, wie Sie mögen. Ich war noch nie im Ausland.“

„Die meisten Leute, die mich fragen, wo ich war, bekommen glasige Augen, sobald ich anfange zu erzählen."

Sie lachte. „Das passiert Ihnen mit mir nicht, versprochen." Sie rutschte näher. „Ich habe schon immer reisen wollen. Und auch wenn es als Tourist bestimmt nett ist, träume ich davon, einen Ort richtig zu erkunden. Mich ein paar Wochen niederzulassen und Land und Leute wirklich kennenzulernen."

„Sie finden andere Kulturen interessant?"

„Aber ja. Meine Tante hat mir eine ganz gute Vorstellung von der Welt vermittelt. Aber im Kopf zu wissen, dass jeder Mensch ein anderes Leben führt, und wirklich mit Leuten zu sprechen, ihr Leben sozusagen durch ihre Augen zu erleben, fasziniert mich."

Sie atmete tief durch und zuckte mit den Schultern. „Tut mir leid, bei dem Thema geht es immer mit mir durch."

„Kein Problem. Ihre Leidenschaft ist mitreißend."

Sie zog die Knie an und setzte sich im Schneidersitz auf den Stuhl. „Erzählen Sie mir von Afrika. Nein, von Indien. Was für ein faszinierendes Land. Wie ist Mumbai so?"

„Voll. Laut. Die Stadt hat über zwölf Millionen Einwohner – oder zwanzigtausend Menschen pro Quadratkilometer. Es gibt eine große Immigrantengemeinde und eine …" Seine Stimme verebbte. „Jetzt bin ich derjenige, der sich nicht bremsen kann. Wie Sie sehen, beherrsche ich Small Talk nicht sonderlich gut."

„Erzählen Sie weiter", bat sie. „Es interessiert mich."

Er schaute sie einen Moment abschätzend an, dann nickte er. „Als ich dort ankam, blieb ich erst einmal in einem

Ashram, den ein Freund von mir leitet. Dort herrscht eine ganz besondere Art von Frieden inmitten all des Chaos, das um einen herum tobt. Mein Freund begleitet mich, wenn ich potenzielle Patienten besuche. Eltern und ihre Kinder. Seine Anwesenheit hat auf uns alle einen beruhigenden Effekt."

Alistair sprach von wunderschönen Sonnenuntergängen, heiligen Kühen und dem Ruf der Muezzin zum Gebet. Er erwähnte, in Südamerika gewesen zu sein. Eine Reise den Amazonas hinunter. Wie er eines Morgens in den Spiegel schaute, um sich zu rasieren, und sah, dass er von einem Jaguar beobachtet wurde. Davon, eines Morgens aufzuwachen und festzustellen, dass er sich das Bett über Nacht mit einem Python geteilt hatte.

„Ich hätte bestimmt laut geschrien", sagte Paige.

„Das habe ich auch." Er grinste. „Wie ein kleines Mädchen. Ich habe ungefähr fünf Generationen von Ahnen aufgeschreckt. Ich konnte förmlich spüren, wie sie sich kollektiv im Grab umgedreht haben."

Nachdem sie die Pasta aufgegessen hatten, brachte Paige Obst und Kaffee nach draußen. Alistair erzählte von den Patienten, die er behandelt, den Leben, die er verändert hatte. Er zeigte ihr Fotos auf seinem Handy. Sie sah strahlende Kinder mit wiederhergestellten Gesichtern. Glückliche Familien, dankbare Eltern.

„Sie wirken wirklich Wunder", sagte sie und reichte ihm das Telefon zurück.

„Nein. Ich bin mit einem Talent gesegnet und nutze es, um anderen zu helfen. Es ist nicht so kompliziert wie ein Wunder."

„Das sehen die Menschen, denen Sie helfen, sicher anders. Fühlen Sie sich manchmal einsam?"

„Ständig. Ich arbeite zwar in einem Team, aber das setzt sich aus immer anderen Menschen zusammen. Neue Ärzte kommen hinzu, alte gehen. Ich bleibe meist sechs bis acht Wochen an einem Ort und ziehe dann weiter."

„Das klingt himmlisch."

„Das kann es auch manchmal sein."

„Ihre Frau wollte Sie nie begleiten?", fragte sie.

„Nein. Sie wollte ihre Heimat nicht verlassen."

„Ich wäre ständig an Ihrer Seite gewesen." Das rutschte Paige einfach so heraus und sie hob schnell entschuldigend die Hände. „Keine Angst, ich lade mich damit nicht zu Ihrer nächsten Reise ein."

„Ach, es würde mir nichts ausmachen, wenn Sie es täten."

Sie lachte. „Sie sind sehr nett."

„Das bin ich gar nicht. Sie sind eine faszinierende Frau, Paige. Öffnen Ihr Haus einfach so einem Fremden."

„Einem Fremden, der im Schlaf spricht." Sie musterte ihn. „Meine Tante hätte Sie gemocht."

„Das ist ein großes Kompliment."

„Das wissen Sie doch gar nicht." Doch insgeheim freute sie sich über seine Bemerkung.

„Ich kann es mir aber denken. Sie haben erzählt, dass sie alles aufgegeben hat, um Sie großzuziehen."

Bei der Erinnerung musste Paige lächeln. „Sie war toll. Sehr früh im Leben hat sie die Entscheidung getroffen, Nonne zu werden, und mit neunzehn war sie schon Novizin. Nach dem Tod meiner Eltern kam sie her, um sich um mich zu kümmern. Sie hat ihr Leben als Nonne einfach so hinter sich gelassen. Ich erinnere mich noch daran, wie sie mir erklärt hat, dass wir jetzt gemeinsam lernen müssen, eine Familie zu sein."

Ihr Lächeln schwand ein wenig. „Als Fünfjährige habe ich gar nicht verstanden, was für eine gewaltige Umstellung das für sie gewesen sein muss. Sie hat nie in der ‚echten' Welt gearbeitet, doch zum Glück hat sie in einem lehrenden Orden gelebt, sodass sie es gewohnt war zu unterrichten. Trotzdem musste sie erst lernen, wie man Rechnungen bezahlt und einen Haushalt führt, während sie gleichzeitig mich großzog."

„Das hat sie gut gemacht", sagte er.

Paige nickte. „Ja, mit Anmut und Liebe. Geld war kein Thema. Meine Eltern hatten gut vorgesorgt. Es gab eine Versicherung, von der das Haus abbezahlt werden konnte, und es blieb noch genügend übrig, um unsere Grundbedürfnisse zu befriedigen. Sophie ist hier im Ort Lehrerin geworden. Sie war ein ganz besonderer Mensch."

Sie hat die Menschen von ganzem Herzen geliebt, dachte Paige, und sie fehlt mir immer noch.

„Ich hatte Glück, sie zu haben", fügte sie hinzu. „Meine Eltern hatten beide keine weiteren Angehörigen. Aber Sophie und ich haben aufeinander aufgepasst."

Während sie sprach, blickte sie in seine blauen Augen. Seine Lider schienen sich langsam immer weiter zu senken.

„Okay", sagte sie und erhob sich. „Jetzt bringen wir Sie erst einmal wieder ins Bett."

Innerhalb eines Herzschlags verwandelte sich Alistairs

Miene von schläfrig in hellwach. Kurz musterte er sie auf eine Weise, die sie nur als sexy bezeichnen konnte. Spannung lag in der Luft. Paige wusste nicht, ob sie sich ihm in die Arme werfen oder schreiend in den Nachmittag hinauslaufen sollte.

Letzteres kam ihr irgendwie albern vor. Und Ersteres … Eine Vorstellung, an der ich durchaus Gefallen finden könnte, dachte sie.

„Weil ich eigentlich noch immer krank bin", sagte er, als wolle er sichergehen, ihren Vorschlag richtig verstanden zu haben.

„Genau. So lange wie heute sind Sie seit Tagen nicht mehr auf den Beinen gewesen. Sie müssen ganz erschöpft sein."

„Ich bin müder, als ich zugeben will." Er stand auf. „Lassen Sie mich aber erst beim Abwasch helfen."

Sie lachte. „Das schaffe ich schon alleine."

„Ich bin sehr gut im Abwaschen."

„Gehörte das zu Ihrer Ausbildung als Viscount?"

„Natürlich. Auf königlichen Erlass hin müssen wir noch vor unserem zehnten Geburtstag einen Geschirrspülkurs belegen."

„Ihre Talente können Sie mir gerne morgen zeigen. Im Moment müssen Sie sich erholen, wenn Sie keinen Rückfall erleiden wollen. Ich möchte Simon ungern erklären müssen, warum sein Freund nicht gesund wird."

Alistair ging um den Tisch herum. „Okay, aber morgen wasche ich ab."

„Ich freue mich schon drauf."

Gemeinsam gingen sie zur Tür, wo er ihr den Vortritt ließ

und dann folgte. Auf dem Weg durch die Küche streifte sein Arm ihren. Sie nahm die Hitze war, und eine Stimme in ihrem Inneren flüsterte ihr zu, dass gut aussehende, charmante Männer für das Herz einer Frau sehr gefährlich sein konnten.

Er war nur auf der Durchreise. In wenigen Tagen würde er wieder weg sein und sie zu ihrem normalen Alltag zurückkehren. Es war besser für sie beide, wenn sie das im Kopf behielt und nicht versuchte, aus ihrer gemeinsamen Zeit mehr zu machen, als da war.

Aber ein Mädchen durfte doch noch träumen, oder?

4. KAPITEL

Alistair schenkte sich eine Tasse Kaffee ein. Es war noch früh – die Sonne blinzelte gerade über den Horizont. Der Himmel war in verwaschenes Rosa und Orange getaucht, und hier und da blitzten noch ein paar Sterne. Im Haus war alles ruhig. Selbst die Vögel schwiegen.

Er war vor über einer Stunde aufgewacht und hatte versucht, wieder einzuschlafen. Doch inzwischen war er vollständig von den Masern genesen und mehr als ausgeschlafen. Er steckte voller Energie und war bereit, sich in den Tag zu stürzen.

Glücklicherweise hatte Paige am Abend zuvor die Kaffeemaschine vorbereitet. So musste er nur einen einzigen Knopf drücken. Gut. Denn trotz seiner medizinischen Ausbildung und seiner Fähigkeiten im Operationssaal fühlte er sich von den einfachsten Küchengeräten vollkommen überfordert. In Neuseeland hatte er beim Versuch, ein Steak zu braten, beinahe sein gemietetes Haus in Brand gesetzt.

Er öffnete die Kühlschranktür, um sich Milch zu holen. In der Tür stand eine Flasche, doch sein Blick blieb an den sorgfältig beschrifteten Behältern mit Lebensmitteln hängen. Es gab Salate und Aufläufe, Sandwiches und Suppen. Der Gefrierschrank war ebenfalls voll.

Was die Großzügigkeit ihrer Nachbarn anging, hatte Paige wahrlich nicht übertrieben. Nicht, dass er angenommen hätte, sie würde lügen. Aber mit eigenen Augen zu sehen, was alles vorbeigebracht worden war, war überwältigend. Obwohl er wusste, dass die Fürsorge sowohl ihr als auch ihm galt, war er überrascht, wie viele Menschen sich für einen Mann eingesetzt hatten, den sie nicht einmal kannten.

Sein Freund Simon war im letzten Sommer nach Fool's Gold gekommen. Er hatte nur ein paar Wochen bleiben wollen. Wie immer war auch dieser Einsatz zeitlich begrenzt gewesen. Doch während seines Aufenthalts war irgendetwas geschehen. Nicht nur, dass er sich in Montana verliebt hatte. Nein, er hatte auch einen Ort gefunden, an dem er sich zugehörig fühlte. Während ihrer kurzen Telefonate hatte Simon die Stadt beschrieben, als wäre sie das Paradies. Eine eng zusammenstehende Gemeinde, in der die Nachbarn sich umeinander kümmerten.

Alistair hatte angenommen, dass sein Freund maßlos übertrieb. Doch als er jetzt die Kühlschranktür schloss, fragte er sich, ob Simon nicht vielleicht doch die Wahrheit gesagt hatte. Falls ja, verstand er die Anziehung, die das auf den Freund ausübte. Dies war die Art Gemeinschaft, zu der auch er zurückkehren sollte. Ein Zuhause. Etwas, wovon er sich seit dem Tod seines Kindes nicht mehr erlaubt hatte zu träumen.

Dumm, das wusste er. Sich zu kasteien, würde sie nicht zurückbringen. Sein kleines Mädchen war für immer fort. Die Zeit hatte die harschen Kanten seiner Wunde geglättet, doch der Schmerz würde immer bei ihm sein.

Die Hintertür öffnete sich und eine hübsche, zierliche Rothaarige trat ein.

„Hey. Ich weiß, es ist noch früh, aber ich habe gesehen, dass schon Licht brennt und …“ Die Frau verstummte mitten im Satz und blinzelte ein paar Mal. „Sie sind ja gar nicht Paige.“

„Nein, bin ich nicht.“

„Oh.“ Sie machte einen Schritt zurück. „Sie sind der kranke Brite, oder? Denn wenn Sie ein Mörder oder Dieb wären, würden sie wohl kaum in der Küche stehen und einen Kaffee trinken. Zumindest hoffe ich das.“

„Da hoffen Sie ganz richtig.“ Er streckte ihr die Hand hin. „Alistair Woodbury.“

Sie zögerte, dann schüttelte sie die Hand. „Annabelle Weiss. Ich bin eine Freundin von Paige.“ Sie hielt die Bücher hoch, die sie in der Hand hielt. „Paige hat mich gestern angerufen und gebeten, ein paar Bücher für Sie vorbeizubringen.“ Sie zuckte mit den Schultern. „Sie meinte, Sie befänden sich gerade in diesem komischen Zwischenstadium, in dem man gesund genug ist, um sich zu langweilen, aber noch nicht energiegeladen genug, um schon wieder was zu unternehmen.“

Was für eine unerwartete Liebenswürdigkeit, dachte er. Nicht nur, dass Paige ihre Freundin um Bücher gebeten hatte, sondern dass diese ihrer Bitte auch gleich nachkam. „Danke vielmals, dass Sie sich die Zeit und Mühe gemacht haben.“

„Gern geschehen. Eines ist über die Geschichte der Gegend hier. Sehr interessant.“ Sie lächelte. „Ich habe Geschichte studiert und die Máa-zib waren einer meiner Schwerpunkte. Also bin ich ein wenig voreingenommen.

Das waren die Frauen, die hier als Erste gesiedelt haben. Eine matriarchalische und sehr starke Gemeinschaft. Nur damit Sie es wissen, Fool's Gold ist immer noch matriarchalisch geprägt."

„Sie meinen, ich sollte auf mich achtgeben?"

„Genau."

„Ich werde mich darum kümmern, dass Sie die Bücher wieder zurückerhalten."

Annabelle schüttelte den Kopf. „Nicht ich. Die Bücherei. Ich arbeite dort."

Er betrachtete sie genauer. Sie hatte eine gute Figur, funkelnde Augen und ein sehr attraktives Lächeln. „Sie sehen gar nicht aus wie eine Bibliothekarin."

„Wir haben uns im Laufe der Jahrhunderte ja auch verändert. Es gab eine entsprechende Pressemitteilung, doch die hat nur wenig Resonanz in den Medien gefunden."

Er kniff die Augen zusammen. „Sie ziehen mich auf."

„Nur ein bisschen."

Paige zog ihn auch ständig auf. Die Frauen in dieser Stadt waren wirklich faszinierend. Obwohl sein Interesse an Annabelle eher akademischer Natur war. Paige hingegen schien durchaus dazu geeignet zu sein, ihn in Schwierigkeiten zu bringen.

Annabelle schaute auf die Uhr. „Ich muss wieder los. Ich bin mit Freundinnen zum Frühstück verabredet. Heidi steht zu unchristlicher Zeit auf, um ihre Ziegen zu melken, und Charlie frühstückt gerne, bevor sie ins Fitnessstudio geht." Sie zog die Nase kraus. „Sie trainiert jeden Tag. Was findet sie nur daran?"

„Manche Menschen sind wirklich seltsam."

„Da haben Sie recht. Okay. Es war schön, Sie kennengelernt zu haben."

„Geht mir genauso."

Damit drehte Annabelle sich um und ging.

Alistair nahm die Bücher mit zum Tisch und setzte sich. Das erste war ein Roman – ein Thriller von einem Autor, den er sehr mochte. Bei dem zweiten Buch handelte es sich um die versprochene Geschichte der Gegend mit besonderem Augenmerk auf den Stamm der Máa-zib. Er lehnte sich zurück und fing an zu lesen.

Eine ganze Zeit später hörte er Schritte auf der Treppe. Kurz darauf kam Paige in die Küche.

Als er sie betrachtete, kam er zu dem Schluss, dass sie noch nicht lange auf sein konnte. Ihre Haut war leicht gerötet und ihr Blick ein wenig getrübt vom Schlaf. Mit den offenen blonden Haaren und den bloßen Füßen sah sie weniger wie ein Engel aus als vielmehr wie die pure Versuchung.

Jeans und T-Shirt waren eigentlich keine verführerischen Kleidungsstücke, doch er konnte den Blick nicht von dem ausgewaschenen Jeansstoff lösen, der sich an ihre Hüften schmiegte. Das weiche T-Shirt spannte sich über ihren Brüsten.

„Morgen", sagte sie verschlafen. „Tut mir leid, ich bin ein Morgenmuffel. Geben Sie mir einen Becher Kaffee und fünfzehn Minuten, und ich ähnele wieder einem Menschen."

Sie streckte die Hand nach der Kaffeemaschine aus, doch er war schneller und schenkte ihr ein.

„Milch? Zucker?"

„Einfach schwarz", sagte sie seufzend. „Hey, Sie sind doch Arzt. Vielleicht könnten Sie mir eine Infusion legen, damit ich meinen Kaffee intravenös zu mir nehmen kann. Das wäre großartig."

Sie nippte an ihrem Becher und blinzelte dann. „Warten Sie mal. Sie sind schon auf. Geht es Ihnen besser?"

So nah, wie er bei ihr stand, konnte er den süßen Duft ihrer Haut riechen. Gerne hätte er die trennenden paar Zentimeter auch noch überbrückt, sie in seine Arme gezogen und leidenschaftlich geküsst.

„Alistair?"

„Hm? Oh, ja. Mir geht es besser." Sehr viel besser, dachte er. Er genoss das Gefühl, sich von einer charmanten Frau mit einem zauberhaften Lächeln angezogen zu fühlen.

„Gut. Sie sollten es heute vermutlich noch langsam angehen lassen. Morgen fängt das Frühlingsfest an und das wollen Sie garantiert nicht verpassen." Sie grinste. „Ich weiß, Sie sind weit gereist und alles, aber etwas Vergleichbares wie ein Festival in Fool's Gold haben Sie bestimmt noch nicht gesehen."

„Was für ein Glück, dass ich gerade jetzt hier bin."

„Ehrlich gesagt gibt es hier ständig irgendwelche Feste. Deshalb sind die auch so gut – wir haben viel Übung. Aber das Frühlingsfest gehört zu meinen liebsten."

„Dann wird es auch mir das liebste sein."

Seufzend trank sie noch einen Schluck Kaffee. „Sie sind so herrlich britisch."

„Ist das schlecht?"

„Nein. Aber es könnte ein wenig gefährlich werden. Denn es ist, nun ja, ziemlich sexy." Kaum hatte sie die Worte ausgesprochen, riss sie die Augen auf und schlug sich die Hand vor den Mund. „Das habe ich gerade nicht laut gesagt", murmelte sie.

„Ich fürchte, das haben Sie doch." Jetzt musste er grinsen. „Ich finde diese Neuigkeiten höchst erfreulich."

„Wirklich?"

„Die Queen wäre stolz."

Alistair verbrachte den Morgen damit, im Garten zu lesen, was Paige gut gefiel, denn so konnte sie ihm aus dem Weg gehen und ihn gleichzeitig im Auge behalten.

Während sie ihr Bett machte und im ersten Stock staubsaugte, sagte sie sich, dass die morgendliche Unterhaltung nicht gänzlich ihr anzulasten war. Sie war noch gar nicht richtig wach gewesen. Niemand konnte ihr einen Vorwurf daraus machen, dass sie vor der ersten Tasse Kaffee etwas Dummes gesagt hatte. Da gab es doch bestimmt eine Regel, die diese Theorie stützte, oder?

Kurz vor Mittag ging sie nach unten auf die Terrasse.

„Ich muss jetzt los zu meiner Schicht in der Feuerwache", sagte sie. „Ich bin gegen halb sechs wieder hier. Kommen Sie alleine klar?"

Um seine blauen Augen bildeten sich kleine Lachfalten. „Ich schätze schon. Immerhin überquere ich jetzt schon seit beinahe einem Monat alleine die Straße."

„Sehr lustig. Sie wissen, was ich meine. Sie waren krank und nicht in bester körperlicher Verfassung."

„Ich fühle mich schon viel kräftiger."

„Gut zu wissen."

Sie zögerte, als gäbe es noch mehr zu sagen. Als ob sie darauf wartete, dass er sie bat, näher zu kommen und … und … Und was? Sie hatten nichts miteinander. Er war ein Mann, der krank geworden war, und sie hatte ihn bei sich aufgenommen. Die Tatsache, dass es sich bei ihm um einen gut aussehenden Viscount handelte, der noch dazu um die Welt reiste, um den vom Schicksal Benachteiligten zu helfen, machte ihn ein kleines bisschen interessanter als den Durchschnittsmann. Na und?

In ein paar Tagen würde er zu Simon und Montana ziehen und irgendwann danach das Land verlassen, um seine nächste Mission anzutreten – oder wie auch immer man das nannte. Sie wollte sich nicht von ihm angezogen fühlen oder – noch schlimmer – sich in ihn verlieben. Sie war zwar nur ein einfaches Mädchen aus Fool's Gold, aber sie war nicht dumm.

„Wir sehen uns dann heute Abend", sagte sie mit fester Stimme. „Genießen Sie den Nachmittag."

„Sie auch."

Paige kehrte zur angekündigten Uhrzeit zurück. Was ihr nicht leichtfiel. Ungefähr fünftausend Mal hatte sie den Wunsch verspürt, früher Feierabend zu machen, doch sie hatte widerstanden. Nach dem Ende ihrer Schicht blieb sie sogar noch ein paar Minuten, um mit den Feuerwehrleuten zu sprechen. Dann endlich machte sie sich auf den kurzen Fußweg nach Hause.

Als sie durch die Haustür ging, rief sie: „Alistair? Ich bin wieder da."

Keine Antwort. Im hinteren Bereich des Hauses spielte Musik, sie folgte dem Klang in die Küche.

Doch die war leer. Paige ging auf die Veranda hinaus und sah, dass der kleine Tisch fürs Abendessen gedeckt war. Eine Tischdecke, das gute Porzellan ihrer Mutter und eine Flasche Wein standen darauf. Alistair schaute von dem Buch auf, in dem er las.

„Hallo, Paige."

Zwei schlichte Worte, ausgesprochen von einem attraktiven Mann mit einem Killerlächeln. Sie bekam eine Gänsehaut am ganzen Körper, in ihrem Magen tanzten Schmetterlinge, und irgendwo in ihrer Brust verspürte sie eine Sehnsucht, die sie noch nie empfunden hatte.

„Hallo."

„Wie war Ihr Tag?", fragte er.

„Gut. Und Ihrer?"

„Ruhig. Ich habe ein wenig über die Stadt und ihre Geschichte gelesen. Wirklich ein interessanter Ort. Die Máazib-Frauen sind sehr beeindruckend. Und ein wenig Furcht einflößend."

Sie lachte. „Ja, solche Geschichten habe ich auch gehört."

Er ging zu einem der Stühle und zog ihn für sie zurück. „Ich habe mir die Freiheit genommen, uns etwas zum Abendessen auszusuchen. Mögen Sie sich schon mal setzen?"

Sie stellte ihre Handtasche auf der Veranda ab und setzte sich. Er schenkte ihnen beiden ein Glas Wein ein und nahm ihr gegenüber Platz.

„Ich hatte heute Nachmittag eine ganze Reihe Besucher", sagte er. „Ihre Nachbarn haben nach mir gesehen. Simon hat einen Arzt vorbeigeschickt, um zu bestätigen, dass ich nicht länger ansteckend bin."

Sie lachte. „Das überrascht mich nicht. Der Mann ist verrückt, wenn es um seine Frau geht."

„Er liebt sie und will, dass ihr nichts geschieht. Ich kann seine Sorge gut verstehen."

Die Worte kamen aus ganzem Herzen. Paige wusste, dass er an Sara und seine Tochter dachte und daran, dass er nicht im Land gewesen war, als die beiden starben. Das war wirklich schrecklich. Aber sie fragte sich, welche Lektion er daraus gelernt hatte. Nie wieder zu riskieren, verletzt zu werden? Oder hatte er stattdessen beschlossen, beim nächsten Mal bei seiner Familie zu bleiben – oder sie mit sich zu nehmen?

Bevor sie die richtigen Worte fand, um ihn danach zu fragen, machte er einen Witz über das Abendessen und der Moment war vorbei.

Sie genossen einen köstlichen Salat, Makkaroni mit Käse als Vorspeise und als Hauptgang Hühnchen mit Spargel.

„Nicht gerade ein traditionelles Gericht", gab Alistair zu und nahm sich nach. „Aber sehr lecker."

„Finde ich auch. Die Leute hier können wirklich kochen."

Er musterte sie. „Sie lieben es, hier zu wohnen."

„Ja, das tue ich."

„Sind Sie deswegen nicht gereist?" Er zuckte mit den Schultern. „Wenn das ein heikles Thema ist, will ich nichts gesagt haben. Aber Sie haben sehr deutlich gemacht, dass Sie die Welt sehen wollen, und doch sind Sie immer noch hier."

Sie nahm ihr Weinglas in die Hand und stellte es gleich wieder ab. „Ich wollte reisen. Sophie hat mich immer dazu ermutigt. Aber ich wollte sie nicht alleine lassen. Sie wurde mit dem Alter immer gebrechlicher. Und dann ist sie gestorben."

Paige schluckte den Kloß hinunter, der sich bei der schmerzhaften Erinnerung in ihrer Kehle bildete. „Es ging so schnell. Sie drehte sich zu mir um und sagte, dass sie mich liebe, und dann ist sie zusammengebrochen. Es war ein Herzinfarkt. Sie war sofort tot. Danach habe ich es irgendwie nicht mehr geschafft, mich aufzuraffen. Ich habe eine Liste mit Orten, die ich gerne sehen würde, aber irgendwie bringe ich es nicht über mich, den ersten Schritt zu tun. Keine Ahnung, was mich zurückhält."

Sie versuchte zu lächeln, fürchtete jedoch, dass ihr das nicht gelang. „Sie wäre so enttäuscht von mir."

Alistair stand schnell auf, ging um den Tisch herum und zog sie auf die Füße. „Das wäre sie bestimmt nicht. Ich bin sicher, dass Ihre Tante sehr stolz auf Sie ist."

„Das können Sie nicht wissen."

„Doch, das kann ich und das tue ich. Sie haben mich, ohne auch nur mit der Wimper zu zucken, bei sich aufgenommen."

Er hielt ihre Hände in seinen, was schon verwirrend genug war. Noch dazu stand er sehr nahe bei ihr und hielt mit seinen blauen Augen ihren Blick fest.

Ging das nur ihr so oder war es hier draußen wirklich heiß?

„Das hätte jeder gemacht“, murmelte sie.

„Wir wissen beide, dass das nicht stimmt. Sie sind liebevoll und fürsorglich, und wenn Sie so weit sind, werden Sie Ihre Reise schon antreten.“

„Ich hoffe, dass Sie damit recht haben.“

„Habe ich. Immerhin bin ich ein Viscount.“

Sie lachte. „Ich Dummerchen. Natürlich wissen Sie alles. Dazu gibt es bestimmt einen königlichen Erlass.“

„Natürlich.“

Die Worte waren kaum mehr als ein Flüstern, denn während er sie aussprach, neigte er den Kopf und senkte seine Lippen auf Paiges Mund.

Der Kuss war ganz sanft. Ein federleichtes Streicheln, eine lockende Berührung, und dann war er auch schon vorbei. Doch sie hatte nicht einmal Zeit, Luft zu holen, bevor er sie erneut küsste. Dieses Mal mit etwas mehr Entschlossenheit.

Lust flammte in ihr auf. Ihre Hände zitterten leicht in seinen, als sie sich dem Kuss hingab. Doch bevor es richtig interessant wurde, richtete Alistair sich auf.

„Unser Essen wird kalt.“

Ihr was? Oh. Richtig. Das Abendessen.

„Das wollen wir natürlich nicht“, sagte sie und trat einen Schritt zurück. Obwohl es genau das war, was sie wollte. Doch sie setzte sich wieder. Nachdem sie sich jahrelang gefragt hatte, wieso sie nicht wie ihre Freundinnen sein und sich bis über beide Ohren verlieben konnte, war sie nun von einem Fremden fasziniert, der sich niemals an einem Ort niederlassen würde.

Theoretisch wollte sie die Welt bereisen, also wäre er der perfekte Partner. Doch bisher waren ihre Reisepläne nicht mehr als leeres Gerede gewesen. Kaum geeignet, Interesse in einem Mann hervorzurufen, der das lebte, wovon sie nur träumte.

5. KAPITEL

Das Frühlingsfest in Fool's Gold macht seinem Ruf alle Ehre, dachte Alistair, als er mit Paige durch die dicht bevölkerten Straßen schlenderte. Die Händler mit ihren bunten Ständen verkauften alles von Schmuck bis Meditations-CDs und überall lockte köstliches Essen. Obwohl es erst zehn Uhr morgens war, ließen sich die Touristen schon Hotdogs und Zuckerwatte schmecken.

Paige hatte Alistair den besten Funnel Cake diesseits der Rocky Mountains versprochen. Er war nicht sicher, was er zu erwarten hatte, denn das Gebäck sah weder wie ein Trichter noch wie ein Kuchen aus, aber er war gewillt, seiner Gastgeberin zu vertrauen.

„Wir müssen uns einen Platz für den Umzug sichern", sagte sie und zog ihn an der Hand zum Marktplatz. Seit dem Kuss auf der Terrasse war eine neue Vertrautheit zwischen ihnen entstanden.

„Es gibt einen Umzug?"

„Natürlich. Allerdings ist der eher etwas unorganisiert. Kinder auf Fahrrädern und Menschen in Cabriolets. Außerdem wird einer der Feuerwehrwagen mit Bändern und Blumen geschmückt." Sie grinste. „Meine Freundin Charlie ist Feuerwehrfrau. Sie hasst Veranstaltungen wie diese. Wie sagt sie immer? Jeder Feiertag bietet den Leuten Gelegenheit, Dummheiten zu machen. Aber sie mag es, Kinder über Sicherheitsvorschriften und Brandschutz zu unterrichten und ihnen die Ausstattung der Wagen vorzuführen."

Alistair runzelte die Stirn. „Also ist sie gleichzeitig glücklich und frustriert?“

„Ja, Charlie ist ein Widerspruch in sich.“

„Klingt ganz so.“

„Hatte ich die Ziegen erwähnt?“, fragte sie.

Er schaute sie an – und hätte sich gerne in ihren haselnussbraunen Augen verloren. Stattdessen riss er sich zusammen, um sich wieder auf die Unterhaltung zu konzentrieren. „Nein. Daran hätte ich mich erinnert. Sind sie Teil der Festlichkeiten?“

„Sie gehören meiner Freundin Heidi und laufen in der Parade mit. Heidi ist diejenige, der du dich nur in Unterhose gezeigt hast. Sie stellt Käse und Seife her.“

„Die Seife, die in der Dusche liegt?“

„Ja, genau. Ziegenseife. Die ist sehr mild und gut bei verschiedenen Hautproblemen.“

„Das wusste ich nicht.“ Aber es war eine Information, die er auf seinen Reisen vielleicht nutzen könnte. Eine weitere Möglichkeit, seinen Patienten zu helfen.

„Komm schon.“ Sie zog ihn mit sich. „Wir müssen uns beeilen, sonst sind die besten Plätze weg.“

Er ließ sich von ihr mitziehen. Ihr langes Haar flatterte in der leichten Brise. Sie hatte ihre Jeans gegen ein Sommerkleid getauscht, das viel von den Schultern und Beinen sehen ließ. Sehr verlockend, dachte er und fragte sich, wie es wohl wäre, dem ständig pulsierenden Verlangen in seinem Inneren nachzugeben.

Seit Saras Tod hatte es durchaus Frauen gegeben. Lockere Beziehungen, die mehr auf biologischen als auf emotionalen Bedürfnissen beruht hatten. Er hatte geglaubt, nie wieder jemanden zu finden, der sein Herz berühren würde. Der Verlust seiner Familie hatte ihn am Boden zerstört.

Aber mit Paige gingen die Gefühle tiefer als reine Lust. Obwohl er zugeben musste, sie gerne in seinem Bett zu haben, kreisten seine Fantasien nicht um ihren Körper, sondern um ihren Kopf … und ihr Herz.

Er unterhielt sich gerne mit ihr. Sie war so unendlich neugierig. Sie schien ihn so zu akzeptieren, wie er war, ohne ihn zu verurteilen, und sie lachte gern und oft. Als sie sich Fotos von seinen Patienten auf seinem Handy angeschaut hatte, hatte sie ihn daran erinnert, wie glücklich er sich schätzen durfte, mit seiner Tätigkeit Menschenleben zu verändern. Sie brachte ihn dazu, Dankbarkeit für seine Ausbildung und seine Fähigkeiten zu empfinden.

Vor einer Reihe von Läden blieben sie stehen. Die Menschen standen in diesem Teil der Stadt nicht ganz so gedrängt. In der Ferne hörte er einen Spielmannszug.

Die Straßenlaternen waren mit bunten Blumenampeln geschmückt. Wimpel und Banner flatterten im Wind. Der Himmel war blau und die Temperatur betrug angenehme zwanzig Grad. Doch was seine Aufmerksamkeit erregte, war das Verhalten der Menschen. Er sah, wie eine Gruppe Zuschauer Platz machte, um eine Familie mit kleinen Kindern nach vorne durchzuwinken. Dort wurde der Buggy dann direkt am Bürgersteig geparkt. Die Mutter setzte sich neben ihr Baby, während das etwas ältere Kind vom Vater auf die Schultern genommen wurde.

Es gab kein Gedränge und Geschubse, nur Lachen und

freundliche Gesichter. Zwei Teenager schrieben kichernd SMS an ihre Freunde. Ein älteres Pärchen flüsterte sich etwas ins Ohr.

Das ist so normal, dachte Alistair. Vertraut. Ganz anders als das Leben, das er seit dem Tod von Sara und seiner Tochter führte. Er war ständig unterwegs – von einem Land zum anderen. Trotz der regelmäßigen Anrufe seiner Eltern, sie doch mal wieder besuchen zu kommen, hatte er sich immer neue Aufgaben gesucht und war ferngeblieben.

Während er nun neben Paige stand und auf den Festumzug wartete, erkannte er, dass er nicht nur gegen Masern und Erschöpfung angekämpft hatte. Seine Erkrankung reichte wesentlich tiefer – bis in sein Herz. Er hatte sich seiner eigenen Verzweiflung nicht stellen können. Hatte seine Verantwortung nicht annehmen können. Er war so schnell weggelaufen, dass er keine Zeit gehabt hatte, stehen zu bleiben und sich umzuschauen. Er hatte keine Zeit gehabt zu heilen.

Paige hatte ihm mehr als nur ein Bett für seinen kranken Körper zur Verfügung gestellt. Sie hatte ihm ein Refugium für seine Seele geboten. Durch ihre liebevolle Fürsorge erkannte er, dass es an der Zeit war, nach vorne zu schauen. Obwohl er die, die er verloren hatte, nie vergessen würde, war er endlich bereit, mit seinem Leben fortzufahren.

„Oh, da sind sie." Paige zeigte in die Richtung, aus der die Parade kam. „Die Ziege ganz vorne ist Athena. Sieh nur die bunten Bänder. Sie sieht so hübsch aus."

Alistair sah eine ganz normale Ziege mit Bändern um den Hals. Bänder, an denen Athena fleißig herumknabberte.

Aber in Paiges Augen war die Ziege schön. Denn so betrachtete Paige die Dinge. Ihre Weltsicht erlaubte es ihr, das zu sehen, was sein könnte, anstatt nur das zu sehen, was war. Ein wirklich seltenes und kostbares Talent.

Er legte einen Arm um sie und zog sie an sich. Sie gab nach, hob den Kopf und lächelte ihn an. Als er in ihre Augen schaute, wusste er, dass sie ihm ein Geschenk gemacht hatte. Das Geschenk der zweiten Chance. Er war ihr etwas schuldig, und er musste sicherstellen, dass er sich vor seiner Abreise bei ihr revanchierte.

„Macht es dir wirklich nichts aus?", fragte Paige.

Der Festumzug war wie immer spektakulär gewesen. Tiere und Oldtimer und dann der Part, der Paige am besten gefiel: die Kinder auf ihren Fahrrädern. Sie liebte es, sie vorbeisausen zu sehen – so aufgeregt, Teil dieses besonderen Tages zu sein.

„Ich fühle mich geehrt, dass du mich gebeten hast, dich zu begleiten", erwiderte Alistair.

„Es dauert auch nicht lange."

„Ich wüsste nicht, wo ich lieber wäre."

Die Worte und sein hinreißender Akzent ließen ihr die Knie schwach werden. „Du bist zu liebenswürdig."

„Bin ich nicht, aber schön, dass du das denkst."

Er nahm ihre Hand, als sie die Straße überquerten. In der anderen Hand hielten sie jeder einen Strauß bunter Tulpen. Sobald sie den Park erreicht hatten, gingen sie bis zur anderen Seite durch und betraten den kleinen Friedhof an der Kirche.

Alistair gab ihr die Blumen, die er trug, und blieb am Tor stehen. Sophies Grab mit dem kleinen, bescheidenen Grabstein lag am Rand eines wunderschönen Gartens. Sie hatte sich die Stelle und den Grabstein selber ausgesucht. Es war, als kümmerte sie sich selbst nach ihrem Ableben noch um Paige.

Paige legte die Blumen aufs Gras und kniete sich hin. Wie immer spürte sie die liebevolle Anwesenheit der Frau, die für sie gesorgt hatte. Doch dieses Mal war etwas anders. Ein Drängen, als würde eine Nachricht übermittelt werden müssen.

Paige war nicht sicher, wie viel Zeit vergangen war, aber nach einer Weile legten sich starke Hände auf ihre Schultern. Alistair zog sie auf die Füße und wischte ihr die Tränen ab.

„Ich kann nicht gehen“, flüsterte sie mit zitternden Lippen. „Ich habe ihr versprochen, dass ich meine Träume verwirklichen und reisen würde. Ich bin geblieben, weil sie alt war und ich für sie da sein wollte. Und jetzt, wo sie fort ist, kann ich sie nicht verlassen.“

Sie drückte die Hände gegeneinander. „Ich weiß nicht, was mit mir nicht stimmt. Sie würde das nicht wollen. Sie würde nicht wollen, dass ich ein so kleines, beengtes Leben führe. Wir hatten gemeinsame Träume, und ich habe geschworen, dass ich sie wahr machen würde.“

„Das wirst du auch.“

„Woher willst du das wissen? Bis jetzt habe ich es nicht getan.“

„Weil du Angst hast.“

Sie nickte langsam, denn sie wusste, er hatte recht. „Eben, Tante Sophie wäre enttäuscht von mir."

Er gab ihr einen Kuss auf die Stirn. „Ich glaube, dass du dich gewaltig irrst."

Alistair geleitete sie zurück durch die Stadt, und Paige ließ sich von ihm zu dem Haus bringen, in dem sie aufgewachsen war. Dort richtete er ihr einen Stuhl im Garten, brachte ihr ein Glas Eistee, setzte sich neben sie und hielt ihre Hand.

„Es tut mir leid", murmelte sie. „Ich sollte mich eigentlich um dich kümmern."

„Mir geht es wieder gut."

Sie lächelte. „Das Auflaufwunder."

Er beugte sich zu ihr. „Paige, du wirst noch an den Punkt kommen, wo du deine Träume wahr machst. Jemanden zu verlieren, den man liebt, ist schwer. Du hast eine Menge durchgemacht. Sei nicht so hart zu dir."

Sie nickte. Natürlich hatte er recht, und es täte ihr gut, auf ihn zu hören. Das wollte sie ihm gerade sagen, als sein Handy klingelte.

Er zog es aus der Hemdtasche und ging ran.

„Woodbury." Er hörte kurz zu und lächelte dann. „Hallo, Simon. Ja, der Arzt war hier." Sein Lächeln schwand, als er Paige anschaute. „Natürlich. Du hast recht. Ich bin schon viel zu lange hier."

Sie sprachen noch weiter, doch Paige hörte nicht mehr zu. Simon wollte, dass Alistair zu ihm und Montana zog. Das war logisch. Immerhin war er nach Fool's Gold gekommen, um die beiden zu besuchen. Er hatte ja nicht für immer bei ihr wohnen wollen. Trotzdem, sie hatte gedacht … gehofft … dass sie mehr Zeit zusammen haben würden.

Als er auflegte, zwang sie sich zu einem Lächeln. „Simon glaubt also endlich, dass du keine Gefahr mehr für Montana darstellst?“

Er nickte. „Ich bin vom Arzt offiziell für gesund erklärt worden. Simon meint, ich solle zu ihnen umziehen. Ich habe deine Gastfreundschaft schon viel zu lange in Anspruch genommen.“

„Du warst ein sehr angenehmer Gast.“

„Einer, der im Schlaf redet, während er sich von einem Fieberanfall erholt.“

„Es war ganz erfrischend, Krankenschwester zu spielen. Außerdem habe ich Unmengen an Makkaroni und Käse dafür erhalten. Allein das war es schon wert.“

Sie sprach leicht dahin, weil sie ihn nicht wissen lassen wollte, wie sehr er ihr fehlen würde. Alistair war seit langer Zeit der erste Mann, zu dem sie sich hingezogen fühlte. Der erste Mann, von dem sie sich vorstellen könnte, sich in ihn zu verlieben. Als sie sich über die Orte unterhalten hatten, an denen er bereits gewesen war, schienen ihre Träume auf einmal gar nicht mehr so unrealistisch zu sein.

Sie stand auf. „Dann solltest du besser packen.“

Er erhob sich ebenfalls und schaute sie an. „Paige“, setzte er an, schüttelte dann jedoch den Kopf. „Ich habe keine Worte, um dir meinen Dank auszudrücken.“

„Die sind auch nicht nötig.“

Ein Kuss wäre nett, dachte sie. Sie würde sich ihm zwar

nicht anbieten, aber sollte er etwas in der Richtung unternehmen, wäre sie nicht abgeneigt.

Doch Alistair nickte nur und ging ins Haus. Paige sah ihm nach. Anstatt ihre Zeit mit Gedanken darüber zu vergeuden, was sein könnte, sollte sie sich lieber auf das konzentrieren, was war. Die ganze Zeit über hatte sie sich Sorgen gemacht, ihre Tante Sophie zu enttäuschen. Vielleicht war es an der Zeit, darüber nachzudenken, dass sie sich auch selber enttäuschte. Alistair hatte sie daran erinnert, was ihr wirklich wichtig war. Jetzt war es an ihr, endlich zu handeln und ein paar Dinge in ihrem Leben zu ändern.

6. KAPITEL

Paige verbrachte den Nachmittag damit, ihre liegen gebliebene Wäsche zu waschen und die Essensvorräte im Kühlschrank durchzusehen. Die meisten Aufläufe hatte sie Alistair mitgegeben, als Simon gekommen war, um ihn abzuholen. Die restlichen Lebensmittel fror sie jetzt zum Großteil ein. Mit etwas Glück würde sie ein paar Wochen lang nicht kochen müssen.

Kurz vor vier machte sie sich auf den Weg zur Feuerwache, um sich dort um den Papierkram zu kümmern, der sich während der Zeit von Alistairs Krankheit angesammelt hatte. Sie hatte zwar eine Vertretung für den Telefondienst gehabt, aber für die Korrespondenz und das Weiterleiten aller Rechnungen an die Stadtverwaltung war sie verantwortlich.

Um sieben Uhr war sie fertig und ging zu Fuß zurück zu ihrem Haus.

Der Abend war klar und die Temperatur sank rapide. Die Straßen waren immer noch mit Ständen und Buden gesäumt, weil das Frühlingsfest am nächsten Tag weiterging. Auf dem Marktplatz spielte eine Band. Im Gehen lauschte Paige der Musik.

Sie war verwirrt und fühlte sich rastlos. Verwirrt, weil sie normalerweise ihr Leben liebte und sich im Moment nichts richtig anfühlte. Es war, als würde ihre Haut auf einmal nicht mehr passen. Sie atmete den Duft von Blumen und gemähtem Gras ein und wusste, dass ihre Probleme hauptsächlich damit zu tun hatten, dass Alistair nicht mehr bei ihr wohnte. In den wenigen Tagen hatte sie sich an seine Anwesenheit gewöhnt. Sie hatte sich auf ihre Unterhaltungen gefreut und darauf, Zeit mit ihm zu verbringen. Ohne ihn wusste sie nicht, was sie mit sich anfangen sollte.

„Das ist doch lächerlich", murmelte sie. Sie musste sich nur daran erinnern, was sie vor zwei Wochen mit sich angefangen hatte. Wie schwer konnte das schon sein?

Nachdem sie um die Ecke gebogen war, konnte sie ihr Haus schon sehen. Im Näherkommen bemerkte sie, dass sich auf der vorderen Veranda etwas bewegte. Ein Mann stand auf. Er wirkte, als hätte er auf sie gewartet.

Ihr Herz machte einen kleinen Satz, ihr Atem ging schneller. Sie musste sich zurückhalten, die letzten paar Meter nicht zu rennen.

„Was tust du denn hier?", fragte sie etwas atemlos.

„Montana wird sehr schnell müde", erwiderte Alistair. „Simon und ich haben alle Neuigkeiten ausgetauscht, und ich dachte, ich lasse die beiden mal ein paar Stunden allein." Er hielt inne und schaute ihr tief in die Augen. „Außerdem hast du mir gefehlt."

„Du mir auch."

„Als ich hier ankam und du nicht da warst, habe ich mich gefragt, ob du wohl eine Verabredung hast."

„Nein. Ich habe nur ein wenig Arbeit in der Feuerwache erledigt."

Die Erleichterung war ihm deutlich anzusehen. „Gut zu wissen." Er hob die Aktentasche hoch, die er in der Hand hielt. „Ich habe einen Plan."

„Ich kann es kaum erwarten, ihn zu hören."

Fünfzehn Minuten später stand ein Laptop auf dem Esstisch. Daneben lagen eine große Europakarte und ein Block. Paige hatte Wein eingeschenkt und reichte Alistair ein Glas, bevor sie sich anschaute, was er alles mitgebracht hatte.

„Was wird das?"

„Das wird dein erster Schritt", erklärte er. „Du musst nur deine erste Reise planen, dann folgt der Rest von ganz alleine."

Sie wusste, dass er recht hatte, doch anstatt ihm zuzustimmen, stellte sie ihr Weinglas ab, verschränkte die Arme hinter dem Rücken und sagte: „Ich kann nicht."

Er stellte sein Glas neben ihres und legte ihr die Hände auf die Schultern. „Wir machen es zusammen. Du musst keine Angst haben."

Sie widersprach ihm nicht, sie hatte wirklich Angst. Und auch wenn er jetzt versprach, gemeinsam mit ihr zu gehen, am Ende würde sie die Reise doch allein antreten müssen.

Was in der Theorie so vielversprechend geklungen hatte, wirkte auf einmal nur noch einsam. Als sie in Alistairs Augen schaute, erkannte sie, dass sie immer davon ausgegangen war, auf ihren Reisen jemanden bei sich zu haben. Sophie oder einen namenlosen, gesichtslosen Freund.

Alistair schob zwei Stühle dicht zusammen und drängte Paige, sich zu setzen. Er tat es ihr gleich und tippte dann etwas in den Browser seines Computers. Auf dem Bildschirm erschien ein Bild von Paris.

„Ich schlage vor, du fängst mit einem eher traditionellen Ziel an", erklärte er. „Paris oder London. Mit dem Eurail-Pass kannst du den Rest Europas dann in deiner eigenen

Geschwindigkeit erkunden. Du musst auf jeden Fall nach Rom. Ich habe mir erlaubt, ein paar Reiserouten auszuarbeiten."

Er drückte ein paar Tasten und eine Liste erschien. Ganz oben stand Paris, darunter folgte eine Reihe von Städten inklusive der Sehenswürdigkeiten.

„Das hier ist ein Museum, das die meisten Menschen übersehen", sagte er. „Ja, der Louvre ist wichtig, aber ich glaube, das hier würde dir auch gefallen."

Er fuhr fort zu erklären und zu erzählen, von dem Markt am Samstagmorgen, den er so gerne mochte, und dass sie gerade rechtzeitig zur Weinernte in Italien sein könnte. Seine Stimme entführte sie, machte die Reise, die sie unternehmen könnte, erlebbar. Schließlich schaute er sie wieder an.

„Ich weiß, dass du das gerne machen möchtest", sagte er. „Und Sophie wollte das auch für dich. Sie fehlt dir, was zeigt, wie viel sie dir bedeutet hat. Aber jetzt ist es an der Zeit, einen Schritt nach vorne zu machen."

Er nahm ihre Hand. „Ich weiß, wovon ich rede. Ich habe die letzten Jahre damit verbracht, mich dafür zu geißeln, dass ich nicht da war, als meine Familie starb. Ich habe die Vergangenheit nicht loslassen und mein Leben weiterleben können. Du hast mir geholfen, mich davon zu lösen. Für diesen Gefallen würde ich mich gerne bei dir revanchieren."

Seine Augen haben wirklich eine ganz besondere Farbe, dachte sie verträumt. Sie könnte für immer hineinschauen. Wenn er nur mit ihr käme. Wenn er nur …

Da ist es wieder, dachte sie. Ein Grund, alles aufzuschieben. Ein Grund, um zu sagen: „Heute nicht." Sie war sechsundzwanzig. Würde sie Entschuldigungen finden, bis sie dreißig war? Oder vierzig? Wäre sie irgendwann sechzig und würde sagen, jetzt bin ich zu alt?

Ihr Herz sagte ihr, dass Alistair der Richtige sein könnte. Es wäre ein Leichtes, sich in ihn zu verlieben. Aber er bot ihr lediglich Hilfe bei der Reiseplanung an, und wenn sie jetzt nicht handelte, würde sie noch wer weiß wie lange feststecken.

„Meinst du, dass es von San Francisco aus einen Direktflug gibt?", fragte sie.

Alistair lachte und drückte ihre Hand. „Ich wusste, dass du es verstehen würdest. Lass mal schauen, welche Verbindungen es gibt."

Im Laufe der nächsten Stunden verschafften sie sich einen Überblick darüber, welche Fluglinien welche Ziele anflogen. Paige wusste, dass sie ihren Arbeitgebern ausreichend Vorlauf geben musste, wenn sie mehrere Monate in Europa verbringen wollte. Außerdem wäre es gut, für die Zeit ihrer Abwesenheit einen Mieter für ihr Haus zu finden, um so einen Teil der Kosten zu decken.

Als sie später am Abend Alistair zur Tür brachte, hatte sie eine mögliche Reiseroute sowie eine Liste von nicht so teuren Hotels, in denen sie übernachten könnte. Sie gab sich selber vier Wochen, um alles zu organisieren, dann wäre sie weg. Egal, was bis dahin noch geschähe.

Alistair streckte den Arm nach dem Türgriff aus und hielt dann inne. Er legte beide Hände um Paiges Gesicht und beugte sich vor, um sie zu küssen. Die sanfte Berührung war gleichzeitig heilsam und erregend und ließ ihr den Atem stocken. Ich will mehr, dachte sie und schloss die Augen. Sie wollte mehr als nur ein paar Stunden mit dem Mann, dessen Lippen sich an ihre pressten.

Was hatte Tante Sophie immer gesagt? Wenn Wünsche Pferde wären, würden Bettler reiten. Wenn …

Sie schlang ihre Arme um seinen Hals und erwiderte seinen Kuss. Wenn das hier schon nicht sein durfte, würde sie wenigstens die Erinnerungen mitnehmen, um später immer wieder darin zu schwelgen. Und wenn sie später alt und grau war und mit ihren Freundinnen in der Sonne saß und quatschte, würde sie ihnen von dem gut aussehenden, charmanten Viscount erzählen, den sie einst gekannt hatte.

Sein Kuss wurde inniger. Er schmeckte nach dem Wein, den sie getrunken hatten, und nach etwas, das einen Hauch verführerischer war. Sein Körper war so fest und stark. Sie lehnte sich an ihn, genoss den Kontrast zwischen ihren weichen Brüsten und seinem harten Oberkörper.

Er legte die Arme um ihre Taille und zog sie näher an sich. Als seine Zunge ihre Unterlippe berührte, öffnete Paige ihren Mund. Die Lust pulsierte im Takt ihres Herzens und die Sehnsucht nach mehr machte sie ganz schwach. Doch bevor sie sich entscheiden konnte, ob sie Alistair mit nach oben nehmen sollte, zog er sich zurück.

Er gab ihr einen Kuss auf die Wange und einen auf die Nasenspitze, dann berührte er sanft ihre Lippen.

„Gute Nacht, Paige“, flüsterte er und war fort.

„Du hörst mir gar nicht zu“, sagte Simon im Plauderton.

Alistair schüttelte den Kopf. „Tut mir leid“, sagte er mechanisch. „Ich habe nachgedacht.“

„Aber nicht über die Arbeit.“

„Woher weißt du das?“

„Keine Ahnung“, gab sein Freund zu. „Aber ich weiß, wie du aussiehst, wenn du an deinen nächsten Einsatz denkst, und das ist anders.“

Sie saßen in Simons Büro. Er war schon spät, Montana war vor Stunden ins Bett gegangen. In wenigen Wochen war es bei ihr so weit und ihr Körper brauchte die Ruhe.

„Wir sind nicht annähernd so mutig wie die Frauen in unserem Leben“, merkte Alistair an. „Was sie nicht alles für uns tun. Bringen Kinder auf die Welt. Ich bezweifle, dass ich das könnte.“

Simon grinste. „Abgesehen von den biologischen Schwierigkeiten, meinst du.“

Alistair lachte. „Ja, natürlich. Es ist eine riesige Verantwortung, die sie frohen Mutes wieder und wieder eingehen.“

Sara war so aufgeregt gewesen, als sie erfuhr, dass sie schwanger war. Auch er hatte sich gefreut, hatte aber aufgrund verschiedener Verpflichtungen nicht in England bleiben können. Er hätte so gerne gehabt, dass sie ihn begleitete, aber sie wollte in der Nähe ihrer Familie und ihres Arztes bleiben. Vielleicht wenn das Baby älter ist, hatte sie gesagt, aber er wusste schon damals, dass sie keineswegs vorhatte, jemals das ruhige Dorf zu verlassen, in dem sie schon immer gelebt hatte.

Also war er ohne sie losgezogen. War rechtzeitig zur Geburt heimgekommen und kurz danach wieder abgereist. Monate später waren Mutter und Tochter tot. Er hatte es nicht kommen sehen. Hatte keine Vorahnung gehabt, nicht in seiner Seele gespürt, als sie von ihm gingen. Es gab nur diesen Anruf mitten am Tag. Er hatte noch nicht mal im Operationssaal gestanden.

Er war sofort nach Hause geflogen. Seine Eltern und Schwiegereltern kümmerten sich um alles und ließen ihn trauern. Der Schock setzte ein. Er hatte seine kleine Tochter kaum gekannt. Ja, er hatte geplant, mehr Zeit mit ihr zu verbringen. Doch diese Möglichkeit war ihm für immer genommen worden. Und das war ganz alleine seine Schuld.

Er schüttelte die Erinnerungen ab. „Vermisst du es?“, wollte er von seinem Freund wissen. „Das Reisen? Das Umherziehen von einem Ort zum anderen?“

„Nein“, sagte Simon entspannt. „Ich dachte, es würde mir fehlen, aber ich bin hier glücklich. Ich habe den Ort gefunden, an den ich gehöre.“ Er zuckte mit den Schultern. „Ich habe das Beste von zwei Welten. Meine Patienten kommen zu mir. Ich lebe mit der Frau, die ich liebe, in einer Stadt, in der ich mich wohlfühle.“ Er sah Alistair an. „Ich bin nicht wie du, Alistair. Ich hatte vorher nie einen Platz, den ich mein Zuhause hätte nennen können. In Fool's Gold habe ich den – und so viel mehr.“

Er stellte sein Brandyglas ab und beugte sich vor. „Das Krankenhaus hat sich einem Netzwerk angeschlossen, das sich um den ganzen Globus erstreckt. Sie treiben zusammen Gelder auf und fliegen die dringlichsten Patienten hierher ein. Ich kann hier wirklich hervorragende Arbeit leisten." Er hielt inne. „Und ich könnte ein weiteres Paar Hände gut gebrauchen."

„Ich soll bleiben?"

„Vielleicht gefällt es dir."

Nie hatte Alistair ernsthaft darüber nachgedacht, sich irgendwo niederzulassen. Vor Saras Tod hatte er immer angenommen, eines Tages nach England zurückzukehren und in dem Dorf zu leben, in dem er geboren worden war. Aber der Tag war nie gekommen. Jetzt das Reisen aufzugeben, fühlte sich an wie Verrat an der Frau, die er geheiratet hatte. Denn das war das Einzige, worum sie ihn je gebeten hatte.

Er erkannte die Schwäche des Arguments. Sein Wunsch, seine Arbeit fortzuführen, hatte nichts mit seiner Zuneigung für seine Ehefrau zu tun – sich niemals irgendwo niederzulassen, würde weder sie noch seine Tochter zurückbringen. Doch sich das vor Augen zu führen und es zu glauben, waren zwei verschiedene Paar Schuhe.

„Ich bin noch nicht so weit", gab er zu und erkannte, dass er irgendwann tatsächlich gerne an einem Ort leben würde. Wurzeln schlagen. Nicht in England, dachte er. Das wäre zu unbehaglich. Seine jüngeren Brüder waren dem Titel und der Gemeinde enger verbunden, als er es je gewesen war. Sollten sie sich mit all dem herumschlagen, was das Leben als Earl so mit sich brachte.

„Wenn du so weit bist, ruf mich an", sagte Simon. „Ich möchte als Erster die Chance haben, dich zu überzeugen hierherzuziehen." Er nahm sein Glas zur Hand. „Was steht als Nächstes auf deinem Plan?"

„Australien. Sydney. Melbourne. Ich werde jeweils ein

paar Seminare geben und dann drei Monate nach Thailand fliegen. Was danach kommt, habe ich noch nicht entschieden."

Paige würde es in Australien gefallen, dachte er. Während er unterrichtete, könnte sie das Land erkunden. Er hätte auch freie Tage, an denen sie gemeinsam etwas unternehmen könnten.

Sobald ihm der Gedanken gekommen war, schob er ihn auch schon wieder beiseite. Paige kannte ihn doch kaum. Sie hatte ihr eigenes Schicksal, das auf sie wartete. Sie würde sich nicht an jemanden wie ihn binden wollen, wenn sie frei sein konnte. Oder war das nur eine Ausrede? Ein Grund, sich der niederschmetternden Schuld nicht stellen zu müssen, die er mit sich herumtrug?

Denn die Wahrheit war: Er hatte Sara geliebt, aber er war nie in sie verliebt gewesen.

Er hatte jahrelang von ihren Gefühlen für ihn gewusst, hatte gewusst, dass sie geduldig auf seine Rückkehr wartete. Sie war immer da gewesen, ein fester Teil seines Lebens in England. Insgeheim war er froh gewesen, dass sie nicht mit ihm reisen wollte. So hatte er losziehen und tun können, was er wollte.

Oh, nein, es hatte keine anderen Frauen gegeben. Sie zu betrügen, wäre ihm nie in den Sinn gekommen, dazu war ihm sein Eheversprechen zu wichtig. Aber er hatte die gefährlichsten Aufträge in den interessantesten Ländern angenommen. Ihr gegenüber hatte er oft behauptet, keine andere Wahl zu haben, doch das stimmte nicht. Er war öfter weggegangen, als nötig gewesen wäre.

Er hätte zu Hause sein können, als sie starb.

Er hatte einen zusätzlichen Auftrag angenommen, war länger geblieben als nötig. Denn er war noch nicht bereit gewesen, in das stille Dorf zurückzukehren. Mit den Nachbarn Small Talk zu halten und seiner Familie ein Heim zu schaffen, war ihm langweilig und unwichtig vorgekommen. Jetzt, wo er beides verloren hatte, wusste er, wie falsch er damit gelegen hatte.

„Du wirst wieder losziehen", sagte Simon leise.

„Ich denke an Sara."

„Hast du Schuldgefühle?"

Alistair blickte seinen Freund überrascht an. „Woher weißt du das?"

„Ich kenne dich. Du machst dir Vorwürfe, nicht da gewesen zu sein. Was du dabei vergisst, ist, dass du sie auch nicht davon hättest abhalten können, die Straße zu überqueren."

„Vielleicht doch."

„Ich bezweifle das. Es war für sie an der Zeit, Alistair."

„Ihr vorherbestimmtes Schicksal?"

Simon zuckte mit den Schultern. „Vielleicht." Er hob seinen von Narben überzogenen Arm, das sichtbare Zeichen einer gewalttätigen und zerstörerischen Mutter, die ihr Kind mit Absicht ins Feuer geschubst hatte. „Ich glaube, dass nichts auf der Welt umsonst passiert. Wäre ich nicht verletzt worden, hätte ich nie Medizin studiert und wäre nicht Chirurg geworden. Kurzum, ich hätte meine Berufung nie gefunden." Er lächelte. „Das klingt dramatischer, als ich es meine."

„Es klingt ehrlich", sagte Alistair. „Ich wusste auch schon

sehr früh, was ich mit meinem Leben anfangen wollte. Sara hat nie verstanden, wie wichtig mir meine Arbeit war. Sie war zufrieden mit dem kleinen Fleckchen Welt, auf dem sie lebte."

„Aber du warst das nie."

„Nein." Er nippte an seinem Brandy. „Die Schuld liegt bei mir. Ich hätte nicht den leichten Weg wählen und sie heiraten dürfen."

„Sie war in dich verliebt."

„Ja, und das habe ich ausgenutzt."

„Du hast ihr gegeben, was sie wollte. Sie war glücklich."

Dessen war sich Alistair nicht so sicher. „Ich hätte es besser machen, öfter für sie da sein können."

„Dann wärst du nicht der Mann gewesen, den sie geliebt hat. Deine Abwesenheit war ein Teil deiner Anziehung."

Alistair schaute seinen Freund fragend an. „Du hast wohl in letzter Zeit zu viele Frauenzeitschriften gelesen, mein Freund. Deine Einsichten sind wahrlich verstörend."

Simon lachte. „Ich bin gesegnet mit der Liebe einer Frau, die mich in allem übertrifft. Sie überrascht und erfreut mich." Er hob sein Glas. „Ich könnte sie nie verlassen."

Das überraschte Alistair nicht. Simon war schon immer ein Mensch gewesen, der sich um andere kümmerte, doch hatte er diese Seite seines Wesens gut verborgen gehalten. Nur wenige hatten einen Blick auf die sanfte Seele werfen können, die hinter der rauen und manchmal groben Fassade steckte. Er hatte sich von seinen Kollegen und Mitmenschen immer ferngehalten – ihm war eine einsame Existenz lieber gewesen, als dazuzugehören.

Irgendwie war es Montana gelungen, das zu ändern. Sie hatte ihn mitgerissen und ihm erlaubt, sein wahres Ich zu zeigen. Er war jetzt ein anderer Mann. Ähnlich wie der berüchtigte Ebenezer Scrooge hatte auch Simon die Lust am Leben erst lernen müssen.

„Du hast Sara nicht genügend geliebt", sagte Simon geradeheraus. „Das ist das Verbrechen, für das du deiner Meinung nach Strafe verdient hast. Wenn du sie ausreichend geliebt hättest, hättest du sie nicht alleine zurückgelassen. Wärst nicht ständig in die Welt hinausgezogen. Und deshalb glaubst du, dein Mangel an Liebe ist der Grund für ihren Tod."

Alistair starrte in sein Glas. „Ich mochte dich lieber, als du deine Gedanken noch nicht in Worte fassen konntest."

„Das ändert nichts an der Wahrheit."

„Nein, das tut es wohl nicht."

Simon beugte sich zu ihm vor. „Du hast nicht so viel Macht, wie du glaubst. Sie wäre trotzdem gestorben. Da es keinen Weg gibt, die Vergangenheit rückgängig zu machen, läuft alles auf die Frage hinaus: Was stellst du mit dem Wissen an, über das du jetzt verfügst? Wirst du daraus lernen oder fortfahren, dich zu geißeln?"

„Vermutlich Letzteres."

„Dann bist du ein Dummkopf."

„Darin sind wir uns wohl einig", erwiderte Alistair.

Etwas zu wissen und es zu akzeptieren, war nicht das Gleiche. Er wollte weitermachen, doch er glaubte nicht, das Recht dazu zu besitzen.

„Wie wusstest du, dass Montana die Richtige für dich ist?", fragte er leise.

Simon lächelte. Die vernarbte Seite seines Gesichts bewegte sich kaum, doch der Rest verzog sich zu einem glücklichen, wissenden Lächeln.

„Sie hat mir erlaubt, wieder zu fühlen“, erklärte er. „Sie hat so im Überfluss von sich gegeben, dass ich nicht anders konnte, als es ihr gleichzutun. Ich wollte sie von der ersten Sekunde an, als ich sie sah, doch was ich nicht erkannte, war, dass ich in genau diesem Augenblick bereits angefangen hatte, sie zu lieben. Es dauerte eine Weile, bis ich dahinterkam. Beinahe hätte ich sie verlassen. Was wäre das für ein idiotischer Fehler gewesen. Ohne sie ist alles nichts.“

Die reine Wahrheit, dachte Alistair. Die Offenheit seines Freundes war ihm beinahe unangenehm. Wie es wohl wäre, so jemanden zu haben? Eine Frau, die er so sehr liebte, dass er sie nicht verlassen könnte?

Dann merkte er plötzlich, dass das Gesicht, das sich vor seinem inneren Auge aufbaute, nicht das von Sara war. Es war das Gesicht des wunderschönen Engels, der ihn gerettet hatte.

Oberflächlich betrachtet war Paige perfekt. Sie wollte reisen, sie war offen und freigiebig. Er hatte sofort gewusst, was sie einem Mann zu bieten hatte, der das Glück hätte, ihr Herz zu erobern. Aber was war mit dem, was sie verdiente? Könnte er sich selber weit genug verzeihen, um ihr alles zu geben, was sie brauchte? Oder wäre es für sie das Beste, wenn er einfach ginge?

7. KAPITEL

Paige lauschte der ruhigen Frauenstimme auf der CD, dann hob sie den Kopf und riss die Augen auf. „Ernsthaft? Was?"

Der Satz wurde wiederholt – er klang mehr wie ein Hintergrundgeräusch als irgendetwas, das Sinn ergab.

„Doofe was?"

„Dov'è il ristorante", wiederholte sich die Aufnahme.

„Ist das eine Aussage?", fragte Paige. „Sollte das nicht eine Frage sein? Wo ist das Restaurant? Sollte die Stimme da am Ende nicht hochgehen? Ist das irgendeine örtliche Besonderheit?"

Sie drehte die Steaks in der Marinade um und stellte die Schüssel zurück in den Kühlschrank. Ein schneller Blick auf die Uhr verriet ihr, dass Alistair bald da sein würde. Sie wollten zusammen essen. Ihr letztes gemeinsames Abendessen. Morgen früh würde er abreisen.

Sie sagte sich, dass sie nicht traurig sein sollte. Ihn kennenzulernen, hatte ihr geholfen, sich an ihre Träume zu erinnern und sie endlich wahr werden zu lassen. Allein dafür würde sie ihm immer dankbar sein. Dass sie sich vielleicht ein kleines bisschen in ihn verliebt hatte, war ein Problem, mit dem sie sich später beschäftigen würde.

Sie tauschte ihre Italienisch-CD gegen sanfte Hintergrundmusik aus und eilte dann nach oben, um sich umzuziehen. Dreißig Minuten später hatte sie ein Sommerkleid angezogen, sich die Haare gemacht, ein wenig geschminkt und ihre neuen Ballerinas angezogen. Da sie draußen auf der Terrasse essen würden, wäre es unsinnig, Schuhe mit hohen Absätzen anzuziehen, aber sie wollte trotzdem hübsch aussehen.

Bis auf den Nachtisch hatte sie die Menüfolge schon festgelegt. In dem rosafarbenen Karton auf dem Tresen waren noch ein paar Cupcakes, aber ihre Überlegungen gingen in eine ganz andere Richtung. Sie wollte Alistair zum Nachtisch in ihr Bett einladen.

Normalerweise ging sie nicht so weit. Und da er am nächsten Tag abreisen und sie ihn vermutlich nie wiedersehen würde, wäre es wesentlich logischer, ihm die Cupcakes anzubieten statt ihren Körper. Ihr Kopf verstand das, doch ihr Herz wusste, dass es genauso wichtig war, ihre Gefühle für ihn zum Ausdruck zu bringen. Nicht so sehr seinetwegen, sondern für sich selber. Trotzdem war sie noch unentschlossen, ob sie aufs Ganze gehen sollte – sie wusste ja bereits, dass es kein Happy End geben konnte.

Ein Klopfen an der Tür riss sie aus ihren Gedanken.

Sie lief schnell nach vorne und bat ihn herein. Als sie im Wohnzimmer standen, drehte sie sich zu ihm um.

„Hey“, sagte sie. „Ich bin richtig fleißig gewesen. Langsam kommt alles zusammen. Ich lerne sogar Italienisch, was allerdings nicht sonderlich gut läuft. Aber das ist okay. Montanas Schwester Nevada arbeitet auf einer großen Baustelle am Rande der Stadt. Sie haben gerade einen neuen Manager angeheuert, der für sich, seine Frau und seinen kleinen Sohn ein Haus sucht, das er sechs Monate mieten kann. Sie waren schon hier und lieben mein Häuschen und würden gerne ab dem Ersten hier einziehen. Was genau dem Zeitrahmen entspricht, den ich mir vorgestellt habe.“

Sie hielt kurz inne, um Luft zu holen. Mit einem Mal wurde ihr bewusst, dass Alistair sie beobachtete. Seine dunkelblauen Augen schienen ihr direkt ins Herz zu schauen. Was unerwartet angenehm war. Es vermittelte ihr das Gefühl, umsorgt zu sein und, nun ja, angebetet zu werden.

Du bist wirklich eine Träumerin, schalt sie sich, doch das Gefühl wollte trotzdem nicht verschwinden.

„Ich habe das Flugticket noch nicht gekauft", fuhr sie fort. „Ich habe aber allen erzählt, dass ich fahre, und sie freuen sich so sehr für mich. Mein Bankberater hat mich an zwei Festgeldkonten erinnert, die am Fünfzehnten frei werden, sodass ich danach das Geld für den Flug und die Hotelreservierungen habe. Meinen Pass hab ich auch schon, also sieht es so aus, als würde ich es wirklich machen."

„Ja, das machst du", murmelte er und berührte sanft ihr Gesicht. „Ich freue mich für dich."

Sie mochte das Gefühl seiner Finger auf ihrem Gesicht. Die leichte Berührung weckte in ihr den Wunsch, sich vorzubeugen und ihn zu küssen. Sie verspürte Lust, aber auch noch etwas anderes. Etwas, das viel tiefer ging. Einen Hunger, sich mit diesem Mann zu verbinden. Alles an ihm auf intimste Weise kennenzulernen.

„Das habe ich nur dir zu verdanken, Alistair. Du hast mich daran erinnert, dass ich Tante Sophie immer lieben werde. Dass ich nicht hierbleiben muss, um es zu beweisen. Dafür danke ich dir." Sie lächelte. „Du hast mir den notwendigen Tritt in den Hintern verpasst."

„Du wärst auch alleine an den Punkt gekommen."

Dessen war sie sich nicht so sicher, aber das konnte sie

ihm nicht sagen, weil es ihr auf einmal seltsam schwerfiel zu sprechen. Ihr Atem ging schneller und ihr Kleid war seltsam unbequem. Die Lust wuchs und reiste auf erhitztem Blut durch ihren Körper.

Sie wollte ihm von den Steaks erzählen, die ihm Kühlschrank warteten, von dem Salat, den sie dazu vorbereitet hatte. Doch stattdessen trat sie einen Schritt vor und legte ihre Hände auf seine Schultern.

Das war offensichtlich genau das, worauf er gewartet hatte, denn er schlang seine Arme um sie und zog sie an sich. Ihre Körper berührten einander überall und dann war sein Mund auf ihrem.

Sie verlor sich in dem Kuss, und als Alistair sie nach oben führte, verlor sie sich in ihm.

Zwei Stunden später waren sie wieder unten. Alistair hatte seine Jeans und sein Hemd angezogen, war aber barfuß. Paige trug ihr Kleid und sonst nichts. Zu wissen, dass diese wunderschöne Frau in seiner Nähe beinahe nackt war, machte es ihm schwer, sich zu konzentrieren, wie er beim Grillen der Steaks feststellte.

Jedes Mal, wenn sie an ihm vorbeiging, war er sich ihrer bewusst. Er konnte den Blick nicht von ihren Brüsten lösen. Sich in Erinnerung zu rufen, dass er ausgebildeter Mediziner war, machte das Erlebnis nicht weniger intensiv. Und sich zu sagen, dass Feuer sehr gefährlich war, hatte keinerlei Einfluss auf sein Verlangen. Obwohl sie sich gerade erst geliebt hatten, wollte er sie schon wieder.

Sie kam mit den Steaks auf einem Teller aus der Küche.

Ihr Gesichtsausdruck war entspannt und zufrieden, ihre Augen blickten wissend. Sie sah aus wie eine Frau, die höchst befriedigt war.

Sie bedachte ihn mit einem sexy Lächeln. „Hör auf damit“, sagte sie.

„Womit?“

„Daran zu denken. Wenn das so weitergeht, bekommen wir nie was zu essen.“

Er nahm ihr den Teller ab und stellte ihn neben den Grill. Dann zog er sie an sich. „Essen wird häufig überschätzt.“

Sie nahm seine Hände und legte sie auf ihre Brüste. Als seine Finger anfingen, sie zu streicheln, weiteten sich ihre Pupillen und ihr stockte der Atem.

„Vielleicht hast du recht“, flüsterte sie.

Er küsste sie. Ihre Zungen fanden einander in einem erotischen Tanz. Sie sank gegen ihn. Seine Hände glitten zu ihren Hüften und schoben ihr Kleid hinauf, bis er ihre bloße Haut berührte. Lust pulsierte durch seine Adern, bis er hart und bereit war und …

Er zog sich zurück und schaute sie an.

„Was ist?“, fragte sie.

Er schüttelte den Kopf, noch nicht bereit, ihr zu gestehen, was er sich selber noch nicht eingestehen konnte. Nur ließ sich die Wahrheit nicht mehr leugnen. Sie schlug Wurzeln in seinem Geist und wuchs, bis sie drohte, ihn zu verschlingen.

„Ich kann das nicht.“

Sie schluckte. „Das Essen oder …“ Ihre Stimme verebbte, ihre Lippen zitterten. „Alistair?“

Er nahm ihre Hände in seine.

Die Worte waren da, sie warteten nur darauf, ausgesprochen zu werden. Sie verlangten nach Vergebung – für ihn selbst. Und nach der Fähigkeit, zuzugeben, dass er vorher – mit Sara – genommen hatte, was ihm angeboten worden war. Die leichte Lösung. Er war zu sehr mit seiner Arbeit beschäftigt gewesen, um wirklich mit vollem Herzen dabei sein zu können – oder zu wollen.

„Ich habe es schon einmal vermasselt. Ich habe jemanden verletzt, der mir sehr am Herzen lag, weil ich nicht gewillt war, ehrlich zu sein." Er schaute sie an. „Das wird mir nicht noch einmal passieren. Es tut mir leid, Paige, aber ich kann dich nicht verlassen. Und ich werde dich nicht verlassen."

Er versuchte zu lächeln, doch es gelang ihm nicht. Er konnte nur hoffen, dass sie das Gleiche empfand.

„Ich weiß, du bist entschlossen, Rom zu besuchen, aber vielleicht könntest du dich erst mit Australien und Thailand anfreunden. Wir könnten danach nach Italien fliegen. Oder, wenn du deine Pläne nicht ändern willst, warte ich auch. Wenn du mich willst, werde ich warten und dann können wir zusammen sein."

Sie zog die Augenbrauen hoch. „Ich verstehe dich nicht. Bittest du mich, dich zu begleiten?"

„Ich wollte dir sagen, dass ich dich liebe, aber offensichtlich bin ich darin nicht sonderlich gut." Er berührte ihre Wange mit einer Hand. „Ich liebe dich, Paige. Du hast mir gezeigt, was in meinem Leben fehlt. Was ich versucht habe zu vermeiden. Ich habe nicht verstanden, wie Simon für eine Frau seine Arbeit aufgeben konnte, aber jetzt verstehe ich, was er mir versucht hat zu sagen. Dass Montana zu lieben ihn in dem, was er tut, noch besser macht."

Er küsste sie. „Ich liebe dich. Und ja, ich bitte dich, mit mir zu kommen. Wir reisen um die Welt und kommen zwischendurch immer wieder hierher nach Fool's Gold zurück."

Das Zittern begann tief in ihrem Inneren. Paige hörte die Worte und konnte sie dennoch nicht wirklich glauben. Alistair sprach weiter, wiederholte, was er über Australien gesagt hatte und dass er auf sie warten würde, wenn sie erst nach Italien wollte.

Tränen stiegen ihr in die Augen und dann lachte sie und warf sich ihm in die Arme. Er fing sie auf und hielt sie fest, als wollte er sie nie wieder gehen lassen.

„Ich liebe dich auch", flüsterte sie, bevor sie ihn küsste.

Später würde sie ihm sagen, dass Italien nicht weglaufen würde. Und dass sie es kaum erwarten konnte, nach Australien und Thailand zu fliegen. Mit ihm würde sie überall hingehen. Aber für den Augenblick reichte es ihr, in seinen Armen zu sein und zu wissen, dass sie hier den Rest ihres Lebens verbringen würde.

Sie spürte den Hauch einer Berührung an ihrem Rücken. Eine Präsenz. Als wenn Sophie da wäre und sich für sie freute. Dann war das Gefühl vorbei, wie ein Geist, der freigelassen worden war. Liebe ist schon immer die Antwort gewesen, erkannte Paige. Und jetzt würde die Liebe für immer ihr gehören.

– ENDE –

Susan Mallery

Aller Liebe Anfang ist ein Kuss

Roman

Aus dem Amerikanischen von
Gabriele Ramm

mtb

1. KAPITEL

„Die Babys kommen! Die Babys kommen! Jemand muss Neun-Eins-Eins anrufen!“

Ryan Patterson blickte von seinem Computer auf, als eine kleine Blondine an seiner offenen Bürotür vorbeilief. Sie hatte die Augen weit aufgerissen und fuchtelte mit den Armen in der Luft herum. So wie es aussah, stand sie kurz vor einer echten Panikattacke – als wäre das Geschrei nicht schon eindeutig genug.

Doch er musste zugeben, auch wenn sie wie ein aufgescheuchtes Huhn umherlief, war sie irgendwie niedlich. Ihm gefiel, dass sie einen Rock trug, der kurz genug war, um die Sache interessant zu machen. Genauso attraktiv waren die großen haselnussfarbenen Augen und der volle Mund. Er schätzte sie auf Anfang bis Mitte zwanzig. Tja, abgesehen von dem Geschrei war sie das, was sein Vater als ein verdammt prächtiges Exemplar von einer Frau bezeichnen würde.

Ryan stand auf und trat aus seinem kleinen gläsernen Büro heraus. Die Frau drehte eine komplette Runde durch den großzügig angelegten Flur, bevor sie zu ihm zurückgerast kam.

„Haben Sie angerufen?“, fragte sie und wrang die Hände. „Mir ist ganz schlecht. Es ist viel zu früh. Glaube ich jedenfalls. Ich dachte, wir hätten noch eine Woche Zeit.“ Sie schnappte nach Luft. „Haben Sie den Notruf gewählt?“, bohrte sie noch einmal.

„Das mache ich, Ma’am, sobald ich sicher weiß, dass sich eine schwangere Frau im Gebäude aufhält.“

Es war noch relativ früh. Gerade kurz nach acht. Ryan saß bereits seit sechs Uhr an seinem Schreibtisch und war in seine Arbeit vertieft gewesen. Er hatte nicht einmal jemanden ins Haus kommen gehört. Abgesehen von der Blondine natürlich.

Ein hastiger Blick durch das Büro bestätigte ihm, dass sie hier allein waren. Ethan Hendrix, Ryans neuer Chef, hielt nichts davon, seine Ingenieure fürs Rumsitzen zu bezahlen. Die meisten von ihnen waren bereits auf den Baustellen oder in der Fertigungshalle, die sich etwas außerhalb von Fool's Gold befand. Da Ryan gerade an einem neuen Entwurf arbeitete, war er im Büro. Schon seit einer Woche tüftelte er daran. Ethan hatte erwähnt, dass er eine Aushilfskraft einstellen wollte, die sich um die Telefonate kümmern sollte. Allerdings hatte er Ryan weder einen Namen genannt noch gesagt, wann sie kommen würde.

Die Frau starrte ihn verwirrt an. „Hier ist keine schwangere Frau", sagte sie, als wäre sie davon überzeugt, es mit einem Idioten zu tun zu haben. „Es geht um Misty. Die Katze, auf die ich aufpassen soll, und die ist trächtig. Ich habe Ethan gesagt, dass ich sie nicht allein lassen kann und mit zur Arbeit bringen muss. Ich dachte, das würde kein Problem sein, denn Charity, die Besitzerin, hat gemeint, Misty wäre erst in einer Woche fällig, und bis dahin wären sie alle wieder da. Sie sind in Florida, weil da so ein Wohltätigkeits-Fahrradrennen stattfindet, das Josh ..."

Die Frau holte tief Luft. „Ist ja auch völlig egal. Wichtig ist nur, dass Misty jetzt ihre Jungen bekommt. Wir müssen Hilfe holen."

Ryan schüttelte den Kopf. „Die meisten Katzen schaffen das ganz gut allein. Sie wissen, was sie tun müssen. Wenn es Probleme gibt, können wir immer noch den Tierarzt rufen."

„Ist es dann nicht schon zu spät?" Sie drehte sich um und eilte zum Tresen am Eingang. „Ich muss etwas tun." Sie verschwand hinter einer der Trennwände.

Ryan folgte ihr und fand sie neben einem Körbchen hocken, in dem sich eine gestreifte Katze und ein sich windendes winziges Katzenbaby befanden.

„Es ist schon losgegangen!", quiekte die Frau. „Misty, hör auf, bitte! Ich rufe den Tierarzt an. Ich finde einen Tierarzt."

Misty warf ihm einen Blick zu, mit dem sie ihn wohl anflehen wollte, sie doch bitte schön allein zu lassen und für Ruhe und Frieden zu sorgen.

„Okay", meinte er und griff nach dem Ellbogen der Frau, um sie hochzuziehen. „Sie müssen da weg und tief durchatmen."

„Wie soll das denn helfen? Misty braucht mich."

„Misty schafft das wunderbar allein. Kommen Sie."

Er überlegte kurz, ob er mit ihr in den Pausenraum gehen sollte. Doch so wie es aussah, war Koffein das Letzte, was die Frau jetzt brauchte. Sie war schon viel zu aufgedreht.

Stattdessen nahm er sie mit in sein kleines Büro und drückte sie auf den Besucherstuhl. Er selbst setzte sich hinter den Schreibtisch und zog sich die Computertastatur heran.

„Kennen Sie hier in der Stadt einen Tierarzt?", fragte er.

Sie starrte ihn an. „Was? Ja. Natürlich. Cameron McKenzie. Er ist der Tierarzt hier."

Ryan gab den Namen in die Suchmaschine ein und erhielt einen Link zu der Tierarztpraxis. „Hier ist eine Telefonnummer. Sie haben um sieben Uhr aufgemacht und sind bis um fünf in der Praxis." Er las die Adresse. Auch wenn er noch nicht lange in der Stadt war, glaubte er, dass die Praxis nicht allzu weit entfernt sein konnte.

Die Frau rang schon wieder die Hände. „Wir sollten *jetzt* gehen."

„Es geht hier also um Sie, nicht um Misty, oder? Denn die macht ihre Sache gut."

Jetzt wurden die hübschen braunen Augen zusammengekniffen. „Entschuldigung? Wollen Sie damit etwa sagen, dass ich mich egoistisch verhalte, während Misty all die Arbeit macht?"

„Mehr oder weniger."

Entspannt lehnte er sich auf seinem Stuhl zurück und bereitete sich auf eine hitzige Diskussion vor. Er war schon immer der Überzeugung gewesen, dass man am meisten über einen Menschen erfuhr, wenn man sein Streitverhalten erlebte. Unter angespannten Verhältnissen zeigte sich meist der wahre Charakter.

Die Frau sog die Luft ein. Er wappnete sich. Gleich würde sie anfangen zu schreien. Doch sie überraschte ihn, als sie in sich zusammensackte und langsam nickte.

„Ich bin noch nie dabei gewesen, als eine Katze Junge bekommen hat", meinte sie seufzend. „Ehrlich gesagt glaube ich immer noch, dass sie in einen Katzen-Kreißsaal gehört, aber vermutlich haben Sie recht. Sie scheint das ganz gut allein hinzukriegen. Ich kann ja alle fünf Minuten nach ihr schauen. Und wenn alles unproblematisch aussieht, lass ich sie in Ruhe, damit sie ihre Babys bekommen kann."

„Das hört sich nach einem Plan an", meinte er, beeindruckt von ihrer Fähigkeit, die Sache jetzt doch rational zu sehen – und nur leicht enttäuscht darüber, dass es keine große Show gab. „Ich bin übrigens Ryan."

Wieder riss sie ihre hübschen braunen Augen auf, ihre Wangen röteten sich. „Oh, nein. Wir haben uns noch gar nicht vorgestellt, stimmt's? Sie sind der Neue, und jetzt haben Sie bestimmt Angst, hier mit einer total Verrückten eingesperrt zu sein."

Er grinste. „Ach, ich bin sicher, dass ich damit umgehen kann."

Er sieht wirklich aus, als könnte er das, dachte Fayrene Hopkins, während sie in seine amüsiert funkelnden braunen Augen blickte. Ryan war um die eins achtzig, hatte breite Schultern und dunkles Haar. Er trug ein kariertes Hemd, das in einer Jeans steckte, und eine randlose Brille, die ihm ausgesprochen gutstand.

„Wollen Sie damit sagen, dass Sie mich locker zu Boden werfen würden, falls ich jetzt mit einem Brieföffner auf Sie losgehe?", fragte sie.

„Haben Sie das vor?"

„Nein, ich stehe nicht auf Gewalt. Das bringt mich in meinem Vierjahresplan nicht voran. Ich bin Fayrene. Fayrene Hopkins. Ach, und wir duzen uns hier alle."

Sie stand auf und streckte ihm die Hand entgegen. Als er sie ergriff, spürte Fayrene, wie warm seine Hand war. Eine Sekunde lang, während sie in seine Augen blickte, hatte sie fast das Gefühl, einen winzigen Stromschlag bekommen zu haben.

Sie setzte sich wieder und ermahnte sich, dass weder interessante Stromschläge noch lustvolles Kribbeln sie von ihrem Vorhaben abhalten würden. An den Wänden in der Arbeitsecke ihrer kleinen Wohnung hingen diverse Papierbögen in Postergröße mit unterschiedlichen Grafiken, Tabellen oder Listen darauf. Fayrene glaubte fest daran, dass jeder für das eigene Glück verantwortlich war; und in ihrem Fall bedeutete das, dass sie ihre Firma in die schwarzen Zahlen bringen wollte. Und erotische Stromschläge führten leider häufig genug dazu, junge Frauen, die finanziellen und beruflichen Erfolg anstrebten, von ihrem Ziel abzulenken.

„Du hast einen Vierjahresplan?“, fragte er leicht amüsiert. „Keinen Fünfjahresplan?“

Sie hob ihr Kinn. „Es war ein Fünfjahresplan, aber das erste Jahr ist fast abgeschlossen.“

„Wie viele trächtige Katzen beinhaltet er?“

Sie lachte. „Ich hoffe sehr, dass Misty meine letzte ist. Ich bin Haustier-Sitter. Meine Firma vermittelt befristet Mitarbeiter und bietet einen Haustier-Sitter-Service an.“

„Das ist umfassend und ungewöhnlich.“

„Ich habe einen Abschluss in Betriebswirtschaft“, erklärte sie ihm. „Achtzehn Monate lang habe ich für eine Bank gearbeitet und jede Minute davon gehasst. Also habe ich gekündigt und einen weiteren Monat damit verbracht, mir zu überlegen, was ich vom Leben erwarte."

„Und das wäre?"

„Ich möchte eine eigene Firma haben."

„Das hast du ja anscheinend schon geschafft."

„Sicher, mein Name steht an der Tür, aber ich habe noch ordentlich zu kämpfen. Ich will finanziell erfolgreich sein. Ich bin jetzt vierundzwanzig. Wenn ich achtundzwanzig bin, möchte ich vier Vollzeitangestellte beschäftigen."

„Das ist ein ehrgeiziges Ziel."

„Ich weiß, aber wie ich schon sagte, ich habe einen Plan. Während meiner Analysen habe ich festgestellt, dass es hier wirklich Bedarf an einem guten Haustier-Sitter-Service gibt. Nicht nur jemanden, der mal kurz vorbeischaut, um die Fische zu füttern, sondern jemanden, der bereit ist, wenn nötig, rund um die Uhr zur Stelle zu sein."

„Das erklärt also die trächtige Misty."

„Genau." Sie lächelte. „Charity wollte sie nicht allein lassen. Also nehme ich sie überall mit hin. Obwohl sie ja noch gar nicht so schnell ihre Babys bekommen sollte."

„Und was hat es mit der Zeitarbeit auf sich?"

„Ich springe ein, wo ich gebraucht werde. Im Augenblick bin ich für zwei Wochen hier in Ethans Büro engagiert, weil seine Rezeptionistin im Urlaub ist. Es gibt in Fool's Gold eine Menge kleiner Unternehmen. Sie brauchen Verstärkung, wollen aber nicht immer gleich jemanden in Vollzeit einstellen. Da fülle ich dann die Lücken."

Um die Firma gründen zu können, hatte sie all ihre Ersparnisse aufgebraucht und sich von ihrer älteren Schwester

Geld geliehen. Dellina kümmerte sich um die Familienfinanzen, seit sie achtzehn war und die Verantwortung für ihre beiden jüngeren Zwillingsschwestern übernommen hatte. Jede der drei Schwestern verfügte über ein kleines Treuhandvermögen aus der Lebensversicherung ihrer Eltern.

Ryan stand auf und streckte ihr die Hand hin. „Komm", meinte er. „Wir schauen mal nach unserem Kätzchen."

Fayrene war sich nicht sicher, ob es klug war, Ryan noch einmal zu berühren. Da war doch vorhin schon dieses Kribbeln gewesen. Aber vielleicht hatte es sich dabei doch nur um statische Elektrizität gehandelt und hatte rein gar nichts mit sexueller Anziehungskraft zu tun.

Sie griff nach der ausgestreckten Hand und hielt den Atem an. Kaum hatten sich ihre Handflächen berührt, spürte sie es. Ein eindeutiges, wohliges Kribbeln, das ihr über den Rücken lief. Oh, oh. Das verhieß nichts Gutes. Ihr Vierjahresplan sah keine Zeit für romantische Affären vor.

Ryan schien jedoch völlig unbeeindruckt zu sein. Er schenkte ihr ein Lächeln und ging dann mit ihr zu Mistys Korb unter dem Empfangstresen.

Drei winzige Kätzchen schmiegten sich an ihre Mutter. Misty leckte sie sorgfältig ab und befeuchtete ihr Fell. Die winzigen Augen waren noch geschlossen, die Miniatur-Pfoten zuckten leicht. Fayrene löste sich von Ryan und hockte sich hin.

„Sie sind so niedlich", murmelte sie. „Glaubst du, dass sie die Geburt hinter sich hat?"

„Katzen machen manchmal zwischen den einzelnen Jungen bis zu vierundzwanzig Stunden Pause“, erklärte er ihr. „Sie sieht nicht aus, als würde es ihr schlecht gehen, also sollten wir sie einfach in Ruhe lassen.“

Misty schien nicht aufgeregt zu sein, aber Fayrene hatte das Gefühl, als würde sich um sie herum alles drehen. War sie etwa dabei, zum ersten Mal im Leben in Ohnmacht zu fallen?

„V...vierundzwanzig Stunden?“

„Das ist gar nicht mal unüblich. Die Tatsache, dass die ersten drei so schnell kamen, könnte darauf hindeuten, dass sie fertig ist, aber ganz sicher können wir nicht sein.“

Fayrene stand langsam auf und hielt sich am Schreibtisch fest. „Das halte ich keine vierundzwanzig Stunden durch“, murmelte sie. „Das ist zu stressig.“

„Misty geht es super“, beruhigte Ryan sie.

Er hatte leicht reden. Er war ja auch nicht derjenige, der während der nächsten vierundzwanzig Stunden auf die Katze aufpassen musste.

Jetzt arbeitest du erst mal, ermahnte sie sich. In Panik kannst du später ausbrechen.

Die Nacht würde also lang werden. Fayrene würde wohl durchmachen müssen.

„Danke für die Hilfe“, sagte sie und sah Ryan an. „Du warst großartig, und jetzt willst du bestimmt wieder an die Arbeit gehen, was auch immer das für eine Arbeit ist.“

Er schenkte ihr ein breites Lächeln, das ihr weiche Knie bescherte. „Ich bin heute den ganzen Tag hier, falls du und Misty noch Hilfe brauchen.“

„Auf das Angebot kommen wir vielleicht zurück."

Sie rechnete ihm hoch an, dass er sie nicht darauf hinwies, dass die Katze ganz zufrieden aussah und nichts zu brauchen schien. Sie dagegen könnte eine Umarmung gebrauchen. Ihr Blick ging über Ryans Rücken, als er zurück zu seinem Büro ging. Er war garantiert ein toller Umarmer. Solche Männer gefielen ihr. Vor allem, wenn sie einen fest an sich zogen, so als wollten sie einen nie wieder loslassen. Natürlich nur, solange es keine Angst einflößende Stalker-Umarmung war.

Wobei sie ja nicht im Geringsten an Ryan interessiert war. Sie hatte Ziele und einen Plan. Teil des Plans war, während der nächsten vier Jahre jeglichen Liebesgeschichten aus dem Weg zu gehen. Für Spaß blieb hinterher noch genügend Zeit.

2. KAPITEL

Ryan klickte auf „Speichern“, stand auf und streckte sich. Es war schon nach fünf. Er arbeitete erst seit fast zwei Wochen für Ethan. Da der Job zeitlich auf zwei Monate begrenzt war und er hier in der Stadt niemanden kannte, hatte Ryan bisher immer bis mindestens acht Uhr abends gearbeitet. Heute war es anders. Den ganzen Tag lang war er sich der Tatsache bewusst gewesen, dass Fayrene am Empfangstresen saß. Sie hatte Anrufe entgegengenommen, E-Mails getippt und ungefähr alle fünfzehn Minuten nach Misty geschaut. Soweit er es bisher beurteilen konnte, war sie effizient und neigte ein wenig dazu, sich zu viele Sorgen zu machen. Jetzt, da sie nicht mehr wegen der Katze schreiend durch die Gegend lief, hatte er bemerkt, dass sie den erotischsten Gang besaß, den er seit einer Weile gesehen hatte. Vielleicht sogar jemals.

Er griff nach seiner Lederjacke. Auch wenn es im Frühjahr in Fool’s Gold schon relativ warm war, konnten die Nächte noch empfindlich kalt werden. Er wohnte im *Ronan’s Lodge* – einem netten Hotel in der Stadt. Dadurch konnte er zwar zu Fuß zur Arbeit gehen, aber es bedeutete auch, dass er tagtäglich mit dem Wetter zu kämpfen hatte.

Zielsicher steuerte er auf Fayrenes Arbeitsplatz zu. Sie packte gerade ihre Sachen zusammen, und es sah so aus, als wollte sie gerade den Korb mit Misty und ihren drei Kätzchen einsammeln.

„Ich trage sie“, erklärte er, ging um den Schreibtisch herum und hob den Korb auf. „Nimmst du sie mit nach Hause?"

Fayrene nickte. Sie war ganz blass vor Sorge, Ryan sah ihr die Anspannung an. „Ich habe mit Mistys Frauchen gesprochen, mit Charity. Das Radrennen war heute, darum können sie schon morgen zurück, um bei ihr zu sein. Bis dahin muss ich also noch durchhalten." Sie biss sich auf die Unterlippe. „Glaubst du wirklich, dass sie noch mehr Junge bekommt?"

„Es wäre möglich."

„Das ist aber wirklich eine lange Zeit der Wehen."

„Ich glaube nicht, dass sie Schmerzen hat."

Misty lag zusammengerollt da, die Jungen eng an sich geschmiegt. Sie hatte die Augen halb geschlossen und schnurrte.

„Nein, scheint nicht so", gab Fayrene zu.

Ryan ergab sich dem Unvermeidlichen. „Ich könnte bei dir bleiben und auf sie aufpassen, wenn dir das helfen würde."

Fayrene starrte ihn an. „Ich denke nicht. Ich kenne dich doch kaum. Du kannst nicht einfach zu mir nach Hause kommen."

Hätte er nicht den Korb mit der Katze und ihren Babys in der Hand gehalten, hätte er jetzt die Hände gehoben, um zu zeigen, dass er sich ergab. „Ich hatte nichts Böses im Sinn. War ja nur ein Angebot. Wir können auch hierbleiben, wenn du dich dann sicherer fühlst."

„Du würdest die Nacht hier im Büro verbringen, um mir dabei zu helfen, auf eine Katze aufzupassen?"

„Klar."

„Das ist sehr nett von dir, aber ich denke, besser nicht."

Er konnte ihren Tonfall nicht interpretieren, daher war er nicht sicher, ob sie ihm ein Kompliment oder sich über ihn lustig gemacht hatte. „So bin ich nun mal erzogen worden."

Sie musterte ihn einen Moment lang. „Brieftasche in der Gesäßtasche?", wollte sie wissen.

„Sicher, aber was …"

Er stockte abrupt, als er spürte, wie sie seine Brieftasche herauszog. Nachdem sie sie geöffnet hatte, griff sie nach dem Telefon und wählte. „Polizeichefin Barns, bitte. Hier ist Fayrene Hopkins."

„Du rufst die Polizei an?", fragte er entgeistert und erkannte, dass sein kauziger Onkel wohl doch recht gehabt hatte. Jede gute Tat wurde bestraft.

„Hallo, Alice", sagte Fayrene lächelnd. „Kannst du mal jemanden für mich überprüfen?" Sie erzählte kurz von Misty und den Kätzchen und seinem Angebot. „Er heißt Ryan Patterson und kommt aus dem Staat Washington." Sie nannte Alice sein Geburtsdatum und die Zulassungsnummer, bevor sie ihn wieder ansah. „Nettes Bild."

„Danke."

Sie legte eine Hand auf die Sprechmuschel. „Ich bin mal mit dem ältesten Sohn von Alice gegangen, als wir in der Highschool waren. Wir waren zusammen auf dem Abschlussball. Sie hat mich schon immer gemocht."

Ryan war nicht sicher, ob Fayrenes Verhalten ihn beeindruckte oder ob er das Angebot lieber zurückziehen sollte. Wahrscheinlich ein wenig von beidem. Er respektierte ihr

Bedürfnis, sich zu schützen, auch wenn es ihm höchst unangenehm war, von der Polizei überprüft zu werden. Nicht dass er etwas zu verbergen hatte, aber trotzdem.

Fayrene deutete auf die Schale mit den Jelly Beans auf ihrem Schreibtisch. „Möchtest du?"

„Nein, danke."

Sie nahm sich ein paar. „Grüner Apfel. Ich habe in letzter Zeit nicht so viel Obst gegessen."

Kopfschüttelnd sah er sie an. „Das sind Jelly Beans, kein Obst."

„Ich finde, das zählt auch."

„Meinst du wirklich?"

„Klar." Sie nahm die Hand von der Sprechmuschel und lauschte einen Moment lang. „Aha, mhm. Okay, danke. Ich sag's ihm. Nein, ich habe nichts von Jim gehört. Ach Alice, komm, vergiss es." Sie machte eine kleine Pause und lächelte. „Das ist lieb von dir. Ich sag dir Bescheid, falls sich etwas ändern sollte. Tschüss."

Sie beendete das Telefonat. „Alice meint, ich wäre ihr die Liebste von Jims Freundinnen gewesen, und sie hätte es gern, wenn wir wieder zusammenkämen."

„Besteht eine Chance?"

„Nicht die geringste. Wir hatten Spaß, aber wir haben uns schon vor langer Zeit auseinandergelebt." Sie strich sich eine blonde Haarsträhne hinters Ohr und griff noch einmal nach den Jelly Beans. „Du bist noch nie verhaftet worden, hast aber schon zweimal einen Strafzettel wegen Geschwindigkeitsüberschreitung bekommen. Ich soll dich von der Polizeichefin darauf hinweisen, dass die Polizei hier in

Fool's Gold die Geschwindigkeitsbegrenzungen sehr ernst nimmt."

„Gut zu wissen."

Sie musterte ihn eine Sekunde lang. „Wenn es dir ernst damit war, heute Nacht bei mir zu bleiben … Das wird nicht passieren. Allerdings fände ich es schön, wenn du für ein paar Stunden vorbeikommst, nur für den Fall, dass noch mehr Kätzchen geboren werden. Ich möchte aber eins klarstellen: Ich lade dich als Freund ein und werde auf keinen Fall mit dir schlafen."

Ryan lachte. „Vielen Dank für die klare Ansage. Ich hatte nebenbei nichts anderes vor, als über die Katze zu wachen."

Sie errötete erneut. „Mir ist schon klar, dass du nicht gefragt hast, aber ich habe gelernt, dass es das Beste ist, wenn man Dinge offen anspricht. Dadurch beugt man Missverständnissen vor."

„Eine weise Philosophie."

„Jetzt machst du dich über mich lustig."

„Ein bisschen vielleicht."

Sie bietet eine interessante Mischung aus Hysterie und Kompetenz, dachte er. Mit Misty in den Wehen konnte sie nicht umgeben, aber sie war bereit, die örtliche Polizeichefin anzurufen, um ihn überprüfen zu lassen.

Er schlüpfte in seine Jacke. „Wie weit ist es bis zu dir? Ich habe meinen Wagen nämlich am Hotel stehen lassen."

„Ich bin wegen Misty mit dem Auto hier." Sie griff nach ihrer Handtasche. „Da ich nicht auf Besuch zum Abendessen eingestellt bin, müssen wir uns mit Pizza begnügen. Okay?"

„Was gibt es Besseres als Pizza?"

Fayrene ließ ihren Rock zu Boden gleiten und zog sich eine Jeans an. Zusammen mit Misty und den Kätzchen hatte sie Ryan im Wohnzimmer zurückgelassen. Er schien nicht unbedingt zu der Sorte Mann zu gehören, die herumschnüffelte. Doch es war schon so lange her, seit sie einen Mann mit nach Hause gebracht hatte, dass es ihr merkwürdig vorkam, ihn allein zu lassen. Wer hätte gedacht, dass man vergessen konnte, wie ein Date lief?

Doch dies hier war ja gar kein Date – er war nur ein Freund, der ihr zur Seite stand. Nur dass er eben auch ein Mann war, der sehr gut aussah. Ganz zu schweigen von der Sache mit den kleinen Stromschlägen.

Sie streifte sich ein Sweatshirt über und schlüpfte in flache Schuhe. Ihr lockiges Haar sah ziemlich wild aus – wie immer. Sie hatte gelernt, es einfach zu ignorieren. Keine zwei Minuten, nachdem sie Ryan verlassen hatte, um sich umzuziehen, war sie zurück im Wohnzimmer. Nur leider war er nicht mehr da.

Sie starrte in das leere Zimmer. Ryans Rucksack lag noch auf dem Boden neben der Tür, seine Jacke hing an der kleinen Garderobe. Fayrene hielt inne und lauschte. Aus der kleinen Nische, die ihre Küche beherbergte, hörte sie es miauen.

Als sie dem Geräusch folgte, fand sie Ryan, der gerade dabei war, eine Dose mit Katzenfutter zu öffnen. Misty hatte ihren Korb verlassen und strich Ryan um die Beine.

Er blickte auf und lächelte. „Ich dachte mir, dass sie bestimmt hungrig ist“, meinte er. „Schließlich hat sie einen harten Tag hinter sich.“

Nachdem er das Futter in einen Napf gefüllt hatte, stellte er ihn auf den Boden. Misty kam sofort angelaufen und begann zu fressen. Anschließend versorgte Ryan sie noch mit Trockenfutter und frischem Wasser.

„Du bist gut", stellte Fayrene fest. „Du hast dich schon öfter um Tiere gekümmert, oder?"

„Ich bin auf einer Farm aufgewachsen."

Fayrene sah ihn erstaunt an. „Ehrlich?"

Er deckte den Rest des Futters mit Folie ab und stellte die Dose in den Kühlschrank. Nachdem er die Tür geschlossen hatte, lehnte er sich an die Arbeitsplatte. „Was ist daran so erstaunlich? Du lebst doch auch in einer Kleinstadt."

„Aber nicht auf einer Farm", meinte sie und ging voraus ins Wohnzimmer.

Im Couchtisch befand sich eine kleine Schublade, in der sie die Prospekte ihrer bevorzugten Lieferservices verstaut hatte. Als sie beide auf dem Sofa saßen, holte sie den Stapel heraus und reichte ihn Ryan.

„Ich schulde dir was, daher darfst du aussuchen. Es muss nicht unbedingt Pizza sein. Wir können uns auch etwas anderes liefern lassen."

Er lachte. „Na, du weißt einen Mann ja zu verwöhnen."

Er blätterte die verschiedenen Angebote durch, ehe er sich dann doch für Pizza entschied. Fayrene gab die Bestellung telefonisch auf und orderte gleich noch ein Sixpack Bier. Außer einem Glas Senf und Mistys Frühstück gab ihr Kühlschrank nichts weiter her.

„Und wo befindet sich eure Familienfarm?", nahm sie

danach den Gesprächsfaden wieder auf und drehte sich zu Ryan herum.

„An einem Ort, von dem du bestimmt noch nie gehört hast. Colville im Staat Washington. Nördlich von Spokane. Meinem Dad gehören ein paar Hundert Rinder und außerdem ungefähr zwanzig Morgen Land, auf dem er regelmäßig Heu erntet. Na ja, Hühner, Ziegen und Kaninchen haben wir natürlich auch. Das Übliche halt."

Sie lachte. „Das Übliche? Nicht für mich. Kein Wunder, dass dir Mistys heikler Zustand nichts ausgemacht hat. Das war also nichts, was du nicht schon häufig genug gesehen hättest."

Er zuckte mit den Schultern. „Stimmt, ich habe schon geholfen, Babys zur Welt zu bringen."

„Wie bist du von dort hierhergekommen?"

Er richtete den Blick aus seinen dunklen Augen auf ihr Gesicht. „Soll heißen, warum bin ich nicht länger Farmersjunge?"

Sie nickte.

„Es ist hart, sich mit der Arbeit seinen Lebensunterhalt zu verdienen. Es gibt zwar auch ein paar Jobs in der Fertigungsindustrie in der Stadt, aber das wollte ich eigentlich auch nicht. Mich hat schon immer interessiert, *wie* Dinge funktionieren. Ich habe früher oft Sachen auseinandergebaut und dann versucht, sie wieder zusammenzubauen." Er grinste. „Als ich noch jünger war, hat das mit dem Zusammenbauen nie sonderlich gut geklappt. Aber meine Eltern hatten sehr viel Geduld mit mir."

„Also wolltest du schon immer Ingenieur werden?"

„Im Grunde ja. Als ich fünfzehn war, hat mein Dad eine Windturbine gekauft, um Strom zu erzeugen." Sein Lächeln wurde noch breiter. „Das ist eine Windmühle für euch Stadtmenschen."

Sie lachte. „Danke für die Erklärung. Also hast du das studiert?"

„Mein Abschluss ist ein wenig allgemeiner. Alternative Energiequellen, aber ich habe mich auf Windkraftanlagen spezialisiert. Ich habe an einigen eigenen Entwürfen gearbeitet und bestehende Modelle modifiziert. Effizienz ist entscheidend. Es mag nicht nach viel klingen, wenn man ein zusätzliches Kilowatt erzeugt, aber mit der Zeit summiert es sich."

Voller Enthusiasmus erzählte er weiter, wobei seine Erklärungen schnell ziemlich technisch wurden. Es dauerte keine Minute, da hatte Fayrene schon keine Ahnung mehr, wovon er redete. Doch ihr gefielen der Klang seiner Stimme und seine Begeisterung für das, was er tat. Die meisten Männer ihres Alters investierten nur die halbe Kraft. Sie alle wollten der nächste Steve Jobs sein, aber ohne dafür etwas leisten zu müssen.

Ryan nicht, dachte sie und respektierte seinen Wunsch, voranzukommen.

Ihr gefiel es auch, wie ihm das dunkle Haar in die Stirn fiel, und die Brille ließ ihn irgendwie noch zugänglicher erscheinen.

Am liebsten wäre sie näher an ihn herangerückt. Hätte sich an ihn gelehnt und …

Halt! Stopp! ermahnte sie sich streng. Nichts Dergleichen würde passieren. Sie war eine Frau mit einem Plan. Eine Frau, die sich ihre Träume erfüllen wollte. Es würde sie nur ablenken, wenn sie sich mit einem Mann einließ. Nein, erst kamen die Träume, dann die Romantik.

Oh, aber Ryan war wirklich eine Versuchung.

„... und da habe ich Ethan getroffen", sagte er gerade.

Immerhin hatte sie noch so weit zugehört, dass sie wusste, dass er von einer Konferenz erzählte. „Und da hat er dich gleich überredet, bei ihm anzufangen?"

Ryan zögerte. „Na ja, nicht ganz. Mein Vertrag mit ihm läuft über acht Wochen. Er wollte ein paar Konstruktionsänderungen, die ich jetzt anfertige. Im Anschluss daran könnte ich einen Job in Texas annehmen."

Das war neu. „Willst du den annehmen?"

„Ich weiß es nicht. Es ist ein gutes Angebot. Dort wird ziemlich innovative Arbeit geleistet. Der Norden von Texas bekommt viel Wind ab."

Auch wenn sie über die Vorstellung, dass er bald wieder abreisen würde, nicht gerade glücklich war, entspannte es die Situation. Wenn Ryan nicht in Fool's Gold blieb, konnte er sie von der Verfolgung ihres Plans nicht abhalten. Und auf dem Sofa ein Stückchen näher an ihn heranzurutschen war absolut sicher ...

Und vielleicht auch ein bisschen gefährlich.

3. KAPITEL

Diverse Stücke Pizza, ein paar Bier und zwei Handvoll Jelly Beans später unterhielten sie sich immer noch angeregt. Ryan wünschte, Fayrene hätte nicht so explizit klargestellt, dass sie nicht vorhatte, mit ihm ins Bett zu gehen. Sie war klug, witzig und sexy. Unter anderen Umständen würde er nicht lange zögern. Aber es war ja kein Date. Sie hatte ihn in ihr Apartment gebeten, weil sie Unterstützung beim Einhüten der Katzen brauchte – nicht weil sie an ihm interessiert wäre. Trotzdem durfte ein Mann ja wohl noch träumen.

Sie saßen noch immer an dem kleinen Tisch in der Küche. Misty war nach ihrem Abendessen eingeschlafen, rührte sich nicht und sah auch nicht so aus, als würde sie noch mehr Kätzchen bekommen. Wenn Ryan raten sollte, würde er sagen, mehr als drei Junge würde sie nicht zur Welt bringen. Gab er das jetzt allerdings zu, müsste er Fayrene ja eröffnen, dass für ihn kein Grund mehr zum Bleiben bestand. Und er wollte einfach noch nicht, dass der gemeinsame Abend endete.

„Meine Mom ist fürs Studium hergekommen", erzählte sie. „Mein Dad war gerade zum Direktionsassistenten im *Ronan's Lodge* befördert worden. Das war eine große Sache, deshalb hatte er sich überlegt, ein paar Wirtschaftskurse zu belegen. Auf dem Campus sind sie sich dann begegnet." Sie seufzte. „Es war Liebe auf den ersten Blick."

Ryan stützte die Ellbogen auf den Tisch und beugte sich

zu ihr hinüber. „Du erinnerst dich, weil man dir die Geschichte in deiner Kindheit erzählt hat."

Sie nickte. „Jedes Jahr an ihrem Hochzeitstag haben sie sie uns erzählt. Dass Mom es eilig hatte und Dad nicht darauf geachtet hatte, wohin er ging. Sie sind zusammengeprallt, ihre Bücher flogen durch die Gegend. Als sie sie wieder aufgesammelt hatten, haben sie es beide gewusst."

„Also glaubst du an die Liebe auf den ersten Blick?"

„Nein. Ich meine, okay, es ist bei ihnen passiert, aber ich glaube, dass die Liebe erst mit der Zeit wächst. Man muss gemeinsame Interessen haben und ähnliche Moralvorstellungen. Man muss die gleichen Dinge wollen."

Da stimmte er ihr zu, befürchtete jedoch, sie könnte zu viel hineindeuten, wenn er das sagte. „Also meinst du nicht, dass Gegensätze sich anziehen?"

Sie zog die Nase kraus. „Ich bin sicher, dass das für viel Aufregung und Dramatik sorgt, aber ich will kein Drama in meinem Leben. Ich habe lieber alles schön ordentlich."

„So wie deinen Plan."

Sie nickte. Ihre braunen Augen verdunkelten sich ein wenig, dann sah sie ihn wieder an. „Sie sind gestorben. Meine Eltern. Sie haben das erste Mal allein Urlaub gemacht, als Ana Raquel und ich vierzehn waren. Dellina, unsere ältere Schwester, war fast siebzehn."

Darauf war Ryan nicht gefasst gewesen. Er griff über den Tisch und nahm ihre Hände in seine. „Es tut mir leid."

„Danke. Es war schrecklich. Wir hatten hier in der Stadt sonst weiter keine Familie, also mussten wir zu unserer Tante nach Arizona ziehen. Sie und mein Onkel waren wirklich lieb zu uns, aber alles war so anders. Wir hatten unsere Eltern, unser Zuhause und unsere Freunde verloren – innerhalb von nur einer Woche. Als Dellina achtzehn wurde, hat sie die Vormundschaft für uns beantragt und ist mit uns wieder hierhergezogen."

„Du und deine Schwester seid Zwillinge?"

Fayrene nickte. „Ana Raquel und ich haben versucht, uns ihr zuliebe gut zu benehmen. Du weißt schon, keinen Ärger zu machen. Aber wir waren Teenager. Es hat nicht immer geklappt. Dellina hat aber nicht aufgegeben. Sie hat sich einen Job gesucht und ist sehr sorgsam mit dem Geld aus der Lebensversicherung umgegangen. Außerdem hatten wir immer noch das Haus, in dem wir aufgewachsen waren."

„Warum wohnst du jetzt nicht mehr dort?"

„Es ist ein ziemlich großes Haus mit vier Schlafzimmern und einem riesigen Garten. Wir haben es vermietet. Ein Teil der Mieteinnahmen kommt auf ein Konto als Rücklage für Instandhaltungsmaßnahmen, den Rest teilen wir unter uns auf." Sie lächelte schwach. „In den eher mageren Monaten kann einen das retten."

Anstandshalber ließ er ihre Hände wieder los, aber am liebsten wäre er um den Tisch herumgegangen und hätte Fayrene in die Arme geschlossen.

„Wohnen deine Schwestern noch hier in der Stadt?"

„Dellina ja. Ana Raquel arbeitet als Köchin in San Francisco, aber sie kommt häufig nach Hause. Es ist immer schön, wenn wir alle zusammen sind." Sie richtete sich ein wenig auf. „Ich bewundere Dellina für das, was sie getan hat. Was sie alles aufgegeben hat. Ana Raquel ist auf eine Kochschule in San Francisco gegangen, und ich war in Santa Cruz auf dem College. Doch Dellina ist hiergeblieben. Sie war unser Anker. Sie hatte Jobs, die ihr nicht gefallen haben, einfach nur angenommen, weil die Arbeitszeiten gut waren und sie sich kein unregelmäßiges Einkommen leisten konnte. Erst vor Kurzem hat sie sich getraut, eine eigene Firma aufzubauen."

Es war nicht schwer, die Puzzleteile zusammenzusetzen. „Du denkst, sie war in ihrer Rolle gefangen."

„Irgendwie schon."

Aufgrund der Umstände hatte Dellina schnell erwachsen werden müssen und sich mehr Verantwortung aufgebürdet, als ihr lieb gewesen war. Fayrene hatte daraus gelernt. Sie wollte ihre Träume nicht durch etwas Unerwartetes aufs Spiel setzen.

„Daher denkst du jetzt, wenn du einen Plan hast, der solide genug ist, erlebst du keine bösen Überraschungen."

Sie verzog den Mund. „Ist es so offensichtlich?"

„So schwer war es nicht, das herauszufinden. Versteh mich nicht falsch. Ich kann nachvollziehen, was du tust, und ich habe großen Respekt davor. Du machst auf mich einen starken und sehr entschlossenen Eindruck."

Fayrene wünschte, sie könnte die letzten Minuten rückgängig machen. Sie hatte Ryan gar nicht so viel von sich erzählen wollen. Sie kannte den Mann doch gerade einmal zwölf Stunden, und schon wusste er mehr über sie als die meisten anderen.

„Es ist ja nicht so, dass ich keine Familie will", murmelte sie. „Natürlich will ich das. Nur nicht jetzt."

Er lehnte sich auf seinem Stuhl zurück. „Du musst dich vor mir nicht rechtfertigen", erklärte er. „Ich bin der Mann, der geschworen hat, auf keinen Fall zu heiraten, bevor er vierzig ist."

„Das sagst du doch nur, damit ich mich besser fühle."

Er schüttelte den Kopf. „Bei meiner Pfadfinderehre."

„Ha. Als ob ich wüsste, ob du wirklich Pfadfinder warst."

„Sehe ich etwa nicht so aus?"

Er sah vor allem sexy und ernst aus. Eine sehr anziehende Mischung.

Jetzt stand er auf. „Komm. Lass uns mal nach unserer frischgebackenen Mutter schauen."

Fayrene folgte ihm ins Wohnzimmer. Misty schlief noch immer, und die drei kleinen Katzen hatten sich eng an sie geschmiegt.

„Sie sieht gut aus", stellte Ryan fest.

„Dank dir."

Er lächelte sie an. „Misty hat die harte Arbeit geleistet."

Sie machten es sich auf dem Sofa bequem, um sich einen Film anzuschauen. Fayrene achtete jedoch sorgsam darauf, Ryan nicht zu nahe zu kommen, auch wenn sie es gern getan hätte. Es erstaunte sie, wie wohl sie sich in seiner Gesellschaft fühlte. Es war fast so, als würde sie ihn schon seit Jahren kennen. Gleichzeitig war sie in ständiger Alarmbereitschaft – denn jeden Augenblick konnte ihr Körper ja wieder zu kribbeln anfangen. Eine sehr verwirrende Situation.

Spielerisch stritten sie sich darüber, was für einen Film

sie sich ansehen wollten. In Fayrenes Regal standen vor allem Frauenfilme, daher entschieden sie sich schließlich für einen nicht allzu grausigen Action-Film, den sie im Bezahlfernsehen fanden.

Während des Films griff Fayrene immer wieder in die Schale mit den Jelly Beans. Sie mochte sie zum einen wegen der nostalgischen Kindheitserinnerungen, zum anderen weil sie süß waren und trotzdem wenig Kalorien hatten. Sie liebte den Geschmack und passte trotzdem am nächsten Morgen noch in ihre Klamotten. Leider gelang es den Jelly Beans jedoch nicht, sie von dem fantastisch aussehenden Mann abzulenken, der neben ihr auf dem Sofa saß.

Lag es an ihr oder war es auf einmal sehr heiß in ihrem Wohnzimmer geworden?

Als der Film zu Ende war, stand Ryan auf und streckte sich. Einen Augenblick lang genoss Fayrene den herrlichen Anblick seines breiten Brustkorbs und der schmalen Taille, bevor sie sich daran erinnerte, dass es unhöflich war, jemanden so anzustarren.

„Wow, was ist das denn“, sagte er und senkte die Arme. Er ging zu einem alten Radio, das sie ganz unten in ihr Bücherregal gestellt hatte. Die meisten Leute bemerkten nicht einmal, dass es dastand. Ryan jedoch ging hinüber, schaltete es an und drehte am Knopf, bis er einen Sender gefunden hatte.

„Das ist ja ein tolles antikes Stück“, meinte er und schaute zu ihr.

„Das Radio hat meinem Dad gehört. Ich weiß, es ist riesig und scheußlich, aber es erinnert mich an ihn.“

Ryan kam wieder hoch. „Mir gefällt es."

Aus dem Radio erklang eine tiefe, maskuline Stimme. „Hier ist Gideon, und wir werden heute Abend Oldies spielen, so wie jeden Abend. Ich dachte, ich beginne mit einem Lied, das mich an eine wunderschöne Frau aus meiner Vergangenheit erinnert. Also, dies hier ist für die klügste Frau, die ich je getroffen habe. Ein Song von den Drifters."

Fayrene überlegte, welches Lied er wohl auflegen würde. Auch wenn sie selbst nie ein besonderer Oldies-Fan gewesen war, erinnerte sie sich, dass ihr Dad diese Musik gemocht hatte. Ständig hatte er sich beschwert, im falschen Jahrzehnt geboren worden zu sein. Dass er in den Fünfzigern viel glücklicher geworden wäre, mit der tollen Musik und den breiten Autos, hatte er oft gesagt. Daraufhin hatte ihre Mom ihn immer damit aufgezogen, dass er dann viel zu alt für sie gewesen wäre.

Fayrene spürte einen Kloß im Hals, als sie versuchte, die verschwommenen Erinnerungen heraufzubeschwören. Aber es ist einfach zu lange her, dachte sie traurig, und es waren nur noch sehr flüchtige Erinnerungsfetzen, die ihr geblieben waren. Bevor ihr die Tränen kommen konnten, zog Ryan sie vom Sofa hoch und begann, mit ihr zu tanzen.

„Wer ist Gideon?", fragte er, während er sich im Takt der Musik mit ihr bewegte. Er hielt sie gerade fest genug umschlungen, dass sie sich am liebsten noch enger an ihn geschmiegt hätte, und locker genug, dass sie sich nicht bedrängt fühlte.

„Er ist auch noch nicht lange in der Stadt", antwortete sie. Die Erinnerungen an die Vergangenheit verschwanden langsam, und Fayrene war zufrieden, sie für heute zu begraben. „Es ranken sich eine ganze Menge Gerüchte um ihn. Man erzählt sich, dass er beim Militär gewesen ist und richtig gefährliche Sachen gemacht hat."

„Mir gefällt sein Musikgeschmack."

Ryans Hemd fühlte sich weich unter ihren Fingerspitzen an, sein Körper herrlich warm. In seiner Nähe vergaß sie alles andere – ihre Vergangenheit, sogar ihren Plan. Auf einmal waren da nur noch das sanfte Wiegen zur Musik, der Rhythmus des Liedes und eine unerwartete Sehnsucht.

Ryans Blick ruhte auf ihrem Gesicht; ganz langsam senkte er den Kopf und gab ihr einen sanften Kuss.

So leicht wie eine Feder streifte sein Mund über ihre Lippen. Er drängte sie nicht, forderte nichts. Er neckte sie ein wenig und zog sich anschließend wieder zurück, bevor er eine Hand an ihren Hinterkopf legte und sie die Wange an seine Schulter schmiegte.

Fayrene schloss die Augen. Verlangen durchströmte sie, ließ ihren Körper kribbeln und brachte sie dazu, sich nach mehr als nur einem keuschen Kuss zu sehnen. Doch statt ihrem Wunsch nachzugeben, blieb sie, wo sie war, und genoss einfach das Gefühl, dass sich jemand um sie kümmerte. Genoss das Gefühl der Sicherheit. Selbst wenn es nur für eine Nacht war.

Aber als das Lied endete, löste Ryan sich von ihr. Er lächelte ihr kurz zu, murmelte „Gute Nacht" und war verschwunden, ehe sie entscheiden konnte, ob sie ihn gern über Nacht dabehalten hätte oder nicht.

War das nicht wieder einmal typisch Mann?

4. KAPITEL

Fayrene verhielt sich während der nächsten drei Tage bewusst nett und freundlich, aber auch ein wenig distanziert. Wenn sie mittags losging, um Sandwiches zu besorgen, brachte sie Ryan eins mit. Sie warnte ihn vor den beiden verfeindeten Friseurinnen in der Stadt, als er fragte, wo er sich die Haare schneiden lassen könnte, und erklärte, dass er abwechselnd zu House of Bella und Chez Julia gehen sollte, wenn er sich keinen Ärger mit den beiden Schwestern einhandeln wollte. Trotzdem war sie sorgsam darauf bedacht, nie mehr als ein oder zwei Minuten mit ihm zu plaudern. Denn das war sowohl klüger als auch sicherer.

Als sie am Freitagmorgen zur Arbeit kam, sah sie, dass Ryan von zwei sehr entschlossenen älteren Frauen in die Zange genommen worden war. Eddie und Gladys – beide weit über das Alter hinaus, in dem sie Anspruch auf Leistungen aus dem Sozialversicherungssystem hatten – standen in seinem Büro.

„Ich habe gehört, dass Sie Ingenieur sind", sagte Eddie gerade. „Ich habe so einen neuen Drucker, der alles kann, und da brauche ich Hilfe. Sie wissen schon, der muss an mein WLAN angeschlossen werden. Sie können heute Nachmittag vorbeikommen."

Ryan trat von einem Bein aufs andere und sah ziemlich verzweifelt aus. Auf Fayrene wirkte er wie jemand, der gerade in eine Falle getappt war. „Ich bin kein Computer-Fachmann, Ma'am", erklärte er ihr. „Ich arbeite mit Windturbinen."

„Trotzdem, Sie sind jung und so wie Sie aussehen auch ziemlich stark. Sie sollten in der Lage sein, das einzurichten."

Gladys grinste. „Bei Eddie ist es immer ziemlich warm, da sollten Sie lieber nur ein T-Shirt tragen. Ein enges. Übrigens gefällt mir Ihre Brille. Die ist irgendwie sexy."

Ryan errötete. Fayrene war sowohl geschockt als auch beeindruckt von der Entschlossenheit der alten Damen. Sie hatte schon häufiger Gerüchte über deren Taktiken gehört, die beiden aber noch nie in Aktion erlebt.

Sie räusperte sich.

Eddie und Gladys drehten sich zu ihr um. Eddie grinste. „Fayrene. Da sind Sie ja. Sagen Sie Ihrem Freund hier, dass er mir heute Nachmittag zu Hilfe kommen muss."

„Nein."

Eddies Lächeln schwand. „Wie bitte?"

„Ich habe Nein gesagt. Sie sollten Ryan lieber in Ruhe lassen, sonst erzähle ich Josh, dass Sie Ethans besten Ingenieur belästigt haben."

Erschrocken sah Eddie sie an. Die ältere Frau hatte jahrelang für Josh gearbeitet und liebte ihn wie einen Sohn. Sie kommandierte ihn herum, und im Gegenzug kümmerte er sich um sie. Aber er war außerdem Ethans bester Freund und würde es gar nicht gutheißen, wenn Eddie sich in geschäftliche Dinge einmischte.

„Ich hab ihn doch gar nicht belästigt", meinte Eddie in einem weinerlichen Tonfall.

„Ich krieg das schon hin", fügte Ryan hinzu, dem offenbar gerade klar geworden war, dass er vor sexbesessenen fast Achtzigjährigen in Schutz genommen wurde.

Gladys griff nach dem Arm ihrer Freundin. „Wir suchen uns jemanden anders, der uns hilft. Vielleicht den netten jungen Mann im Radio. Gideon. Ich hab ihn neulich im Fitnessstudio gesehen. Er hat einen echt tollen Hintern."

Eddie nickte. „Mir gefällt ein knackiger Hintern genauso gut wie ein prächtiger Oberkörper."

Die beiden Frauen verschwanden wieder.

Als sich die Eingangstür hinter ihnen schloss, schüttelte Ryan den Kopf. „Das war die surrealistischste Begegnung meines Lebens. Als sie reingekommen sind, dachte ich erst, es wäre alles ein Missverständnis."

Fayrene bemühte sich gar nicht erst, ihre Belustigung zu verbergen. „Nicht wenn sie darüber geredet haben, dich mal nackt zu sehen, oder dich gefragt haben, ob du auf ältere Frauen stehst. Sie genießen hier schon einen legendären Ruf. Meistens sind sie harmlos, aber man muss bereit sein, sich gegen sie zu wehren. Allerdings vermute ich, dass du nicht dazu erzogen wurdest, dich gegen Frauen aufzulehnen, die deine Großmütter sein könnten."

„Mir war nicht bewusst, dass mir diese spezielle Fertigkeit fehlt oder dass ich sie mal brauchen würde. Gibt es sonst noch was, was ich über diese Stadt wissen sollte?"

„Wie viel Zeit hast du?"

Etwas blitzte in seinen Augen auf. Ein Funke, der männliche Bewunderung ausdrückte und gleichzeitig an ein Raubtier auf Beutezug erinnerte. Doch der Ausdruck war genauso schnell wieder verschwunden, wie er gekommen war. Zurück blieb der nette Ryan, den Fayrene kannte und mochte.

Trotzdem beschleunigte sich ihr Puls ein wenig. Es war

sehr vernünftig von ihr gewesen, Ryan aus dem Weg zu gehen. Dies hier bewies es. Und dennoch merkte sie auch, dass sie am liebsten alle Vorsicht in den Wind geschlagen hätte und gern dort weitergemacht hätte, wo Eddie und Gladys aufgehört hatten.

„Danke für die Rettung“, sagte er und ging wieder an seinen Schreibtisch. „Dein Auftritt war perfekt getimt. Wenn ich den beiden noch einmal begegnen sollte, werde ich versuchen, ein bisschen härter aufzutreten.“

Er zog sich zurück, weil sie klargemacht hatte, dass sie genau das wollte. Das ist der Nachteil, wenn man so vernünftig ist, dachte sie.

Aber nachdem sie Ryan jetzt fast eine Woche kannte, wusste sie, dass er sowohl nett als auch humorvoll war. Außerdem höflich, klug und vielleicht sogar an ihr interessiert. Besser ging's doch gar nicht, oder?

„Na, du scheinst ja gerade eine sehr interessante Diskussion mit dir selbst zu führen“, stellte er fest.

Sie nickte. „Über dich.“

Er hatte gerade nach seinem Stuhl greifen wollen, ließ nun aber den Arm sinken und hob die Augenbrauen. „Über mich?“

„Ich bin hin- und hergerissen. Ich habe einen Plan, und ich habe mir ganz genaue Ziele gesetzt. Mich mit jemandem einzulassen würde alles durcheinanderbringen.“

„Das würde es wohl.“

Sie wusste es zu schätzen, dass er sie nicht darauf hinwies, dass er noch gar keinen Ton darüber hatte verlauten lassen, ob er an ihr interessiert war.

„Aber du reist bald wieder ab", fuhr sie fort. „Das macht die Sache in gewisser Weise sicherer, weil sie zeitlich begrenzt wäre. Wenn wir uns also wirklich aufeinander einlassen, wäre es auf jeden Fall nur für kurze Zeit."

„Was den Faktor der Ablenkung reduziert."

„Machst du dich über mich lustig?", fragte sie.

Seine Mundwinkel hoben sich leicht. „Vielleicht. Aber nur ein bisschen."

„Vermutlich habe ich das verdient. Du hast recht. Man muss das nicht alles ganz so genau analysieren. Morgen findet ein Ostereier-Werfen statt. Hast du Lust mitzukommen?"

„Ein Ostereier-was?"

Sie lachte. „Man bemalt rohe Eier und bringt sie zum Rathaus. Da werfen wir dann damit."

„Mit rohen Eiern?"

„Es macht Spaß und ist seltsam befriedigend."

„Und ein bisschen eklig."

„Mag schon sein. Bist du dabei?"

„Auf jeden Fall. Um wie viel Uhr?"

„Ich hole dich um zehn Uhr ab. Du wohnst im *Lodge*, oder?"

Er nickte. „Ich warte in der Lobby."

Das Lucky Lady Casino Resort erstreckte sich nördlich von Fool's Gold auf einem weitläufigen Gelände am Fuße der Berge. Aufgrund von Zeit, Regen und wohl einigen Erdbeben hatte sich ein paar Meilen direkt östlich des Kasinos ein Gebirgspass gebildet. Auf der anderen Seite des

Berges erhoben sich weitere Berge, jeder in einzigartiger Form.

Wechselnde Temperaturen und perfekt gelegene Felsschluchten und Täler verursachten ständige Schwankungen im barometrischen Druck, Laien auch als Ursache für die Entstehung von Wind bekannt.

Für Ryan bedeutete die einzigartige Lage des Kasinos und des umliegenden Geländes, dass er ein hervorragendes zwei Morgen großes Gelände zur Verfügung hatte, auf dem es immer windig war. Es war der perfekte Ort für Windkraftanlagen.

Zusammen mit Ethan stand er am Fuß der wuchtigen Maschinen. Ethan lud sich die neuesten Zahlen auf sein Tablet und brachte sie dann mit ein paar Klicks in Diagrammform.

Kurz darauf schüttelte er den Kopf. „Ich will verdammt sein. Du hattest recht. Allein in dieser einen Woche konnten wir die Effizienz um drei Prozent steigern."

„Ein kleiner Vorgeschmack auf das, was noch kommt", erwiderte Ryan. „Wir brauchen noch mehr Zahlen über einen längeren Zeitraum, um sicher zu sein, dass die Neuerungen Wirkung zeigen, aber es sieht vielversprechend aus."

„Nanu, warum so bescheiden?", meinte Ethan.

Ryan zuckte mit den Schultern. „Ich bin mir gern sicher."

Er war zuversichtlich, was seine Kalkulationen anging, aber er hatte gelernt, dass das, was in einem Computerprogramm funktionierte, sich nicht immer ins wahre Leben übertragen ließ.

„Vorsicht ist immer gut", bestätigte Ethan. „Was ist mit den Rotorblättern selbst?"

„Daran arbeite ich noch. Das neue Design müsste ich in der vereinbarten Zeit eigentlich fertig bekommen."

Seine Aufgabe bestand darin, die existierenden Rotorblätter für die Anlagen zu verbessern. Der stete Wind in der Nähe des Kasinos bedeutete, man konnte mehr Elektrizität mit einer höheren Zuverlässigkeit generieren. Wegen der angestrebten Maximierung der Stromerzeugung hatte Ethan ihn eingestellt. Zum einen sollte das mit Änderungen in der Programmierung erreicht werden, zum anderen mittels Konstruktionsänderung der Rotorblätter.

„Ich habe eine Reihe von Kunden, die höchst interessiert an dem sind, was wir hier machen", erzählte Ethan ihm. „Es wird schwierig, sie alle zum Gespräch mit dir herzubekommen, bevor du wieder abreist."

„Ich plane sie so gut es geht in meinen Terminplan ein."

Ethan musterte ihn einen Moment lang, ehe er langsam nickte. Ihre Zusammenarbeit war von Anfang an zeitlich begrenzt gewesen. Ethan wollte das Projekt abschließen, brauchte aber keinen neuen Angestellten. Ryan hingegen brauchte Zeit, um seinen nächsten Karriereschritt zu überdenken. Insofern hatte sich die Abmachung für beide als gute Lösung erwiesen.

Der Job in Texas bot vieles, was Ryan wollte. Super Bezahlung, interessante Arbeit und die Chance, es auf seinem Fachgebiet weiterzubringen. Alle Mitarbeiter, die er dort während der Vorstellungsgespräche getroffen hatte, waren sehr nett gewesen, und die hübschen Mädchen in Texas waren ja auch nicht zu verachten.

Aber er war sich noch immer nicht sicher. Vielleicht weil die Firma so groß war oder weil er so weit von seiner Familie, die im Osten des Staates Washington lebte, entfernt leben würde. Aus welchem Grund auch immer, bisher hatte er die Entscheidung, das Angebot anzunehmen, aufgeschoben.

Er war jetzt seit gut zwei Wochen hier und stellte fest, dass es ihm von Tag zu Tag besser gefiel. Fool's Gold war eine Kleinstadt, ohne allzu klein zu sein. Fayrene reizte ihn natürlich auch, das musste er zugeben. Aber sie hatte klar und deutlich gesagt, dass sie nicht auf der Suche nach einer festen Bindung war. Was bedeutete, dass er nur für sich selbst entscheiden musste, ob er gehen oder bleiben sollte – und sich nicht von seinen Gefühlen für sie leiten lassen sollte.

„Hast du den Job in Texas jetzt schon angenommen?", fragte Ethan.

„Nein. Ich habe noch sechs Wochen Zeit, bis ich ihnen eine Antwort geben muss."

Ethan klappte sein Tablet zu, und sie gingen zurück zum Wagen. „Die warten ja ganz schön lange auf dich."

Ryan grinste. „Ich rede mir gern ein, dass ich es wert bin."

Ethan lachte. „Das glaube ich gern."

5. KAPITEL

„Siehst du?“, meinte Fayrene, als sie und Ryan die Treppen am Rathaus hinunter zur Straße gingen. „War das nicht herrlich befriedigend?“

Ryan lachte. „Erstaunlicherweise ja. Das hätte ich gar nicht gedacht.“

„Du kannst gut zielen.“ Während ihre Eier immer am Ziel vorbeigesegelt waren, hatte Ryan fast jedes Mal ins Schwarze getroffen.

Nachdem Fayrene beschlossen hatte, dass es in Ordnung war, eine zeitlich begrenzte lockere Beziehung mit Ryan einzugehen, konnte sie sich entspannen und das köstliche Prickeln, das sie in seiner Gesellschaft verspürte, auch genießen. Daher hatte sie nichts dagegen, dass er nach ihrer Hand griff, als sie die Straße entlangschlenderten.

Das ist nett, stellte sie fest. Vier Jahre waren auch eine lange Zeit ohne männliche Gesellschaft. Sie sollte es öfter tun. Sich häufiger auf ungezwungene Dates einlassen. Dafür konnte sie sich ja immer wieder einen anderen Mann suchen. Obwohl, wenn sie ehrlich war, konnte sie sich nicht vorstellen, jemanden zu finden, der ihr besser als Ryan gefiel. Nicht nur was das Aussehen anging, sondern auch seine ganze Art. Es stimmte schon, wenn die Leute sagten, wie entscheidend der Charakter eines Menschen war.

„Wohin jetzt?“, fragte er.

Sie blickte auf ihre Armbanduhr. Es war fast Mittag. „Wir haben noch Zeit fürs Mittagessen und können uns danach einen guten Platz suchen, um die Parade anzuschauen. Weil morgen Ostern ist, sind bestimmt wieder viele Hasen dabei."

„Echte Hasen?"

„Davon auch ein paar, aber hauptsächlich Leute in Hasenkostümen. Dutzende. Ganze Familien verkleiden sich als Hasen. Es ist echt lustig."

„Ernsthaft?"

„So was würde ich mir doch nicht ausdenken. Du wirst die Parade ja sehen. Und dann gibt es noch die Hauben-Parade."

„Ich glaube, ich will gar nicht wissen, was das ist."

„Frauen mit Hauben natürlich. Die meisten sind handgemacht, ein paar wenige auch gekauft. Sie sind alle richtig toll. Und riesig."

„Aber es sind keine normalen Hüte?"

„Nicht wirklich. Du musst es dir selbst anschauen."

„Ich kann es kaum erwarten."

Sie gingen die Katie Lane entlang zur Fourth Street und kamen im Park an. Diverse Verkaufsstände waren entlang der Paradestrecke aufgebaut worden. Fayrene diskutierte mit Ryan über das Pro und Kontra von traditionellen Burgern oder Hotdogs im Vergleich zu den eher exotischen Snacks, die immer beliebter wurden.

„Davon hat meine Schwester gesprochen", sagte Fayrene, während sie sich anstellten, um die ersten Elefantenohren der Saison zu kaufen. „Sie möchte einen Imbisswagen aufstellen."

„Sie ist Köchin, oder?"

Sie nickte. „Sie hat bei eBay einen Anhänger entdeckt und überlegt, ein Gebot abzugeben. Sie müsste ihn ziemlich schnell aufmöbeln, damit sie ihn während des Sommers auch nutzen kann."

„Klingt doch gut. Du kommst anscheinend aus einer Familie mit starken Frauen."

„Die Stadt inspiriert uns."

Angesichts des frühen und unerwarteten Tods ihrer Eltern hatten die Schwestern gar keine andere Wahl gehabt. Entweder sie wurden stark und überlebten, oder sie wären in ihrer Trauer untergegangen.

Ryan reichte ihr ein Elefantenohr. Das Gebäck war noch warm und mit reichlich Puderzucker bestäubt. Fayrene balancierte ihren Pappteller und die Serviette in einer Hand, während sie mit der anderen zu einer Bank in der Sonne zeigte. Obwohl das Wetter schön war, war es im Schatten noch immer kühl.

„Wir hätten vermutlich mit etwas Nahrhafterem anfangen sollen", meinte sie, bevor sie abbiss.

„Das sagt ausgerechnet die Jelly-Bean-Königin."

Sie grinste. „Ich bin nicht ihre Königin. Es geht dabei eher um eine Art Verehrung."

Ryan lachte. „Ich mache dir einen Vorschlag. Wir essen nachher noch Salat."

„Wer soll das denn glauben? Männer essen freiwillig nie Salat."

„Stimmt, aber es klang doch gut, oder? Und ich spekuliere damit, dass du es später wieder vergessen hast."

„Also spielst du mit mir."

Sein Grinsen schwand. „Das würde ich niemals tun, Fayrene.“

Sie wollte ihm so gern glauben. Bisher hatte Ryan sich als einer der Guten entpuppt, und sie wollte nicht, dass sich daran etwas änderte. Er war klug, gut aussehend und alleinstehend. Wieso war er eigentlich nicht verheiratet? Oder befand sich zumindest in festen Händen?

„Hattest du zu Hause eine Freundin?“, fragte sie.

Er kaute zu Ende und schluckte. „Nein. Während der Highschool-Zeit habe ich mich natürlich verabredet, aber es war nie etwas Ernstes. Auf dem College hatte ich dann eine feste Freundin.“

Fayrene vermutete, dass Ryan nur ein paar Jahre älter war als sie, was bedeutete, dass seine College-Zeit auch noch nicht so lange her war.

„Was ist passiert?“

„Wir waren verlobt.“ Er zuckte mit den Schultern. „Sie hat mich betrogen.“

„Tut mir leid“, meinte sie automatisch. „Wie hast du es rausbekommen?“

„Ich war mit dem Typen locker befreundet. Eines Nachmittags wollte ich ihn besuchen. Es war schon merkwürdig, weil wir nicht allzu viel gemeinsam gemacht haben. Ich wollte einfach nur in sein Studentenzimmer gehen. Vielleicht habe ich unterbewusst geahnt, was da los war. Ich weiß es nicht. Als ich den Gang zu seinem Zimmer entlangschlenderte, kam sie gerade heraus. Sie küssten sich, und es war ziemlich offensichtlich, was sie gerade getan hatten.“

Fayrene zuckte zusammen. „Wie schrecklich.“

„Ja. Es hat mich ziemlich mitgenommen. Sie hat sich zwar entschuldigt und gemeint, es wäre nur eine einmalige Sache gewesen, aber das habe ich ihr nicht geglaubt."

Tröstend berührte sie seinen Arm. „Ich verstehe das nicht. Warum betrügt man jemanden? Warum beendet man nicht einfach die Beziehung?"

„Das habe ich auch gesagt. Daraufhin hat sie mir immer wieder versucht weiszumachen, ich wäre der Richtige. Aber wir wussten beide, dass sie gelogen hat. Ich habe mich dann von ihr getrennt."

„Und? Warst du je versucht, zu ihr zurückzukehren?"

„Nein. Reisen in die Vergangenheit sind nichts für mich. Ich habe meinen Abschluss gemacht und bin weggezogen. Mir wurde eine Stelle in einer großen Firma für alternative Energien in Kansas angeboten. Da habe ich dann drei Jahre lang gearbeitet. Aber irgendwie passte es nicht richtig. Also habe ich gekündigt und bin nach Hause gefahren, um mir zu überlegen, was ich machen wollte. Ich hatte viele Bewerbungsgespräche, und jetzt wartet in Texas ein Job auf mich, wenn ich hier fertig bin."

Und dann zieht er wieder weg, dachte sie. Das war ja der Grund für all das hier. Eine Affäre mit Ryan war sicher, weil sie mit ihm gar keine langfristige Beziehung eingehen konnte.

„Du kommst ja viel herum", stellte sie fest. „Ich bin aus diesem Bundesstaat noch nie rausgekommen."

„Ich glaube, ich bin immer noch auf der Suche nach dem Ort, an dem ich sesshaft werden möchte", gab er zu.

Sie aßen die Elefantenohren auf und schlenderten dann hinüber zu Morgan's Buchladen, um zu sehen, was es Neues gab. Auch wenn der Rest der Welt immer mehr auf E-Books umstieg, war Morgans Laden in Fool's Gold noch immer sehr gut besucht.

Fayrene deutete auf einen Tisch, auf dem die Bücher der Krimi-Autorin Liz Sutton ausgestellt waren. Sie erzählte Ryan, dass Liz aus Fool's Gold kam und mit ihrem gemeinsamen Chef Ethan verheiratet war. Anschließend gingen sie weiter, noch immer Hand in Hand, um sich die Parade anzuschauen.

Die Bürgersteige waren voller Einheimischer und Touristen. Die Leute stellten Stühle auf oder setzten sich an den Straßenrand, während sie darauf warteten, dass die Parade begann.

„Der beste Platz ist drüben bei der öffentlichen Bücherei", meinte Fayrene zu ihm, während sie die Fourth Street zurückgingen. „Da kann man auf den Stufen sitzen, bis es losgeht. Und wenn man aufsteht, hat meine eine gute Sicht, weil man ja höher steht."

„Wie es scheint, hast du immer einen Plan."

Sie lachte. „Meine Eltern haben uns schon als Kinder immer dorthin mitgenommen. Es ist so eine Art Familientradition."

„Kommen deine Schwestern heute auch?", fragte er.

„Nein. Ana Raquel ist in San Francisco, und Dellina muss leider arbeiten."

Wahrscheinlich war sie nicht lange genug mit Ryan zusammen, dass er ihre Schwestern kennenlernen könnte. Irgendwie schade. Sie hatte das Gefühl, dass die beiden ihn mögen würden.

Jetzt blieb er stehen. Während die Leute an ihnen vorbeigingen, sah Ryan ihr in die Augen.

„Danke, dass du mich zu eurem traditionellen Familien-Stammplatz für die Paraden mitnimmst", sagte er, bevor er ihr einen zarten Kuss gab.

Fayrene schmiegte sich an ihn, als sie die Wärme seiner Lippen an ihren spürte. Es war nur ein flüchtiger Kontakt, doch er genügte, um ihren Körper in Erregung zu versetzen. Im nächsten Moment trat Ryan jedoch einen Schritt zurück, und sie gingen weiter.

Wie Fayrene versprochen hatte, sahen sie von den Stufen vor der Bücherei die gesamte Straße ein, die mit Wimpeln und Flaggen geschmückt war. Religiöse Symbole teilten sich ganz unaufgeregt den Platz mit Bildern von Hasen und Eiern. Fool's Gold heißt alle willkommen, dachte Ryan, während er neben Fayrene saß und sich immer mehr Menschen zu ihnen gesellten.

Das Aroma von gegrilltem Fleisch vermischte sich mit dem süßen Duft der Frühlingsblumen. Überall, wo er hinsah, entdeckte er Familien oder Gruppen von Freunden, die sich auf die Parade freuten.

„Was kommt zuerst?", fragte er. „Die Hasen oder die Hüte?"

„Die Hasen. Da sind viel mehr Kinder dabei, und die warten nun mal nicht gerne." Sie drehte sich zu ihm herum, und ihre haselnussbraunen Augen funkelten vergnügt. „Einmal haben meine Eltern auch Hasenkostüme für uns ausgeliehen, und wir sind in der Parade mitmarschiert."

„Da würde ich ja gern mal die Fotos sehen."

„Ich könnte sie dir zeigen."

Ihr Mund lockte ihn schon wieder, aber er wusste, er durfte der Versuchung nicht nachgeben. Jedes Mal wenn er Fayrene küsste, wollte er die Dinge weiter vorantreiben. Dies hier ist ein Familienereignis, ermahnte er sich grinsend. Sex, mitten auf den Stufen von Fool's Golds Bücherei, kam leider überhaupt nicht infrage.

„Wo leiht sich eine fünfköpfige Familie Hasenkostüme?", wollte er wissen.

„Es gibt einen Kostümverleih in der Stadt. Die haben eine große Lagerhalle, in der es eben auch eine riesige Auswahl an Hasenkostümen gibt. Einmal ist dort ein Feuer ausgebrochen, alle sind in Panik geraten. Natürlich fürchteten die Leute, die Kostüme wären allesamt ruiniert. Doch sie waren nicht zu Schaden gekommen. Ein bisschen Auslüften hat genügt."

„Ich stelle mir gerade vor, dass die gesamte Paradestrecke mit Kleiderständern voller Hasenkostüme zugestellt ist."

„Es war nur der Parkplatz."

„Ich bin froh, dass sie gerettet werden konnten", meinte er.

Noch immer hielt er ihre Hand. Er blickte hinab und registrierte ihre kurzen Fingernägel und die Tatsache, dass Fayrene keine Ringe trug. Zwar trug sie meistens Ohrringe, aber anscheinend verspürte sie nicht den Drang, mit einem halben Dutzend Armreifen oder Ketten bei jedem Schritt und Tritt zu klimpern. Während der Arbeit kleidete sie sich geschäftsmäßig, und in der Freizeit …

Er versuchte krampfhaft, sich *nicht* ihren herzförmigen Hintern vorzustellen, der heute in einer engen Jeans steckte.

„Woran denkst du?“, fragte sie.

Die Frage kann ich jetzt nicht ehrlich beantworten, erkannte er. „Was passiert in drei oder vier Jahren?“, fragte er stattdessen. „Wenn du deine Firma so erfolgreich aufgebaut hast, wie du es dir vorstellst. Wenn du bereit bist, dich häuslich niederzulassen. Willst du dann heiraten?“

„Das hoffe ich doch, ja“, erwiderte sie. „Ich möchte eigentlich das, was jeder will. Einen Ehemann, ein paar Kinder.“

„Interessant, denn ich habe eigentlich überhaupt kein Interesse an einem Ehemann.“

Sie lachte und lehnte sich an ihn. „Du weißt, was ich meine. Mir gefällt die Vorstellung, zu einer Familie zu gehören.“

„Und Hasenkostüme für die Parade auszuleihen?“

„Das wär doch lustig. Was ist mit dir?“

„Das Gleiche. Allerdings vielleicht ohne die Hasenkostüme. Wenn man nicht in Fool's Gold lebt, könnte es die Leute verwirren.“ Er legte einen Arm um sie. „Meine Mom nervt mich schon ständig, weil sie sich Enkelkinder wünscht. Wir haben eine ziemlich große Familie. Die meisten leben auch in der Gegend, wo meine Eltern wohnen. Die Sommerferien habe ich bis zur Highschool-Zeit meistens bei meinen Großeltern verbracht. Mom redet jetzt schon davon, wie sehr sie sich darauf freut, die Enkelkinder während der Feiern zum 4. Juli zu verwöhnen.“

„Da lastet ja richtig Druck auf dir.“

„Ach, damit kann ich umgehen. Außerdem bin ich der Jüngste, also konzentriert sie sich im Augenblick vor allem auf meine älteren Brüder. Jeff ist verheiratet, aber Neil noch nicht, und er bekommt bestimmt Schwierigkeiten, wenn er dreißig wird und noch immer keine Braut in Sicht ist."

Er hielt inne und küsste sie auf den Scheitel. „Macht es dich traurig, wenn du mich über meine Familie reden hörst?"

Sie blickte auf. „Wegen meiner Eltern? Nein. Es ist nett. Ich glaube, deine Mutter gefällt mir."

„Sie ist diejenige, die die Familie zusammenhält. Mein Dad ist kein großer Redner, also war es immer Mom, die sich um uns gekümmert und dafür gesorgt hat, dass bei uns alles in Ordnung war." Er lächelte, als die Erinnerungen auf ihn einstürmten.

„Mit fünfzehn habe ich mir den Trecker *ausgeliehen* und bin natürlich prompt gegen einen Baum gefahren. Meine Mom war total außer sich. Einerseits sorgte sie sich um mich, andererseits überlegte sie, wie ich bestraft werden sollte. Mein Dad erklärte ihr, er würde sich darum kümmern, und hat mich in die Scheune gebracht."

Fayrene zuckte zusammen. „Hat er dich geschlagen?"

„Oh, nein. Das wäre ja viel zu einfach gewesen. Stattdessen zeigte er auf die ganzen Farm-Gerätschaften, die dort gelagert wurden. Alles war dreckig von der letzten Ernte, die einige Tage zuvor eingefahren worden war. Er befahl mir, alles zu putzen. Allein. Und während der Arbeit durfte ich keine Musik hören. Ich sollte in Ruhe putzen und darüber nachdenken, was ich getan hatte."

Er erinnerte sich an die Diskussion. „Damals war ich natürlich unglaublich sauer. Ich fand es total unfair von meinem Dad. Aber als ich fast fertig war, hatte ich meine Lektion gelernt. Sowohl die Strafe als auch das Nachdenken waren gut für mich gewesen. Das sah mein Dad wohl auch so, denn an den letzten beiden Tagen hat er mir geholfen."

Sie lächelte ihn an. „Okay, ich glaube, deinen Dad würde ich auch mögen."

„Du würdest ihm auch gefallen. Er hat schon immer was für Blondinen übriggehabt. Und er hält viel von Plänen und guter Organisation."

Sie drehte sich zu ihm um, sodass sich ihre Knie berührten. „Warum willst du von ihnen weg?"

„Will ich ja gar nicht. Aber meine Arbeit kann man nicht von Colville aus erledigen. Ich habe ein paar Ideen für Windturbinen. Ich möchte sie effizienter machen. Dafür muss ich mit unterschiedlichen Rotorblättern experimentieren. Selbst kleinste Veränderungen können einen großen Unterschied machen. Dafür brauche ich eine Firma – oder zumindest ihr Kapital."

„Du bist ja eher ein Künstler als ein Unternehmer", stellte sie fest.

„Ein Künstler?" Auch wenn die Vorstellung ihm gefiel, traf es natürlich nicht wirklich zu. „Ich bin wohl eher ein Technik-Freak als ein Künstler."

Ihre haselnussbraunen Augen weiteten sich ein wenig. „Ich würde nicht sagen, dass du freakig aussiehst."

„Danke. Aber was den Rest angeht, hast du durchaus recht. Ich habe keine Lust, ein eigenes Unternehmen aufzubauen. Auf all die logistischen Fragen, die damit zusammenhängen, habe ich einfach keine Lust. Die alltäglichen Einzelheiten sind doch völlig uninteressant. Da verbringe ich lieber meine Zeit mit neuen Konstruktionen oder gehe nach draußen, um sie zu testen."

„Oh, da bin ich ganz anders", meinte sie. „Mir gefällt das alles. Ich zahle sogar gerne meine Rechnungen. Ich benutze ein Computerprogramm, das mir eine Übersicht über all meine Einkünfte und Ausgaben liefert. Da kann ich meine monatlichen Rechnungen mit meinen Projekten abgleichen und sehen, wie die Firma sich entwickelt. Das ist spannend."

Ganz offensichtlich meinte sie, was sie sagte. Ihre Augen leuchteten, und ihre Pupillen hatten sich geweitet. In Ryan wuchs das Verlangen nach ihr, doch er versuchte, das Gefühl von Hitze und Hunger zu ignorieren.

„Du bist schon merkwürdig", erklärte er.

Sie lachte. „Ich kann mit meinen Fehlern leben."

„Es sind doch keine Fehler. Es ist eher anziehend."

„Du bist auch ziemlich anziehend."

In ihrem Blick lag ein Versprechen, während ihr Mund lockte. Aber sie waren umgeben von Familien, und die Stufen der Bücherei füllten sich von Sekunde zu Sekunde immer mehr.

Er beugte sich zu ihr. „Du bist sehr verführerisch, Fayrene. Das muss ich gestehen."

„Das war gar nicht meine Absicht."

Er umschloss ihre Hand noch ein wenig fester. „War es wohl."

Lächelnd gestand sie: „Okay, vielleicht ein wenig."

6. KAPITEL

Er ist nett", sagte Charity Golden, während sie die Bruschetta auf einem Teller anrichtete. „Ist es was Ernstes?"

Fayrene nahm die Rotweinflasche und zwei der drei Gläser. „Ja, er ist sehr nett, und nein, es ist nichts Ernstes."

Charity, eine hübsche Frau mit lockigen braunen Haaren und einer fröhlichen Natur, lachte. „Okay, es tut mir leid. Ich wollte nicht allzu neugierig sein. Ihr seid nur so ein nettes Paar."

Als Dankeschön, dass sie sich während der Geburt der Kätzchen so aufopfernd um Misty gekümmert hatte, war Fayrene von Charity zum Abendessen eingeladen worden. Charity hatte ihr auch gesagt, sie dürfe gern noch jemanden mitbringen. Also hatte Fayrene Ryan gefragt, ob er mitkommen wolle. Jetzt fragte sie sich, ob das ein Fehler gewesen war. Nicht dass Ryan nicht gut aussehend war, und er war auch wirklich ein netter Gesellschafter. Nur würde sie jetzt wahrscheinlich ständig mit vielen, vielen Fragen konfrontiert werden.

„Er ist nur vorübergehend in der Stadt", erklärte sie, weil das für die meisten Menschen vermutlich mehr Sinn ergab, als wenn sie erzählte, von vornherein klargestellt zu haben, dass die Beziehung keine Zukunft hatte. Wobei Ryan bisher ja nicht einmal angedeutet hatte, dass er mehr wollte. Es war auch viel zu früh für irgendjemanden, um mehr zu wollen. Und soweit sie es bisher beurteilen konnte, hatte auch er es nur auf eine Affäre abgesehen.

„Oh, okay, dann belassen wir es dabei", meinte Charity. „Obwohl ich mir nicht vorstellen kann, dass jemand Fool's Gold wieder verlassen will. Ich bin nur froh, dass wir dich nicht verlieren."

Charity war vor ein paar Jahren in die Stadt gezogen. Sie war Bürgermeisterin Marshas lange verschollene Enkelin und hatte in Fool's Gold den Job als Stadtplanerin übernommen. Innerhalb weniger Monate hatte sie sich in Josh verliebt und war schwanger geworden. Jetzt waren sie eine glückliche Familie. Josh war ein berühmter, inzwischen nicht mehr aktiver Radrennfahrer. In der Stadt wurde er verehrt, zum einen weil er immer so unbekümmert und locker war, zum anderen wegen seiner sportlichen Heldentaten. Ihm gehörten diverse Firmen und Gebäude in der Stadt, doch er achtete stets darauf, den Menschen etwas zurückzugeben.

Fayrene hätte es ihm gegenüber niemals zugegeben, aber Josh war für sie immer ein großes Vorbild gewesen. Sie bezweifelte, dass sie jemals an seinen Reichtum herankommen würde, aber sie bewunderte seine Geschäftspraktiken und wollte ihm nacheifern.

Charity nahm das andere Weinglas und das Tablett mit den Bruschettas, bevor sie voran in das geräumige Wohnzimmer ging. Die Männer saßen bereits auf dem Sofa und ereiferten sich darüber, ob die San Francisco Giants oder die Los Angeles Dodgers die bessere Saison spielen würden.

Kaum hatte Josh seine Frau erblickt, stand er auf und nahm ihr das Glas und das Tablett ab. Nachdem er das Tablett auf den Couchtisch gestellt hatte, rutschte er auf dem Sofa ein Stück zur Seite, damit Charity sich neben ihn setzen konnte.

Einen Augenblick lang schaute er sie an, als wären sie allein im Zimmer. Sie waren seit drei Jahren zusammen, und trotzdem wirkten sie wie frisch verliebt. Fayrene verspürte ein Ziehen in der Brust. Denn das war genau das, was sie auch wollte, wenn sie endlich so weit war, dass sie sich häuslich niederlassen und eine Familie gründen konnte. Dann wollte sie mit einem Mann zusammen sein, der für den Rest ihres Lebens in sie verliebt war.

Sie setzte sich auf den Sessel neben dem Sofa und lächelte Ryan an. „In der Stadt gibt es zwei Lager. Entweder man ist Giants- oder Dodgers-Fan. Sie sind Konkurrenten, und die Leute hier verteilen sich gleichmäßig auf beide Lager. Solange du hier bist, wirst du dich entscheiden müssen, auf welche Seite du dich schlägst."

„Hey, ich komme aus dem Staat Washington. Ich bin Mariners-Fan."

Charity verzog das Gesicht. „Das geht gar nicht. Wenn du weiter darauf bestehst, wirst du deinen Wein auf der Terrasse trinken müssen."

Ryan lachte. „Ihr seid ja echt hart."

„Das kann ich dir sagen", entgegnete Josh.

„Wo sind die Kinder?", wollte Fayrene wissen, bevor sie sich an Ryan wandte. „Die Goldens haben eine Tochter und einen Sohn."

„Ich bin eine gebärfreudige Frau", scherzte Charity. „Sie sind bei meiner Großmutter. Marsha genießt die Zeit mit den Kindern. Ich schwöre, wenn wir sie fragen würden, hätte sie nichts dagegen, sie jede Nacht zu nehmen."

„Aber das wird nicht passieren", erklärte Josh. „Wir brauchen die Kinder um uns herum." Seine Miene verriet den Stolz, den er empfand. „Heute ist Hunters erste Nacht ohne uns."

„Verspürt ihr gar keine Panik, weil er weg ist?", fragte Fayrene.

„Ein bisschen nervös bin ich schon", gab Charity zu. „Aber meine Großmutter ist eine patente Frau. Und es wird Zeit, dass er sich daran gewöhnt, auch mal woanders zu schlafen. Wir haben uns während der vergangenen Monate hier ziemlich eingeigelt, daher freue ich mich darauf, endlich mein Sozialleben wieder aufzunehmen."

Fayrene begann, den Wein einzuschenken, und bemerkte auf einmal, dass nur drei Gläser da waren. Fragend sah sie Charity an.

„Für mich keinen Wein. Ich stille ja noch."

Josh stand auf und ging in die Küche. Als er zurückkehrte, hielt er ein Glas Wasser, in dem eine Scheibe Zitrone schwamm, in der Hand. „Für dich", sagte er und reichte seiner Frau das Glas, bevor er sich wieder neben sie setzte.

Ryan blickte zu Fayrene. „Ich habe schon nach Misty geschaut. Ich soll dich grüßen."

„Ehrlich? Wie geht es ihr?", meinte sie lachend.

„Großartig. Die Kätzchen haben die Augen inzwischen geöffnet. Du solltest sie dir unbedingt ansehen, ehe wir gehen."

„Auf jeden Fall."

„Du kannst auch welche mitnehmen, wenn du willst", bot Josh an.

Charity tätschelte ihm den Arm. „Das meint er nicht ernst. Er ist nur ein wenig überwältigt, weil er nicht nur einen neugeborenen Sohn, sondern auch noch drei kleine Kätzchen im Haus hat."

„Ab jetzt gilt ein Moratorium, was Schwangerschaften angeht", murmelte Josh und griff nach einer Bruschetta. Er blickte zu Fayrene. „Was hast du für Pläne in diesem Sommer?"

Ryan hob die Augenbrauen. „Ich glaube, diese Frage gefällt mir nicht."

Josh sah ihn verwirrt an, während Fayrene und Charity lachten. Erst eine Sekunde später stimmte Josh ein.

„Tut mir leid. Ich hatte die beiden Themen nicht miteinander in Verbindung bringen wollen. Aber ich wollte dich ohnehin anrufen", sagte er zu Fayrene. „Wir werden in diesem Jahr wieder ein Sommerprogramm in meiner Radrennschule veranstalten. Es sind noch mehr Leute interessiert als im letzten Jahr. Da war sie schon überlaufen, das heißt, ich weiß gar nicht, wie ich das in diesem Jahr alles bewältigen soll."

„Deshalb hat er entschieden, dass er es gar nicht erst versucht", sagte Charity.

„Sie hat recht. Ich möchte dich gern als Managerin für das gesamte Programm engagieren. Lass uns mal einen Termin machen, damit wir besprechen können, was getan werden muss und wie viele Arbeitsstunden pro Woche das erfordert. Es wird eine ziemliche Arbeitsbelastung sein."

„Das schaffe ich schon", versicherte Fayrene ihm und bemühte sich sehr, selbstbewusst zu klingen. „Ich rufe dich morgen an, damit wir einen Termin für das Gespräch vereinbaren können."

„Danke."

Das Gespräch ging über zur rasch herannahenden Touristensaison sowie zu der Tatsache, dass es jedes Jahr mehr Festivals zu geben schien. Charity entschuldigte sich, um nach dem Essen zu schauen. Josh folgte ihr.

Ryan berührte Fayrenes Arm. „Bist du noch da?"

Sie hatte mehr an die Arbeit gedacht, als sich viel an der Unterhaltung zu beteiligen. „War es so offensichtlich, dass ich nicht zugehört habe?"

„Ich glaube, es ist nur mir aufgefallen. Denkst du an den neuen Job für Josh?"

Sie nickte und griff nach seiner Hand. „Das ist eine großartige Gelegenheit, die sich mir da bietet. Nicht nur, weil es viel Arbeit bedeutet, sondern weil Josh jeden in der Stadt kennt. Er ist wirklich eng mit allen Geschäftsleuten hier verbunden. Wenn er mit meiner Arbeit zufrieden ist, dann könnte das meinem Unternehmen einen richtigen Aufschwung bescheren."

Sie dachte daran, was sie bereits für Aufträge übernommen hatte. „Wow – wenn er mich mehr als fünfzehn Stunden pro Woche braucht, dann kann ich eine Teilzeitkraft einstellen. Das wäre richtig fantastisch."

„Ich gehe mit einem Tycoon aus."

„Noch nicht, aber eines Tages."

Fayrene saß im Schneidersitz auf dem Sofa ihrer Schwester. Dellina starrte hinüber zur Küche.

„Sie nimmt das alles zu ernst. Es ist doch nur ein Mittagessen.“ Dellina lehnte sich auf dem Stuhl zurück. „Warum nimmst du das so ernst?“, brüllte sie in Richtung Küche.

„Weil ich großes Talent habe und ihr das gar nicht genug würdigt“, brüllte Ana Raquel zurück.

Dellina neigte den Kopf zur Seite. „Echt? Das heißt, wenn ich es mehr zu würdigen wüsste, würdest du es weniger ernst nehmen? Du weißt, dass das keinen Sinn ergibt.“

Ein genervtes Schnauben ertönte in der Küche. „Du weißt, was ich meine“, rief Ana Raquel.

„Ja, weiß ich, aber es ist nicht das, was du gesagt hast.“

Fayrene lachte. Wenn sie mit ihren Schwestern zusammen war, ging es ihr immer gleich viel besser. Dellina war ihr Fels in der Brandung, seit ihre Eltern gestorben waren. Gemeinsam hatten sie die Tragödie bewältigen müssen, und auch wenn sie sich vorher schon nahegestanden hatten, waren sie nach dem Unfall noch enger zusammengerückt.

Jetzt lebten sie alle ihr eigenes Leben. Dellina wohnte zwar auch in Fool's Gold, aber sie waren beide ziemlich beschäftigt, daher sah Fayrene sie eher selten. Ana Raquel kam auch nur alle paar Wochen nach Hause.

„Okay“, meinte ihre Zwillingsschwester, als sie mit drei Tellern hereinkam, die sie auf ihrem Arm balancierte. „Dies hier ist ein Experiment. Ich habe drei verschiedene Salate zubereitet, und ich will eure ehrliche Meinung hören.“

Sie reichte ihnen jeweils einen Teller, auf dem sich die verschiedenen Salate befanden, die wie Eiskugeln angerichtet waren und nach Hähnchen- oder Truthahnsalat aussahen. Außerdem war der Teller zusätzlich mit frischem Obst und einigen Scheiben Baguette garniert.

Wenn ich Ana Raquel ansehe, ist es fast so, als würde ich in den Spiegel schauen, dachte Fayrene. Sie waren beide blond und hatten haselnussfarbene Augen. Dellina dagegen kam mehr nach ihrem Vater. Sie hatte braune Haare und braune Augen. Außerdem war sie die größte der Schwestern. Wobei ein Meter fünfundsechzig ja auch nicht sonderlich groß war.

Ana Raquel griff nach ihrer Gabel. „Truthahnsalat mit getrockneten Cranberrys und gerösteten Walnüssen. Ich glaube, den habe ich jetzt fast richtig hinbekommen, aber ich will versuchen, ihn noch cremiger zu machen." Sie deutete auf den zweiten Salat. „Curry-Hähnchen. Der ist perfekt. Wenn er euch nicht gefällt, dann stimmt was nicht mit euch. Dann noch ein zweiter Hähnchensalat. Ohne Curry. Ich glaube, es ist genau das Richtige für ein Picknick."

Dellina musterte ihren Teller. „Du willst also unsere ehrliche Meinung hören?"

„Ja."

Fayrene probierte den ersten Salat und merkte, dass ihre Geschmacksnerven einen Freudentanz vollführten. „Köstlich. Du solltest dir die Sache mit dem Imbisswagen wirklich ernsthaft überlegen. Würdest du nicht lieber für dich allein arbeiten als in einem Restaurant?"

„Ja, aber der Wagen ist teuer. Ich verfüge noch nicht über genug Kreditwürdigkeit, um ihn ohne Weiteres finanzieren zu können. Außerdem bräuchte ich Geld, um ihn umzubauen."

Delline tat sich etwas Truthahnsalat auf das Brot. „Willst du Geld aus unserem Treuhandfonds?"

Jede von ihnen hatte Geld aus der Lebensversicherung ihrer Eltern bekommen. Damit hatten sie das College und Ana Raquels Ausbildung in der Kochschule bezahlt, aber es war noch etwas übrig geblieben. Dellina hatte es gut angelegt, und davon profitierten sie alle drei.

„Fayrene hat recht. Würdest du nicht lieber selbstständig arbeiten? Du könntest hier ein kleines Areal mieten. Dein Anteil aus den Mieteinnahmen würde doch den Großteil deiner Lebenshaltungskosten decken." Dellina musterte ihre Schwester. „Ich will dich nicht drängen. Es ist nur ein Angebot."

„Ich habe doch auch sozusagen einen Kredit bei unserem Treuhandfonds aufgenommen, und das hat mir wirklich sehr geholfen", sagte Fayrene. „Ich zahle jeden Monat etwas zurück, inklusive Zinsen."

„Ich habe ja auch schon daran gedacht, aber ich bin mir nicht sicher." Ana Raquel seufzte. „Ich habe so viele Ideen. Die Vorstellung, mein Essen auf der Straße zu verkaufen, gefällt mir wirklich gut, aber mich selbstständig zu machen, ist irgendwie auch beängstigend." Sie lächelte ihre Schwestern an. „Obwohl ihr zwei es ja auch schon gemacht habt."

„Sein eigener Chef zu sein hat seine Höhen und Tiefen", meinte Dellina. „Clay Stryker hat mich engagiert, damit ich seine Hochzeit plane, doch seine Zukünftige hat mich wieder gefeuert und mir mitgeteilt, dass sie keine große Hochzeit feiern will."

Fayrene schüttelte den Kopf. „Wie lange geht das mit den beiden jetzt schon? Neun Monate, seit sie zusammen sind? Sie brauchen einen Plan."

„Ihnen fällt schon noch was ein", meinte Dellina. „Aber es gibt Tage, an denen ich denke, ein netter Bürojob wäre doch sehr viel entspannter."

„Nicht unbedingt", widersprach Fayrene.

Dellina grinste. „Stimmt."

Ana Raquel holte tief Luft. „Lasst mich mal meine Zahlen zusammenrechnen. Vielleicht kann ich einen Kredit bekommen und einen Teil aus dem Treuhandvermögen nehmen. Dann hätte ich immer noch einen gewissen Betrag als Reserve für Notfälle."

Sie alle hatten auf schmerzhafte Weise gelernt, dass im Leben nichts wirklich sicher war.

Fayrene probierte den Currysalat und stöhnte. „Da könnte ich mich reinsetzen."

„Siehst du?" Ana Raquel sah äußerst zufrieden aus. „Jetzt stellt euch den in einem weichen Brot ohne Kruste zu einem frühen Abendessen vor. Köstlich."

„Also, besorg dir den Imbisswagen", riet Dellina ihr.

„Du meinst, es wird Zeit, sich häuslich niederzulassen?", fragte Ana Raquel, ehe sie sich an Fayrene wandte. „Apropos, wer ist denn der Typ, von dem ich gehört habe?"

Fayrene pickte mit der Gabel eine Erdbeere auf und bemühte sich, nicht zu erröten. „Du bist gerade einmal fünfzehn Minuten hier. Woher weißt du davon?"

„Ich habe meine Quellen. Und solange es nicht Greg Clary ist …“

Dellina verdrehte die Augen. „Ernsthaft? Bist du immer noch besessen von ihm?“

„Ich bin nicht besessen. Der Mann nervt. Er nervt seit der zweiten Klasse.“

„Ignoriere sie“, meinte Fayrene, die sich im wahrsten Sinne des Wortes seit *Jahren* die Beschwerden ihrer Zwillingsschwester über Greg anhören musste. „Sie ist heimlich in ihn verliebt, und eines Tages, wenn sie endlich erwachsen genug ist, gibt sie es hoffentlich auch zu.“

„Das sehe ich auch so“, erwiderte Dellina.

Ana Raquel schüttelte den Kopf. „Ich höre euch gar nicht.“ Sie wandte sich an ihre Zwillingsschwester. „Und glaub ja nicht, dass ich nicht bemerkt habe, wie du das Thema gewechselt hast, als ich dich nach deinem Freund gefragt habe.“

„War gar nicht meine Absicht.“ Fayrene dachte an Ryan.

„Ooooh, hast du das gesehen?“, fragte Ana Raquel. „Dieses ganz eindeutige Strahlen?“

„Ich hab’s gesehen.“ Dellina lud sich die Gabel mit Truthahnsalat voll. „Ich dachte, du wolltest während der nächsten Jahre keine ernsthafte Beziehung eingehen? Du hast doch deinen Plan.“

„Es ist keine ernsthafte Beziehung, und meinen Plan habe ich auch nicht aufgegeben. Wir haben einfach nur Spaß zusammen. Er ist vorübergehend in der Stadt, also wird nichts weiter passieren.“

Obwohl … wenn er sie küsste, dann spürte sie eine Menge Potenzial.

„Es ist nur ein kurzes … Abenteuer“, fügte sie hinzu. „Zeitlich begrenzter Spaß.“

„Ich finde, das klingt gefährlich“, meinte Ana Raquel. „Was anfangs so einfach scheint, kann sich manchmal als höchst kompliziert entpuppen.“

„Sie muss es ja wissen“, neckte Dellina sie. „Sie steckt seit der zweiten Klasse in einer festen Beziehung.“

Ana Raquel stöhnte. „Ich meine es ernst. Ich mag Greg Clary wirklich, wirklich überhaupt nicht.“

„Ha, ha“, konterte Fayrene. „Rede dir das nur immer wieder ein, vielleicht wird es dann ja eines Tages wahr.“

7. KAPITEL

„Ich bin beeindruckt“, sagte Ethan und blickte auf die Zahlen, die sie aus dem Computersystem hatten, das mit den Windturbinen verbunden war. „Die Zahlen sind beständig. Es hat einen Anstieg von zwanzig Prozent in der Stromerzeugung gegeben, ohne dass es heftiger geweht hat. Wir bekommen jetzt mehr Strom aus der gleichen Windleistung.“

Ryan nickte. „Das war das Ziel.“

Sein Chef sah ihn an. „Okay, ich gebe es zu. Ich hätte nicht gedacht, dass es wirklich machbar ist.“

Ryan grinste. „Du hast nicht geglaubt, dass ich so gut bin.“

„Ich hatte es gehofft, aber du hast recht. Es mangelte mir an Glauben. Jetzt nicht mehr. Wenn deine Entwürfe nur halb so effizient sind, wie die Tests zeigen, dann ist das ein bahnbrechender Erfolg.“ Ethan blickte noch einmal auf den Computer, ehe er sich wieder an Ryan wandte. „Ich würde dich gern fest einstellen. Wäre das für dich eine Option?“

Ryan versuchte gar nicht erst, seine Überraschung zu verbergen. „Ich dachte, du wolltest dich nicht mit Grundlagenforschung beschäftigen. Die ist nicht billig.“

„Ich verfüge nicht über unbegrenztes Kapital, aber der Firma geht es wirtschaftlich gut, und ich habe ein paar wohlhabende Investoren an der Hand.“

Ryan fragte sich, ob Josh wohl einer von ihnen war.

„Du hättest Zugang zu den Anlagen unserer Kunden, um Probeläufe vorzunehmen. Ich habe bereits mit den meisten von ihnen gesprochen, und sie sind interessiert. Außerdem würde ich dir einen gewissen prozentualen Anteil auf alle lizensierten Patente zahlen."

Damit hatte er Ryans Aufmerksamkeit gewonnen. Denn normalerweise profitierte kein Angestellter davon, wenn ein Patent angemeldet wurde. Das wurde über die Firma abgewickelt, die dann auch die Rechte und sämtliche Einnahmen bekam, die sich aus dem Patent erzielen ließen. Schließlich entsprach das Entwickeln neuer Technologien der Jobbeschreibung. Wenn ein Produkt gut lief, konnte man auf einen Bonus hoffen, aber das war's dann auch. Eine prozentuale Beteiligung war ein schlagkräftiges Argument. Über die Jahre konnte das viel Geld bedeuten. Vorausgesetzt natürlich, dass Ryan etwas entwickelte, das sich vermarkten ließ.

„Das klingt verlockend", gab Ryan zu. „Kann ich ein paar Tage darüber nachdenken?"

„Sicher. Lass uns am Montag noch mal darüber reden. Und wenn du Interesse hast, sprechen wir über Zahlen. In der Zwischenzeit kannst du dir ja mal ein paar Häuser in der Stadt anschauen. Fahr ein bisschen durch Fool's Gold und überleg dir, ob du hier leben könntest."

„Das mache ich."

Vor allem gab es aber jemanden, mit dem er darüber reden wollte. Jemanden, der ihm die Vorstellung, hierzubleiben, noch verlockender machte. Nur leider hatte Fayrene ja ihren Plan. Ryan war nicht sicher, wie sie reagierte, wenn er ihr erzählte, dass er nun eventuell doch nicht nur ein kurzes Abenteuer sein würde.

Fayrene schaute auf ihren Esszimmertisch und nickte zufrieden. Dellina hatte ihr genaue Anweisungen erteilt, wie sie den Tisch decken sollte, damit er romantisch, aber auch nicht übertrieben aussah. Anscheinend spielte dabei vor allem die Tischwäsche eine Rolle. Also hatte sie eine Tischdecke aufgelegt, darüber einen Tischläufer und zusätzliche Platzsets, alles hübsch farblich aufeinander abgestimmt. Ein paar Kerzen und frische Blumen durften natürlich auch nicht fehlen.

In der Küche stand der fertige Salat bereit, das Huhn mit Champignons war vorbereitet, der Weißwein kalt gestellt. Sie hatte Ana Raquel angerufen, um sich Ratschläge für das Menü geben zu lassen. Ihre Zwillingsschwester hatte ihr daraufhin mehrere Rezepte geschickt, die alle köstlich klangen und Fayrenes unterentwickelte Kochkünste nicht überforderten. Oder, wie ihre Schwester es unverblümt ausgedrückt hatte: „Nicht einmal du schaffst es, diese Rezepte zu verhunzen."

Fayrene hoffte, dass ihre Schwester recht hatte. Sie wollte, dass Ryan sich entspannte und vielleicht ein klein wenig zu viel Wein trank. Denn sie hatte eine Entscheidung getroffen: Heute Abend würde sie ihn verführen.

Sie hatten jetzt ein paar Wochen lang nette Verabredungen gehabt und interessante Gespräche geführt, samt Händchenhalten und flüchtigen Küssen. Wenn er versucht hatte, sie mit seinem warmen Blick und zärtlichen Berührungen zu verführen, dann war ihm das ausgezeichnet gelungen. Sie war reif. Mehr als reif. Sie war unruhig und hungrig, und dabei dachte sie nicht an das Abendessen.

Aber das Essen war ein wichtiger Teil ihres Plans. Sie wollte Ryan verwöhnen, ihn füttern, um ihm dann die Kleider vom Leib zu reißen. Sie hatte sogar so weit vorausgedacht, dass sie eine Schachtel mit Kondomen in der Schublade ihres Nachtschranks deponiert hatte.

Auch ihr Outfit hatte sie sehr bewusst gewählt. Sie wollte hübsch und sexy aussehen, ohne dass ihre Absichten allzu offensichtlich waren. Außerdem sollten sich die Sachen leicht ausziehen lassen. Daher hatte sie sich für eine ärmellose Bluse und einen Rock entschieden. Das wirkte feminin, und es gab keine versteckten Verschlüsse. Sie hatte sich die Zehennägel lackiert, sich mit einer duftenden Bodylotion eingecremt und sich für einen Stringtanga und einen farblich dazu passenden BH entschieden. Eigentlich zog sie nicht gern Tangas an, aber wie hieß es so schön: Außergewöhnliche Zeiten erforderten außergewöhnliche Maßnahmen.

Jetzt blickte sie auf die Uhr. Drei Minuten vor sechs. Ryan war immer pünktlich – noch eine Eigenschaft, die ihr an ihm gefiel. Er würde gleich hier sein, und dann würden sie sich küssen.

Allein der Gedanke an seine festen, neckenden Lippen auf ihren ließ ihre Schenkel warm werden. Sie wusste, sie durfte jetzt nicht über seine großen Hände nachdenken, die über ihren Körper streiften. Erst mussten sie essen. Sie würde sich nicht vorstellen, dass er ihre Brüste umschloss oder dass sich sein Mund um ihre harten, aufgerichteten …

Es klingelte.

Sie zuckte zusammen und eilte zur Tür. Ryan stand auf der kleinen Veranda vor ihrem Apartment. Sie lächelte und ließ ihn herein.

„Hallo“, sagte sie und stellte sich auf die Zehenspitzen, um ihm einen Kuss zu geben.

„Hallo, du.“

Er reichte ihr eine Tüte mit Jelly Beans. „Reines Obst“, neckte er sie.

Sie lachte, aber ehe sie sich bedanken konnte, küsste Ryan sie. Auch wenn es nur ein flüchtiger, zarter Kuss war, versetzte er damit ihre Nervenenden in Aufruhr. Mussten sie wirklich erst essen? Ob Ryan die Botschaft verstand, wenn sie sich jetzt einfach die Bluse auszog? Würde er sie dann hier und jetzt direkt auf dem Fußboden im Flur nehmen? Sie könnten natürlich auch zum Sofa gehen. Sie hatte noch nie Sex auf einem Sofa gehabt, aber sie hatte so was in Filmen gesehen, und es sah so aus, als könnten das auch normale Leute hinbekommen. Weniger sicher war sie sich, ob es funktionierte, wenn sie es im Stehen trieben. Obwohl … in diesem Moment war sie alles andere als wählerisch.

„Hier riecht es aber gut“, sagte er.

Eine Sekunde lang dachte Fayrene, er meinte sie. Dann fiel ihr die Vorspeise ein, die in der Küche vor sich hin köchelte. „Ich hoffe, ich kann deine Erwartungen erfüllen. Komm. Ich habe uns eine Flasche Wein aufgemacht.“

„Wein ist immer gut.“

Sie ging in die Küche und nahm die Flasche aus dem Kühlschrank. Ryan war ihr gefolgt, und Fayrenes Gedanken schweiften wieder ab. Sie warf einen Blick auf die Arbeitsplatte. Wir könnten es auch hier tun, dachte sie. Das war die richtige Höhe und …

„Fayrene, ich muss mit dir reden."

Etwas in seinem Tonfall veranlasste sie, sich zu ihm herumzudrehen. Aus seinen dunklen Augen schaute er sie ernst an, seine Miene wirkte fast streng. Ihr Verlangen schwand und wich einem Gefühl der Beklemmung. Etwas ist passiert, dachte sie und stellte die Weinflasche ab. *Etwas Wichtiges.*

Die unterschiedlichsten Möglichkeiten schossen ihr durch den Kopf. Er musste früher als geplant abreisen. Er wollte sich nicht mehr mit ihr treffen. Er hatte jemand anderes kennengelernt.

In diesem Moment, als ihr Magen sich zusammenzog und ihr das Herz schwer wurde, begriff sie, dass es sehr viel schwerer werden würde, Ryans Abreise zu verkraften, als sie geglaubt hatte. Obwohl sie sich nur auf ein flüchtiges Abenteuer hatte einlassen wollen, war daraus ein bisschen mehr geworden. Okay, viel mehr. Während sie geglaubt hatte, einfach nur Spaß mit ihm zu haben, hatte sie sich unbemerkt in ihn verliebt.

„Was ist?", fragte sie mit plötzlich trockenen Lippen.

Er kam zu ihr und nahm ihre Hände in seine. „Ethan hat mir einen Job angeboten. Eine Festanstellung. Er möchte, dass ich in Fool's Gold bleibe."

Sie entriss ihm ihre Hände und starrte ihn an. „Einen Job? Hier? Du gehst nicht weg?"

„Ich habe mich noch nicht entschieden. Ich wollte erst mit dir darüber reden."

Erleichterung rang mit Wut. Denn sie wusste, was jetzt passieren würde. Sie würde *ihren* Traum aufgeben müssen. Sie würde heiraten, bevor sie eigentlich dazu bereit war. Und dann würde ihre Firma nicht so erfolgreich sein, wie sie es geplant hatte. Ihre vier Angestellten würde sie auch nie bekommen. Und das war alles Ryans Schuld.

Seine Mundwinkel hoben sich leicht. „Was auch immer du gerade denkst, du solltest damit aufhören. Man kann richtig sehen, wie sich die Räder in deinem Gehirn drehen."

„Nein", sagte sie und stampfte mit dem Fuß auf. „Es ist nicht fair. Ich habe einen Plan, und auch wenn der dir albern vorkommt, für mich ist er wirklich wichtig. Ich möchte meine Firma aufbauen. Ich möchte erfolgreich sein."

Sie holte einmal tief Luft. „Ich bin nicht dumm. Ich verstehe die psychologischen Gründe, die dahinterstecken. Ich habe meine Eltern verloren, als ich noch jung war. Es war schrecklich und unerwartet, und seitdem habe ich versucht, alles unter Kontrolle zu behalten, damit ich mich nie wieder so hilflos fühlen muss. Na und? Das ist eben meine emotionale Narbe, mit der ich leben kann. Ich will meine Firma aufbauen."

Bewusst bemühte sie sich, die Stimme zu senken, damit sie nicht mehr ganz so schrill klang. „Es ist ja nicht so, dass ich dich nicht mag. Das tue ich. Sehr sogar. Aber darum geht es hier nicht. Du musst tun, was du tun willst. Es ist deine Entscheidung. Natürlich will ich nicht, dass du gehst, aber gleichzeitig habe ich Angst vor dem, was passiert, wenn du bleibst. Dann lasse ich mich bestimmt von dir und meinen Gefühlen ablenken. Wir fangen eine ernsthafte Beziehung an, und auf einmal sind wir verheiratet und haben Kinder. Und was ist dann mit meiner Karriere? Was ist mit dem, was *ich* will? Denn wenn Leute heiraten, ist es meistens die Frau, die Kompromisse eingeht. Ich will meinen Traum aber nicht wegen eines Mannes aufgeben müssen. Selbst wenn es sich bei dem Mann um dich handelt."

Sie presste die Lippen aufeinander und ließ ihren Gefühlsausbruch noch einmal Revue passieren. Röte schoss ihr ins Gesicht, als sie erkannte, dass sie tatsächlich darüber geredet hatte, dass sie heiraten und Kinder bekommen könnten. Sie hatte ihm erklärt, dass das für sie nicht infrage kam – und dabei hatte er ihr bisher doch nur erzählt, dass Ethan ihm einen Job angeboten hatte.

„Mir wird schlecht", murmelte sie und wirbelte herum in Richtung Badezimmer.

Ryan streckte jedoch die Hand nach ihr aus und zog Fayrene an sich. „Du bist echt ganz schön anstrengend, das weißt du, oder?"

Immerhin hat er noch nicht die Flucht ergriffen, versuchte sie sich zu beruhigen. Also hatte sie ihn vielleicht doch nicht allzu sehr verschreckt. In seinen Armen zu liegen fühlte sich gut an. Er war warm und stark und sicher.

Er schob sie in Richtung Wohnzimmer und setzte sich mit ihr aufs Sofa, bevor er sie anschaute und nach ihrer Hand griff.

„Lass uns mal deine Bedenken der Reihe nach analysieren", meinte er.

„Oh, nein, lieber nicht." Sie berührte seine Wange mit ihrer freien Hand. „Ich hätte das alles nicht sagen sollen."

Er schüttelte den Kopf. „Eine der Eigenschaften, die ich am meisten an dir bewundere, ist deine Entschlossenheit. Und deine Ehrlichkeit. Du sagst, was du denkst. Ich möchte, dass du ehrlich bist."

Er schenkte ihr ein zärtliches Lächeln. „Ich weiß, dass dir deine Ziele wichtig sind. Ich verstehe deinen Drang, erfolgreich zu sein, und ich bin beeindruckt, dass dir sogar bewusst ist, woher dieses Bedürfnis kommt. Wir sind beide noch jung, es besteht, was unsere Beziehung zueinander angeht, also kein Grund, etwas zu überstürzen."

„Redest du von Emotionen oder vom Sex?", platzte sie heraus, ehe sie sich zurückhalten konnte. „Denn ich bin durchaus bereit für ..."

Schon wieder schoss ihr die Röte ins Gesicht.

Ryan hob die Augenbrauen. „Für Sex?"

Sie dachte an den unangenehm zwickenden Stringtanga, den sie lieber früher als später wieder ausziehen würde. „Du hast ja keine Ahnung", murmelte sie.

„Gut. Dazu kommen wir in einer Sekunde. Aber lass uns die Sache mit meinem Jobangebot zu Ende diskutieren. Liebst du mich, Fayrene?"

Sie biss sich auf die Lippe und nahm all ihren Mut zusammen, ehe sie langsam nickte. Es zuzugeben, während man ganz ruhig war, war sehr viel beängstigender, als es in einem Gefühlsausbruch herauszuposaunen.

„Ich liebe dich auch. Ich finde, du bist die faszinierendste Frau, der ich je begegnet bin. Aber du musst dich auf deine Firma konzentrieren, und ich muss mich bei Ethan einarbeiten. Warum machen wir es nicht einfach so – wir führen während der kommenden drei Jahre eine exklusive Beziehung. Dann mache ich dir einen Heiratsantrag. Wir bleiben ein Jahr lang verlobt und heiraten, wenn du achtundzwanzig bist."

Gefühle drohten sie zu überwältigen. Wunderbare Glücksgefühle, die ihr vor Freude die Tränen in die Augen trieben. „Das würdest du für mich tun?"

„Ich würde alles für dich tun, Fayrene. Und ich werde den Rest meines Lebens damit verbringen, es dir zu beweisen."

Als sie sich in seine Arme warf, fing er sie auf und zog sie eng an sich. Mit dem Kuss, den er ihr gab, versprach er ihr gleichzeitig sein Herz. Während ihre Zungen sich zu einem erotischen Tanz fanden, wanderte er mit der Hand von ihrem Knie am hinteren Oberschenkel entlang nach oben.

„Was diese Sache mit dem Sex angeht", meinte er schließlich neckend.

Im gleichen Moment hatte Ryans Hand ihren nackten Po erreicht. Prompt verspannte sich sein gesamter Körper. Fayrene öffnete die Augen und sah, dass Ryan sie anstarrte und dann einen leisen Fluch ausstieß.

„Was trägst du unter diesem Rock?"

Sie lächelte. „Ich bin mir nicht sicher, ob ich es dir erzählen sollte."

„Du könntest es mir stattdessen zeigen."

„Das könnte ich wohl. Aber was ist mit dem Abendessen?"

Er stand auf und zog sie auf die Füße. „Das Abendessen kann warten", murmelte er heiser, während er sie durch den schmalen Flur hinüber ins Schlafzimmer zog.

Später, nachdem sie sich geliebt und das nur leicht ruinierte Abendessen verspeist und den Wein getrunken hatten, schloss Ryan sie wieder in die Arme. „Ich weiß nicht, womit ich so viel Glück verdient habe“, sagte er. „Dass ich dich hier gefunden habe.“

Fayrene lächelte überglücklich. „Das war alles Teil eines Plans.“

– ENDE –

Susan Mallery

Küssen nach Rezept

Roman

Aus dem Amerikanischen von
Ivonne Senn

mtb

1. KAPITEL

Ana Raquel Hopkins war sich ganz sicher, dass Greg Clary der nervigste Mann des Planeten war. Seine nervtötende Art ging ihr unter die Haut und weckte in ihr den Wunsch, laut zu schreien. Es fühlte sich an, als hätte sie wahnsinnig große Lust auf Guacamole, nur um dann zu entdecken, dass jemand all ihre schönen, reifen Avocados geklaut hatte. Oder schlimmer noch: als hätte derjenige aus diesen Avocados eine Guacamole gemacht, von der es jetzt hieß, sie wäre besser als ihre. So nervte Greg Clary sie.

Ana Raquel starrte auf das Schild an dem rustikalen Haus auf dem Condor Valley-Weingut. Auf dem handgeschnitzten Stück Holz stand nur „Café“. So einfach, so richtig. Während sie fort gewesen war, um die Kunst des Kochens zu erlernen, hatte Greg sich direkt hier, in Fool's Gold, die Kochleiter hochgearbeitet. Vor sechs Monaten hatte er das Café auf dem Weingut seines Onkels eröffnet, und das Restaurant erhielt begeisterte Kritiken. Alle sprachen darüber. Und über Greg.

Nach ihrem Abschluss an der Kochschule hatte auch sie in Restaurants gearbeitet, allerdings in San Francisco. Nach ein paar Jahren war ihr klar geworden, dass sie es zwar liebte, köstliche Speisen für ihre Gäste zuzubereiten, die Arbeit in einem Restaurant ihr aber nicht gefiel. Ein Besuch auf einem Straßenmarkt hatte ihr die zauberhafte Welt des Street Food eröffnet: wohlschmeckende Kreationen, die in einer mobilen Küche zubereitet wurden. Sie hatte Geld gespart, sich einen alten Airstream gekauft und ihn zum Foodtruck ausgebaut. Dann war sie mit ihm nach Fool's Gold zurückgekehrt, um die kulinarische Szene dort im Sturm zu erobern.

Nur war Greg ihr wieder einmal zuvorgekommen.

Vor siebzehn Jahren, als Ana Raquel gerade in der zweiten Klasse gewesen war, hatte sie im Schultheater die Rolle des Aschenputtels bekommen. Greg war als Prinz ausgewählt worden, und am Ende hatte er den ganzen Applaus kassiert. Auf der Junior Highschool hatten sie sich beide um das Amt des Schulsprechers beworben. Greg hatte gewonnen und ihr nur den Posten der Vizesprecherin überlassen. Auf der Highschool war sie zur Ballkönigin nominiert worden und er zum Ballkönig.

Es ist wohl nicht schwer zu erraten, wer gewonnen hatte und wer nicht.

Doch mit alldem hätte sie leben können, wäre da nicht der Vorfall beim Abschlussball gewesen.

Das noble Dinner und der Ball hatten wie jedes Jahr im *Gold Rush Ski Lodge and Resort* stattgefunden. Es gab eine Band und gutes Essen. Die meisten Teenager gingen in Gruppen hin statt mit einem Date – das war so Tradition in dieser Stadt, nahm sie an. Sie konnte sich bis heute nicht erklären, warum, aber Ana Raquel hatte an jenem Abend beschlossen, Greg mit all seinen Verfehlungen zu konfrontieren.

Doch statt zu ihm zu gehen und ihn anzubrüllen, ließ sie sich von seinen dunklen Augen und seinem charmanten Lächeln verzaubern. Und vielleicht auch ein wenig davon, wie gut er im Smoking aussah. Trotzdem, ihr Zorn war gerechtfertigt, und sie wusste, sie sollte ihm ordentlich die Meinung sagen. Doch was ein Streit hätte sein sollen, wurde irgendwie zu einem Kuss. Und aus dem Kuss wurde … na ja, man kann es sich vorstellen.

Sie hätte auch mit diesem größten Fehler ihres Lebens leben können, wäre ihm nicht irgendwann mittendrin aufgefallen, dass es ihr erstes Mal war – was wohl hieß, dass es das für ihn nicht war. Noch schlimmer war, dass sie im selben Augenblick noch etwas anderes bemerkte: Vielleicht war es eventuell ein kleines bisschen möglich, dass sie Gefühle für Greg hatte – romantische „Was, wenn ich ihn insgeheim schon mein ganzes Leben lang liebe“-Gefühle.

Und das war wirklich ein großer Fehler. Denn Greg war nicht nur beliebt, er war ein wahrer Mädchenmagnet. Sie wäre nur eine von vielen, die ihm verfallen waren. Entsetzt und gedemütigt hatte sie das Einzige getan, was in ihren Augen Sinn ergeben hatte: Sie war auf die Kochschule nach San Francisco geflohen.

Jetzt war sie zurück in Fool's Gold, und sie war erwachsen geworden. Ich bin ein netter Mensch, sagte sie sich. *Freundlich.* Sie mochte Menschen und sie liebte es, sie mit ihrem Essen glücklich zu machen. Gäbe es Greg nicht, wäre ihr Leben perfekt.

Doch für dieses Problem gab es eine Lösung, und sie hatte einen Termin mit der Bürgermeisterin der Stadt ausgemacht, um mit ihr ihre brillante Idee zu besprechen. Eine Idee, die ihr helfen würde, sich einen Namen zu machen und ein für alle Mal über Greg Clary hinwegzukommen.

Marsha Tilson war die am längsten regierende Bürgermeisterin Kaliforniens. Sie war eine gut gekleidete weißhaarige Frau, die ihre Stadt mit all ihren Eigenarten liebte. Sie begrüßte Ana Raquel herzlich und führte sie zu ihrem Schreibtisch.

„Wir sind so glücklich, dass du wieder nach Fool's Gold zurückgekehrt bist", sagte Bürgermeisterin Marsha lächelnd. „Wir haben dich vermisst. Du bist so eine freundliche und enthusiastische Frau. Schon als du klein warst, hast du dich um die anderen Kinder gekümmert, und jetzt, wo du erwachsen bist, versorgst du uns alle mit gutem Essen."

„Danke. Ich bin auch froh, wieder hier zu sein", erwiderte Ana Raquel. „Ich habe in San Francisco eine Menge gelernt, aber es ist nicht das Gleiche wie zu Hause."

Ana Raquel war eine von drei Töchtern. Fayrene, ihrer Zwillingsschwester, gehörten eine Zeitarbeitsfirma und ein Tiersitterservice in der Stadt, während Dellina, ihre ältere Schwester, eine Eventagentur und einen Dekoservice leitete. Die Hopkins-Mädchen standen alle auf eigenen Beinen.

Die Bürgermeisterin nahm einen Flyer für Ana Raquels Foodtruck vom Tisch. „Wir bekommen großartige Rückmeldungen zu deinem Angebot. Die Einwohner freuen sich über eine weitere Anlaufstelle für ihre Mittagspause, und die Touristen lieben sowohl das Essen als auch das Praktische daran."

„Ich habe viel mit verschiedenen Zutaten experimentiert", erklärte Ana Raquel. „Sie wissen ja, dass zu unterschiedlichen Festen verschiedenes Essen serviert wird. Anstatt die Leute auf ihre Lieblingsspeisen warten zu lassen, arbeite ich daran, die Festtagsspezialitäten in Rezepte für jeden Tag umzuwandeln. Ich habe zum Beispiel ein Elefantenohren-Zupfbrot erfunden. Es passt zur Jahreszeit, schenkt uns aber auch einen Hauch von dem Geschmack, den wir vermissen."

„Ich habe gehört, dass deine Karotten-Muffins ziemliche Aufregung verursacht haben. Letzte Woche soll es deswegen beinahe einen Aufstand gegeben haben."

Ana Raquel lachte. „Ich hatte keine Muffins mehr, aber es standen immer noch Leute an. Im Park wurde es dann ein wenig laut."

Die Bürgermeisterin lächelte. „Ich glaube, das nennt man ein Luxusproblem. Jetzt erzähl mir von dem Kochbuch, das du erwähnt hast, als du mich um dieses Gespräch gebeten hast."

Ana Raquel klatschte in die Hände und beugte sich vor. „Ich will das, was ich gelernt habe, in größerem Stil mit den Menschen teilen. Ich will ein Kochbuch entwickeln, das auf dieser Stadt und dem, was wir hier am liebsten essen, basiert. Ich dachte, ich könnte Rezepte von Einheimischen sammeln, die sie gerne teilen möchten. Ich werde auch ein paar eigene Rezepte entwickeln. Ich stelle mir leckere Mahlzeiten vor, die nicht zu kompliziert sind. Die Leute haben viel zu tun, und nicht jeder will den ganzen Tag in der Küche verbringen. Wir könnten es *‚Das Fool's Gold Kochbuch'* nennen."

Sie ballte die Hände zu Fäusten und hoffte, dass man ihr

ihre Nervosität nicht ansah. Sie wollte, dass die Bürgermeisterin von ihrer Idee genauso begeistert war wie sie selbst.

Bürgermeisterin Marsha lehnte sich in ihrem Stuhl zurück. „Das ist sehr interessant“, murmelte sie. „Das Konzept gefällt mir. Komischerweise ist letzte Woche jemand mit einem ähnlichen Vorschlag bei mir gewesen. Da ihr beide mit einer Idee für ein Kochbuch zu mir gekommen seid, hoffe ich, dass es dir nichts ausmacht, dass ich so frei war, ihn auch zu unserem Treffen einzuladen.“

Noch während sie sprach, stand Bürgermeisterin Marsha auf und bedeutete jemandem, ins Büro zu treten. Ana Raquel musste sich gar nicht erst umdrehen, um zu wissen, wer es war. Denn es gab nur einen Menschen, der in ihr Meeting platzen und ihre Idee klauen könnte.

2. KAPITEL

„Hallo Ana Raquel!“

Ana Raquel drehte sich zu dem Mann um, der sich neben sie gesetzt hatte. Sie hatte Greg seit sechs Jahren nicht mehr gesehen, und sie hätte auch noch weitere sechs Jahre glücklich ohne ihn leben können.

Sie öffnete den Mund, um ihm genau das zu sagen, doch plötzlich konnte sie nicht mehr sprechen. Obwohl er saß, hatte sie das Gefühl, er wäre wesentlich größer als in ihrer Erinnerung. Seine Schultern waren breiter. Er wirkte so viel männlicher als der Teenager, an den sie sich von ihrem Abschlussball erinnerte.

Seine Augen hatten noch das gleiche Dunkelbraun, genau wie seine Haare, und sein Mund war zu diesem vertrauten schiefen Lächeln verzogen, als fände er sie unglaublich amüsant. Das tat er vermutlich auch, aber sie bezweifelte, dass er mit ihr und nicht über sie lachte.

„Greg“, brachte sie mit trockenem Mund hervor.

„Alle reden über dein Street Food“, sagte er. „Ich habe deinen Curry-Hühnchen-Salat probiert. Mir gefällt, wie du …“

„Nein, hast du nicht“, unterbrach sie ihn.

Er hob eine seiner dunklen Augenbrauen. „Meinst du, er hat mir nicht gefallen oder ich habe ihn nicht probiert?“

„Du hast ihn nicht probiert. Das geht gar nicht. Das wäre mir aufgefallen.“ Wenn Greg in der Schlange vor ihrem Wagen gestanden hätte, hätte sie ihn garantiert bemerkt.

Seine Miene entspannte sich, und das amüsierte Funkeln trat wieder in seine Augen. „Ich habe einen Freund geschickt. Ich hatte das Gefühl, dass mir eine Bratpfanne an den Kopf fliegen könnte, wenn ich versuchen würde, etwas von dir zu kaufen."

Ana Raquel spürte, wie sie rot wurde. Sie schaute auf ihre immer noch miteinander verknoteten Finger. „Ich würde niemals einem zahlenden Kunden wehtun", murmelte sie.

„Ich glaube, für mich würdest du eine Ausnahme machen."

Sie schaute ihn an. „Es ist nicht so, dass ich dich nicht leiden kann", sagte sie mit fester Stimme.

Jetzt hob er beide Augenbrauen.

„Also, nicht wirklich …", fügte sie hinzu. „Es ist nur …"

„Ja?"

„Du bist so nervtötend."

Gregs Lachen überraschte sie. Der warme, glückliche Klang floss durch sie hindurch wie eine süße geschmolzene Ganache. Bevor sie wusste, was sie denken, geschweige denn sagen sollte, erinnerte sie ein sanftes Räuspern daran, dass sie nicht allein im Zimmer waren.

Sie richtete ihre Aufmerksamkeit wieder auf die Bürgermeisterin.

„Tut mir leid."

„Kein Problem." Marsha lächelte sie beide an. „Greg, ich habe Ana Raquel gerade gesagt, dass das *Fool's Gold Kochbuch* ein zu großes Projekt für eine Person ist. Da ihr beide die gleiche Idee hattet, liegt die Lösung dafür ja praktisch auf der Hand: Ihr beide arbeitet gemeinsam daran."

Ana Raquel funkelte Greg an. „Du hast auch an ein Kochbuch gedacht? Eines, das einheimische Rezepte und ein paar der Lieblingsgerichte aus den Restaurants der Stadt enthält – und zur Auflockerung ein paar Street-Food-Rezepte?“

Sein dunkler Blick blieb fest. „Ja. Ich habe erst letzte Woche mit der Bürgermeisterin darüber gesprochen.“

Marsha nickte zustimmend. „Zwei Seelen, ein Gedanke“, sagte sie fröhlich.

Ja klar, dachte Ana Raquel finster. Die Bürgermeisterin konnte sich freuen. Sie war ja nicht diejenige, die mal wieder von Greg Clary in den Schatten gestellt worden war.

Ana Raquel schaute die Bürgermeisterin von der Seite an. Sie steckte in der Zwickmühle. Entweder sie machte das Kochbuch mit Greg, oder sie stieg aus. Und dann würde er es alleine machen. Es ging ihr gar nicht um den Ruhm, der ihr entgehen würde. Es ging vielmehr darum, dass sie genau wusste, wie das Buch aussehen sollte. Auf keinen Fall würde sie sich ihre Vision von ihm kaputt machen lassen.

„Gut“, sagte sie bestimmt. „Dann arbeiten wir gemeinsam daran.“

3. KAPITEL

Ana Raquel und Greg gingen gemeinsam zum Parkplatz des Rathauses. Sie hoffte, dass ihr noch ein genialer Grund einfallen würde, warum er ihr bei dem Projekt nicht helfen könnte, aber in ihrem Kopf herrschte nur Leere. Als sie ihre Autos erreichten – ihres ein verbeulter Pick-up und seins ein neu glänzender blauer SUV –, beschloss sie, das Unausweichliche zu akzeptieren und dabei zu versuchen, die Kontrolle zu behalten.

„Wir sollten uns mal zusammensetzen und besprechen, wie wir das Kochbuch angehen wollen“, sagte sie. „Ich habe so viele Ideen.“

Er nickte. „Ich auch. Ich habe schon mit Colleen von der *Fool's Gold Daily Republic* gesprochen.“

„Warum sprichst du mit einer Zeitungsredakteurin?“

„Ich dachte, sie könnte vielleicht jemanden eine Geschichte über uns schreiben lassen. Wir könnten so auch die Gemeinde aufrufen, sich zu beteiligen.“

„Das klingt logisch“, murmelte Ana Raquel. Sie hatte daran gedacht, ein paar Flyer zu verteilen und um Rezepteinsendungen zu bitten, aber ein Artikel in der örtlichen Zeitung wäre wesentlich effizienter und eine gute Visitenkarte für ihr Projekt. Während der Rest der Welt sich seine Nachrichten inzwischen online beschaffte, war die Tageszeitung in Fool's Gold noch sehr lebendig und erfreute sich großer Beliebtheit. Einer der Vorteile des Kleinstadtlebens, wie sie annahm.

„Ich weiß, dass es in vielen Familien Gerichte gibt, die seit Generationen weitergereicht werden“, sagte sie. „Es wäre bestimmt lustig, die durchzugehen.“

„Du wirst hoffentlich das Brathähnchenrezept von deiner Grandma mit aufnehmen, oder?“

Sie starrte ihn an. „Woher weißt du davon?“

Er grinste. „Deine Mom hat einmal den gesamten Schülerrat zum Essen eingeladen und es serviert. Sie hat uns erzählt, dass ihre Mutter ihr beigebracht hat, es zuzubereiten, und sie es dann wiederum dir gezeigt hat.“

Ana Raquel erinnerte sich nur zu gut an jenen Abend. Ihre Eltern hatten Greg sooo charmant gefunden und gar nicht verstanden, warum sie so enttäuscht war, dass er ihr den Vorsitz als Schülersprecher weggeschnappt hatte. Sie war allerdings überrascht, dass er sich an etwas so Einfaches wie ein Brathähnchen erinnerte.

„Ja, ich hatte vor, es ins Kochbuch aufzunehmen“, sagte sie langsam.

„Gut.“ Er ließ ein Grinsen aufblitzen. „Ich habe versucht, das Rezept nachzukochen, aber ich kriege es nicht richtig hin. Jetzt finde ich wenigstens heraus, welche Zutaten ich vergessen habe.“

Er ist so nett, dachte sie, verwirrt von seiner Freundlichkeit. Sie hatte immer gedacht, sie wären Todfeinde. Oder zumindest zwei Menschen, die nicht miteinander auskamen. Wie peinlich, dass sie anscheinend die Einzige war, die sich für einen Kampf gerüstet hatte.

„Hast du Montag Zeit?“, fragte er. „Da ist das Restaurant geschlossen. Wir können uns bei mir treffen.“

Mit einem Mal war sie neugierig, wie Greg wohnte. „Ja, das wäre super. Ich habe meinen Laden bis halb drei geöffnet. Wollen wir vier Uhr sagen?“

Er nickte und gab ihr seine Adresse. „Prima. Ich bereite uns eine Kleinigkeit vor, und dann können wir uns an die Arbeit mit dem Kochbuch machen. Bis dann.“

Er stieg in seinen SUV und fuhr davon. Ana Raquel blieb auf dem Parkplatz zurück, und in ihr wuchs der Eindruck, dass dieser Mann nichts mehr mit dem Greg aus ihrer Erinnerung zu tun hatte.

4. KAPITEL

Greg wohnte am Rand des Condor Valley-Weinguts. Ana Raquel parkte ihren Wagen neben seinem SUV und ging dann um das Haus herum, um die Aussicht vom Garten zu betrachten. Im Süden und Westen lagen Weinberge, an deren Rebstöcken dicke saftige Trauben hingen. Sie wusste nicht viel über die Weinherstellung, aber sie war ziemlich sicher, dass die Lese in wenigen Wochen beginnen würde.

Im Osten lagen die Berge der Sierra Nevada. Im Winter waren sie mit Schnee bedeckt. Zum Glück lag die Stadt hoch genug, um selbst ab und zu ein wenig Schnee abzubekommen, aber es waren selten mehr als ein paar Zentimeter. So nah an den Bergen konnte man deren Vorzüge genießen, ohne sich mit dem Unangenehmen herumplagen zu müssen.

Sie wandte sich dem Haus zu. Es war im Blockhausstil erbaut und hatte nur ein Stockwerk. Klein, aber ansprechend. Es gab vermutlich ein paar Zimmer und ein einziges Bad. Genügend Platz für eine Person, dachte sie. Greg war nicht verheiratet. Er war …

Ana Raquel blieb auf ihrem Weg zum Haus abrupt stehen. Die örtliche Gerüchteküche war sehr effizient, und so erfuhr sie fast alles, was in der Stadt vor sich ging. Aber zu wissen, dass Greg nicht verheiratet war, war etwas anderes, als zu wissen, ob er eine Freundin hatte. Nicht dass es sie persönlich interessierte, doch wenn er eine Freundin hatte, könnte das das Kochbuchprojekt etwas komplizierter machen. Schließlich würden sie bis spätabends und an den Wochenenden an Rezepten feilen, über den Stil und den Aufbau streiten. Sie wollte nicht, dass eine Frau, die vom Kochen keine Ahnung hatte, ihren Senf dazugab, nur um sich hinter ihren Freund zu stellen.

Wenn Greg eine Freundin hat, dann kann das gesamte Projekt im Grunde nicht funktionieren, dachte sie, als sie um das Haus herumging und die Stufen zur Eingangstür hinaufstieg. Das würde sie ihm gleich sagen, und er könnte abspringen. Dann könnte sie alles alleine machen, was auch gut wäre. Denn sie hatte keine Lust, mit einem Mann zusammenzuarbeiten, der mit so einer Frau ausging. Mit einer, die dermaßen besitzergreifend war und ihre Nase ständig in Dinge steckte, die sie nichts angingen.

Die Tür wurde geöffnet, und der besagte Mann lächelte sie an.

„Hey", sagte er. „Pünktlich auf die Minute. Komm rein."

Sie folgte seiner Aufforderung, darum bemüht, ihn nicht merken zu lassen, dass ihr Magen sich plötzlich ganz seltsam anfühlte – und sie hatte keine Ahnung, warum. Sie spürte ein Flattern und seltsame kleine Stromstöße. Hatte sie schlechten Fisch gegessen?

„Hi." Sie ging an ihm vorbei und zog ihren Mantel aus. „Schönes Haus. Wohnst du hier ganz allein? Oder hast du einen Mitbewohner? Eine Freundin? Denn mit dir zusammenzuarbeiten ist eine Sache, aber mit einer tausend Mann starken Truppe funktioniert das nicht."

Sein dunkler Blick ruhte auf ihrem Gesicht. „Ich habe keine Freundin."

„Oh. Bist du sicher? Denn du hast immer eine gehabt. Ständig. Es war ein steter Strom von Frauen."

Das schiefe Lächeln war wieder da. „Ich bin seitdem erwachsen geworden."

Wieder so eine Aussage, die mir genau gar nichts verrät, dachte sie frustriert. Das war so typisch für ihn.

Sie wollte ihm auf keinen Fall durch weitere Fragen den Eindruck vermitteln, dass es sie interessierte. Deshalb ließ sie ihren Mantel und ihre Tasche auf die Bank im Flur fallen und ging weiter in das kleine Haus hinein.

Der Ausblick vom Wohnzimmer erstreckte sich bis zum Ende des Tals, doch ihre Aufmerksamkeit wurde sofort von der riesigen Küche gefesselt. Sie stolperte darauf zu, angezogen von den tiefen Spülbecken, der großen Arbeitsfläche und einem sechsflammigen Gasherd. Es gab zwei Öfen, eine Warmhalteschublade und eine Messersammlung, bei deren Anblick sie vor Neid hätte platzen können.

„Wow", sagte sie und drehte sich langsam im Kreis. „Ich meine, wow."

Es gab Regale, viele Schränke und eine geräumige Speisekammer. Auf der linken Seite war ein Teil der Arbeitsfläche aus Marmor. Die kühle glatte Fläche war perfekt, um Teig auszurollen und Kekse zu backen. Durch die Glastür des oberen Ofens sah sie einen Drehspieß. Obwohl sie ihre kleine Wohnwagenküche liebte – das hier verhielt sich dazu ungefähr wie Trüffelöl zu Pfannenspray.

Greg lehnte sich gegen den Türrahmen. Seine breiten Schultern nahmen beinahe den ganzen Durchgang ein. „Ich habe ein wenig umgebaut, bevor ich eingezogen bin. Mit dem Badezimmer bin ich noch nicht ganz fertig."

„Wen interessiert schon ein Badezimmer?", fragte sie. „Oder Möbel. Für so eine Küche würde ich freiwillig auf Bananenkisten sitzen und auf dem Boden schlafen."

„Dazu besteht kein Grund. Ich habe ein Bett."

Sein Kommentar ließ das Flattern in ihrem Magen kurz stärker werden, bis sie beschloss, dieses Gefühl einfach zu ignorieren.

Er stieß sich vom Türrahmen ab und ging zur Essecke. Sie sah, dass er ein paar Mappen und eine offene Flasche Wein auf dem roh behauenen Tisch arrangiert hatte.

„Wollen wir?", fragte er und zog einen der Stühle heran.

„Klar."

Sie nahm den angebotenen Platz und nickte, als er die Weinflasche hob. Vielleicht würde ein Schluck von diesem ausgezeichneten Cabernet ihre Nerven beruhigen. Nein, ich bin nicht nervös, sagte sie sich. Das hier war nur eine neue Situation, das war alles. Sie war gezwungen, ihren Traum zu teilen. Das wäre für jeden unangenehm. Ihr flatternder Magen hatte nichts mit Gregs Nähe zu tun.

Er setzte sich ihr gegenüber und hob sein Weinglas. „Auf das *Fool's Gold Kochbuch*", sagte er und ließ sein Glas an ihres stoßen.

Bevor sie etwas erwidern konnte, lachte er leise auf.

„Was?", wollte sie wissen.

„Ich kann nicht glauben, dass wir das hier tun. Nach all den Jahren." Er zuckte mit den Schultern. „Ich erinnere mich noch an das erste Mal, als ich dich gesehen habe. Wir waren gerade erst in die Stadt gezogen. Ich war sieben und kannte niemanden. Meine Mom hat mir gesagt, ich solle mich für das Theaterstück der zweiten Klasse melden, um neue Freunde kennenzulernen. Ich bin in die Probe gegangen, und da warst du. Blonde Locken und große Augen."

Er nippte an seinem Wein. „Ich bin nach Hause gegangen und habe meiner Mutter gesagt, dass ich mich verliebt habe."

Ana Raquel blinzelte ein paarmal. „In mich?"

„Jepp. Als ich für die Rolle des Prinzen ausgewählt wurde, wusste ich, dass es Schicksal ist." Er lächelte wieder. „Natürlich war ich damals erst sieben."

5. KAPITEL

Ana Raquel hatte keine Ahnung, was sie zu Gregs Geständnis sagen sollte. Sicher, seine Gefühle von damals hatten nichts mit dem zu tun, was heute passierte, aber trotzdem … Mit leerem Blick starrte sie auf die Mappen auf dem Tisch.

„Wir, äh, sollten über das Kochbuch sprechen", murmelte sie.

„Gute Idee."

Während er die Seiten ausbreitete, ging sie zurück in den Flur, um ihr Notizbuch aus ihrer Tasche zu holen.

„Ich dachte, wir unterteilen das Kochbuch in die verschiedenen Jahreszeiten", erklärte sie ihm. „So können die Leute einfach zur jeweiligen Saison blättern und das kaufen, was gerade frisch und regional im Angebot ist."

Mit einem selbstgefälligen Grinsen schob Greg ihr seine Notizen hin. Die erste Seite zeigte die Gliederung des Kochbuchs nach Jahreszeiten.

„Wir denken gleich", sagte er. „Interessant. Ich dachte, wir sollten jede Jahreszeit in Alltagsrezepte und solche für besondere Gelegenheiten aufteilen, wie Brunch oder Feste."

„Feierliche Anlässe", sagte sie.

„Genau." Er blätterte durch ihre Seiten. „Wie das hier. Bananenschichtkuchen für Geburtstage. Das gehört in den Frühling."

„Und zu feierlichen Anlässen", fügte sie hinzu.

„Richtig." Er las weiter. „Du hast zu viele Salate. Ich mag Salate so gern wie jeder andere …"

„Also gar nicht."

Er lachte. „Sie haben ihre Berechtigung. Aber wir brauchen nahrhaftere Sachen. Chili oder Aufläufe. Die Menschen hier in der Stadt bringen einander ständig Aufläufe vorbei."

„Was wäre da perfekter als ein Chiliauflauf?"

„Du kannst meine Gedanken lesen."

„Du bist halt ein typischer Mann", sagte sie. „Ich schätze, du wirst mir gleich erzählen, dass wir ganz viele Pasteten mit aufnehmen müssen."

„Na klar, wer liebt die nicht?"

Er war weniger anstrengend, als sie ihn in Erinnerung hatte. Der Greg, den sie gekannt hatte, war sehr entschlossen gewesen. Er hatte seinen Wahlkampf zum Schulsprecher mit einer Zielstrebigkeit geführt, die jeden Wahlkampfmanager eines Präsidentschaftskandidaten vor Neid hätte erblassen lassen. Sie hatte auch gewinnen wollen, sich aber trotzdem Zeit für ihre Freunde und ihre Familie genommen.

„Wie viele Stunden arbeitest du pro Woche?", fragte sie.

„Sechzig, manchmal siebzig."

„Kein Wunder, dass du keine Freundin hast. Das Leben besteht aus mehr als dem, was wir in der Küche zaubern."

„Glaubst du das wirklich?" Er lehnte sich in seinem Stuhl zurück und nahm sein Weinglas zur Hand.

„Sicher. Meistens zumindest." Sie lachte. „Okay, nicht immer, aber es ist wichtig, ein gewisses Gleichgewicht im Leben zu haben."

„Ich bin im Gleichgewicht. Ich hätte gerne jemanden in

meinem Leben, aber das richtige Mädchen zu finden ist nicht so leicht, wie es sich anhört.“ Er zuckte mit den Schultern. „Ich habe sehr konkrete Anforderungen.“

Sie betrachtete sein attraktives Gesicht, den hochgewachsenen schlanken Körper. „Es muss doch genügend Freiwillige geben.“

„Ein paar.“

„Viele.“

„Ich mag einen bestimmten Typ Frau.“

„Und der wäre wie?“

„Lustig, hübsch, kreativ.“ Er stellte sein Glas ab. „Ana Raquel, wir müssen über die Sache reden, die hier im Raum schwebt.“

Die Sache? Hier schwebte nichts im Raum – weder wahrhaftig noch im übertragenen Sinne. Er konnte doch wohl kaum meinen … Ein Blick in sein Gesicht verriet ihr, dass er genau das tat. „Der Abschlussball?“, fragte sie flüsternd.

„Die Nacht nach dem Abschlussball“, korrigierte er sie sanft.

6. KAPITEL

Das warme, entspannte Gefühl verflog, und brennende Hitze stieg in Ana Raquels Wangen. Machte er Witze? Auf keinen Fall wollte sie über jene Nacht reden. Sie war so entschlossen gewesen, ihm zu sagen, was sie von ihm hielt, und stattdessen hatte sie ihm in einem Hotelzimmer ihre Jungfräulichkeit geschenkt. Schlimmer noch, sie hatte erkannt, dass sie Gefühle für den Jungen haben könnte, der sie komplett verrückt machte. Und zwar nicht auf positive Weise. Das war nichts, woran sie liebevoll erinnert werden wollte.

„Alles okay?", fragte er.

„Ja."

„Du wirkst aufgebracht."

„Bin ich aber nicht." Oder zumindest wäre sie es nicht, wenn sie endlich aufhören würden, über diese Nacht zu reden. Denn sie konnte nicht erklären, was damals passiert war. In der einen Sekunde hatte sie ihn angeschrien, in der nächsten hatten sie sich geküsst und dann …

Die Sache war: So ein Mädchen war sie nicht. Auf der Highschool war sie nie ernsthaft an einem der Jungen interessiert gewesen. Sie hatte zu viele andere Dinge im Kopf gehabt. Außerdem hatte sie ihre gesamte Energie darauf verwendet, sich über Greg zu ärgern.

Seither hatte niemand mehr wirklich ihr Interesse erregt. Nachdem sie ihre Jungfräulichkeit so leichtsinnig verloren hatte, hatte sie sich fest vorgenommen, beim nächsten Mal vorsichtiger zu sein.

Er war zweifellos glücklich damit, von Bett zu Bett zu hüpfen. Sie war schließlich nicht seine Erste gewesen. Denn sonst hätte er wohl kaum bemerkt, wie unerfahren sie war. Noch ein weiterer demütigender Moment, für den er verantwortlich war.

„Ana Raquel? Wir müssen darüber sprechen. Ich habe versucht, danach mit dir zu reden, aber du hast die Stadt verlassen. Ich wollte sicherstellen, dass es dir gut geht."

Er wird einfach immer weitersprechen, dachte sie panisch. Er redete und redete, und das ertrug sie nicht. Auf keinen Fall würde sie über die Nacht sprechen. Nicht jetzt und überhaupt niemals. Sie musste entweder herausfinden, wie sie ihn zum Schweigen brachte, oder die Flucht ergreifen. Und da sie immer noch das Kochbuch planen mussten, entschied sie, ihn zum Schweigen zu bringen.

Sie stellte sicher, dass sie nicht Gefahr lief, ihr Weinglas umzustoßen, bevor sie die Hand ausstreckte und Greg vorne am Hemd packte. Sie griff den weichen Stoff mit beiden Händen, zog Greg zu sich heran und presste ihre Lippen auf seine.

Wir haben uns schon mal geküsst, kam ihr ein verschwommener Gedanke, als sie seine Wärme auf ihrem Mund spürte und er seine Arme um sie legte. Aber das war anders gewesen. Hektischer.

Dieser Kuss war so sanft. Beinahe geduldig. Als wenn sie alle Zeit der Welt hätten. Seine starken Arme zogen sie näher zu ihm hin. Sie saßen auf Stühlen, sodass das kaum möglich war. Trotzdem ließ sein Griff nicht nach, und auf einmal merkte sie, dass sie aufgestanden war.

Er erhob sich ebenfalls und war jetzt wesentlich größer als sie. Sie musste den Kopf in den Nacken legen und sich auf Zehenspitzen stellen. Aber das war es wert. Denn Greg zu küssen war, wie den ersten Ahornsirup der Saison zu probieren. Süß und voller Versprechen.

Das ist ein guter Kuss, dachte sie und schloss flatternd ihre Lider. Die Art Kuss, die die Meinung einer Frau über beinahe alles ändern konnte. Ein Kuss, der sie von Möglichkeiten träumen ließ. Von …

Nein, dachte sie und wich panisch zurück. Das hier war Greg Clary, ihr Erzfeind. Sie hasste ihn vielleicht nicht, aber sie konnte ihn wirklich nicht gut leiden. Sie durften sich nicht küssen. Das hier war ein kussfreies Projekt.

Sie schaute ihn eine Sekunde lang an. Er öffnete den Mund, um etwas zu sagen, aber was auch immer es war, sie wollte es nicht hören. Sie rannte aus dem Raum in den Flur, wo sie sich ihren Mantel und ihre Tasche schnappte, und dann war sie weg.

7. KAPITEL

Obwohl die Tage kürzer und die Temperaturen kühler wurden, hatte Ana Raquel während der Mittagszeit immer noch viel an ihrem Stand zu tun. Sie hatte einen Standort gefunden, an dem viel Laufkundschaft vorbeikam und sie gleichzeitig keines der alteingesessenen Restaurants störte. Während sie eine weitere Portion Champignon-drei-Käse-Lasagne auffüllte, fragte sie sich, was sie tun sollte, wenn es wirklich kalt wurde. Dann würde niemand mehr in der Pause 'rausgehen, um sich an ihrem Imbiss etwas zu essen zu holen.

Sie hatte bereits Vorkehrungen getroffen, um den Trailer über Winter einzulagern, aber sie machte sich mehr Sorgen um sich selbst. Sollte sie sich nach einem Job in der Stadt umsehen? Oder weiter Richtung Süden ziehen? Mit dem Rucksack durch Europa wandern? Auch wenn das toll klang, fehlte ihr das Geld dafür. Und nebenbei gab es ja auch noch ein Kochbuch, an dem sie arbeiten musste. Das bedeutete, dass es das Beste wäre, sie würde sich hier in der Stadt einen Job suchen.

Ohne es zu wollen, dachte sie an den Abend mit Greg vor zwei Tagen. Sie hätten über das Kochbuch sprechen sollen, doch leider hatte das Schicksal in Form eines köstlichen Kusses dazwischengefunkt. Sie war sich immer noch nicht sicher, was sie deswegen unternehmen sollte. Sollte sie mit ihm über das reden, was passiert war, oder einfach so tun, als wäre zwischen ihnen alles normal?

„Das ist vermutlich dumm."

Genau mein Gedanke, dachte Ana Raquel, aber sie hatte ihn nicht ausgesprochen. Sie schaute ihre nächste Kundin an und lächelte, als sie Dakota Hendrix erkannte, eine der Hendrix-Drillinge. Die jetzt allerdings Dakota Andersson hieß. Wie alle ihre Schwestern hatte sie geheiratet und eine Familie gegründet. Der Kreislauf des Lebens, dachte Ana Raquel wehmütig. Sie wollte auch Teil dieses Kreislaufs sein.

Dakota hielt ihr ein Papier hin.

„Was ist dumm?“, fragte Ana Raquel. „Denn wenn du denkst, du solltest dir noch etwas Platz für einen Muffin nach dem Mittagessen lassen, hast du vollkommen recht. Ich habe heute zwei Desserts zur Auswahl, und beide sind köstlich.“

Dakota, eine hübsche Blondine mit einem Baby auf dem Arm, lachte. „Ich meinte das hier.“

Sie hielt ihr erneut den Zettel hin. Ana Raquel nahm ihn und las das Rezept. Brathähnchen mit Kartoffelbrei. Ein scheinbar einfaches Gericht, das durch ein paar besondere Zutaten verfeinert wurde.

„Ich habe von dem Kochbuch gehört“, erklärte Dakota ihr. „Dass du Leute suchst, die Rezepte beisteuern. Das hier ist nichts Tolles …“

„Hör auf!“ Ana Raquel wedelte mit dem Zettel in der Luft. „Das ist genau das, wonach ich suche. Vielen Dank.“

Dakota bestellte etwas zu essen, nahm ihre Portion und ging.

Ana Raquel schaute auf die Uhr. Es war beinahe Zeit, Feierabend zu machen. Ich werde meine Kunden vermissen, dachte sie, als sie anfing, ihre Küche aufzuräumen.

„Sind noch Chimichangas übrig?"

Sie schaute auf und erblickte Greg in der offenen Tür ihres Trucks. Die Sonne stand direkt hinter ihm, sodass sie nur seine Silhouette sah. In der Sekunde, in der sie ihn erkannte, fing ihr Herz an, seltsam zu klopfen, teils aus Aufregung, teils, weil sie sich bei ihm entschuldigen wollte. Denn als sie ihn das letzte Mal gesehen hatte, hatte sie ihn geküsst. Okay, eigentlich war sie weggelaufen, aber erst nach dem Kuss.

Sie zwang sich, eine Ruhe zu zeigen, die sie gar nicht empfand, als sie den letzten Chimichanga auf einen Teller legte.

Er nahm ihn und setzte sich an den kleinen Tisch in ihrem Truck, als wäre er hier zu Hause.

„Wir haben gar keinen Zeitplan für das Kochbuch aufgestellt", sagte er und wickelte die Plastikgabel aus. „Wir werden mehrere Treffen brauchen, um die Rezepte auszusuchen. Dann noch ein wenig Zeit in der Küche, um sie alle auszuprobieren. Ich denke, insgesamt wird das auf hundertfünfzig Stunden hinauslaufen. Was meinst du?"

Sie meinte, dass er unglaublich cool und gefasst war, wenn man die ganze Kuss-Sache bedachte. Er saß einfach hier und aß, als wenn ihre Lippen sich nie berührt hätten.

„Hundertfünfzig könnte hinkommen", sagte sie schließlich, denn sie wollte auf keinen Fall dieses heikle Thema anschneiden.

„Ich arbeite an den meisten Abenden im Restaurant", fuhr er fort, nachdem er gekaut und geschluckt hatte. „Das ist übrigens köstlich." Er zeigte mit der Gabel auf das Chimichanga. „Genau richtig gewürzt. Wir sollten das auch mit ins Buch aufnehmen."

„Danke. Klar. Ich habe eine Liste von Street-Food, das ich gut finde." Vorsichtig setzte sie sich ihm gegenüber. „Ich werde den Foodtruck in den nächsten Wochen schließen. Sobald das passiert ist, können wir anfangen, die Rezepte zu testen. Wenn wir unsere Liste bis dahin zusammenhaben, können wir mit dem Kochen loslegen."

Er schaute sie lächelnd an. „Klingt nach einem guten Plan. Wollen wir das in meiner Küche machen?"

Die Vorstellung, in sein Haus zurückzukehren, machte sie nervös, aber die Küche ihrer Wohnung hatte die Größe eines Schuhkartons, und auch wenn die Küche im Truck ganz süß war, war sie nicht wirklich für zwei Personen gemacht.

„Klar."

„Wann bist du hier fertig?", wollte er wissen.

„Ungefähr um halb drei."

„Macht es dir was aus, danach im Restaurant vorbeizukommen? Ich kann mit den Vorbereitungen etwas eher anfangen, damit wir dann noch eine Stunde oder so haben, um die Rezepte durchzugehen."

Sie nickte. „Ich habe nur Gutes über deinen Laden gehört", gab sie zu. „Die Leute lieben dein Essen."

„Mir gefällt die Arbeit, und ich mag es, kreativ zu sein. Aber es ist mehr Arbeit, als ich erwartet hatte." Er wirkte ein wenig reumütig. „Mein Onkel hat mich gewarnt, dass mein eigener Chef zu sein härter werden würde, als ich dachte. Er hatte recht." Sein Blick wurde eindringlich. „Was machst du, wenn du den Truck über den Winter schließt? Ich könnte jemanden wie dich im Restaurant gebrauchen."

Für Greg arbeiten? Könnte sie das? Wollte sie das? Sie hatte keine Ahnung, ob ihre Kochstile zusammenpassten. Außerdem: Das hier war Greg. Sie waren keine Freunde. Sie waren …

Sie merkte, dass sie ihn nicht länger als jemanden ansah, den es zu schlagen galt. In den Jahren, in denen sie ihn nicht gesehen hatte, war er zu einem tollen Kerl geworden. Oder vielleicht war er schon immer toll gewesen, und sie war nur zu beschäftigt damit …

Mit einem gewaltigen Knall prallte etwas auf den Truck, der sich daraufhin zitternd zur Seite neigte. Die Wände bebten, und Ana Raquel wurde fast von ihrem Stuhl geschleudert. Greg war aufgesprungen und zog sie an sich, bevor sie überhaupt wieder zu Atem gekommen war. Draußen schrie jemand.

8. KAPITEL

Greg packte Ana Raquel an der Hand und führte sie aus dem Truck. Sie drehten sich um und sahen, dass ein großer SUV rückwärts in den Trailer hineingefahren war. Die Außenseite war eingeknickt und gebrochen, aber schlimmer noch war die große Delle im Rahmen.

Ana Raquel löste sich von Greg und ging auf den Schaden zu. Ein Mann in den Dreißigern sprang aus dem SUV und eilte ihr entgegen.

„Es tut mir so leid", sagte er gequält. „Ich habe eine Allergie. Ich habe geniest, und mein Fuß ist abgerutscht und auf dem Gaspedal anstatt auf der Bremse gelandet. Geht es Ihnen gut?" Er wartete kaum, bis Ana Raquel genickt hatte. „Ich bin versichert. Ich werde sofort meinen Versicherungsagenten anrufen."

Er zog eine Visitenkarte aus seinem Portemonnaie und wählte eine Nummer auf dem Handy.

Der rational arbeitende Teil ihres Gehirns wusste, dass der Truck wieder in Ordnung gebracht werden konnte. Auch wenn der Schaden am Rahmen einen längeren Werkstattaufenthalt nötig machte, war das nichts, das nicht repariert werden konnte. Aber ihr Herz wimmerte, weil sie wusste, wenn die Reparatur erledigt sein würde, wäre die Zeit für Essen auf der Straße vorbei. Anstatt die Saison wie geplant mit einer lustigen Partywoche enden zu lassen, in der sie alle möglichen verschiedenen Gerichte anbieten wollte, würde sie gezwungen sein, einfach so zu schließen.

Inzwischen hatte sich eine kleine Zuschauergruppe gebildet. Das hier war Fool's Gold, und alle waren an allem interessiert. Viele Leute kamen besorgt zu ihr, um sich davon zu überzeugen, dass ihr nichts passiert war.

„Wir sind nicht verletzt", sagte Greg und legte ihr eine Hand auf die Schulter. „Wir waren im Truck, als es passiert ist. Wir wurden ein wenig durchgerüttelt, aber uns geht es gut."

Ana Raquel nickte nur, denn sie fürchtete, in Tränen auszubrechen, sobald sie anfangen würde, zu sprechen. Sie sagte sich, dass ein großartiger Sommer genug wäre. Dass sie nächstes Jahr mit ihrem Truck wieder da sein würde.

Greg ließ seine Hand tiefer sinken, sodass er seinen Arm um sie legen konnte. Als der Tourist, der sie angefahren hatte, ihr seine Versicherungsinformationen mitteilte, war es Greg, der sie notierte. Und als der Abschleppwagen kam, half er ihr, alle Gasleitungen abzudrehen und die verderblichen Waren einzupacken. Keine Stunde später sah Ana Raquel zu, wie ihr Traum abgeschleppt wurde.

Ihr kleiner roter Pick-up, den sie benutzte, um den Anhänger zu ziehen, sah auf der Straße nackt aus. An einem nahe stehenden Laternenmast hing ein Flyer von ihrem Laden. Sie sah, wie ein Windstoß ihn ergriff und losriss. Das Blatt wehte zum Himmel hinauf und verschwand.

„Was um Himmels willen ist hier passiert?"

„Geht es dir gut?"

Beim Klang der vertrauten Stimmen drehte Ana Raquel sich um. Ihre beiden Schwestern Dellina und Fayrene eilten auf sie zu. Sie streckten die Hände aus und umarmten sie fest.

„Bist du verletzt?“, wollte Dellina wissen.

„Touristen sind Idioten“, murmelte Fayrene.

Sie ließ sich von der Sorge und dem Trost der Schwestern einhüllen. Morgen würde sie das, was passiert ist, rational betrachten können. Doch heute würde sie sich im Selbstmitleid suhlen.

Sie schniefte und löste sich von den beiden. „Woher wusstet ihr, was passiert ist?“

„Greg hat mich angerufen“, sagte Dellina. „Und ich habe Fayrene angerufen.“

Jetzt hat Greg die Kontrolle übernommen, aber auf eine gute Art, dachte sie. Sie drehte sich um, um ihm zu danken, aber er war in der Menge verschwunden und hatte sie den tröstenden Armen ihrer Familie überlassen.

9. KAPITEL

Am nächsten Tag fand Ana Raquel sich wieder an dem Ort ein, an dem ihr Foodtruck noch bis gestern gestanden hatte. Sie hatte Stammkunden, die vielleicht noch nicht von dem Unfall gehört hatten, und denen wollte sie erklären, warum sie ihr Geschäft so früh im Jahr schloss. Sie hatte in der Nacht kaum schlafen können, und als sie endlich weggedöst war, hatten Albträume von dem Unfall sie aufgeschreckt.

Es war nicht so sehr der Schaden, der ihr Sorgen machte, sondern dass alles irgendwie ihrer Kontrolle entglitt. Sie hatte versucht, sich die positive Seite des Ganzen vor Augen zu führen: Sie war nicht verletzt worden, und dafür war sie dankbar. Aber trotzdem … was war mit ihrem Traum? Das nächste Jahr schien so weit weg zu sein.

Sie bog um die Ecke und sah, dass ein riesiger SUV ihren Platz eingenommen hatte. Einer, der ihr sehr bekannt vorkam. Als sie dahinter parkte, sah sie, dass Greg direkt auf dem Bürgersteig einen Tisch aufgestellt hatte, neben dem ein großes, handgemaltes Schild stand. Darauf war eine Zeichnung von ihrem Foodtruck mit einem großen Pflaster an der hinteren Ecke. Die darüberstehende Nachricht lud ihre Kunden ein, ihre Gute-Besserungs-Wünsche aufzuschreiben.

Noch mehr erstaunte sie, dass er Sandwiches und Salate auf dem Tisch ausgebreitet hatte. Sie stieg aus dem Wagen und ging zögernd zu ihm.

„Was ist das?“, fragte sie.

Greg lächelte sie an. „Ich wollte nicht, dass deine Stammkunden verhungern“, erklärte er. „Also bin ich früher ins Restaurant gegangen und habe schnell ein bisschen was vorbereitet.“

Ihr blieb der Mund offen stehen. „Das hättest du nicht tun müssen.“

„Ich weiß. Aber ich wollte es. Du warst gestern so traurig.“

Sie nickte. „Zu traurig, um an so etwas wie das hier zu denken. Was für eine tolle Idee.“ Die Saison muss für mich doch nicht so abrupt enden, dachte sie glücklich. Sie könnte das Essen zu Hause vorbereiten und herbringen, auch wenn die Speisekarte dann nicht so umfangreich wäre. Kekse und Muffins hatte sie auch vorher schon am Vorabend gebacken.

„Danke“, sagte sie und umarmte ihn spontan. „Du bist wirklich gut zu mir. Das weiß ich sehr zu schätzen.“

Sein Körper fühlte sich warm an, und auf einmal war sie sich sehr bewusst, dass nur wenige Lagen Kleidung sie voneinander trennten. Sie spürte seine Hitze und sehnte sich nach mehr als nur einer Umarmung. Sie wollte ihn nie wieder loslassen und verspürte gleichzeitig den Drang, zu weinen.

Adrenalin, sagte sie sich und trat von ihm zurück, emotionale Nachwirkungen des Unfalls.

„Ich weiß nicht, wie ich das jemals wieder gutmachen kann.“ Sie zeigte auf die Sandwiches und Salate.

„Schick deine Kunden zu mir zum Abendessen.“

Er machte Witze, aber sie meinte es ernst, als sie sagte,

dass sie das tun würde. Sie würde allen sagen, dass sie zu ihm gehen sollten. Und sie würde dabei erwähnen, was für ein netter Kerl er war.

Er ging zu seinem SUV. „Wir müssen immer noch mit unserer Kochbuchplanung loslegen“, rief er ihr über die Schulter hinweg zu.

„Morgen um drei“, versprach sie. „In der Küche des Cafés.“

„Ich freue mich drauf.“

„Ich mich auch“, flüsterte sie. Denn das tat sie. Sogar sehr.

10. KAPITEL

Die nächsten paar Monate vergingen wie im Flug. Ana Raquel und Greg stritten und verhandelten über die Rezepte, die Organisation und das Bonusmaterial. Die Bewohner der Stadt schickten ihre Rezeptvorschläge ein. Ana Raquel und Greg hatten beide ihre Favoriten, und manchmal wurde die Entscheidung zwischen zwei gleich tollen Gerichten durch eine Runde Schere-Stein-Papier getroffen.

Sie verbrachten ihre Vormittage mit dem Kochbuch und wechselten dann ins Restaurant. Dort gingen ihre hitzigen Diskussionen weiter, während sie alles für den Abendbetrieb vorbereiteten. Nach und nach übernahm Ana Raquel immer mehr Aufgaben in der Küche.

Sobald der letzte Gast gegangen war, widmeten Greg und sie sich wieder dem Kochbuch. Sie arbeiteten bis spät in die Nacht an der richtigen Mischung aus herzhaft und süß, Vorspeisen, Hauptgerichten und Desserts. Sie einigten sich auf leichte Rezepte mit viel Geschmack. Die Art Gerichte, die man seiner Familie, aber auch seinem Boss servieren konnte, wenn er oder sie zu Besuch kam.

Ein Freund von Greg vermittelte ihnen den Kontakt zu einem Verlag, und sie stellten bald fest, dass die Deadline immer näher rückte. Und dann war das Buch endlich fertig.

Das Beste an dem Projekt war die Zusammenarbeit mit Greg gewesen. Er war genau der, der er zu sein schien – ein netter Mann, auf den sie sich verlassen konnte. Er konnte stur sein, war aber niemals aggressiv. Er war vernünftig, wenn auch etwas eigenwillig. Und wenn er lächelte, hatte sie in letzter Zeit das Gefühl, dass die Welt um sie herum etwas freundlicher wurde.

Ana Raquel schnitt energisch die Zutaten. Der Schlüssel zu einem gelungenen Menü ist die Vorbereitung, ermahnte sie sich selbst. Heute Abend gab es ein besonderes Dinner im Café. Die Vorabexemplare des Kochbuchs waren ausgeliefert worden. Sie und Greg würden sie nach dem Essen verteilen, dessen Menüfolge nur aus Rezepten aus dem *Fool's Gold Kochbuch* bestand.

„Die lebensverändernde Guacamole" wurde zusammen mit aufgeschäumtem Feta und einem Paprikadip mit Pita-Crackern serviert. Es gab Hauptspeisen für jeden Geschmack und ein Nachtischbuffet, das von S'Mores bis zu einer Torte aus drei Sorten Schokolade und Karamell reichte.

Sie schnitt noch schnell die Zwiebeln und machte sich dann daran, den Knoblauch zu hacken. Greg kümmerte sich um das Fleisch, das sie verwenden wollten. Musik erklang aus den in die Decke eingebauten Lautsprechern.

Die Angestellten des Restaurants arbeiten gut zusammen, dachte sie, während sie ihr Messer auf die Knoblauchzehen drückte und dann die Schale abzog. Ihre Bewegungen waren geübt, und im Ergebnis spürte man das an der Sämigkeit einer Soße oder dem feinen Geschmack eines Salatdressings.

Im Laufe der letzten Monate hatte es ihr immer mehr Spaß bereitet, gemeinsam mit Greg in der Küche zu arbeiten. Sie stritten sich oft, aber nur über wichtige Dinge, und sie gewann so oft, wie sie verlor. Bürgermeisterin Marsha hatte recht gehabt, gab sie widerstrebend zu. Alleine hätte sie das mit dem Kochbuch nie geschafft.

„Oh mein Gott!“, rief Linda, eine der Kellnerinnen, und ließ ihren Löffel in die Spüle fallen. „Das Dressing ist himmlisch.“

Greg schaute sie an. „Ja, es ist gut, oder?“

„Ich möchte damit beerdigt werden.“ Linda hielt inne. „Okay, das klang gruseliger, als es gemeint war.“

Ana Raquel hackte lachend den Knoblauch weiter. In vielen Profi-Küchen herrschten Anspannung und Wettbewerbsdenken. Davon hatte sie damals in San Francisco mehr als genug erlebt. Aber hier war es anders, entspannter.

„Mach mal eine Pause“, sagte Greg und stellte sich neben sie. „Ich will dir etwas zeigen.“

Sie legte ihr Messer ab und folgte ihm in den Speiseraum. Dort stockte ihr der Atem.

Um die vielen Gäste zu bewirten, die sie zu ihrem speziellen Testessen erwarteten, waren zusätzliche Tische aufgestellt worden. Die Tischdecken und frischen Blumensträuße passten zu den Farben des Buchcovers. Zahlreiche Bücher waren auf einem Tisch an der Seite aufgestapelt worden. Sie und Greg würden sie später signieren.

Auf der anderen Seite des Raumes war bereits das Buffet aufgebaut worden. Köstliche Düfte erfüllten die Luft.

„Das hat Dellina super gemacht“, murmelte Ana Raquel.

„Ja, wirklich beeindruckend. Ich wünschte, hier würde es immer so aussehen.“

Sie drehte sich zu ihm um. „Das könnte es. Sprich mal

mit Dellina. Sie hat wirklich ein Händchen für Dekorationen und die Ausrichtung von Veranstaltungen. Und sie hat ein Auge dafür, wie man einen Raum so einrichtet, dass sich die Gäste wohlfühlen und entspannen können."

Er lächelte sie an. „Das mache ich. Ich habe nicht viel Zeit für so etwas, das Restaurant hält mich zu sehr auf Trab."

„Das sehe ich." Er arbeitete mit einer minimalen Anzahl von Mitarbeitern. Aber das lag unter anderem daran, dass sich sein Restaurant gerade in einer Übergangsphase befand – es lief gut, warf aber noch nicht genügend Geld ab, um so viel Personal einzustellen, wie er eigentlich benötigte. Jede Extrakraft, die er sich leisten konnte, steckte er in den Service. „Du machst zu viel selbst. Du brauchst Unterstützung."

„Es ist schwer, gute Hilfe zu finden."

Sie schüttelte den Kopf. „Damit solltest du kein Problem haben. Es ist erstaunlich leicht, mit dir zusammenzuarbeiten."

„Mit dir auch." Er kam auf sie zu. „Ich möchte, dass du darüber nachdenkst, ob du nicht hier anfangen willst. Bei mir. Ganz offiziell."

Ihr wurde mit einem Mal ganz warm. Um ehrlich zu sein, war ihr der Gedanke auch schon gekommen. „Ich mag das Café", gab sie zu. „Und den Rest der Mitarbeiter. Und deine Art, zu kochen. Das ist sehr verlockend."

„Aber?"

„Ich habe meinen Foodtruck, den ich liebe. Mich fest in einer Küche anstellen zu lassen ist eine ziemlich große Sache."

„Du müsstest deinen Truck nicht aufgeben“, erklärte er. „Ich könnte dir sogar dabei helfen. Wir könnten ihn nutzen, um das Restaurant zu promoten und umgekehrt. Wir sind ein gutes Team. Oder bist du immer noch wütend auf mich, weil ich dich im Rennen um den Vorsitz als Schulsprecher geschlagen habe?“

Er machte natürlich nur Witze, aber dennoch blitzte etwas Ernstes in seinen Augen auf. Ein Gefühl, das sie nicht ganz deuten konnte.

„Ich bin nicht böse“, sagte sie und ließ den Blick zu seinem Mund wandern. Seit ihrem Kuss an dem einen Abend hatte er sie nicht wieder geküsst. Sie war nicht sicher, warum. Hatte sie die Situation falsch gedeutet? Sah er sie nur als Geschäftspartnerin? Denn obwohl sie das auch sein wollte, irgendwo auf dem Weg dorthin hatte sie sich möglicherweise ein wenig in ihn verliebt.

„Gut“, sagte er und schloss sie in die Arme. „Okay. Wir müssen ein Dinner vorbereiten. Nur unsere Freunde und Familien und die am längsten regierende Bürgermeisterin von Kalifornien.“

Der Moment war schon wieder verflogen. Oder vielleicht war er nie da gewesen. Vielleicht war sie die Einzige, die dachte, zwischen ihnen könnte mehr sein.

„Wie gut, dass du uns nicht unter Druck setzt.“ Sie versuchte, so fröhlich und munter zu klingen wie nur möglich. Erst das Essen heute Abend – morgen früh würde sie dann anfangen, sich um den Zustand ihres Herzens zu kümmern, und überlegen, was sie deswegen unternehmen sollte.

11. KAPITEL

Sie hatten so viel zu tun, dass der Abend nur so an ihnen vorbeirauschte. Die Gäste kamen in mehreren Wellen, setzten sich an die Tische und blieben noch gemütlich sitzen, während schon die nächsten eintrafen. Es war wie der normale Abendbetrieb hoch zehn. In der Küche herrschte kontrolliertes Chaos, und alle arbeiteten zusammen, um das Buffet ständig aufzufüllen.

Irgendwann gegen zehn kam Linda herein und holte Ana Raquel und Greg. Als sie in den Speiseraum traten, sahen sie, dass nahezu alle, die sie in der Stadt kannten, sich dort versammelt hatten. Ana Raquels Schwestern waren da, genau wie Gregs gesamte Verwandtschaft. Dazu natürlich die Bürgermeisterin, der Stadtrat, andere Geschäftsinhaber und ihre Freunde. Viele, viele Freunde.

Sie und Greg erhielten stehende Ovationen, einige Leute riefen „Köstliches Essen“ und „Kocht doch bitte mal bei mir zu Hause“. Sie lachte, während ihr Tränen in den Augen brannten.

Greg führte sie zu dem Büchertisch, wo sie sich nebeneinandersetzten und begannen, zu signieren.

Ana Raquel gab Autogramme, bis ihre Finger sich verkrampften, und dann noch ein paar mehr. Irgendwann nach Mitternacht verließ der letzte Gast das Lokal. Das Küchenpersonal hatte bereits aufgeräumt, und die Arbeitsflächen glänzten. Nur ein paar Töpfe köchelten noch auf dem Herd vor sich hin. Als sie den Duft einatmete, knurrte ihr der Magen.

Greg grinste sie an. „Ich bin auch kurz vorm Verhungern. Ich bin nicht sicher, ob ich seit dem Frühstück etwas gegessen habe."

„Ich ganz bestimmt nicht."

Sie ging Teller holen. Als sie zum Herd zurückkehrte, stand Greg immer noch da, hielt jetzt aber eine Flasche Champagner in der Hand.

„Ich dachte, wir sollten anstoßen auf alles, was wir geleistet haben."

„Da stimme ich dir zu."

Er öffnete die Flasche und schenkte ihnen beiden ein Glas ein. Sie hoben ihre Gläser.

„Auf das *Fool's Gold Kochbuch*", sagte er.

„Auf das Kochbuch."

Sie stießen miteinander an und nippten. Der Champagner war süß und feinperlig und kribbelte ihr in der Nase, sodass sie lachen musste. Sie trug die Flasche zu dem kleinen Tisch im hinteren Bereich der Küche, während Greg ihr Essen anrichtete.

Ich bin müde, dachte sie, aber glücklich. Sie war immer noch durcheinander, was ihre Gefühle für Greg anging, und nicht sicher, was sie wegen seines Jobangebots unternehmen sollte. Auch wenn es ihr gefiel, hier zu arbeiten, wusste sie nicht, wie sie ihre privaten Gefühle von ihren beruflichen Pflichten trennen sollte. Sie wollte nicht eine dieser Frauen sein, die heimlich für ihren Geschäftspartner schwärmten. Das war einfach nur traurig und ein wenig peinlich. Sie wünschte sich etwas Besseres.

Natürlich könnte man argumentieren, dass es dumm war,

sich mehr zu wünschen, aber nicht danach zu fragen. Vielleicht empfand er das Gleiche wie sie. Vielleicht war er seit Jahren heimlich in sie verliebt.

Bei diesem letzten Gedanken musste sie kichern. *Wie lächerlich.*

Er kam an den Tisch, in jeder Hand einen Teller. „Was ist so lustig?“

„Nichts. Ich bin so müde, dass ich albern werde. Ich trinke nur deshalb Champagner, weil ich ansonsten mit dem Kopf in die Suppe falle und einschlafe.“

Er stellte die Teller ab. Sie wartete darauf, dass er sich setzte, doch stattdessen kam er näher und nahm ihr Gesicht in seine Hände.

„Ana Raquel“, murmelte er nur, bevor er sie küsste.

12. KAPITEL

Gregs Lippen fühlten sich weich und zart an. Sie lehnte sich gegen ihn, bereit, sich in dem Kuss zu verlieren, doch da zog er sich zurück und schaute ihr in die Augen.

„Ich muss dir etwas sagen."

Was? Er wollte sich jetzt mit ihr unterhalten? Das war so typisch Mann.

„Ich habe mich in dich verliebt."

Ana Raquel spürte, dass ihr der Mund offen stand, und sie schloss ihn bewusst. „Tut mir leid. Was hast du gerade gesagt?"

Er lächelte und legte seine Hand an ihre Wange. „Ich bin in dich verliebt. Und zwar schon seit Jahren."

Auf keinen Fall! Das war nicht möglich. Sie hatte das gerade noch gedacht, und jetzt sprach er es aus?! Spielte ihr hier jemand einen Streich?

„Mit sieben habe ich mein Herz an dich verloren", gab er zu. „Damals, als ich dich das erste Mal als Aschenputtel verkleidet gesehen habe. Ich habe mich auf der Bühne nur deshalb so verhalten und jedem in seinen Text hineingeredet, weil ich Angst hatte, mit der Wahrheit herauszuplatzen."

Sein Blick hielt ihren fest. „Ich habe mich nur für das Amt des Vorsitzenden der Schülervertretung gemeldet, weil du es getan hast und ich dachte, es wäre schön, wenn wir ein wenig Zeit miteinander verbringen könnten. Ich hätte nie damit gerechnet, zu gewinnen. Und was nach dem Abschlussball passiert ist …"

Er berührte ihre Lippen mit seinen. „Du warst auch meine Erste“, flüsterte er.

Sie wollte ihm unbedingt glauben, aber es gab noch so viele Fragen. „Du hattest immer eine Freundin.“

Er zuckte mit den Schultern. „Ich habe versucht, deine Aufmerksamkeit zu erregen.“

„Du bist nicht hinter mir hergekommen, als ich abgehauen bin.“

„Wir waren Kinder und mussten erwachsen werden. Und ehrlich gesagt: Nachdem du so schnell weggelaufen bist, dachte ich, du magst mich nicht. Aber ich habe immer verfolgt, was du tust. Da kannst du deine Schwestern fragen.“

Das musste sie gar nicht, erkannte sie. Sowohl Dellina als auch Fayrene hatten sie immer mit Greg aufgezogen. Jetzt war ihr klar, warum.

Ihre Zweifel stritten mit einem Gefühl von Gewissheit. Es gab nur einen Grund, warum sie immer so aufgewühlt war, wenn sie an Greg dachte. Nur einen Grund, warum sie nicht hatte aufhören können, an ihn zu denken. Der Grund war, dass sie Gefühle für ihn hatte.

„Damals war ich einfach nur verknallt. Aber wo ich dich jetzt besser kenne … Ich liebe dich“, sagte er. „Ich will dich hier nicht nur als Geschäftspartnerin. Ich will dich als meine Partnerin für alles. Ich weiß, das ist ziemlich viel, aber wirst du wenigstens darüber nachdenken?“

Sie versuchte, etwas zu sagen, doch dann entschied sie, dass die Worte warten konnten. Sie warf sich in seine Arme und hielt ihn so fest, als wollte sie ihn nie wieder loslassen.

„Wir können alles gemeinsam machen", sagte er. „Das Restaurant und deinen Foodtruck. Wir könnten uns sogar an einem weiteren Kochbuch versuchen."

Sie fing an zu lachen und merkte dann, dass sie weinte. Freudentränen, dachte sie. Denn sie hatte den Mann gefunden, mit dem sie ihr Leben teilen konnte. Der ihre Träume verstand, weil er die gleichen hatte.

Sie lehnte den Kopf ein wenig zurück, um ihn anzusehen. „Ich liebe dich auch. Ich denke, schon seit einer ganzen Zeit."

„Aber meistens warst du sauer auf mich."

Sie lachte. „Ein wenig. Manchmal. Du kannst aber auch nervtötend sein."

„Ich versuche, mich zu bessern."

„Nein, lieber nicht. Ich mag das, was wir zusammen haben. Und ja, lass uns alles gemeinsam machen. Das Restaurant und den Foodtruck. Wir nutzen eines, um das andere zu promoten. Wir werden ein Team sein."

Er zog sie an sich und küsste sie erneut. Sie verlor sich in dem Gefühl, das seine Nähe in ihr auslöste, das ihre Haut am ganzen Körper zum Kribbeln brachte.

Auf dem Tisch wurde der Champagner schal und das Essen kalt, aber Ana Raquel bemerkte es nicht einmal. Gregs Küsse waren köstlicher als jedes Essen und berauschender als der beste Champagner.

Wir sind verliebt, dachte sie glücklich seufzend. Fool's Gold war wirklich das Land der Happy Ends.

– ENDE –

Band-Nr. 25935
9,99 € (D)
ISBN: 978-3-95649-573-1
336 Seiten
Auch als eBook erhältlich!

Susan Mallery
Touchdown
für die Liebe

Seit Ewigkeiten hat Dellina Hopkins einen Mann mit nach Hause genommen – nur nicht bedacht, dass er die Brautkleider ihrer Freundin entdecken und prompt die Flucht ergreifen könnte. Aber das war nur das Vorspiel mit dem sexy Ex-Footballspieler. Denn Dellina soll ein Event für seine Firma organisieren, und zwischen ihnen knistert es, dass die Luft flirrt. Dellina könnte bei Sam sicher mehr als einen Touchdown landen …

Band-Nr. 25823
9,99 € (D)
ISBN: 978-3-95649-163-4
352 Seiten

Susan Mallery
Küsse haben keine Kalorien

Pralinen, Trüffel und feinste Schokoladen: Cafébesitzerin Allison Thomas ist eine Meisterin der süßen Verführung – allerdings nur, was die Herstellung zartschmelzender Köstlichkeiten angeht. Bei Männern hat sie leider kein so glückliches Händchen und lässt zur Sicherheit lieber die Finger vom starken Geschlecht. Bis Matt Baker in ihr Leben tritt. Der attraktive Handwerker renoviert nicht nur ihren Lagerraum, er ist auch die sinnlichste Versuchung, seit es Männer gibt. Doch obwohl Ali in seinen Armen dahinschmilzt, merkt sie, dass es in Matts Vergangenheit Dinge gibt, an denen er noch zu knabbern hat …